Barbara Davis

Nie ist nur ein Wort

TINTE & FEDER

Das Buch

Christy-Lynn musste schon früh erfahren, dass kein Versprechen heilig ist. Doch sie schafft es, ihrer suchtkranken Mutter zu entfliehen, und findet Halt in ihrer Ehe mit dem berühmten Krimiautor Stephen Ludlow – bis dieser eines nachts mit seinem Auto von der glatten Fahrbahn ins Meer stürzt. Zusammen mit seinem Leichnam wird eine halb nackte Tote aus dem eisigen Wasser geborgen. Als Details über die mysteriöse Blondine bekannt werden, zwingt der Medienrummel Christy-Lynn ein zweites Mal zur Flucht.

Im malerischen Sweetwater trifft sie auf ihren alten Bekannten Wayne, der ihr wie ein Fels in der Brandung bei ihrer verzweifelten Suche nach Antworten zur Seite steht. Wird sie endlich innehalten und vergeben können, um Liebe zu finden?

Die Autorin

Nach zwölf Jahren in der Schmuckindustrie hat Barbara Davis der Geschäftswelt den Rücken zugekehrt und sich der Muse ergeben, um ihren lebenslangen Traum, Schriftstellerin zu werden, zu verwirklichen. Sie wurde in Fair Lawn, New Jersey, geboren, wuchs aber in Florida auf. Schließlich führte sie die Arbeit in den Norden, wo sie zwei Jahre lang in Charleston und vierzehn Jahre in Raleigh lebte, bevor sie sich endgültig in Dover, New Hampshire, niederließ. Wenn sie nicht schreibt, ist sie begeisterte Leserin, Feinschmeckerin und Musikliebhaberin und obendrein ein tollwütiger Fußballfan. Sie genießt Reisen mit ihrem Ehemann, der im Laufe der Jahre viel mehr über das Verlagswesen und das Handwerk des Schreibens gelernt hat, als er je wissen wollte.

Mehr über Barbara Davis und ihre Bücher finden Sie auf ihrer Website unter: www.barbaradavis-author.com oder auf https://www.facebook.com/barbaradavisauthor oder Twitter: @bdavisauthor.

Barbara
Davis

Nie ist nur ein Wort

Roman

Aus dem Amerikanischen
von Astrid Becker

TINTE
&
FEDER

Die englische Ausgabe erschien 2018 unter dem Titel »When Never Comes«
bei Lake Union Publishing, Seattle.

Deutsche Erstveröffentlichung bei
Tinte & Feder, Amazon Media EU S.à r.l.
38, avenue John F. Kennedy, L-1855 Luxembourg
Januar 2020

Die Übersetzung dieses Buches wurde durch Amazon Crossing ermöglicht.

Umschlaggestaltung: zero-media.net, München
Umschlagmotiv: © Michael Marquand / Getty
Lektorat: Rainer Schöttle
Korrektorat: Manuela Tiller/DRSVS
Gedruckt durch:
Amazon Distribution GmbH, Amazonstraße 1, 04347 Leipzig /
Canon Deutschland Business Services GmbH, Ferdinand-Jühlke-Straße 7,
99095 Erfurt /
CPI Books GmbH, Birkstraße 10, 25917 Leck

ISBN 978-2-91980-940-0

www.tinte-feder.de

Für Tom – der mich trotz allem geheiratet hat.
Wir haben gerade erst angefangen.

Prolog

Monk's Corner, South Carolina
19. August 1986

Im Zimmer ist es dunkel, aber nicht still. Ein verschlissener Vorhang weht zitternd herein und wieder hinaus. Draußen, in der schwülen Hitze South Carolinas, summen Nachtwesen, ein Chor aus feuchten Kehlen und schwirrenden Flügelschlägen, der durch das löchrige Fliegengitter ruft.

Im Bett unter dem Fenster wirft sich ein Mädchen in einem rosa Nachthemd zwischen aufgewühlten Laken hin und her. Ein schönes Kind, blass mit rabenschwarzen Haaren. Ihre dunklen Wimpern zucken unruhig. Sie wimmert und weint, dann jammert sie laut und kreischt auf. Halb ist sie wach, halb schläft sie, in einem Moment schlägt sie wild um sich, im nächsten liegt sie stockstarr – heimgesucht von einem namenlosen Grauen. Die Träume sind wieder da, ihre fast allnächtlichen Begleiter. Aber niemand setzt sich tröstend zu ihr ans Bett. Mama liegt wieder auf den Fliesen im Badezimmer, besinnungslos.

Eins

Clear Harbor, Maine
19. November 2016

Das erste Klingeln schnürte ihr die Kehle zu und löste diese besondere Art von Panik aus, die alle Anrufe um zwei Uhr morgens mit sich bringen. Desorientierung. Angst. Und die Gewissheit, dass irgendwo irgendetwas Entsetzliches passiert sein musste.

Christine schreckte auf und tastete nach dem Telefon auf dem Nachttisch. »Hallo?«

»Mrs Ludlow?«

»Ja.«

»Christine Ludlow?«

»Ja. Wer ist da?«

»Hier ist Sergeant Stanley, Polizei von Clear Harbor. Bitte entschuldigen Sie den Anruf, aber wir klopfen schon seit einer Weile. Wir müssen mit Ihnen sprechen.«

Polizei? Ihr Puls raste noch schneller und ihre Nackenhaare fingen an zu kribbeln – die vertraute alte Warnung. »Was ist los? Ist etwas passiert?«

Die Stimme am anderen Ende war höflich, aber angespannt. »Das würden wir Ihnen lieber persönlich mitteilen.«

Einen Augenblick später öffnete sie die Haustür und sah sich zwei uniformierten Polizisten gegenüber. »Was ist los? Warum sind Sie hier?«

»Es geht um Ihren Mann, Mrs Ludlow. Es tut mir leid. Er hatte einen Unfall. Sein Auto ist ins Schleudern geraten und von einer Brücke in die Echo Bay gestürzt.«

Christines Brust krampfte sich zusammen. »Wo ist er? Wie geht es ihm? In welches Krankenhaus haben Sie ihn gebracht?«

»Ihr Mann ist nicht im Krankenhaus. Er … hat den Unfall nicht überlebt. So leid es uns tut, aber ein naher Angehöriger muss ihn identifizieren.«

In dem folgenden Schweigen versuchte sie, die Worte zu begreifen. *Stephens Leiche. Echo Bay.*

»Sie können mit uns fahren«, fuhr der Sergeant fort. Er war höflich und voller Mitgefühl. Christine wurde bewusst, dass er nicht das erste Mal mitten in der Nacht an eine Tür klopfte. Wie viele Ehefrauen, Mütter, Geliebte oder Freundinnen mochte er mit einer solchen Nachricht schon aufgesucht haben?

Es dauerte eine Weile, bevor das Angebot des Sergeants zu ihr durchdrang. »Nein danke«, sagte sie fast unbeteiligt, als würde sie die Szene aus großem Abstand beobachten. Eine Fahrt auf dem Rücksitz eines Polizeiwagens war das Letzte, was sie sich jetzt vorstellen konnte. »Ich fahre selbst.«

»Gut. Wir warten, bis Sie sich angezogen haben, und dann können Sie uns zur Wache folgen«, sagte der Sergeant.

Christine nickte, während sie versuchte, das, was geschehen war, zu begreifen. Und das, was als Nächstes geschehen würde. Der Bestsellerautor Stephen Ludlow war tot, und sie musste seine Leiche identifizieren. Aber erst musste sie sich anziehen.

* * *

Der Boden schien unter ihr zu wanken, als Christine die Eingangshalle des Polizeireviers in Clear Harbor betrat. Die abgewetzten schwarz-weißen Fliesen, das unbarmherzige Neonlicht, der Übelkeit erregende Geruch von bitterem Kaffee und abgestandenem Zigarettenrauch erinnerten sie an eine andere Nacht – an eine andere Katastrophe vor einer kleinen Ewigkeit. Sie verdrängte die Erinnerung. *Tu, was du jetzt tun musst.* Wenn sie eins im Leben gelernt hatte, dann das.

Sergeant Stanley ging auf den Beamten hinter dem Tresen zu, dann drehte er sich mit einem gezwungenen Lächeln um und deutete auf eine Reihe blauer Plastikstühle an der Wand. »Wenn Sie möchten, können Sie sich setzen. Wir haben unten angerufen. Jemand wird Sie abholen.«

Aus den Edelstahltüren des Aufzugs, die sich kurz darauf öffneten, kam ein Bekannter auf sie zu. Christine war überrascht. Daniel Connelly war ein enger Freund von Stephen, einer von seinen Kumpels, mit denen er freitagabends Karten spielte und trank. Aber er war im Morddezernat tätig, und Stephen war bei einem Autounfall gestorben. Was hatte er hier um drei Uhr morgens zu suchen?

»Christine.« Er nahm ihre Hände in seine, die heiß und feucht waren. »Es tut mir so leid. Als sich herausgestellt hat, dass Stephen der Tote war, hat man mich angerufen. Sie haben sich gedacht, es wäre vielleicht besser, wenn ich hier wäre, um Ihnen alles … zu erklären.«

Sie zog die Augenbrauen zusammen. *Alles zu erklären?* Das war merkwürdig ausgedrückt, kalt und schonungslos. Sie zog ihre Hände zurück und wischte sich die Handflächen möglichst unauffällig an ihrem Jackett ab. »Vielen Dank, dass Sie zu dieser Uhrzeit hergekommen sind, Detective.«

»Bitte nennen Sie mich Danny.«

Er war kräftig und untersetzt, hatte rote Wangen und drahtige graue Haare. Sie hatte ihn nur ein paarmal kurz gesehen und Stephens Zuneigung zu dem Mann nie verstanden. Obwohl er natürlich als Ermittler im Morddezernat für Stephen von unschätzbarem Wert gewesen war. Er zeigte sich immer gern bereit, für eine Schachtel Cohiba-Zigarren oder einen guten Single-Malt-Whisky ein paar besonders pikante Details preiszugeben.

»Wir sollten es hinter uns bringen«, sagte er entschlossen. »Sind Sie so weit?«

Christine nickte. Schließlich hatte man keine Wahl, wenn der eigene Mann tot auf einer Bahre lag und identifiziert werden musste. Sie ließ zu, dass Connelly sie am Ellenbogen zum Aufzug führte, und sagte nichts, als er auf den Knopf drückte, der mit einem abgenutzten *U* für Untergeschoss gekennzeichnet war. Stephen lag also im Keller.

Als sich die Türen öffneten, ging Connelly ihr voran durch einen weiß gefliesten Gang mit geschlossenen blauen Türen. Vor der letzten Tür hielt er an, die Hand schon auf der Klinke. Christines Kopf füllte sich mit einem dumpfen Summen, als sie die Inschrift auf der Metallplatte las: *PATHOLOGIE.*

Connelly warf ihr einen Blick zu. »Geht's?«

Die Worte kamen von weit her – wie vom Grund eines tiefen Brunnens. Es konnte nicht wahr sein. Doch Connellys Gesichtsausdruck bezeugte, dass es wahr war, nur allzu wahr. Sie atmete tief ein, zählte bis drei und nickte. Sie spürte den leichten Druck von Connellys Handfläche im Rücken und fragte sich, ob er sie vorwärtsschieben oder davor bewahren wollte, rücklings umzukippen. Wahrscheinlich hatte er hier unten schon einige Ohnmachtsanfälle miterlebt.

Sie hatte sich gegen unangenehme Gerüche gewappnet – Blut, Verwesung, Formaldehyd, bevor sie den Raum betrat. Aber in der Luft hing nur ein leichter Geruch nach Chlor. Nur eine kleine Gnade, aber immerhin. Während Connelly sie weiterschob, nahm sie den sterilen Raum wahr: die hohen

Decken, die kalten Neonröhren, den Estrich im Grauton von Schlachtschiffen.

Sie versuchte, über die strategisch platzierten Abflüsse hinwegzusehen, weil sie nicht über deren Verwendungszweck nachdenken wollte. Die Becken in Badewannengröße an der hinteren Wand waren allerdings auch nicht besser. Die Wand rechts von ihr wurde von durchnummerierten quadratischen Türen in mehreren Reihen übereinander eingenommen, die mit Metallhebeln zum Öffnen versehen waren. Eine von ihnen würde sich gleich hinter Stephen schließen. Sie wandte sich ab, um den Gedanken zu verbannen, doch wohin sie auch blickte, alles erinnerte sie daran, was sie hier zu tun hatte. Und dann sah sie es: eine Bahre, über die ein einfaches weißes Laken drapiert war. Sie rang nach Luft. Der Raum kam ihr auf einmal sehr kalt vor.

Vor der Bahre stand ein Mann in einem schmutzigen Laborkittel, der ihnen den Rücken zukehrte. Er machte sich Notizen auf einem Klemmbrett. Er musste sie bemerkt haben, denn er drehte sich zu ihnen um. Er war jung, vielleicht Mitte zwanzig, hatte pockennarbige Haut und eine Brille mit dicken, verschmierten Gläsern. Er stand mit ausdruckslosem Gesicht da, bis sie bei ihm waren, und schien auf ein Signal zu warten.

Connelly legte ihr eine Hand auf den Arm. »Sind Sie bereit?«

Christine nickte nur.

Er sah den Assistenten an. »Bitte, Ryan.«

Ohne weitere Umschweife zog der Angestellte das Laken zurück. Christine zwang sich, ihren Mann anzusehen, dessen wächserne Gesichtshaut ein bläuliches Weiß angenommen hatte, die schlaff, aber auf eine unheimliche Weise unversehrt wirkte. Er trug kein Jackett. Die oberen Knöpfe seines Hemds waren geöffnet, die Krawatte war gelockert. Ja, das war Stephen. Selbst wenn seine obere Gesichtshälfte unkenntlich gewesen wäre, hätte es keinen Zweifel gegeben. Die Kerbe im Kinn, die an Robert Mitchum erinnerte, konnte man einfach nicht verkennen. Und doch war ihr alles an ihm fremd. Sein blendendes Aussehen war verflogen, sein Gesicht war erschlafft und aufgedunsen. Von dem Mann, den sie vor acht Jahren geheiratet hatte, war nichts als eine leere Hülle zurückgeblieben. Der geschliffene Charme und die charismatische Ausstrahlung, die Stephen Ludlow zum internationalen Liebling der Medien gemacht hatten, waren erloschen.

»Ja«, krächzte sie heiser. Sie räusperte sich. »Ja, das ist Stephen.« Sie war erleichtert, als der Angestellte das Tuch wieder hochzog, wandte sich sicherheitshalber aber ab. »Wie geht es jetzt weiter?«

»Der Rechtsmediziner stellt die Todesursache fest«, erklärte Connelly. »Doch bei dem Glatteis auf der Brücke können wir mit großer Sicherheit annehmen, dass der Tod als Folge eines Verkehrsunfalls eingetreten ist. Entweder durch äußere Gewalteinwirkung infolge des Aufpralls oder durch Ertrinken.« Er machte eine Pause, damit sich seine Worte setzen konnten. »Es tut mir leid, dass ich es so direkt sagen muss, aber es gibt keine nette Art, das auszudrücken.«

Sie blinzelte. »Nein. Wahrscheinlich nicht. Und ich gehe jetzt einfach wieder nach Hause?«

»Sie müssten noch ein paar Formulare unterschreiben. Allerdings haben wir …« Er räusperte sich und sah an ihr vorbei. »Wir hoffen, dass Sie uns vielleicht in einer anderen Sache weiterhelfen können.«

Christine überkam eine eisige Beklemmung. Irgendetwas an der Art, wie sich seine Stimme veränderte und wie er ihrem Blick auswich, ließ ihre Kopfhaut prickeln. »In was für einer Sache?«

Connelly blickte auf seine Schuhspitzen und seufzte. »Es ist etwas heikel. Ich würde viel darum geben, wenn ich es Ihnen ersparen könnte. Aber Tatsache ist …« Er brach ab und sah zu einer Bahre am anderen Ende des Raums. »Wir brauchen Ihre Hilfe, Christine.«

Entsetzt folgte sie Connelly zu der formlosen weißen Erhöhung auf der zweiten Bahre. Er trat von einem Fuß auf den anderen, die Hände tief in den Taschen vergraben.

»Wir haben außer Stephen noch jemanden aus dem Auto geborgen«, sagte er. »Aber das zweite Opfer trug keine Papiere bei sich. Und deswegen hoffen wir …«

Plötzlich war der Assistent der Gerichtsmedizin wieder da. Er hielt die Hände in den blauen Latexhandschuhen einsatzbereit über dem Laken. Connelly nickte ihm knapp zu. Niemand sagte etwas, als er das Tuch zurückzog. In der Stille wurde Christine bewusst, dass irgendwo eine Uhr tickte. Laut, hohl, wie ein Pulsschlag. Auf der Bahre lag eine Frau.

Sie war weiß wie ein Gespenst, und ihr nasses, platinblondes Haar umgab ihren Kopf wie ein Heiligenschein. Auf der Stirn hatte sie eine klaffende Wunde und an der rechten Schläfe eine grauenhafte Delle. Ihre Augen waren glasig und von einem eisigen Violett, die Pupillen starr und abgrundtief. Und sie war bis zur Taille nackt. Ihre Brüste waren so voll und rund, wie sie nicht von der Natur geformt sein konnten.

Christine konnte sich nicht von ihrem Anblick lösen. Eine Prostituierte? Eine Zufallsbekanntschaft? Eine flüchtige Affäre? Oder mehr? Und falls ja, wie viel mehr?

Connelly räusperte sich. »Sie wissen nicht zufällig …«

»Nein.«

»Ich kann mir denken, wie schwer das für Sie ist, Christine, aber bitte nehmen Sie sich die Zeit, genauer hinzusehen.«

»Ich brauche nicht genauer hinzusehen. Ich weiß nicht, wer sie ist und was sie im Auto meines Mannes zu suchen hatte.« Ihre Stimme brach. Und plötzlich hatte sie den Impuls, dem Detective an die Gurgel zu gehen. »Deswegen sind Sie hier!

Ihretwegen. Weil Sie Stephens Freund waren und weil Sie dachten, dass Sie ihren Namen aus mir rausbringen würden. Das meinten Sie mit *alles erklären*! Sie meinten *die* hier.«

»Christine, mir ist klar, dass dies nicht gut aussieht. Ich kann mir nicht mal vorstellen, was in Ihrem Kopf vorgehen mag. Aber wir wissen nicht, was das alles zu bedeuten hat, und sollten keine voreiligen Schlüsse ziehen.«

»Sie hat kein Oberteil an, Detective.«

»Dafür könnte es eine plausible Erklärung geben. Als die Taucher sie aus dem Auto gezogen haben, könnte ihre Kleidung irgendwie …« Er ließ den Satz in der Schwebe. Seine Miene machte deutlich, dass er zu demselben Schluss gekommen war wie sie – zu dem einzigen Schluss, zu dem man kommen konnte, wenn eine halb nackte Frau mitten in der Nacht aus dem Auto eines Mannes gefischt wurde.

Connelly trat unruhig auf der Stelle und ließ die bulligen Schultern hängen. »Wissen Sie, ob er … ob er … eine Affäre hatte?«

Christine blitzte ihn wütend an. »Sie fragen mich, ob ich wusste, dass mein Mann eine Affäre hatte? Als ob das ein Thema wäre, über das wir uns beim Abendessen unterhalten hätten!«

»Tut mir leid. Ich dachte nur, Frauen hätten ein Sensorium für so etwas. Weibliche Intuition oder wie das heißt.«

Sie sah ihn kühl an.

Connelly strich sich über seine drahtigen grauen Haare. »Wissen Sie, ich versuche einfach nur, meinen Job zu machen. Ich habe noch zwei Jahre im Morddezernat, dann bin ich durch. Bis dahin tue ich, was man von mir verlangt. Als klar war, wen sie da aus der Bucht gezogen hatten, hat man mich gebeten, mit Ihnen zu sprechen. Die Angehörigen dieser Unbekannten werden sich fragen, warum sie heute Nacht nicht nach Hause gekommen ist. Wir können es ihnen nicht sagen, weil wir nicht wissen, wer sie ist.«

In Christine sträubte sich alles. Also sollte es ihre Pflicht sein, zur Identifizierung dieser halb nackten Frau beizutragen? »Tja, ich kann Ihnen leider nicht weiterhelfen. Und wenn es Ihnen nichts ausmacht, möchte ich jetzt gerne nach Hause fahren. Sie haben gesagt, ich müsste noch etwas unterschreiben?«

Connelly holte das Klemmbrett, auf dem Ryan sich vorher Notizen gemacht hatte. Er deutete auf eine gestrichelte Linie unten auf der Seite, schlug das Blatt um und zeigte auf zwei weitere Stellen. Christine unterschrieb, ohne zu lesen, was da stand, und drückte ihm das Klemmbrett in die Hand.

»War das alles?«

»Fürs Erste ja. Man wird Ihnen den Autopsiebericht zusenden. Und irgendwann können Sie seine Sachen abholen.«

Christine sah ihn verständnislos an. »Seine Sachen?«

»Schlüssel. Brieftasche. Handy.«

»Ach so. Seine Sachen.« Sie wandte sich zur Tür und kramte in ihrer Handtasche nach dem eigenen Autoschlüssel.

»Ich begleite Sie«, sagte Connelly.

»Nein, vielen Dank. Ich finde mich schon alleine zurecht.« Sie wusste, dass sie sich bei ihm dafür bedanken sollte, dass er mitten in der Nacht hergekommen war, aber sie brachte es nicht über sich.

Sie war schon fast an der Tür, als Connelly sie aufhielt. »Es tut mir wirklich leid, Christine. Das meine ich ehrlich. Stephen war mein Freund. Aber er war eben auch sehr prominent. Die Medien werden wissen wollen, was passiert ist. Ich tue, was ich kann, um es unter der Decke zu halten, aber ich kann für nichts garantieren.«

Christine nickte und ging hinaus. Sie schwankte zwischen Dankbarkeit und Grauen.

Zwei

Es war halb fünf, als Christine das Sicherheitstor passierte und den Range Rover in die Garage steuerte. Lange Zeit – wie lange, wusste sie selbst nicht – saß sie einfach nur bei geöffneter Tür und laufendem Motor da. Bald würde die Sonne aufgehen, ein neuer Tag beginnen. Sie musste Anrufe machen, sich mit Einzelheiten beschäftigen, aber im Moment war sie zu betäubt, um darüber nachdenken zu können. Stattdessen saß sie im gespenstischen Schimmer des Armaturenbretts und fragte sich, wie ihre äußerst geordnete Ehe in so eine spektakuläre Entgleisung münden konnte.

Sie hatte eine Kultfigur geheiratet – nach allen gängigen Maßstäben war Stephen eine hervorragende Partie gewesen. Nicht schlecht für ein Mädchen von der falschen Seite des Bahndamms. Stephen Ludlow. Sein Name wurde überall mit Respekt ausgesprochen. Und wenn er es als seine Aufgabe angesehen hatte, ihre Ecken und Kanten zu feilen und eine Gesellschaftsdame aus ihr zu machen, so war das ein nicht zu hoher Preis für die Sicherheit gewesen, nach der sie sich sehnte. Aber wer war sie jetzt, wo Stephen nicht mehr da war? Eine Witwe, die plötzlich aus einem Leben herausgeschleudert wurde, das nie wirklich ihres gewesen war.

Eine Witwe.

Wie war es überhaupt dazu gekommen? Sie hatte nie vorgehabt zu heiraten. Im Gegenteil. Als Kind einer Drogenabhängigen und Alkoholikerin war sie unter harten Bedingungen viel zu früh erwachsen geworden. Und sie hatte ein paar Dinge dabei gelernt. Mit zehn wusste sie, dass keine Adresse dauerhaft, mit zwölf, dass kein Versprechen heilig, und mit sechzehn, dass man nirgends sicher war. Es hatte noch andere Lektionen gegeben. Lektionen, die sich in ihr Gedächtnis eingebrannt hatten – und in ihre Haut.

Sie schob den Ärmel ihres Mantels zurück und betrachtete die drei kreisrunden Narben auf ihrem Handgelenk, blass und schimmernd wie ein Sternbild. Der Ausweis einer Überlebenden. Ja, sie hatte ein paar Dinge gelernt. Zum Beispiel, was passierte, wenn man den falschen Leuten vertraute.

Und dann hatte sie Stephen kennengelernt. Er war gut aussehend und charmant gewesen, ein aufsteigender Star in der Buchwelt. Was sie aber noch mehr überzeugt hatte, war die Tatsache, dass er keine Miene verzogen hatte, als sie ihm mit großer Entschiedenheit mitteilte, dass Kinder nicht zu ihrem Lebensentwurf gehörten. Er schien sogar angenehm überrascht zu sein. Ihm ging seine Karriere über alles, und sie hatte dasselbe als Vorwand vorgegeben. Sechs Monate später waren sie verheiratet. Es war keine Ehe wie aus dem Märchenbuch, aber sie hatte auch nie an einen Prinzen geglaubt, mit dem sie glücklich bis an ihr seliges Ende zusammenleben würde. Wie bei vielen stürmischen Liebesgeschichten verflogen die Leidenschaft und der Reiz des Neuen irgendwann. Mit der Zeit hatte sich ihre Beziehung zu einer distanzierten Allianz entwickelt, war sicher und beständig geworden. Jedenfalls hatte sie das angenommen.

Sie warf einen Blick auf die Uhr am Armaturenbrett. Fast fünf. Wie war es möglich, dass sich so viel in drei Stunden verändern konnte? Alles, was sie über das Leben und ihre Ehe zu wissen geglaubt hatte, galt plötzlich nicht mehr. Sie schloss die

Augen, lehnte sich zurück und wartete darauf, dass die Tränen kamen. Doch stattdessen sah sie ein gespenstig weißes Gesicht mit einer grauenhaften Delle an der Schläfe und violetten Augen, die ins Nichts starrten.

Wer war sie?

Christine war zu verstört, um der Sache auf den Grund zu gehen, zu erschöpft, um sich Szenarien auszumalen, die alle zu ein und derselben schrecklichen Folgerung führen mussten. Sie zerrte die Handtasche vom Beifahrersitz und stieg aus.

Als sie die Küche betrat, war sie einen Moment orientierungslos, als hätte sie aus Versehen ein fremdes Haus betreten. Sie war daran gewöhnt, allein zu sein. In den letzten Jahren war Stephen selten länger als eine Woche am Stück zu Hause gewesen. Er hielt Vorträge, war oft auf Lesereisen oder in Talk-Shows zu Gast. Aber diesmal fühlte sich die Leere anders an. Als hätte das Haus mit Stephens Tod etwas von seiner Lebenskraft eingebüßt.

Aber es war ja auch immer *sein* Haus gewesen. Von irgendeinem Zeitpunkt an war er wie besessen gewesen von dem Gedanken, in dem Haus zu leben, in dem Warner Brothers das Ende seines dritten Krimis – *Ohne Recht und Gesetz* – gedreht hatte. Der Film war sein erster Kassenschlager geworden, dem weitere folgen sollten. Er hatte dieses Haus so unbedingt gewollt, dass er sich nicht einmal die Mühe machte, sie überhaupt zu fragen, bevor er sein Angebot abgab. Das war vor vier Jahren gewesen, ungefähr zu der Zeit, in der ihr langsam klar wurde, was für eine nebensächliche Rolle sie in ihrer eigenen Ehe spielte.

Sie kollabierte auf dem Sofa und nahm den Schal ab. Bei Sonnenaufgang würden die Morgennachrichten ausgestrahlt und Zeitungen auf Türmatten geworfen werden. Sie musste Stephens Agenten anrufen, den Anwalt, die Versicherungsgesellschaft. Wenigstens hatte Stephen keine

Angehörigen. Er war ein Einzelkind so wie sie, und seine Eltern lebten nicht mehr. Sein Vater war schon zu Stephens Schulzeit an einem Herzinfarkt gestorben und seine Mutter vor zwei Jahren an einer Hirnblutung. Es war schrecklich, dass sie dankbar dafür war. Aber wie hätte sie die Eltern unter diesen Umständen über seinen Unfall informieren, geschweige denn ihnen bei der Beerdigung gegenübertreten sollen?

Das Telefon in der Küche klingelte. Sie musste eingeschlafen sein. Sie rappelte sich auf, doch bevor sie in der Küche war, sprang der Anrufbeantworter an. Sie wartete die Ansage ab, und als sie die Stimme von Stephens Agenten hörte, nahm sie ab.

»Ich bin dran, Gary.«

»Sagen Sie mir, dass es eine Verwechslung ist, Christine. Sagen Sie mir, dass das, was ich gerade in den Nachrichten gehört habe, nicht stimmt.«

»Doch, es stimmt. Stephen ist tot.«

»Um Himmels willen, was ist passiert?«

»Nach dem, was die Polizei sagt, war die Brücke über die Echo Bay vereist. Sein Auto ist ins Wasser gestürzt.«

»O Mann, das tut mir leid, Christine. Das … ich kann's nicht glauben. Ich hab gedacht, er wäre auf dem Weg nach New York, zur Signierstunde in der Buchhandlung Strand. Was hatte er in der Gegend überhaupt zu suchen?«

Christine umklammerte den Hörer. Sie würde solche Fragen nicht beantworten. Nicht jetzt und später auch nicht, wenn sie es irgendwie vermeiden konnte. »Wahrscheinlich ist er früher fertig geworden und wollte zu Hause sein, bevor das Wetter umschlug. Es spielt auch keine Rolle mehr.«

»Da haben Sie recht. Überhaupt keine. Sie sind wirklich sicher, dass es sich nicht um eine Verwechslung handelt? Manchmal macht die Polizei …«

»Ich habe ihn gesehen, Gary. Ich musste ihn identifizieren.«

»O Mann, das tut mir leid. Das muss ja schrecklich gewesen sein. Es gibt Dinge …« Er vollendete den Satz nicht. Nach kurzem Schweigen fuhr er fort: »Ich weiß, dass es sich eigentlich nicht gehört. Stephen war ein Freund. Aber es gibt Dinge, über die wir sprechen müssen. Einzelheiten.«

»Der Gerichtsmediziner muss ihn … seine Leiche erst freigeben. Aber es wird bestimmt nur ein paar Tage dauern. Wahrscheinlich kann ich …«

Gary hüstelte verlegen. »Ich meinte nicht die Vorbereitungen zu seiner Bestattung, Christine. Ich meinte die vertraglichen Vereinbarungen für den Todesfall. Ein Teil des Vorschusses für sein nächstes Buch wurde bereits ausgezahlt, und jetzt …«

»Und jetzt wird er es nie fertigstellen.«

»Genau.«

»Ich habe mich mit all dem nie beschäftigt, Gary. Das wissen Sie ja. Kümmern Sie sich darum. Was auch immer getan werden muss, leiten Sie es in die Wege.«

»Gut«, sagte er und ließ das Thema fallen. »Wir sprechen darüber, wenn Sie etwas Zeit für sich haben. Eigentlich wollte ich es auch gar nicht ansprechen. Sie müssen nur wissen, dass wir uns irgendwann über all das unterhalten müssen. Nicht, dass ich Ihnen zu diesem Zeitpunkt schon etwas sagen könnte. Bei Lloyd & Griffin habe ich noch nicht angerufen, weil ich sicher bin, dass sie die Nachricht erst verdauen müssen, so wie wir alle. Aber mein Telefon wird jede Sekunde anfangen, Sturm zu klingeln. Ihres auch. Tragödien verkaufen sich. Die Medien werden sich darauf stürzen. Aber denken Sie daran, Christine, Sie sind nicht verpflichtet, irgendjemandem Auskunft zu geben, wenn Sie noch nicht bereit dazu sind. Das müssen Sie überhaupt nicht, niemals. Ihre Trauer geht niemanden etwas an. Ich sehe mir Stephens Verträge an. Es geht bei seinem noch nicht erschienenen Buch ums Endlektorat und um die Tantiemen, die ja beachtlich sind, wie Sie wissen. Auf alle Fälle hat er Sie zur Nachlassverwalterin seines literarischen Erbes eingesetzt.«

Christine war zu benommen, um irgendetwas von all dem zu begreifen. »Ich weiß nicht, was das zu bedeuten hat.«

»Es bedeutet, dass Sie ab jetzt entscheiden, was aus Stephens Büchern wird. Da geht es um Dinge wie Copyright, Filmrechte und so weiter. Aber es ist nichts, worüber Sie sich im Moment Sorgen machen müssten. Im Moment sollten Sie auf sich achten und irgendwie versuchen, die nächsten Tage zu überstehen. Wenn Sie etwas brauchen, rufen Sie mich an. Das meine ich so, wie ich es sage, Christine. Ich stehe Ihnen jederzeit zur Verfügung.«

Als sie auflegte, war sie ganz durcheinander. Sie hatte höchstens die Hälfte verstanden. Und sie war nicht sicher, ob sie sich für die andere Hälfte interessierte. Sie hatte nie richtig nachvollziehen können, wie und wann Stephen bezahlt wurde. Die Zahlungsmodalitäten waren schwer genug zu durchschauen, als nur drei Bücher auf dem Markt waren. Jetzt gab es elf, *Ein fatales Geschäft* nicht mitgerechnet, das in acht Wochen hätte erscheinen sollen. Die Wahrheit war, dass sie keine Ahnung hatte, wie viel Geld Stephen verdiente.

Abrechnungen kamen mit der Post. Gelder flossen auf mehrere Konten. Rechnungen wurden bezahlt. Wenn es nach Stephen ging, musste sie nicht mehr wissen, und ihr war es recht gewesen. Sie hatte es sowieso immer als unangenehm empfunden, mit ihm über Geld zu sprechen, wahrscheinlich weil sie als freie Lektorin so viel weniger verdiente als er. Sie kannte nicht einmal den Namen seines Brokers.

Wenn sie nur an alles dachte, was vor ihr lag, spürte sie eine tiefe Erschöpfung. Sie stieg die Treppe hoch und ging in ihr gemeinsames Schlafzimmer. So dringend sie eine Dusche brauchte, so wenig konnte sie die Energie aufbringen, sich auszuziehen. Also begnügte sie sich damit, sich die Zähne zu putzen und das Gesicht zu waschen. Sie durchsuchte gerade das Medizinschränkchen nach Ibuprofen, als das Telefon wieder klingelte.

Es war keine ihr bekannte Nummer. Sie wartete darauf, dass der Anrufbeantworter ansprang, und erschauerte, als es ein Reporter vom *Boston Globe* war, der ihr höflich und kurz kondolierte, bevor er zur Sache kam und sie um ein Interview bat. Sowie der Anruf durch war, klingelte es wieder. Dieses Mal war es jemand vom *Portland Press Herald*, gefolgt von *Times*, *Mirror* und *Dallas Morning News*.

Sie ließ jedes Mal den Anrufbeantworter anspringen. Die Nachrichten ähnelten sich. Vorgetäuschtem Mitgefühl folgte die Bitte um ein Interview. Als das Telefon zum fünften Mal klingelte, stellte sie es auf lautlos. Ihr Handy stellte sie zur Sicherheit ebenfalls ab. Gary hatte recht. Ihr Kummer – und alles, was sie sonst noch fühlen mochte – ging niemanden etwas an als sie selbst.

Aus Gewohnheit wanderte sie zurück in die Küche, machte Kaffee und strich mit ihrem Becher durchs Haus. Während sie herumtrödelte und sich alle möglichen Gegenstände ansah, die Stephen und sie über die Jahre gesammelt hatten, vergaß sie ganz, ihren Kaffee zu trinken. Eine mundgeblasene Glasschüssel aus einem winzigen Laden in Rockport, eine Lampe aus Treibholz, die ein Künstler aus Portsmouth gestaltet hatte, das Ölgemälde von Thomas Arvid, das im Esszimmer hing und das sie auf ihrer Hochzeitsreise gekauft hatten. Das kam ihr jetzt wie eine halbe Ewigkeit vor.

Acht Jahre.

Wie hatten sie so schnell vorbeigehen können? Und warum war ihr nicht aufgefallen, dass sich ihre Beziehung verändert hatte, dass Stephen sich verändert hatte? Hatte sie sich selbst belogen?

Sie schüttelte den Gedanken ab und schaltete den Fernseher an. Zwei Nachrichtensprecher standen hinter einem Pult und unterhielten sich angeregt. Darunter kroch ein grellrotes Banner über den Bildschirm: *Schriftsteller Stephen Ludlow bei Autounfall getötet.* Es war schlimm genug, die Worte zu lesen, aber als dann auch noch Stephens Gesicht auf dem Bildschirm erschien – und zwar das Porträt, das auf der Umschlagrückseite seines letzten Buchs abgedruckt war –, ließ Christine sich aufs Sofa sinken und stellte den Ton laut.

»Nach Angaben der Polizei ist Ludlows Privatwagen von der Echo Bay Bridge gestürzt. Die Unfallursache wird noch ermittelt, doch man geht davon aus, dass der Unfall durch Glatteis auf der Fahrbahn verursacht wurde. Taucher haben den Leichnam kurz nach Mitternacht geborgen. Ludlow wurde vor allem mit seinen Craig-Childress-Thrillern bekannt, nach denen sehr erfolgreiche Actionfilme gedreht wurden. Ludlow lebte in Clear Harbor, Maine, und hinterlässt seine Ehefrau, Christine. Das Paar war seit acht Jahren verheiratet und hatte keine Kinder.«

»Genau«, sagte Christine und schaltete bei der folgenden Nachricht über ein Feuer in Portland den Fernseher aus. »Keine Kinder.«

Als ob das irgendjemanden irgendetwas anging. Natürlich hatte es Fragen gegeben. Peinliche, übergriffige Fragen, bei denen sie nie wusste, wie sie sie beantworten sollte. *Ihr habt noch keine Kinder? Wie lange versucht ihr es denn schon? Habt ihr schon mal an künstliche Befruchtung gedacht? Im Gynäkologischen Zentrum in Portland gibt es eine wunderbare Ärztin mit hoher Trefferquote.*

Sie hatte nie verstanden, warum die Leute – und vor allem Frauen – annahmen, dass jede Frau auf dem Planeten das tiefe Bedürfnis empfand, sich für die Nachwelt zu klonen. Wenn sie gewusst hätten, was Christine wusste, wenn sie gesehen hätten, was Christine gesehen hatte, dann wäre ihnen klar gewesen, dass es Schlimmeres gab, als kinderlos zu bleiben. Zum Beispiel ein Kind in die Welt zu setzen, um das man sich nicht kümmern konnte, und ihm Wunden fürs Leben zuzufügen.

Sie ging mit ihrem Kaffeebecher in die Küche zurück und starrte lange gedankenverloren zum Fenster hinaus. Es hatte begonnen zu schneien, träge Flöckchen, die unendlich langsam herabschwebten. Es war die dritte Novemberwoche – das war sogar in Maine zu früh für Schnee. Unwahrscheinlich, dass er liegen blieb, aber der Anblick der dünnen Schneeschicht auf der Terrasse war dennoch deprimierend.

Stephen hatte die Winter in New England geliebt. Oder vielmehr die Vorstellung, wie er sich in langen, eisigen Monaten in seinem Arbeitszimmer einigelte und auf das Meer blickte. Ihm gefiel dieses Bild von sich selbst, und er wollte, dass die Welt ihn genauso sah. Für Stephen hatte sich immer alles um sein Image gedreht. Seine Karriere, sein Haus, selbst seine Ehe, die er nach und nach so gestaltet hatte – alles wirkte wie aus einem Hochglanzmagazin. Als wäre ihm das richtige Leben nicht gut genug.

Vielleicht erklärte das auch die Blondine in der Pathologie. Wobei es noch keinen Beweis dafür gab, dass er tatsächlich eine Affäre hatte. Vielleicht hatte Connelly ja recht. Vielleicht war es nicht so, wie es aussah. Wie auch immer, der Detective hatte Wort gehalten. In den Nachrichten wurde die Unbekannte nicht erwähnt.

Das Geräusch einer zugeworfenen Autotür schreckte sie auf. Selbst in der Saison gab es so gut wie keinen Verkehr auf ihrer Privatstraße. Und wenn, waren es fast immer Ortsansässige in Volvos oder Subarus. Aber nach Labor Day Anfang September, wenn die Touristen Clear Harbor allmählich verließen, fuhren praktisch nie Autos auf der Pulpit Rock Road. Allerdings ignorierten Touristen auch manchmal das Schild *Privat. Keine Durchfahrt* und wagten sich auf die Landzunge hinaus.

Neugierig ging sie ins Wohnzimmer hinüber und spähte durch die Vorhänge. Zu ihrem Entsetzen standen mehrere TV-Übertragungswagen vor dem Tor, die sie mit ihren riesigen Satellitenschüsseln an schlechte Science-Fiction-Filme erinnerten.

Wo kamen *die* denn alle auf einmal her?

Drei

Clear Harbor, Maine
26. November 2016

Zwei Tage nach Stephens Tod war aus einer lokalen Tragödie eine nationale Obsession geworden. Und nun, eine Woche darauf, konnte Christine den Fernseher nicht anschalten, ohne dass wiedergekäut wurde, wie die literarische Welt einen ihrer größten Stars verloren hatte. Als wäre das noch nicht genug, hatten sich die Übertragungswagen vor dem Grundstück explosionsartig vermehrt. Und es wimmelte von Reportern, die durch den Zaun zum Haus spähten.

Sie hatte sich dem Mob noch nicht gestellt. Genau genommen hatte sie sich niemandem gestellt, wenn man von einem Anruf bei dem Bestattungsunternehmen Dorsey and Sons absah, mit dem sie die Einzelheiten von Stephens Trauerfeier besprechen musste. Sie hatte sich verkrochen und ihre Wunden geleckt, ohne sich von Anrufen, Zeitungen oder dem Internet dabei stören zu lassen. Doch heute musste sie ihr Asyl verlassen. Heute war die Trauerfeier für Stephen.

Sie hatte erwartet, an diesem Tag etwas abschließen oder beenden zu können, doch als sie erwachte, hatte sie nur Beklemmungen. Irgendwie überstand sie den Morgen, ließ das

Frühstück ausfallen und durchforstete ihren Kleiderschrank nach etwas Passendem. Oben an der Treppe fiel ihr Blick auf ihr Spiegelbild – auf ein Gespenst mit trockenen Augen. Sie trug den Hosenanzug, den sie zwei Jahre zuvor zur Bestattung ihrer Schwiegermutter gekauft hatte.

Ihr graute vor der Trauerfeier. Bei dem Gedanken, vor Stephens Freunden die trauernde Witwe zu spielen, obwohl sie in Wahrheit vor Wut schäumte, wurde ihr mulmig. In den ersten Tagen war sie von einer Art Nebel umfangen gewesen und hatte sich ihren Zorn nicht richtig zugestanden. Es kam ihr falsch vor, jemandem zu grollen, der gerade erst gestorben war. Doch dann war wie aus dem Nichts eine mit Neugier vermischte Wut über sie gekommen, und sie hatte Stephens Arbeitszimmer nach den üblichen Warnsignalen durchforstet – nach verdächtigen Hotelrechnungen, heimlichen E-Mails oder versteckten Reinigungsquittungen.

Erst nach einigem Suchen war ihr ein monatlicher Dauerauftrag an eine Firma namens Star Properties LTD aufgefallen. Der Name sagte ihr nichts. Star Properties konnte eine der PR-Agenturen sein, die Stephen für Buchvorstellungen und Presseerklärungen engagierte. Doch es gab noch eine weitere regelmäßige Überweisung auf ein als *Reisen* gekennzeichnetes Unterkonto – jeweils viertausend Dollar am fünften eines Monats. Nicht, dass eine Affäre dadurch bewiesen wäre. Schließlich war es durchaus möglich, dass es sich um reguläre Spesen und geschäftliche Ausgaben handelte oder dass der Geldtransfer etwas mit Stephens Investitionen zu tun hatte. Doch ihre Intuition sagte ihr, dass dem nicht so war.

Schließlich lieferte ein Foto die Bestätigung für diese Theorie. Sie hatte nach der Suche erschöpft an Stephens Schreibtisch gesessen, den Blick über die gerahmten Fotos auf dem Regal schweifen lassen und gedacht, wie wenig Stephen in den letzten Jahren gealtert war. Dann fiel ihr plötzlich der Blick auf, mit dem er auf einem Foto eine Gruppe von Zuhörern anschaute.

Und da war sie. Ganz am Bildrand, in hautengen Jeans und auf zehn Zentimeter hohen Absätzen. Sie sah ihn aus ihren stark geschminkten Augen an. Es war die Intimität dieses Blickes, die Christine die Luft nahm, ein vertraulicher Moment, zufällig eingefangen. Eine Weile versuchte sie sich zu erinnern, ob es jemals eine Zeit gegeben hatte, in der Stephen und sie einander so angesehen hatten. Wenn ja, dann erinnerte sie sich nicht daran. War das Stephens Schuld oder ihre? Sie wusste es nicht, aber sie merkte, wie sich der Gedanke irgendwo in einer dunklen Hirnwindung einnistete – wie ein Kieselstein im Schuh, den man eine Weile ignorieren konnte, bevor man ihn dann doch entfernen musste.

Das leise Läuten der alten Uhr auf dem Kaminsims rief Christine in die Gegenwart zurück. Es war so weit. Sie musste aufbrechen. Als sie ihre Handtasche vom Küchentresen nahm, fiel ihr Blick auf das Telefon. Anfangs hatte sie noch alle Nachrichten abgehört, weil sie auf einen Anruf von Connelly wartete. Aber er hatte sich nicht gemeldet.

Jetzt waren da elf neue Nachrichten – von Reportern, Kollegen, selbst Kondolenzanrufe von Nachbarn, die jetzt im Süden in Sarasota waren, oder wohin sie auch gefahren sein mochten, als die Blätter zu fallen begannen. Sie löschte eine nach der anderen, hielt aber inne, als Garys vertrauter Bariton die Küche füllte.

»Christine, hier ist Gary. Rufen Sie mich zurück, wenn Sie dies abhören.«

Sie drückte auf »Speichern« und ging weiter, weil sie wirklich nicht in der Stimmung war, sich mit Stephens Agenten auseinanderzusetzen. Doch die nächste Nachricht war auch von Gary. Seine Stimme hatte etwas Angespanntes. »Ich bin's noch mal. Bitte melden Sie sich, damit ich weiß, ob alles in Ordnung ist.«

War alles in Ordnung?

Christine seufzte. Sie wusste es zu schätzen, dass er sich um sie sorgte, aber es war in diesen Tagen wirklich schwer zu sagen, was *in Ordnung* zu bedeuten hatte. Sie drückte wieder auf die Taste. Jetzt klang Garys Stimme fast alarmiert.

»Christine – verdammt! Wo stecken Sie? Ich versuche jetzt seit zwei Tagen, Sie zu erreichen, und immer springt diese dämliche Maschine an. Rufen Sie mich bitte sofort an. Wir müssen etwas besprechen.«

Sie sah auf die Uhr und verdrehte die Augen. Bevor sie losmusste, hatte sie noch Zeit für einen Anruf – und der würde sich nicht um Vorschüsse und Filmrechte drehen. Sie musste wenigstens wissen – nein, es war ihr Recht zu wissen –, wie die Frau hieß, die mit ihrem Mann gestorben war.

Sie rief Connellys Nummer an, mehrmals. Nicht, dass sie hoffte, ihn am Schreibtisch zu erwischen. Er war immer mit irgendeiner Ermittlung beschäftigt oder leitete immer irgendein Verhör. Heute war es nicht anders.

Die Frau, die ihren Anruf entgegennahm, erklärte ihr knapp, dass Detective Connelly nicht am Platz sei, und leitete ihren Anruf auf seinen Anrufbeantworter. Sie glaubte zwar nicht mehr, dass es zu etwas gut war, hinterließ aber wieder eine Nachricht, die fünfte, wenn sie sich nicht verzählt hatte. Vielleicht war es ja tatsächlich ein Zufall, dass er nie zu erreichen war, aber sie fragte sich doch, ob er ihr nicht absichtlich auswich. Vielleicht hatte er mehr herausgefunden, als ihm lieb gewesen war, und wollte ihr die Wahrheit ersparen. Aber in dem Fall täuschte er sich. Der Zug war längst abgefahren.

Christine sah wieder auf die Uhr und nahm ihre Handtasche. Sie musste zur Trauerfeier ihres Ehemanns. Aber zuerst musste sie irgendwie mit dem Auto durch die Reportermeute vor dem Tor kommen.

Ihre Handflächen waren feucht, als sie im Rückwärtsgang aus der Garage fuhr. Sie zog die Fernbedienung hinter der Sonnenblende des Range Rovers hervor. Damals, als Stephen darauf bestand, einen hohen Zaun mit einem Sicherheitstor installieren zu lassen, um durchgedrehte Fans und Schaulustige vom Grundstück fernzuhalten, hatte sie ihn für paranoid gehalten. Jetzt war sie dankbar dafür. Auch wenn er sich sicherlich nie vorgestellt hatte, dass die Schaulustigen von der Presse sein würden und sich darum rissen, einen Blick auf seine Witwe zu erhaschen.

Der Tumult begann in der Sekunde, in der die Türen zur Seite glitten. Eine Horde von Reportern, bewaffnet mit Notizblöcken und über den Kopf gehaltenen Handykameras, zwängte sich wie eine Ameisenkolonie durch die Öffnung. Offensichtlich hatten sie die Todesanzeige im *Herald* gesehen und hofften auf irgendeine Äußerung von ihr. Mit angehaltenem Atem setzte sie weiter zurück, die Augen starr auf die Einfahrt gerichtet, und schob sich zentimeterweise durch die durcheinanderrufenden Reporter. Nur noch ein paar Meter und sie wäre ihnen entkommen.

Sie wollte gerade erleichtert aufatmen, als jemand an die Fahrertür hämmerte. Sie trat abrupt auf die Bremse. Ein Typ in einem roten L.L.-Bean-Parka presste eine Zeitung gegen die Scheibe. Und plötzlich stand ihr die schreckliche Wahrheit vor Augen. Die Reporter wollten nichts von ihr über Stephens Trauerfeier hören. Sie wollten eine Reaktion auf das entsetzliche Foto, das ihr von der Titelseite des *Examiner* entgegenblickte – die leeren Augen von Stephens Gefährtin.

DIE NACKTEN UND DIE TOTEN – MYSTERIÖSE BLONDINE AUS STEPHEN LUDLOWS WAGEN GEBORGEN

Als Christine die Schlagzeile las, begann die Erde zu beben, eine deutliche Erschütterung, die nur ihr aufzufallen schien. Sobald die Journalisten ihre Bestürzung bemerkten, steigerte sich ihr Geschrei zur Raserei. Panisch sah sich Christine nach einem Fluchtweg um. Sie war von der Straße ebenso abgeschnitten wie von der geöffneten Garagentür. Es blieb ihr nichts anderes übrig: Sie musste sich irgendwie zur Haustür durchkämpfen.

Sowie ihr Fuß den Boden berührte, schossen sie von allen Seiten auf sie zu – wie Möwen auf ein Kleinkind mit Pommes frites in der Hand. Keine Chance, zur Haustür zu rennen. Keine Chance, irgendwohin zu rennen. Sie kämpfte sich verzweifelt mit den Ellenbogen durch das Gewühl, die Haustür fest im Blick. Wenn sie es ins Haus schaffte und die Tür von innen verriegelte, dann wäre sie in Sicherheit. Das war den Reportern natürlich auch klar, weswegen sie sich wie ein Keil zwischen sie und den Hauseingang schoben. Christine musste sich dem Spießrutenlauf stellen.

Mit eingezogenem Kopf zwängte sie sich an Gesichtern vorbei, die zu einer einzigen, gierigen Fratze verschwammen, die ihr den Weg versperrte. Sie weinte fast, als sie die Haustür erreichte, und hätte fast den Schlüssel fallen lassen. In dem Tumult hatte sie ihr Tuch eingebüßt, und der oberste Knopf ihres Jacketts hing nur noch an einem Faden. Das war ihr völlig egal. Wenn sie nur im Haus in Sicherheit wäre!

»Mrs Ludlow!«, erhob sich eine Frauenstimme deutlich über den Krawall. »Kennen Sie die Frau, die aus dem Auto Ihres Mannes geborgen wurde? Hatte Ihr Mann ein Verhältnis mit ihr?«

Einen Moment legte sich Stille über die Meute. Doch als ihre Antwort ausblieb, stürmten sie mit ihren Fragen von allen Seiten auf sie ein.

»Wie erklären Sie sich, dass sie nichts anhatte?«

»Der Polizei ist sie nicht bekannt. Verraten Sie uns ihren Namen!«

»Wissen Sie, wie lange die beiden schon eine Beziehung hatten?«

»Gab es noch andere Frauen, oder war sie die erste?«

Als der Schlüssel ins Schloss glitt, sie sich hineingezwängt und den Riegel vorgeschoben hatte, liefen Christine die Tränen über die Wangen. Sie hatte keine Ahnung, wie lange sie dort stand, zu erschüttert, um auch nur einen Schritt zu tun. Plötzlich merkte sie, dass sie sich übergeben musste. Sie ließ die Handtasche fallen und rannte zum Spülbecken, wo sie sich so lange erbrach, bis sie am ganzen Leib bebte. Ihr Leben lang hatte sie Menschenmengen gemieden. Eine Meute losgelassener Reporter, die ihr Fragen über die Geliebte ihres verstorbenen Ehemanns an den Kopf warfen, hätte sie selbst in ihren besten Zeiten umgehauen.

Nachdem sie sich das Gesicht gewaschen und eine Flasche Wasser aus dem Kühlschrank geholt hatte, ging sie zur Haustür zurück, um ihre Handtasche aufzuheben. Als sie sich hinunterbeugte, erstarrte sie. Ein zerknitterter *Examiner* guckte daraus hervor. Einer von den Aasgeiern musste ihn da hineingestopft haben.

Mit zitternden Händen strich sie die Zeitung glatt. Das Foto war eindeutig in der Pathologie aufgenommen worden. Aber von wem? Und wie war es auf die Titelseite eines Boulevardblatts gelangt? Das Gesicht der Unbekannten starrte ihr in körnigem Schwarz-Weiß entgegen. Ihre violetten Augen waren grau. Christine musste all ihre Kraft aufbieten, um die Illustrierte bis zu der Geschichte durchzublättern: eine grauenhafte Doppelseite mit einer weiteren sensationsheischenden Schlagzeile.

KENNEN SIE DIESE FRAU?

Auf der Seite waren vier Fotos abgedruckt, eines verstörender als das nächste. Das erste war unscharf, aber das halbmondförmige Geburtsmal auf der rechten Brust der Frau war unverkennbar und mit einem knallroten Kreis markiert. Die nächsten beiden zeigten ihr Gesicht, eines von vorne, das andere im Profil. Und das letzte zeigte sie auf der Bahre. Die polierten Fußnägel ihres rechten Fußes lugten auf eine verquere Art obszön unter dem Laken hervor, das die untere Hälfte ihres Körpers bedeckte.

Die Geschichte war voller dunkler Folgerungen und grauenvoller Anspielungen. Bei der gegebenen Beweislage war es allerdings auch fast unmöglich, zu einer anderen als der offensichtlichen Schlussfolgerung zu kommen. Christine starrte auf die schwarzen Balken über den Brüsten der jungen Frau, die weniger der Diskretion dienten als der Anstachelung der Sensationslust. Alles an der Geschichte – die expliziten Fotos, der prominente Name, der frühe Tod einer schönen Blondine – trug den unverkennbaren Stempel einer erotischen Tragödie und ließ an Schicksale wie das von Jayne Mansfield oder Marilyn Monroe denken – was mit Sicherheit beabsichtigt war. Aber diese Blondine war eine Unbekannte.

Natürlich war es nur eine Frage der Zeit, bis die Medien ihre Identität herausfanden und die ganze Geschichte ans Tageslicht zerrten. Christine kämpfte gegen eine neue Welle von Übelkeit an, ging ins Wohnzimmer und schaltete den Fernseher an. Es dauerte nicht lange – sie musste nur dreimal den Kanal wechseln –, bevor Stephens Gesicht in Großaufnahme erschien. Neben ihrem. Das Bild war in ihrem Urlaub auf Barbados vor drei Jahren aufgenommen worden. Wie hatten sie es in die Finger gekriegt?

»Stephen und Christine Ludlow haben im Jahr zweitausendacht geheiratet«, sagte die Moderatorin von *Entertainment Tonight* gerade, während weitere Fotos eingeblendet wurden.

»Dem Vernehmen nach führten sie eine glückliche Ehe. Doch die jüngsten Entwicklungen werfen Fragen auf, ob Ludlow nicht mit der spärlich bekleideten Frau, deren Fotos in einigen Illustrierten abgedruckt wurde, liiert gewesen ist. Sie hatte keine Papiere bei sich, als Taucher ihren Leichnam aus Ludlows Wagen bargen. Nach Angaben der Polizei wurde ihre Identität noch nicht ermittelt. Ludlows Ehefrau stand für einen Kommentar nicht zur Verfügung. Wir halten Sie über weitere Entwicklungen in diesem Fall auf dem Laufenden.«

Christine klickte sich durch die Nachrichtensendungen der verschiedenen Programme. Alle brachten die Geschichte. Andere Sprecherinnen, andere Fotos, aber die Kernaussage war immer dieselbe. Bestsellerautor stirbt bei einem Seitensprung mit einer mysteriösen Blondine. Es ging jetzt nicht mehr nur um Stephen oder die Unbekannte. Jetzt ging es auch um sie.

Sie ging in die Küche, wählte die Nummer des Polizeireviers in Clear Harbor und weigerte sich, sich wieder zu Connellys Anrufbeantworter durchstellen zu lassen.

»Nein, ich will keine Nachricht hinterlassen«, blaffte sie die Telefonistin an. »Das habe ich schon mehrfach getan. Fünf Mal, um genau zu sein. Was aber zu nichts geführt hat. Ich warte so lange, bis Sie ihn ans Telefon holen. Und kommen Sie mir nicht mit irgendwelchen Ausreden, dass er in einem Verhör sitzt oder in einem Fall ermittelt. Ich bin ein Fall. Mein verstorbener Mann ist ein Fall. Wenn Sie nicht wollen, dass ich mein Zelt in Ihrer Eingangshalle aufschlage, holen Sie ihn jetzt an den Apparat.«

Die Antwort bestand in einem kurzen Klicken gefolgt von einem Rauschen in der Leitung. Während sie wartete, drückte sie die Wasserflasche gegen ihre erhitzten Wangen und fragte sich, mit welcher Entschuldigung sie diesmal abgespeist werden würde. Als sie Connellys Stimme hörte, ließ sie fast die Flasche fallen.

»Es tut mir leid, Christine. Mir steht das Wasser bis zum Hals. Ich bin sicher, Sie haben die neueste … Entwicklung schon mitbekommen.«

»Allerdings«, herrschte sie ihn an. »Ich habe auch mitbekommen, dass sich so viele Reporter vor meinem Haus zusammengerottet haben, dass ich nicht zur Trauerfeier meines Mannes fahren konnte. Sie haben mir versprochen, dass Sie die Sache unter Verschluss halten.«

Nach einer langen Pause grummelte Connelly: »Irgendwo war ein Leck, Christine. Es ist scheußlich, aber solche Sachen passieren nun mal. Wenn der Chef rauskriegt, wer das gewesen ist, fliegt derjenige natürlich. Aber der Geist ist aus der Flasche.«

»Der Geist ist aus der Flasche? Mehr haben Sie dazu nicht zu sagen, nachdem ein Reporter mir gerade ein Foto dieser halb nackten Frau unter die Nase gehalten hat? So habe ich von Ihrem Leck erfahren! Und nicht durch einen Telefonanruf von Ihnen. Durch eine Meute wild gewordener Reporter vor meiner Haustür.«

»Das hätte nicht passieren dürfen. Tut mir leid. Die Sache ist explodiert. Und jetzt sind die Fotos draußen und die Medien wollen wissen, was wir wissen.«

»Und was wissen Sie?«

Wieder eine lange Pause. »Leider nicht viel mehr als in der Nacht, in der der Unfall passiert ist. Heute Morgen, nachdem die Fotos erschienen sind, gingen ein paar Hinweise ein. Wir gehen natürlich jedem einzelnen nach, aber in Fällen wie diesem melden sich viele Spinner. Bisher haben wir noch nichts Konkretes. Und eins steht fest: Wer auch immer sie war, niemand sucht nach ihr. Jedenfalls noch nicht.«

»Und was soll ich machen? Ich wohne an einer Privatstraße und weiß nicht, wie ich aus dem Haus kommen soll. Sie zelten quasi auf meiner Veranda. Ich kann das Sicherheitstor nicht mehr schließen.«

»Ich schicke Ihnen zwei Leute, die sie von Ihrem Grundstück vertreiben und die Straße räumen. Ich kann Ihnen nicht garantieren, dass sie nicht wiederkommen, aber so haben Sie erst mal Luft.«

»Und Sie rufen mich an, wenn Sie etwas herausfinden?«

»Christine«, sagte er in herablassendem Ton, »manchmal ist es das Beste für alle Beteiligten, ihr Leben weiterzuführen, sich an die guten Zeiten zu erinnern, statt sich an dem Unerfreulichen festzubeißen. Ein Name ändert nichts. Warum überlassen Sie uns nicht die Polizeiarbeit, hm?«

»Weil es hier nicht um Polizeiarbeit geht, Detective, sondern um mein Leben. Meinen Mann. Meine Ehe. Meine Einfahrt. Und behandeln Sie mich nicht von oben herab. Eine Ehefrau hat doch wohl ein Recht darauf, die Wahrheit zu erfahren. Selbst wenn der Pokerkumpel ihres Mannes gerne alles unter den Teppich kehren würde. Und wenn ich es recht bedenke, wirkten Sie nicht überrascht, dass mein Mann mit einer fremden Frau unterwegs war, als er verunglückte.«

»Christine …«

»Sie wussten es, stimmt's? Vielleicht kannten Sie ihren Namen nicht, aber Sie wussten, dass es da jemanden gab.«

Wieder seufzte er, diesmal noch tiefer als vorher. »Ich war mir nicht sicher, aber ich habe es vermutet. Er hat ab und zu eine Andeutung gemacht. Nichts Genaues, einfach nur … eine Andeutung. Er hat ihren Namen nie erwähnt, und ich habe ihn nie danach gefragt.«

»Natürlich nicht. Das wäre ja gegen die Regeln gewesen.«

»Regeln?«

»Die von eurem Klub, dem Klub der Betrüger. Alle für einen und einer für alle. So läuft das doch, oder?«

»Hören Sie mal, Christine, ich weiß, dass das nicht leicht für Sie ist. So wie es ausgegangen ist. Aber ich weiß, dass Stephen …«

»Wagen Sie es ja nicht!«, unterbrach sie ihn. »Wagen Sie nicht, mir zu sagen, dass er mich geliebt hat. Ich habe nicht angerufen, damit Sie mir versichern, dass eine halb nackte Frau im Auto meines Mannes nichts zu bedeuten hat. Mir bedeutet sie etwas. Ich denke, dass ich das Recht habe, wenigstens ihren Namen zu erfahren – und zwar nicht über die Illustrierten. Es ist eine Woche her, und ich frage mich langsam, ob Sie die ganze Sache nicht absichtlich verschleppen.«

»Was genau werfen Sie mir vor?« Er klang barsch, aber trotzdem vorsichtig.

»Ich werfe Ihnen gar nichts vor. Ich will nur diesen einen Namen. Und die Telefonnummer oder die Adresse von jemandem, der mir sagen kann, was zwischen dieser Frau und meinem Mann gewesen ist.«

»Selbst wenn ich diese Informationen hätte, könnte ich sie nicht weitergeben. Opfer haben Rechte. Und ihre Familien auch. Mit anderen Worten: Es ist gegen die Vorschriften. Ich habe hier verdammt viele Jahre hinter mich gebracht und mir jede Menge Scheiß bieten lassen. Und jetzt will ich nur noch hier raus und ein paar Jahre auf meinem kleinen Boot um die Keys segeln. Bis dahin halte ich den Ball flach, selbst wenn es um die Frau eines Freundes geht. Ich weiß, dass das hart klingt, aber jeder ist sich selbst der Nächste. Stephen ist nicht ermordet worden, also sind Sie bei mir sowieso an der falschen Adresse. Wenn überhaupt, wäre es ein Vermisstenfall. Aber niemand hat sie als vermisst gemeldet, also ist es nicht einmal das. So oder so, ich bin jedenfalls nicht zuständig. Und jetzt muss ich an die Arbeit. Ich kümmere mich darum, dass man Ihnen einen Polizeiwagen schickt, aber das ist alles, was ich für Sie tun kann. Tut mir leid.«

Und dann legte Daniel Connelly auf.

Christine grübelte noch darüber nach, warum er ihr diese Abfuhr erteilt hatte, als das Telefon wieder klingelte. Sie nahm sofort ab, weil sie hoffte, dass Connelly es sich anders überlegt hatte. Doch es war Mr Dorsey vom Bestattungsinstitut. Nach all dem Tumult hatte sie vollkommen vergessen, dass sich Stephens Freunde und Kollegen in diesem Augenblick versammelten, um seiner zu gedenken – und sich fragten, wo seine Witwe steckte.

Wie sich herausstellte, war diese Sorge unbegründet. Nach dem Sperrfeuer der letzten Enthüllungen war peinlicherweise nur eine Handvoll Trauergäste erschienen. Was keine wirkliche Überraschung war. Natürlich wollte jetzt keiner mehr Christine in die Augen sehen. Und sich darüber auszulassen, was für einen großartigen Mann sie verloren hatte, kam noch weniger infrage.

Sie erklärte Mr Dorsey vage, dass sie verhindert sei und sich in absehbarer Zeit nicht freimachen könne. Mr Dorsey war die Diskretion in Person und erkundigte sich, wie man weiter vorgehen solle. Christine entschied, dass er die Trauerfeier absagen, die Einäscherung aber durchführen solle. In äußerst höflichem Tonfall versprach er ihr, diese Anweisungen umzusetzen. Auch wenn er es nicht offen aussprach, war offensichtlich, dass er die Fotos gesehen hatte. Alle hatten die Fotos gesehen. Es stimmte: Die Ehefrau war immer die Letzte, die es erfuhr.

* * *

Zwei Stunden später hörte Christine eine Polizeisirene. Sie eilte zum Wohnzimmerfenster und sah durch die Vorhänge, wie ein Streifenwagen der Clear-Harbor-Polizei sich langsam und mit eingeschaltetem Blaulicht einen Weg durch die Reporter auf der Einfahrt bahnte. Ein Beamter stieg aus, fuchtelte mit den Armen und deutete auf die Schilder, die in regelmäßigen Abständen entlang des Zauns aufgestellt waren und die Durchfahrt untersagten. Nach kurzem Protest setzte sich die Meute in Bewegung.

Christine beobachtete, wie sich das Grundstück allmählich leerte und wie die Übertragungswagen langsam abfuhren. Als auch der letzte verschwunden war, ging sie zum Schaltkasten am Eingang, schloss das Tor und kehrte ans Wohnzimmerfenster zurück, um sich zu vergewissern, dass wirklich niemand mehr da war. Sie stand eine ganze Weile am Fenster und blickte auf die menschenleere Straße. Zum ersten Mal seit einer Woche lagen keine Reporter mehr auf der Lauer. Eigentlich hätte sie erleichtert sein müssen, aber sie spürte gar nichts.

Mit letzter Energie schleppte sie sich nach oben ins Schlafzimmer und zog den schwarzen Hosenanzug aus. Sie dachte an das Tuch, das irgendwo vorm Haus liegen musste, als sie auf der Terrasse ein Klappern hörte. Sie trat an die Balkontür und spähte hinaus. Unten stand ein Reporter, der sofort die Kamera hob und auf den Auslöser drückte. Sie hatte nichts als einen Slip am Leib.

Entsetzt ließ sie sich in die Hocke fallen, zerrte eine Decke vom Bett, wickelte sich darin ein und hechtete zum Telefon. Der Typ bemerkte, dass sie ihn entdeckt hatte, und floh so hastig, dass er fast über einen Terrassenstuhl gestolpert wäre. Einen Moment später kletterte er über den Zaun und war verschwunden.

Christine starrte das Telefon an. Die Notrufnummer zu wählen, würde nichts bringen. Dieses Mal mochte es ihr gelungen sein, den Eindringling zu vertreiben, aber es war nur eine Frage der Zeit, bevor der nächste über den Zaun kletterte, in ihre Fenster spähte oder sie in ihrem Auto einkeilte, wenn sie aus dem Haus wollte. Sie würden sie nie in Ruhe lassen.

Also musste sie gehen.

Mit einer fast unheimlichen Ruhe nahm sie eine Jeans und ein verwaschenes T-Shirt von den Patriots aus dem Schrank und zog ihre Reisetasche vom obersten Regalbrett. Sie brauchte nicht viel: Jeans, Leggings, zwei Pullover, ihr Necessaire unter dem Waschbecken im Bad.

Und das, was im Safe war. Als sie ihre Tasche gepackt hatte, ging sie in Stephens Arbeitszimmer. Sie ignorierte das gerahmte Foto, das umgedreht auf dem Schreibtisch lag, gab den Code ein und wartete darauf, dass das grüne Licht am Tastenfeld blinkte. Dann tat sie den ganzen Inhalt in eine Aktentasche: Versicherungspolicen, Investitionsdokumente, Pässe, Geburtsurkunden und den Umschlag mit Stephens Bargeldreserve. Für den Fall, dass die Zombies die Macht übernehmen, hatte er gewitzelt. Typisch Stephen, sich vorzustellen, er könne sich mit Geld das Überleben des Weltuntergangs erkaufen.

Sie wollte gerade das Zimmer verlassen, da fiel ihr Blick auf den Ehering mit dem kostbaren blassgrünen Smaragd an ihrer linken Hand. Für die Frau von Stephen Ludlow war das Beste gerade gut genug. Er glitt leicht von ihrem Finger, anscheinend hatte sie nach der einwöchigen Diät mit Tee und Toast abgenommen. Ihre Hand fühlte sich unbeschwert an. Sie hatte kein Schuldgefühl dabei, ihn auf dem Schreibtisch zurückzulassen. Stephen hatte sich von ihr abgewandt, jetzt war sie am Zug.

Mit angehaltenem Atem spähte sie aus dem Fenster. Es sah so aus, als wäre die Luft noch rein. Vor dem Tor warteten keine Übertragungswagen, durch die Buchsbaumhecke zwängten sich keine Fotografen. Sie hängte sich die Taschen über die Schulter, öffnete vorsichtig die Haustür und schoss auf den Rover zu, der noch mitten auf der Einfahrt stand.

Ihr Herz hämmerte wie wild, als sie hinter das Lenkrad rutschte, die Türen von innen verriegelte und den Motor anließ. Als sie auf die Fernbedienung drückte, glitten die Türen lautlos zur Seite. Vor ihr lag die leere Straße.

Ein fast schwindelerregendes Glücksgefühl überkam sie, bis die Erinnerung an eine andere Nacht auf sie einstürmte, an eine andere flüchtig gepackte Tasche, an eine andere atemlose Flucht. Die Ironie entging ihr nicht. Mit sechzehn hatte sie sich schon einmal mitten in der Nacht aus einem Haus gestohlen und war so schnell weggelaufen, wie sie konnte. Jetzt, zwanzig Jahre später, floh sie wieder.

Vier

Ravenel, South California
8. Januar 1994

Christy-Lynn verkriecht sich noch tiefer in ihre Jacke und versucht, den Pfützen auf dem Bürgersteig auszuweichen. Sie könnte sich selbst dafür ohrfeigen, dass sie ihr Mathebuch im Schließfach in der Schule gelassen hat. Es ist eiskalt, selbst für Januar, und der Regen ist gefroren. Sie zieht den Kopf wie eine Schildkröte ein, tief unter die übergroße Kapuze, die ihr Sichtfeld auf den einen Meter direkt vor ihren Füßen beschränkt.

Ihre Hände hat sie zu Fäusten geballt und tief in den Taschen vergraben. Sie sind taub vor Kälte. Sie freut sich auf die Tasse heiße Schokolade, die sie sich macht, wenn sie nach Hause kommt – falls noch Kakao da ist. Sonst wird sie sich eben mit Tee zufriedengeben. Hauptsache etwas Warmes.

Als der Palm-Manor-Wohnblock in Sicht kommt, beschleunigt sie ihre Schritte. Die abblätternde Farbe des Schildes fällt auf etwas hinab, das einst ein Garten gewesen sein mag, jetzt aber nichts als eine matschige Fläche ist, übersät von Zigarettenkippen und zerfetzten Verpackungen. Nur ein paar Schritte noch, dann ist sie zu Hause, wo es warm und trocken ist, mit einem Becher Kakao und ihrem Buch.

Für den Englischunterricht bei Mrs Kendricks sollten sie Die Outsider *lesen, aber für sie war es alles andere als eine langweilige Hausaufgabe. Wie auch, wenn sie dabei Leute und Orte kennenlernte, die sie im wirklichen Leben nie zu sehen bekommen würde? Als sie an Cherry und Ponyboy und Sodapop denkt, der wie ein Filmstar aussieht, muss sie unweigerlich lächeln. Sie sind zu ihren Freunden geworden, Außenseiter wie sie, von der falschen Seite des Bahndamms. Nur dass sie einander haben, und Christy-Lynn hat niemanden. Sie ist eine Einzelgängerin, aus einer ganz anderen Welt als der, in der Kids Markenjeans tragen und ein richtiges Zuhause haben. Vielleicht wäre es ja wirklich schön, zu einer Bande zu gehören – keine, in der die Typen dealten und mit Waffen herumfuchtelten, sondern einfach nur ein paar Leute, die sie nicht wegen ihrer abgetragenen Klamotten aus dem Second-Hand-Shop mobbten oder weil sie kein Schulbrot dabeihatte.*

Sie ist ganz in Gedanken, als die verregnete Stille von lauten Flüchen durchschnitten wird. »Scheißregen! Warum muss es jedes verdammte Mal, wenn ich wen rausschmeiße, regnen?«

Christy-Lynns Kopf schnellt hoch. Sie schlägt die Kapuze zurück und erstarrt, als sie den Haufen von Sachen vor ihrer Wohnung sieht. Sie rennt los – mit dem Regen im Gesicht und einem Knoten im Magen rennt sie auf einen Mann zu, der die beiden Stehlampen trägt, die ihre Mutter vor ein paar Monaten im Sozialkaufhaus aufgetrieben hat.

»Was soll das? Die gehören uns!«

»Und die Wohnung gehört mir«, blafft der Mann zurück. Er ist groß und dick und trägt nur einen schmutzigen grauen Overall mit einem klatschnassen Unterhemd darunter. »Außer wenn du sechshundert Dollar dabeihast. Aber ich tippe mal, dass du kein Geld hast. Wie deine Mutter.«

»Aber das können Sie nicht machen! Sie ist doch gar nicht zu Hause!«

»Doch, das kann ich«, schnauzt er sie an. Und als wollte er seine Worte unterstreichen, wirft er die beiden Lampen auf den durchnässten Haufen ihrer Habseligkeiten. Die größere rollt auf den Bürgersteig. Die Glühbirne implodiert mit einem widerwärtigen Geräusch. »So steht es in dem Vertrag, den deine Mutter unterschrieben hat, als ihr eingezogen seid. Zwei Monate in Verzug und tschüss.«

In der Tür taucht ein Junge mit den Armen voller Handtücher und Kissen auf. Er ist nicht viel älter als sie – vierzehn oder fünfzehn – und eine jüngere Version seines Vaters. Er hat das gleiche gelbe Haar, das gleiche harte Kinn, die gleichen harten Augen. Er pfeffert die Kissen von dort, wo er steht, hinaus in den Regen, und dann wirft er ihr ein hartes Lächeln zu. Er hilft seinem Vater nicht das erste Mal bei einer Zwangsräumung.

Zwangsräumung.

Bei dem Wort muss sie sich schämen. Sie weiß, dass das Geld knapp ist, dass ihre Mutter kämpft, um sie über die Runden zu bringen, dass sie nur die billigsten Hotdogs und Cheeseburger kauft, aber Christy-Lynn wusste nicht, dass nichts mehr da war. Kein Wunder, dass ihre Mutter Überstunden bei Piggly Wiggly macht. Und dass sie immer so erschöpft aussieht, als würde sie im nächsten Augenblick zusammenbrechen.

Christy-Lynn starrt auf die nassen Sachen. Ganz unten lugt eine flauschige lila Pfote hervor – sie gehört zu dem Plüsch-Dino, den ihre Mutter ihr zum sechsten Geburtstag geschenkt hat. Plötzlich bemerkt sie im Augenwinkel eine Bewegung. Ihr wird übel, als sich am gegenüberliegenden Fenster die Vorhänge teilen und zwei Gesichter erscheinen. Es sind nicht die einzigen. Überall um den Hof herum glotzen die Leute aus den Fenstern oder stehen in ihren offenen Wohnungstüren und beobachten das Spektakel. Das macht alles noch schlimmer.

Sie muss sich zusammenreißen, um nicht zu weinen. Was würde das bringen? Sie muss ihre Mutter anrufen, muss ihr erzählen, was los ist. Auch wenn ihr Chef es gar nicht gerne sieht, wenn sie bei der Arbeit angerufen wird. Und das Letzte, was sie jetzt brauchen, ist, dass Charlene Parker rausgeworfen wird. Außerdem gibt es gar keine Möglichkeit zu telefonieren. Selbst wenn der Vermieter sie noch einmal in die Wohnung ließe – und sie wettet, dass er es nicht tut –, das Telefon ist schon vor Wochen abgestellt worden.

Wieder kommt der Sohn des Vermieters raus, dieses Mal mit einem Arm voller Töpfe und Pfannen, darunter auch die gusseiserne, in der ihre Mutter manchmal Maisbrot macht. Er lässt sie auf die Treppe fallen und dreht sich um, um den Karton anzunehmen, den ihm sein Vater reicht. Es sind die Putzmittel, die sie unter dem Waschbecken in der Küche aufbewahren, Fensterreiniger, Spülmittel, eine angebrochene Rolle Küchenpapier. Sie sieht, wie sich der Pappkarton im Regen dunkel verfärbt und wie die Küchenrollen in sich zusammenfallen.

Es sind die Küchentücher, die das Fass zum Überlaufen bringen. Der Anblick, wie sie in dem Eisregen durchweichen, ist mehr, als sie ertragen kann. Sie besitzen nicht viel – eine Tatsache, über die sich selbst bei einem flüchtigen Blick auf den grässlichen Haufen mit ihrer ganzen Habe schlecht hinwegsehen lässt. Ist es vielleicht zu viel verlangt, dass er ihre Küchentücher verschont? Kalte Wut steigt in ihr auf. Die Tränen, die ihr die Kehle zuschnüren, schluckt sie hinunter. Es ist nicht die Ungerechtigkeit. Wenn sie tatsächlich zwei Monate keine Miete gezahlt haben, hat er das Recht, sie rauszuschmeißen. Aber musste er ihre Sachen wirklich im Regen auftürmen, während alle zusahen?

Der Sohn kommt mit Tellern und Bechern, die er auf dem Bürgersteig abstellt. Die Geschirrtücher, die er sich unter den Arm geklemmt hat, lässt er achtlos in die Pfütze fallen. Einen Moment lang überlegt sie, ob sie sich auf ihn stürzen, ihn zu Boden werfen und blutig schlagen soll. Aber er ist zu groß.

»Dein Vater ist ein Bastard!«, keucht sie. Und hasst sich dafür, dass es ihr nicht gelingt, ihre Tränen zu unterdrücken.

Er streift sie nur mit einem Blick. Seine strohfarbenen Haare kleben ihm nass am Kopf. »Wenn du irgendwas von dem Kram haben willst, beeil dich lieber«, sagt er nur achselzuckend. Er beugt sich hinunter, zieht eine Rolle Müllbeutel aus dem Karton mit den Putzmitteln und wirft sie in ihre Richtung. »Alles, was in einer Stunde nicht vom Bürgersteig ist, kommt auf die Müllkippe.«

Christy-Lynn sieht stumm zu, wie er in ihrer Wohnung verschwindet. Und weil es sonst nichts zu tun gibt, bückt sie sich nach den Mülltüten, reißt eine von der Rolle und stopft nasse Anziehsachen hinein.

Fünf

Sweetwater, Virginia
20. November 2016

Wayne Pierce starrte mit trockenen Augen auf den blinkenden Cursor. Es stimmte immer noch nicht. Drei Stunden an ein und derselben Szene und sie war immer noch nicht gelungen. Selbst wenn er weitere drei Stunden daran herumdokterte, war es unwahrscheinlich, dass er das Problem löste. Es lag nicht an der Szene, es lag an ihm. Er war gereizt, unkonzentriert und nervös von viel zu viel Kaffee. Er stand auf und nahm eine Flasche *Mountain Dew* aus dem Kühlschrank, überlegte es sich aber anders und entschied sich für Wasser. Das Letzte, was er brauchte, war noch mehr Koffein. Er nahm einen tiefen Schluck aus der Flasche, öffnete die Glasschiebetüren und trat hinaus auf die Veranda.

Die Luft war schwer und roch nach feuchtem Laub und fernem Holzfeuer. Ein guter, erdiger Geruch. Keine Abgase von Autos oder Bussen. Kein Gestank von faulendem Müll oder vollgepinkelten Ecken. Er sog die Luft tief in die Lungen ein und ließ den Blick über die sanften Hügel wandern, die den Ort Sweetwater umgaben. Das Laub, das vor Kurzem noch in Flammen stand, war herabgefallen und hatte eine

Landschaft hinterlassen, die seine gedrückte Stimmung widerspiegelte. Vielleicht war es doch keine so gute Idee gewesen, als Stadtmensch so abgeschieden zu leben. Oder hatte er einfach nur genug von seiner eigenen Gesellschaft?

Er hatte gemeint, es sei gut, von allem wegzukommen. Okay, von allem wegzurennen, wenn er ehrlich war. Sich endlich wieder mit etwas zu beschäftigen, das seiner Seele guttat und nicht nur seinem Konto. Nur dass es nicht funktionierte. Er lebte wie ein Einsiedler und hätte sich gerne vorgemacht, dass er in die Wildnis geflohen war, um wieder die Stimme seiner Muse hören zu können. Aber das stimmte nicht. Jedenfalls nicht ganz.

Er hatte sich nach Frieden gesehnt und danach, einen Schlussstrich unter seine abrupte Kündigung bei *Week in Review* zu ziehen. Aber sein Aufenthalt in Sweetwater hatte ihm alles andere als Frieden gebracht. Er fragte sich hundertmal am Tag, ob es vernünftig war, einem Traum nachzujagen, den er schon vor zwanzig Jahren hätte begraben sollen.

Ein Schriftsteller. Nach all den verlorenen Jahren, all den sporadischen Anfällen und missglückten Anfängen arbeitete er wieder an seinem Roman. Er sollte sich mal gründlich untersuchen lassen. Es gab nun mal Typen, die hatten ein glückliches Händchen, die Stephen Ludlows dieser Welt, die Alchemisten, die alle Regeln brachen und Stroh zu Gold spinnen konnten. Erfolg und Vermögen schienen ihnen mehr oder weniger in den Schoß zu fallen, und sie sonnten sich in der Bewunderung von Millionen Fans. Ganz davon zu schweigen, dass sie das richtige Mädchen erwischten – eine von der Sorte, die einem zur Seite stand, egal was geschah. Und dann gab es Typen wie ihn, der sich an die Regeln hielt, sich halb totschuftete und doch immer als Letzter ins Ziel einlief.

Verdammt, vielleicht war es für ihn an der Zeit, seine Sachen zu packen, nach New York zurückzukehren und seinen Ruf als einer der besten Journalisten der Stadt zurückzugewinnen. Allerdings gab es nicht mehr viel, zu dem er hätte zurückkehren können. Er hatte seinen Job gekündigt und fast gleichzeitig seine Frau verloren. Was Ludlow anging, das war Geschichte. Der Groll wegen einer zwanzig Jahre zurückliegenden Sache mochte als eine bequeme Ausrede gedient haben, aber es ging um ihn, nicht um Ludlow. Er würde auf Gedeih oder Verderb an diesem Ort bleiben, wo er in den Sommern seiner Kindheit mit seinem Großvater gefischt hatte. Er würde das tun, wozu er hergekommen war: seinen Roman beenden. Alles oder nichts. Er würde es auf einen Versuch ankommen lassen.

Als er jetzt auf den See hinausblickte, erinnerte er sich an schwüle Nachmittage mit seinem Großvater auf dem See. Sie hatten oft endlos gewartet, bis ein Fisch anbiss. Der alte Mann war gestorben, Gott sei seiner Seele gnädig, und die Hütte gehörte ihm. Sie hatte lange leer gestanden. Anfangs war es merkwürdig gewesen, wieder hier zu sein. Die ersten drei Monate verbrachte er mit Renovieren, arbeitete an der Inneneinrichtung und modernisierte Elektrik und Rohrleitungen. Er hatte alles auf das Notwendige reduziert und jetzt war die Hütte auf eine ursprüngliche, naturverbundene Art und Weise komfortabel. Und das Beste von allem: Es gab weder Fernsehen noch Telefon noch WLAN. Abgesehen von einem Handy für Notfälle und einer gelegentlichen Unterhaltung mit dem Briefträger war er von der Welt abgeschnitten. Und das war genau so, wie er es sich wünschte. Wenn ein Schneesturm auf ihn zuraste, würde ihn das Handy alarmieren, und wenn das Ende der Welt nahte, dann würde er es früh genug erfahren.

Der Wind frischte auf und wirbelte die dunkelbraunen Blätter in einer Ecke der Veranda durcheinander. Die drohenden Wolken, die sich im Westen über den Hügeln ballten, hatten die unheilvolle Farbe von Zinn angenommen. Ein Unwetter zog auf, und das war ihm nur recht. Er musste nirgends hin und nichts erledigen, und bei Regen schrieb er besser.

Er wollte gerade wieder hineingehen, als sein Handy klingelte. Es klingelte so selten, dass er einen Moment brauchte, um zu realisieren, was es war. Wahrscheinlich war es Justin, der ihm Bescheid geben wollte, dass er mit der bestellten Fuhre Holz unterwegs war.

»Hey Wayne! Na, Mann, wie läuft's?«

Okay, Justin war es nicht. Wayne brauchte eine Weile, bevor er der Stimme ein Gesicht zuordnen konnte. Dann hatte er es. Es war sein ehemaliger Kollege Glen Hoyt, der Topreporter für Verbrechen und Kriminalfälle bei *Week in Review*. Glen und er hatten ab und an Machenschaften von korrupten Politikern oder betrügerischen Bauunternehmern aufgedeckt, die sich an der Stadtkasse bereicherten. Wenn es darum ging, illegalen Schiebereien auf die Spur zu kommen, war Glen der Mann der Wahl. Glen hatte auch versucht, Wayne davon abzubringen, die *Review* zu verlassen.

»Hey, wie geht's?«

Glen ließ sein bellendes Lachen hören, und Wayne sah ihn vor sich, wie er sich in seinem Sessel zurücklehnte und seine abgestoßenen Budapester auf den Schreibtisch schwang. »Alles bestens. Ich wollte nur mal hören, ob du langsam wieder Lust aufs Hamsterrad hast.«

»Lass mich raten. Killian hat dich dazu verdonnert.«

»Falsch. Wenn ich mir auch sicher bin, dass unser geliebter Chefredakteur über Leichen gehen würde, um dich in die Fänge zu kriegen. Oder auch nicht – nach dem Abgang. Du hast es ihm ganz schön gegeben.«

»Einer musste es ja mal tun.«

»Kann sein, aber ihn gleich vor der ganzen Abteilung einen niederträchtigen Dreckskerl zu nennen … geht schon ein bisschen zu weit, oder?«

»Reporterehre: Sag die Wahrheit.«

»Es sah eher nach verbrannter Erde aus.«

»Warum auch nicht? Ich will nicht mehr zurück.«

»Okay, hab's verstanden. Nimm's mir nicht übel, es war nur ein Versuch. In der Redaktion läuft es nicht besonders gut, seit du weg bist. Killian hat schon drei deiner Nachfolger verschlissen. Der Letzte war der Schlimmste, bisher jedenfalls. Der Penner hat eine Geschichte nicht mal gerochen, wenn man sie ihm unter die Nase gerieben hat.« Er machte eine kurze Pause, dann räusperte er sich. »Und? Hast du mal was von Simone gehört?«

»Warum sollte ich?«

»Ich weiß nicht. Wegen der alten Zeiten vielleicht. Sie ist übrigens gleich nach dir gegangen.«

»Nein«, sagte Wayne. »Ich habe nichts von ihr gehört. Wir haben uns nicht mehr viel zu sagen. Und der Richter hat alles zu einem netten kleinen Päckchen zusammengeschnürt.«

»Wirklich ätzend. Ich hab ja immer gehofft, ihr beiden kriegt euch ein. Vor einer Weile habe ich allerdings gehört, dass sie sich einen Typen angelacht hat.«

Das Schweigen zog sich in die Länge, während Glens Worte sackten. *Einen Typen angelacht.* Ja, klar. Alleinflüge waren nicht Simones Ding. Sie brauchte jemanden, der ihr Rückendeckung gab, bei dem sie Kraft tankte und der ihre innere Leere füllte. Eine Zeit lang war er das gewesen.

»Was Simone macht, geht mich nichts an, Glen.«

»Schon klar. Ich dachte nur, dass du ihr vielleicht … hinterhertrauerst.«

»Nein, es ist aus und vorbei.«

»Okay. Gut. Der Typ ist ein hohes Tier bei WKPR. Groß, dunkel, viele Haare, noch mehr Gel. Moderiert die Abendnachrichten. Soweit ich weiß, wohnen sie zusammen.«

Wayne stellte die Wasserflasche ab und holte sich ein Bier aus dem Kühlschrank. Er öffnete den Verschluss, warf ihn ins Spülbecken und trank einen großen Schluck. Er war nicht sicher, warum ihn die Nachricht traf. Simone wollte schon lange von den Printmedien zum Fernsehen wechseln. Das Aussehen dazu hatte sie auf alle Fälle. Und den Instinkt, sich in der Rangordnung nach oben durchzubeißen, ebenso.

»Bist du noch dran, Mann?«

Wayne zuckte zusammen. »Was? Ja … hatte nur grad was zu tun.«

»Ah, okay. Ich dachte schon, die Verbindung ist abgebrochen. Wie geht's mit dem Buch? Du wolltest es doch zu Ende schreiben?«

»Gut«, antwortete Wayne. Er ärgerte sich über die Lüge. »Ich feile noch dran.«

»Du hast immer lange an deinen Texten gefeilt. Auf jedem I ein Pünktchen, jedes T mit sauberem Querstrich. Bis aufs letzte Komma, um die größtmögliche Wirkung zu erzielen. Killian hat es vergeigt, als er dich gehen ließ.«

Wayne sah auf seine Uhr. Er wollte den Anruf hinter sich bringen. »Hör mal, ich bin gerade in einer entscheidenden Phase mit meinen Korrekturen. Aber ruf mich an, wenn du mal Lust zum Angeln hast.«

»Telefone funktionieren in beide Richtungen, Wayne. Ruf mich an, wenn du mich brauchst. Was es auch ist. Ich meine es so.«

Wayne beendete den Anruf, kippte den Rest Bier hinunter und nahm sich gleich noch eins. Er wollte die Erinnerungen an seine Zeit bei *Week in Review* wegspülen. Nicht, dass es alles schlecht gewesen wäre. Am Anfang war er sogar begeistert. Das Tempo war zwar mörderisch, aber er liebte die Arbeit. Er hatte ehemalige Kriegsgefangene interviewt und Überlebende des Holocaust, Opfer von Vergewaltigungen, Inzest,

Rassismus und Massenerschießungen, die Überlebenden einer Öltankerexplosion und Witwen von Feuerwehrmännern nach dem Einsturz der Türme am elften September zweitausendeins. Und irgendwie war es ihm dabei gelungen, renommierte Preise einzuheimsen, darunter sogar den Hearst Award.

Doch irgendwann verschwammen die Grenzen zwischen Berichterstattung und Sensationslust bei *Week in Review*. Dann kam von ganz oben auch noch die Devise, dass seriöse Geschichten tot wären. Jetzt waren Schock und Angst und Blut gefragt, die grauenhaften Einzelheiten menschlicher Tragödien, denn Angst verkaufte sich besser als Hoffnung, und so würde es immer bleiben.

Als Killian ihn beauftragte, eine Schülerin nach einem Amoklauf an der Crystal Lake Middle School zu interviewen, war es schließlich eskaliert. Das Mädchen war erst zwölf, und ihre Mutter, eine Schulsekretärin, war direkt neben ihr erschossen worden. Da hatte Wayne die Reißleine gezogen und gekündigt, allerdings nicht ohne Killian und die ganze Nachrichtenabteilung wissen zu lassen, was er von ihnen hielt.

Es war eine alte Angewohnheit: Er sagte, was er dachte. Meistens ohne darüber nachzudenken und in Anwesenheit von Zeugen. Und er bereute kein einziges Wort. Es gab Leute, die man ab und an mit der Wahrheit konfrontieren musste. Killian war einer von ihnen. Stephen Ludlow ein anderer.

Sechs

Clear Harbor, Maine
28. November 2016

Es gab so gut wie keinen Verkehr, als Christine auf den Highway fuhr. *Und tschüss!*, dachte sie, als die Scheinwerfer des Rovers die dreckigen Schneereste unter den Leitplanken beleuchteten. Sie wusste zwar nicht, wohin sie fuhr, aber sie wusste, dass dort kein Schnee liegen würde.

Sie suchte eine kleine Stadt mitten im Nirgendwo, am besten eine, in der man noch nie etwas von Stephen Ludlow gehört hatte. Dort wollte sie für eine Weile abtauchen und Bilanz ziehen. Das Problem war nur, dass so ein Ort nicht existierte. Dafür hatte der *Examiner* gesorgt. Aber wenn sie ein paar Tage Vorsprung hatte, gelänge es ihr vielleicht, sich unsichtbar zu machen, bis der Rummel vorbei wäre – oder bis ein neues Unglück die Aufmerksamkeit der Welt auf sich zog.

In der Zwischenzeit musste sie so viel Entfernung zwischen sich und Clear Harbor legen wie nur möglich. Die Frage war, wie weit sie fahren konnte, bevor die Müdigkeit sie überwältigte. Und bis sie wirklich realisierte, was sie getan hatte.

Zwei Stunden später hatte sie die Antwort. Ihre Augen hatten begonnen, ihr Streiche zu spielen, und mehr als einmal hatte sie endlos – wie von dem stroboskopischen Effekt hypnotisiert – auf die durchbrochene weiße Mittellinie gestarrt. Sie hatte keine Ahnung, wo sie sich befand, als sie zum Tanken anhielt. Aber sie war froh, sich die Beine vertreten zu können.

Auf der Toilette roch es nach Chlor und Lufterfrischer, Duftnote Kirsche. Sie kaufte zwei Flaschen Wasser und mehrere Packungen Erdnussbutterkekse. Es war schließlich nicht ihre erste Flucht. Sie hatte sich schon einmal tagelang von nichts als Wasser und Keksen ernährt. Je seltener sie anhielt, desto unwahrscheinlicher war es, dass man sie erkannte. Sie war keine sechzehn mehr, war nicht pleite und musste sich auch keine Sorgen machen, ob sie ihr Foto auf einem Plakat unter der Überschrift *Vermisst* entdeckte. Und doch schien ähnlich viel auf dem Spiel zu stehen. Auf der Fahrt hatte sie ihre Erfahrungen aus der Zeit auf der Straße wieder aufgefrischt. Benutze nie deinen richtigen Namen. Bleib bei einem Decknamen. Lass dir die Haare schneiden. Halte deine Tattoos bedeckt. Nimm allen Schmuck ab.

Als sie wieder auf den Highway fuhr, warf sie einen Blick auf ihre Hände auf dem Lenkrad. Ihr linker Ringfinger war nackt. Um den Schmuck hatte sie sich jedenfalls schon gekümmert.

* * *

Die Sonne sank, als sie die Grenze nach Virginia überquerte. Irgendwann gegen Mittag hatte sie die letzte Packung Kekse gegessen, und von der Erholung, die ihr eine Stunde Schlaf auf einer Raststätte in New Jersey gebracht hatte, spürte sie längst nichts mehr. Sie brauchte Essen und Schlaf, und zwar bald. Leider hatte sie überhaupt keinen Schimmer, wo sie war. Sollte sie vielleicht den Atlas rausholen und sich ein Ziel aussuchen?

Wie sich herausstellte, brauchte sie keinen Atlas. Ein paar Kilometer weiter stand eine Werbetafel mit der Aufschrift *Historische Altstadt Sweetwater.* Irgendwie kam ihr der Name bekannt vor. Er beschwor Bilder herauf von Kopfsteinpflasterstraßen und winzigen Galerien, einem malerischen kleinen Hotel mit einem Wunschbrunnen im Garten – und von Stephen. Ohne es zu beabsichtigen, war sie auf eine der kleinen Städte gestoßen, die sie mit ihm auf der Hochzeitsreise besichtigt hatte.

Sie hatten in einem kleinen Hotel übernachtet, an dessen Namen sie sich nicht erinnerte, in einem Restaurant mit dem merkwürdigen Namen *Zum rostigen Nagel* Fisch und Chips gegessen und waren durch die kleinen Straßen gebummelt. Damals waren sie glücklich gewesen, Frischvermählte mit der ganzen Zukunft vor sich. Was war aus diesem Paar bloß geworden?

Aus einem Impuls heraus nahm sie die nächste Ausfahrt und fuhr in die Stadtmitte. Hier hatte sich nicht viel verändert. Die Stadt war klein und malerisch, die Straßen mit modischen Läden und kleinen Cafés gesäumt. Bei dem Gedanken an Essen lief ihr das Wasser im Mund zusammen, aber erst musste sie ein Bett für die Nacht finden.

Sie bog auf den Parkplatz eines kleinen Hotels mit dem freundlichen Namen *Biberbau,* das mit den weißen Schindeln und schwarzen Fensterläden und der gemauerten Veranda davor sehr charmant wirkte.

Der mit cremefarbenen Seidenbändern umwundene Kranz aus Magnolienblättern an der Eingangstür versetzte Christine einen kleinen Stich. Letzte Woche war Thanksgiving gewesen. In dem Durcheinander nach Stephens Tod hatte sie den Feiertag vollkommen vergessen – genau wie den Truthahn, den sie bei Longleys bestellt hatte. Noch ganz in Gedanken betrat sie die wohnliche Eingangshalle des *Biberbaus,* einen Raum mit niedriger Decke, der mit Shaker-Möbeln und primitiver amerikanischer Volkskunst eingerichtet war.

»Hey, hallo!«, begrüßte sie eine hübsche Blondine lächelnd hinter dem Rezeptionstresen. Sie musste Mitte dreißig sein, wenn sie mit ihren unordentlich hochgesteckten Haaren und den schimmernden rosa Lippen auch immer noch die fröhliche Ausstrahlung des schönsten Mädchens auf dem Abschlussball hatte. »Willkommen im *Biberbau.*«

Christine fuhr sich durch die Haare. Ihr wurde schlagartig bewusst, wie ungepflegt sie aussehen musste. »Ich bin gerade vorbeigefahren und habe das *Zimmer-frei*-Schild gesehen. Haben Sie wirklich noch ein Zimmer?«

Die Frau lächelte noch strahlender und zog ein Anmeldeformular unter dem Tresen hervor. »Sie haben Glück. Die Laubanbeter sind abgezogen, und für Weihnachtsgäste ist es noch zu früh. Was bringt Sie nach Sweetwater?«

»Ich, ähm, ich bin nur auf der Durchfahrt.«

»Also dann nur für eine Nacht?«

»Ja. Für eine Nacht.«

»Wir freuen uns, dass Sie da sind. Ich bin übrigens Missy Beck, die Inhaberin. Sie bekommen mein Lieblingszimmer. Als die Holcombes noch hier lebten, war es die Bibliothek. Die Bücherregale sind originalgetreu erhalten.«

Christine hätte es nicht über sich gebracht, ihr zu sagen, dass sie nichts außer einem Bett interessierte. »Bekomme ich bei Ihnen auch etwas zu essen?«

»Tut mir leid, wir bieten nur Frühstück an. Aber wie wär's mit einem Keks, damit Sie nicht umfallen?« Sie hielt Christine einen Teller mit frisch gebackenen Haferkeksen hin.

Christine nahm einen und biss höflich davon ab. »Gibt es den *Rostigen Nagel* zufällig noch?«

Missy wirkte überrascht. »Die haben schon vor Jahren zugemacht. Dort gibt es jetzt Pizza, und zwar gute, man muss nur in der richtigen Stimmung sein. Dann waren Sie also schon mal in Sweetwater?«

Christine nickte. »Vor Jahren, auf der Hochzeitsreise.«

»Ach, wie nett! Reisen Sie mit Ihrem Mann?«

»Nein, er ist … Ich bin Witwe.« Das Wort war draußen. Es war das erste Mal, dass sie es laut aussprach, und sie war überrascht, wie leicht es ihr über die Lippen ging.

Missy beugte sich über den Tresen und drückte ihr die Hand. »Oh, das tut mir schrecklich leid. Sie sind doch noch so jung. War es ganz plötzlich?«

»Ja. Er war …« Sie unterbrach sich. Fast hätte sie zu viel gesagt. »Er ist ertrunken.« Das war keine Lüge, wenn es auch nicht die Wahrheit war – jedenfalls nicht die ganze. Sie schloss kurz die Augen, um die Bilder zu verdrängen, die sie seit Tagen quälten. War er noch bei Bewusstsein gewesen? Hatte er gekämpft? Und wenn ja, wie lange hatte es gedauert, bis nur noch Wasser in seinen Lungen war?

Missys graugrüne Augen waren voller Mitgefühl. »Sie Ärmste. Eine Freundin von mir hat ihren Mann vor einem Jahr verloren. Sie hat viel durchgemacht. Am Anfang muss es schlimm sein, aber es wird besser. Morgen wird es etwas besser sein und übermorgen noch etwas besser. Wenn man Freunde hat, kann man alles überstehen.«

Christine gelang es, etwas wie ein Lächeln hervorzubringen, als sie das Formular über den Tresen zog. Sie war dankbar für die tröstenden Worte. Sie wollte sogar daran glauben. Aber wenn eine Wende zum Besseren von einem Freundeskreis abhing, dann hatte sie Pech. Sie hatte sich ein paarmal mit Frauen aus dem Klub getroffen – Ehefrauen von Stephens Freunden. Sie hatten Kondolenzkarten geschrieben, aber das war alles gewesen. Und Christine wollte auch nicht mehr.

»Ach, tut mir leid«, platzte Missy jetzt heraus. »Sie haben nach Abendessen gefragt und ich quatsche Sie voll. Ich würde Ihnen den *Kupferkessel* gleich nebenan empfehlen. Das Essen ist sehr gut. Die Inhaberin heißt Queenie Peterson und ist eine

Freundin, weswegen ich etwas voreingenommen bin. Aber da gibt es wirklich das beste Essen weit und breit.«

Christine nickte vage und starrte auf die gepunktete Linie des Formulars, auf der sie ihren Namen eintragen sollte. Sie traute sich nicht, sich Ludlow zu nennen. Stattdessen schrieb sie gut leserlich den Namen hin, den sie vor acht Jahren aufgegeben hatte, als sie Stephen Ludlow heiratete. Von jetzt an wäre sie wieder Christy-Lynn Parker. Sie musste sich nur daran erinnern.

»Soll ich gleich jetzt für das Zimmer bezahlen?«, fragte sie, als sie das Formular ausgefüllt hatte.

»Nein, morgen langt. Hier ist Ihr Schlüssel. Ihr Zimmer ist oben, einfach geradeaus. Frühstück gibt es bis elf, hier unten neben der Treppe. Wir haben ganz bewusst auf Fernseher in den Zimmern verzichtet. Aber es gibt einen Aufenthaltsraum, in dem Sie fernsehen können. Ach, fast hätte ich's vergessen …« Sie wickelte ein paar Kekse in eine Serviette und reichte sie Christine. »Um Ihnen bis zum Abendessen über die Runden zu helfen. Genießen Sie Ihren Aufenthalt.«

»Vielen Dank. Das werde ich bestimmt.«

Christy-Lynns Beine waren schwer wie Blei, als sie sich die Treppe hoch und den Flur entlangschleppte. Sie schloss die Zimmertür hinter sich ab und war unglaublich erleichtert. Hier war sie erst einmal gut untergekommen. Sie stellte die Taschen ab und sah sich im Zimmer um.

Es war ein großer heller Raum mit antiken Möbeln – und einem herrlichen Himmelbett mit Spitzenbehang. Was die Bücherregale anging, hatte Missy nicht übertrieben. Sie waren sehr beeindruckend, meterweise Klassiker in bernsteinfarbenen Ledereinbänden. In seltener Eintracht stand Defoe neben du Maurier, Longfellow neben Kerouac.

Bei dem Gedanken musste sie lächeln. Doch dann warf sie einen Blick auf ihr Spiegelbild über der Kommode. Mit ihren strähnigen Haaren und den zerknitterten Sachen sah sie aus, als wäre sie obdachlos oder dem örtlichen Frauengefängnis entflohen. Stephen wäre entsetzt, wenn er sie sehen könnte. Als seine Frau war ihr Image sein Image, und das hatte bedeutet: keine Jogginghosen im Supermarkt, kein unordentlicher Pferdeschwanz in der Drogerie. Er war zwar nicht mehr da, um sie zurechtzuweisen, aber solange sie aussah, als wäre sie gerade aus einem Müllcontainer gekrochen, konnte sie kein Restaurant betreten.

Eine halbe Stunde später kam sie wohlig sauber aus dem Badezimmer und roch nach dem Lavendel-Duschgel, das Missy ihren Gästen zur Verfügung stellte. Sie hatte vorgehabt, sich die Haare zu föhnen, frische Sachen anzuziehen und nach nebenan zum Essen zu gehen. Aber auf einmal erschien ihr das wie eine Herkulesaufgabe. Sie nahm Missys Kekse aus der Manteltasche, die noch in die Serviette gewickelt waren. Sie gingen zwar nicht als Abendessen durch, dafür musste sie sich nicht anziehen, um sie zu essen.

Sie verschlang sie in ein paar Minuten, noch in das Duschtuch gewickelt, und machte es sich auf der cremefarbenen Spitzendecke bequem. Missys Worte trieben durch ihre Gedanken, als ihr die Augen zufielen.

Morgen wird es etwas besser sein.

Hoffentlich stimmte das.

* * *

Christy-Lynn Parker. Christy-Lynn Parker.

Der Name pochte mit jedem Schritt in ihrem Kopf, als sie durch die kleinen Straßen von Sweetwater bummelte. Gestern hatte sie ihr altes Leben hinter sich gelassen und ein neues begonnen. Es war ein merkwürdiges Gefühl, plötzlich aus ihrem eigenen Leben ausgeschlossen zu sein. Am Morgen hatte sie die Augen geöffnet und nicht gewusst, wo sie war und was als Nächstes passieren würde. Aber es war befreiend. Wie wunderbar, dass sie sich unerkannt unter die Leute dieser kleinen Stadt mischen konnte. In Clear Harbor war das schon seit Jahren nicht mehr möglich gewesen.

Sie steuerte auf ein kleines Ecklokal mit dem netten Namen *EssBar* zu und hielt kurz an, um ihre schweren Einkaufstüten in die andere Hand zu verlagern. Stephen hätte ihre eben erstandenen Sachen Hippie-Klamotten genannt. Vielleicht waren es auch welche. Auf alle Fälle waren sie meilenweit von den teuren Designermarken entfernt, die er gerne an ihr gesehen hatte. Und ebenso weit von den billigen Twinsets, die sie in ihren ersten Wochen bei Lloyd & Griffin getragen hatte. Sie hatte nie aufgehört, sich darüber zu wundern, dass sie ihm überhaupt aufgefallen war.

Als sie sich kennenlernten, arbeitete sie als Assistentin im Lektorat, brachte sich selbst geschmierte Brote mit und fuhr einen alten Ford mit Fenstern zum Runterkurbeln – keine Vorzeigefrau, mit der man angeben konnte. Stephen war auf dem Weg zu einem Lunch mit seinem Lektor gewesen, als sie – einen Stapel voller Titelposter auf dem Arm – mit ihm zusammenstieß. Er hatte sich wortreich bei ihr entschuldigt, dabei war es eindeutig, dass sie ihn angerempelt hatte. Jetzt, wo sie sich die Szene vor Augen führte, wurmte es sie: Ein strahlendes Lächeln von ihm hatte genügt, um sie zum Stottern zu bringen. Er hatte seinen Lektor stehen gelassen und sie zum Japaner eingeladen. Sie verabscheute Sushi, tat aber so, als wäre es ihr Lieblingsessen. Ein halbes Jahr später waren sie verheiratet, und das mit dem Vortäuschen wurde schwieriger.

Christy-Lynn schüttelte die Erinnerung ab und ging auf das kleine Restaurant zu. Sie hatte die Klinke schon in der Hand, als ihr das Schild *Rita's Haarschneiderei* an der benachbarten Tür in die Augen stach. Sie fasste einen neuen Entschluss.

Die Türglocke läutete, als sie eintrat. Mit Ausnahme einer kaugummikauenden Friseurin, die an einem der Waschbecken lehnte, war der Salon leer.

»Hallo, was kann ich für Sie tun?«

Christy-Lynn strich sich plötzlich verlegen durch die schulterlangen Haare. »Ich weiß auch nicht genau. Kurz mit Strähnchen vielleicht. Kriegen Sie das hin?«

»Schätzchen, ich kriege alles hin. Die Frage ist nur, ob Sie Zeit mitgebracht haben.«

»Ich meine jetzt. Ginge es jetzt?«

Die Frau sah sich grinsend im leeren Salon um. »Ich glaube, ich könnte Sie reinquetschen.« Sie kam auf Christy-Lynn zu und fuhr ihr mit kritischem Blick durch die Haare. »Kräftige Haare. Farbe ist auch kein Problem. Setzen Sie sich doch.«

Zwei Stunden später schaltete die Friseurin den Fön aus und drehte Christy-Lynns Stuhl zum Spiegel. Einen Moment lang war sie vollkommen verwirrt. Es war, als blickte ihr eine Frau entgegen, die sie von früher kannte, aber aus den Augen verloren hatte. Sie strich sich mit beiden Händen durch die Haare, schüttelte den Kopf und genoss das Gefühl der federnden Locken im Genick.

Stephen hatte ihre Haare lang gemocht, am liebsten, wenn sie sorgfältig zu einem sportlich-eleganten Pferdeschwanz gebunden waren. Natürlich hatte sie ihm auch diesen Gefallen getan. Doch jetzt, wo ihr diese frühere Version ihrer selbst entgegenblickte, war es, als wäre die Zeit zurückgespult worden und sie wäre wieder die Frau, die Stephen mit einem Arm voller Poster angerempelt hatte. Diese Frau war zäh und unabhängig gewesen – eine Überlebende. War noch etwas von ihr übrig?

Sieben

Mexikanische Mariachi-Musik schallte ihr entgegen, als sie das *Taco Loco* betrat. Eigentlich war sie nicht besonders hungrig, aber sie wollte noch nicht in ihr Hotelzimmer zurück. Sie war nicht die Einzige, die sich bei dem für die Jahreszeit viel zu warmen Wetter vor die Tür gewagt hatte. Das Restaurant war brechend voll, alle Tische waren besetzt und mehrere größere Gruppen warteten darauf, dass etwas frei wurde.

Die Empfangsdame schien am Ende ihrer Nerven und tat, was sie konnte, um die Warteschlange zu verkleinern. Christy-Lynn hatte gerade ihre Aufmerksamkeit auf sich gelenkt, als sie hörte, wie jemand nach ihr rief. Sie ließ den Blick durch das Lokal schweifen und erkannte Missy, die an einem Tisch in der hinteren Ecke heftig winkte.

»O Gott, Sie sind es wirklich!«, sprudelte sie heraus, als Christy sich zu ihr durchgekämpft hatte. »Ich war mir nicht ganz sicher. Was für eine tolle Frisur! Wussten Sie schon, dass Sie sich so eine machen lassen wollten, als Sie heute Morgen losgegangen sind?«

Christy-Lynn steckte etwas verunsichert ein paar Strähnen hinter die Ohren. Es war, als fehlte ein Teil von ihr. »Nein. Ich wollte eigentlich nur was Kleines zu Mittag essen, als ich den Frisiersalon gesehen habe und dachte: *Warum eigentlich nicht?*«

»Ich finde es super! Es sieht lässig aus und richtig sexy. Findest du nicht, Dar? Oh, tut mir leid, vor lauter Begeisterung hätte ich fast vergessen, Sie vorzustellen. Dies ist meine Freundin, Dar Setters. Sie betreibt den New-Age-Laden auf der Bond Street. Kristalle, Kerzen und so. Hey, wollen Sie nicht mit uns essen? Wir haben uns auch gerade erst hingesetzt.«

Christy-Lynn lächelte die Frau, die Missy gegenübersaß, etwas verlegen an. »Danke, aber ich will Ihren Abend nicht sprengen. Ich habe mich grade auf die Liste setzen lassen.«

Dar lächelte. Sie war blass und zierlich, fast ätherisch mit ihren silberblonden Haaren, die wie Mondlicht schimmerten. »Ach, seien Sie doch nicht so schüchtern. Missy hat mir gerade von Ihnen erzählt. Das mit Ihrem Mann tut mir sehr leid.«

Christy-Lynn war nicht sonderlich begeistert darüber, Gesprächsstoff für die beiden zu sein, lächelte aber trotzdem. »Danke. Das ist wirklich sehr nett von Ihnen.«

»Ach, Unsinn«, sagte Missy und schob den Stuhl neben sich zurück. »Wir lassen Sie doch nicht alleine essen. Sie sollten sowieso unter Leuten sein. Außerdem ist Margarita-Nacht!« Missys Blick irrte kurz ab, als ein Kellner in einer eng geschnittenen schwarzen Hose mit einem auf der Schulter balancierten Tablett an ihnen vorbeiging. »Und man hat das Wesentliche im Blick«, sagte sie augenzwinkernd.

Dar seufzte und schnippte vor Missys Gesicht mit den Fingern. »Konzentrier dich, Missy.«

Missys Kopf schnellte herum. »Was?«, fragte sie mit gespielter Unschuld.

»Hast du nicht geschworen, dass erst mal Schluss mit Männern ist?«

»Gucken ist ja nicht verboten. Ich habe sowieso keine Zeit für Mätzchen. Und überhaupt, die Typen stehen nicht gerade Schlange, um mit einer Frau auszugehen, die so ein Päckchen zu tragen hat wie ich. Schon gar nicht, wenn sie sich gerade

Jamba Juice auf ihre Jeans gekleckert hat. Und wo wir gerade dabei sind: Wo ist Marco denn jetzt hin? Zeit für die nächste Margarita.«

Christy-Lynn warf einen Blick auf Missy. Sie war wirklich wunderschön, wirkte kontaktfreudig und schien ihren Verstand beieinanderzuhaben. Wie sollte man sich erklären, dass die Männer in Sweetwater nicht durch brennende Ringe sprangen, nur um ihre Aufmerksamkeit zu erlangen? Allerdings wusste Christy-Lynn nur allzu gut, dass das Gesicht, das man der Welt zeigte, nicht immer das wirkliche war. Jeder hatte eine Geschichte. Und nicht jeder wollte sie teilen.

Missy sah Marco hinterher, bis er durch die Schwingtür in die Küche verschwand. Dann sagte sie grinsend zu Christy-Lynn: »Er ist echt nett anzusehen, aber ich bin ziemlich sicher, dass er vergeben ist. Janice, die bei dem Juwelier Bristow hier in der Nähe arbeitet, hat mir erzählt, dass er neulich Rubin-Ohrringe gekauft hat – und sie werden wohl kaum für seine Mutter gewesen sein.«

»Arme Missy«, seufzte Dar. »Verhindertes Liebesglück.«

»Liebe?« Missys Augen weiteten sich. »Himmel! Hat hier einer was von Liebe gesagt? Wie gesagt, er ist wirklich nett anzusehen, aber ich habe zwei kleine Jungs zu Hause, und mehr Testosteron brauche ich im Moment wirklich nicht in meinem Leben.« Sie schüttelte sich. »Vor ein paar Jahren habe ich das ganze Paket gekauft – Liebe, Ehe und so weiter. Aber ich musste es reklamieren, falls Sie wissen, was ich meine.«

»Schadhafte Ware?«

Missy kräuselte die Nase. »So ähnlich.«

»Tut mir leid.«

»Muss es nicht. Ich bin glücklich. Meistens. Selbst wenn ich dauernd Feuerwehr spiele.«

Bei dem Wort *meistens* horchte Christy-Lynn auf, aber sie fragte nicht nach. In ein paar Tagen würde sie weiterfahren, und sie hatte ihr eigenes Päckchen zu tragen. »Wie alt sind Ihre Söhne?«

»Sechs und acht. Nathan und Christian. Kleine Monster und unwiderstehlich.«

Eine geschiedene Geschäftsfrau und alleinerziehende Mutter. Christy-Lynn war beeindruckt. »Wie schaffen Sie das? Ein Hotel zu betreiben und zugleich zwei kleine Jungen großzuziehen?«

»Ach, ich habe Unterstützung. Meine Eltern leben in der Nähe und außerdem habe ich eine tolle Babysitterin. Sie passt heute Abend auch auf sie auf. Manchmal habe ich ein schlechtes Gewissen, wenn ich sie alleine lasse, nachdem ich den ganzen Tag gearbeitet habe, aber es gibt Tage, da habe ich den Eindruck, dass ich mich immer nur um andere kümmere. Wenn ich nicht ab und an rauskäme, würde ich den Verstand verlieren. Hey, da ist Marco.« Sie grinste ihn an und schnurrte: »Ist das für mich, Süßer?«

Er setzte Missys Margarita ab und stellte ein Körbchen mit Chips dazu. Dann nahm er Christy-Lynns Bestellung entgegen und schenkte ihnen ein Antonio-Banderas-Lächeln, bevor er sich abwandte.

»Mannomann«, schnaubte Dar, als Marco außer Hörweite war. »Da hättest du ihm auch gleich ein paar Scheine in die Hose stecken können.«

Missys moosgrüne Augen funkelten. »Eifersüchtig?«

Dar schüttelte den Kopf, als wäre Missy eine unverbesserliche Schülerin. »Nicht alle sind hinter großen, dunklen, gut aussehenden Männern her. Für manche von uns zählen auch die inneren Werte. Ob man sich mit einem Typen unterhalten kann. Oder ob er schon mal in ein Buch geguckt hat.«

»Klar. Der Seelenverwandte.«

Dar trank etwas verdrossen. »Mach dich ruhig über mich lustig. Aber wer von uns beiden hat einen Typen von der Schulbank weg geheiratet, nur weil seine Hose gut saß?«

Missy wirbelte die Scheibe Limone in der Margarita mit dem Strohhalm herum. »Das sitzt. Weil es stimmt. Und was habe ich nun davon? Zwei wunderbare Jungen, die ich für nichts in der Welt hergeben würde.« Sie warf Christy-Lynn ein strahlendes Lächeln zu. »Bitte machen Sie sich nichts aus uns. Wir streiten uns nicht. Das ist unsere Art, uns zu zeigen, wie sehr wir uns mögen. Wir sind so verschieden wie Tag und Nacht, aber ich würde alles für Dar tun und sie für mich auch. Sie wissen ja, wie das bei Freundinnen ist.«

Christy-Lynn nickte, dabei wusste sie absolut nichts darüber. Sie hatte immer angenommen, enge Freundschaften unter Frauen kämen nur in Filmen und Fernsehserien vor. Und dass reichlich Chardonnay und verrückte Schuhkäufe eine große Rolle spielten. Aber was Dar und Missy zu verbinden schien, hatte überhaupt keine Ähnlichkeit mit solchen Stereotypen. Ihre Freundschaft ging tiefer, war komplizierter und auf ihre Art schön. Und plötzlich, vielleicht zum ersten Mal in ihrem Leben, spürte sie, dass ihr so eine Freundschaft fehlte.

Acht

Monck's Corner, South Carolina
9. August 1994

Christy-Lynn wirft einen Seitenblick auf das Mädchen, das neben ihr herläuft – auf die Neue. Sie hat einen schrecklichen Überbiss, eine drahtige rote Lockenmähne und überall Sommersprossen. Natürlich kann sie nichts dafür, aber das hält die anderen nicht davon ab, ihr eine Zielscheibe auf den Rücken zu kleben und sie als Missgeburt zu beschimpfen. Es ist unfair. Du kannst dir ja nicht aussuchen, wer deine Eltern sind oder mit welchen Genen sie dich strafen.

Als das Mädchen sie ansieht, senkt Christy-Lynn schnell den Blick. Sie ist daran gewöhnt, unsichtbar zu sein, wirklich nicht gesehen zu werden, sodass es sich merkwürdig anfühlt, als Linda Neely in ihre menschenleere Umlaufbahn gerät.

Linda war schon eine Weile in der Schulkantine und in der Bibliothek um Christy-Lynn herumgeschlichen. Dann rückte sie schließlich mit ihrer Geschichte raus. Ihre Familie war aus Norfolk hergezogen, weil ihr Vater nach Trident versetzt worden war. Sie hatte keine Freunde. In den meisten Fächern, vor allem in Englisch, hatte sie Schwierigkeiten. Ihr Vater drohte ihr, sie zurück auf die

Privatschule zu schicken – eine von denen, die von Nonnen geleitet wurde –, wenn sie im nächsten Zeugnis keine besseren Noten hätte.

Christy-Lynn hat Mitleid mit ihr. Nach fünf Umzügen in drei Jahren weiß sie genau, was es heißt, die Neue zu sein, die, die alle anstarren und hinter deren Rücken geflüstert wird. Die Außenseiterin. Doch über die Jahre hat sie sich daran gewöhnt. Sie ist sogar ziemlich gut darin geworden, wenn man das so sagen kann. Deswegen fühlt es sich ganz seltsam an, eine Mitschülerin nach Hause mitzubringen, um ihr bei der Englischarbeit zu helfen. Es ist nicht so, dass sie keine Zeit hätte – ihre eigene Arbeit ist seit einer Woche fertig – oder dass es ihr etwas ausmachte. Mit Worten kann sie umgehen. Sie mag es, wie sie sich anfühlen, wie sie schmecken. Trotzdem ist es … irgendwie seltsam. Auf eine ungewohnte und irgendwie auch peinliche Art seltsam.

Sie überqueren den Parkplatz mit den stillgelegten Autos und kommen an dem Müllcontainer vorbei, der vor Bierdosen und dreckigen Windeln überquillt. Christy-Lynn überlegt, was es noch zu essen geben könnte. Wahrscheinlich nichts. In der letzten Zeit war kaum noch Geld für Kekse oder Chips übrig. Bitte, lieber Gott, mach, dass noch richtige Cola da ist, nicht so eine Billigmarke, die ihre Mutter kauft, wenn das Geld zu Ende geht und sie die Tage bis zum Monatsersten überbrücken müssen. Linda Neely mag mit ihren Sommersprossen und den großen Zähnen etwas bedauernswert aussehen, aber ihre Armbanduhr von Fossil und die angesagten Dr.-Martens-Schuhe stammen ganz bestimmt nicht aus dem Second-Hand-Laden.

Sie steigen die drei zerbrochenen Zementstufen hoch, zwischen deren Rissen Unkraut wächst. Aus einer Wohnung im zweiten Stock dringt Reba McEntires »Fancy« durch das löcherige Fliegengitter, untermalt vom Geschrei eines Babys. Christy-Lynn mochte den Song noch nie, für ihren Geschmack ist er einfach zu lebensnah.

Linda zupft sie am Ärmel, als Christy-Lynn in ihrer Tasche nach dem Schlüssel kramt, und fragt ungläubig: »Hier wohnst du? Ich dachte, wir … nehmen nur eine Abkürzung über den Parkplatz.«

Christy-Lynn sucht noch nach einer Erwiderung, als sie bemerkt, dass die Wohnungstür nur angelehnt ist. Sie drückt sie mit dem Knie auf und späht vorsichtig hinein. Die Vorhänge sind zugezogen, der Fernseher ist aus. Alles ist an seinem Platz. Sie atmet erleichtert auf. Kein Einbruch. Ihre Mutter muss wie immer zu spät dran gewesen sein und vergessen haben, die Tür hinter sich zuzuziehen.

Christy-Lynn hält Linda die Tür auf. Sie hat noch nie jemanden mit nach Hause gebracht und wünscht sich plötzlich, sie hätte es auch heute nicht getan. Die Wohnung ist klein und schäbig, und der Geruch des Abendessens – frittierte Kartoffelwürfel mit gebratenen Zwiebeln – liegt noch in der Luft. Sie wirft ihre Büchertasche auf den Boden und fragt sich, wonach es bei Linda wohl riechen mag. Wahrscheinlich nach gebratenem Huhn oder Koteletts. Nach frisch gebackenen Keksen und rotem Samtkuchen. Nach grünen Bohnen und Schweinebraten.

Während Linda ihre Büchertasche an sich gedrückt hält und sich staunend umsieht, versucht Christy-Lynn, das Wohnzimmer mit Lindas Augen zu sehen. Der schäbige Zottelteppich, der an manchen Stellen schon bis auf das Jutegeflecht abgetreten ist. Das Sofa mit den gesprungenen Federn von den Vormietern, der zerschrammte Couchtisch, der schon zu viele Umzüge mitgemacht hat. Die Lampe mit dem verbeulten Schirm, die ihre Mutter nach ihrer letzten Zwangsräumung aus dem Müllcontainer gefischt hat. Zum Glück waren wenigstens die Vorhänge zugezogen.

Es wird besser, wenn wir erst in meinem Zimmer sind, beruhigt sie sich. Ihr Zimmer ist zwar auch nicht großartig, aber doch nicht ganz so schäbig wie das Wohnzimmer. Dort hat sie ihre Beanie-Babies – die, die den Regen überstanden haben – und ihre kostbaren Bücher, die sie aus Büchereiverkäufen und in Second-Hand-Läden erbeutet hat. Dinge, die jede Vierzehnjährige in ihrem Zimmer haben könnte. Normale Dinge. Sie versucht, sich gar nicht erst vorzustellen, wie Linda Neelys Zimmer aussehen könnte. Mit Sicherheit hat sie ihre Bücher nicht gebraucht gekauft. Und mit noch größerer Sicherheit ist nie irgendetwas von ihren Sachen in eine schlammige Pfütze gepfeffert worden. Der Gedanke versetzt ihr einen Stich.

»Hast du nicht gesagt, deine Mutter wäre nicht zu Hause?«

Christy-Lynn dreht sich um. »Was?«

»Deine Mutter – du hast doch gesagt, dass sie bei der Arbeit ist.«

»Ist sie ja auch.«

Linda deutet mit dem Kinn auf den Boden. »Sind das ihre Sachen?«

Eine Spur von Gegenständen zieht sich durchs Zimmer: Handtasche, Schuhe, Schlüsselbund. Als wären sie eilig fallen gelassen worden. Aber das ergibt keinen Sinn. Ihre Mutter geht immer zur Arbeit. Jedenfalls seit einer ganzen Weile, seit sie Shane Tylor vor die Tür gesetzt und Arbeit bei Piggly Wiggly gefunden hat. Allerdings ging es Charlene Parker seit einer Weile nicht mehr so gut, und sie sah auch nicht gut aus. Eigentlich seit sie in der Getaway Lounge auch noch eine Schicht als Barkeeperin übernommen hat. Sie brannte die Kerze von beiden Seiten ab, um die Miete zu bezahlen und was auf den Tisch stellen zu können.

Und dann riecht Christy-Lynn etwas Säuerliches, das sich mit dem abgestandenen Mief des gestrigen Abendessens vermischt. Es ist ein vertrauter Gestank, wie der von angebrannter Milch. Nur anders. Sie kennt den Geruch, und sie weiß, was er zu bedeuten hat. Aus dem Badezimmer kommt ein lang gezogenes Stöhnen, das in Husten und Würgen übergeht.

Christy-Lynn wird heiß und kalt zugleich. Ihre Kehle ist wie zugeschnürt, als sie zum Badezimmer eilt. Vor Wut und vor Angst. Es ist die entsetzliche Gewissheit, dass alles wieder von vorne losgeht. Bitte, bitte, gib, dass ich mich täusche!

Aber sie täuscht sich nicht.

Charlene Parker hängt über der Toilettenschüssel. Ihre Haare und Kleider sind mit Erbrochenem besudelt und über ihre Wangen zieht sich eine Spur von Mascara und lilafarbenem Eyeliner.

»Mama?«

Charlene hebt den Kopf. Sie ist kalkweiß im Gesicht und sieht entsetzlich aus. »Mir ist so … schlecht«, lallt sie mit schwerer Zunge. Ihr Blick ist unstet. Plötzlich beugt sie sich wieder über die Kloschüssel und versucht, sich noch mal zu übergeben, aber sie würgt und würgt, ohne dass etwas herauskäme. Es sieht so aus, als wolle sie ihr Innerstes nach außen stülpen.

In Panik lässt Christy-Lynn sich auf die Knie fallen, wobei sie die grün-gelbe Schmiere vermeidet, die überall auf dem Boden verteilt ist. Es stinkt penetrant nach bitterer Galle und Alkohol.

Als das Würgen schließlich nachlässt, sieht Christy-Lynn ihre Mutter nur noch undeutlich. Ungeduldig versucht sie, die Tränen wegzuwischen, aber sie laufen ihr weiter die Wangen hinunter. »Du hast es versprochen, Mama. Du hast gesagt, nie wieder.«

Die Augen ihrer Mutter öffnen sich langsam, ihre Lider sind schwer. Sie reibt sich mit dem Handrücken den Mund ab. »Durst …«

Es ist nur ein heiseres Flüstern, und für einen Moment verwandelt sich Christy-Lynns Wut in Mitleid. Sie greift nach dem Glas auf dem Waschbecken, als ihr auffällt, dass ihre Mutter statt der Piggly-Wiggly-Uniform noch die Arbeitskleidung aus der Bar trägt – Jeans und ein hautenges schwarzes Tanktop. Ist sie erst heute Morgen nach Hause gekommen?

»Mama, wie lange liegst du hier schon?«

»Duuurst!« Charlene ist wie ein trotziges Kind. Die Worte hallen von den Kacheln wider. Und dann beginnt sie ohne Übergang, laut schluchzend zu heulen. Ihre mageren Schultern beben. »Es tut mir so leid, Schätzchen, es tut mir so leid.« Sie krallt sich an Christy-Lynns T-Shirt fest und rollt sich dann wie ein Embryo auf

dem Boden ein. »Sei mir nicht böse«, fleht sie und schaukelt hin und her. »Bitte, Schätzchen, sei mir nicht böse …«

Eine kleine Bewegung oder ein Atemgeräusch veranlasst Christy-Lynn, sich umzudrehen. Linda steht in der Tür, vollkommen gebannt vom Anblick einer erwachsenen Frau, die hilflos wie ein Baby auf den Fliesen liegt.

Christy-Lynn sieht sie entsetzt an. »Meine Mutter ist krank«, krächzt sie. Ihre Kehle ist voller Rasierklingen. »Bitte geh nach Hause.«

Linda nickt. Auf ihrem Gesicht spiegeln sich Entsetzen und Faszination. »Ja, klar. Sicher.« Sie geht rückwärts hinaus. Sie schafft es kaum, sich von der Szene loszureißen. »Bis morgen in der Schule.«

Christy-Lynn sagt nichts. Wie lange wird es wohl dauern, bis sich die Geschichte auf den Fluren der Berkeley High School herumgesprochen hat? Dann sieht sie auf ihre Mutter hinunter, wie sie dort schlafend oder fast schlafend liegt, die verklebten schwarzen Haare auf den Fliesen um ihren Kopf gefächert. Einst war sie das hübscheste Mädchen in Moncks Corner – eine Art Ava Gardner für Arme. Jedenfalls erzählt ihre Mutter es so. Und einst, vor einer langen Zeit, mag es vielleicht so gewesen sein.

Neun

Sweetwater, Virginia
29. November 2016

Christy-Lynn blickte auf die Papiere, die sie in der Nacht ihrer Flucht aus Clear Harbor hastig aus Stephens Safe in ihre Tasche geschaufelt hatte und die überall auf dem großen Bett verstreut waren. Sie hatte den Versuch unternommen, sie irgendwie zu sortieren, nur dass jetzt alles noch unübersichtlicher war als zu Beginn der Aktion.

Das gestrige Abendessen mit Missy und Dar war eine angenehme Überraschung gewesen, doch als Dar sie fragte, ob sie schon Zukunftspläne hätte, war Christy-Lynn erstarrt. Sie hatte nicht die leiseste Ahnung. Sie war freiberufliche Lektorin und hatte über die Jahre zu zehn oder zwölf Autoren Arbeitsbeziehungen aufgebaut, aber das konnte ja nicht alles im Leben sein. Und sie war jetzt auch nicht mehr sicher, ob das, was sie mit Stephen geteilt hatte, als Leben durchgegangen wäre.

Sie steckte den Kopf in den Sand – und nicht erst seit Stephens Tod. So konnte das nicht weitergehen. Unten räumte Missy die Küche auf und kümmerte sich um ihre Gäste, während Dar irgendwo im Ort Kristalle und New-Age-Bücher verkaufte. Das Leben spielte sich überall um sie herum ab – ohne sie. Es war Zeit, dass sie den Kopf aus dem Sand zog und tat, was getan werden musste.

Sie musste die Versicherungsunterlagen sichten, sich um die Giro- und Sparkonten und die Aktiendepots kümmern, das Haus in Clear Harbor ausräumen lassen und verkaufen. Der Gedanke kam überraschend, aber sie wusste plötzlich genau, dass sie nicht zurückgehen würde. Dort wartete nichts auf sie. Keine Familie, die sie trösten, keine Freundinnen, die sie vermissen würden. Keine prägenden Erinnerungen. Es war Zeit, mit all dem abzuschließen und die nächsten Schritte zu tun. Doch bevor sie irgendetwas in Angriff nehmen konnte, brauchte sie Stephens Sterbeurkunde.

Es dauerte eine Weile, bis sie den Laptop hochgefahren und sich ins WLAN eingeloggt hatte. Die Verbindung war quälend langsam, aber irgendwann konnte sie »Maine Sterbeurkunde« ins Suchfeld des Browsers eingeben. Kurz darauf erschienen die Suchergebnisse. Sie klickte auf den Link zum Standesamt in Maine und folgte dem Menü. Es war alles bemerkenswert einfach, bis die Nachricht KEINE URKUNDE VORHANDEN in fetten roten Buchstaben auf dem Bildschirm erschien. Sie starrte eine Weile darauf, doch als sie es noch einmal versuchte, erhielt sie dieselbe Nachricht.

Frustriert rief sie beim Polizeirevier in Clear Harbor an. Dort wurde sie zur Gerichtsmedizin durchgestellt. Nach langem Klingeln nahm ein Mann ab, stellte ihr gelangweilt eine Menge Fragen und ließ sie in der Leitung hängen.

»Tut mir leid«, meldete er sich dann wieder, »aber es wurde noch keine Sterbeurkunde ausgestellt.«

»Das verstehe ich nicht. Der Unfall ist schon fast zwei Wochen her.«

»Es tut mir wirklich leid. Wir kommen nicht gegen die Arbeit an.«

»Haben Sie irgendeine Vorstellung, wann sie ausgestellt werden könnte?«

»Nein. Die Grippe geht um, und eine Kollegin ist auf Mutterschaftsurlaub. Ich kann Ihnen nur empfehlen, wieder anzurufen.«

Christy-Lynn wollte gerade auflegen, als sie es sich anders überlegte und darum bat, mit Detective Connelly aus dem Morddezernat verbunden zu werden. Er hatte ihr das letzte Mal zwar eine Abfuhr erteilt, aber ein Versuch konnte nicht schaden. Vielleicht erwischte sie ihn diesmal in einer besseren Stimmung.

»Connelly«, erklang eine barsche Stimme, eher ein Bellen als ein Gruß.

»Hier ist Christine Ludlow, Detective. Ich wollte nur …«

»Christine? Um Himmels willen! Wo stecken Sie? Die Medien laufen Sturm! Eine Hälfte hat Sie für tot erklärt, und wenn es nach der anderen geht, sind Sie nach einer Überdosis Tabletten irgendwo in einer Gummizelle gelandet. Das ganze Land sucht nach Ihnen!«

Christy-Lynn schluckte eine bissige Antwort hinunter, weil sie ihn ja um Hilfe bitten wollte. »Ich habe gerade in der Gerichtsmedizin vergeblich nach der Sterbeurkunde gefragt, und da dachte ich mir, ich könnte Sie gleich fragen, ob Sie neue Informationen in dem Fall haben.«

Sie war fast sicher, ein verzweifeltes Seufzen zu hören. »Christine, das hatten wir doch schon. Es gibt keinen Fall. Stephen ist das Opfer eines Verkehrsunfalls.«

»Genau gesagt waren es zwei Opfer.«

»Von mir aus auch zwei Opfer. Aber es gibt keinen Fall. Weil es nichts zu untersuchen gibt. Das Auto ist auf dem Eis ins Rutschen gekommen und in der Bucht gelandet.«

Jetzt war es an Christy-Lynn, verärgert zu sein. »Sie wissen ganz genau, worüber ich spreche.«

»Über die Frau.«

»Ja, über die Frau. War das so schwer? Ich finde, dass ich ein Recht habe zu erfahren, wer mit meinem Mann im Auto war, als er gestorben ist, Detective, selbst wenn Sie das anders sehen.«

Noch ein Seufzen. Diesmal lauter. »Das kann doch nicht wahr sein! Wir kauen jetzt nicht noch einmal durch, warum ich Ihnen den Namen nicht nennen kann, selbst wenn ich ihn wüsste. Was nicht der Fall ist. Seit diese Fotos durchgesickert sind, ist hier so etwas wie eine Hexenjagd ausgebrochen. Und das Letzte, was ich jetzt brauche, ist, dass man auf der Wache davon Wind bekommt, dass ich mit irgendjemandem darüber spreche.«

»Sie wollen sagen, dass man immer noch nicht weiß, wer die Fotos an die Presse gegeben hat?«

»So ist es. Und ich will mich nicht verdächtig machen. Christine, ich muss auflegen. Ich muss arbeiten. Aber wo sind Sie? Nur für den Fall, dass ich Sie erreichen will.«

Kurz flackerte ein Hoffnungsschimmer in ihr auf. Vielleicht würde er es sich anders überlegen und sie anrufen, wenn es nicht so wahrscheinlich war, dass jemand mithörte. Aber irgendwas ließ sie zögern. Vielleicht lag es an seiner Haltung, vielleicht befürchtete sie aber auch, dass ihm ihr Aufenthaltsort versehentlich rausrutschte. Jedenfalls sagte ihr eine winzige Stimme im Hinterkopf, dass es klüger war, auf Nummer sicher zu gehen.

»Sie haben ja meine Handynummer«, sagte sie kühl. »Sie können eine Nachricht hinterlassen.« Sie wartete nicht auf seine Reaktion, bevor sie den Anruf beendete. Sie hatte genug davon, wie eine Nervensäge behandelt zu werden.

Immer noch wütend wandte sie ihre Aufmerksamkeit wieder den Papierstapeln auf dem Bett zu. Sie suchte nach dem Namen von Stephens Broker, als sie auf einen Umschlag zwischen ihrer Geburts- und der Heiratsurkunde stieß. Er hatte Eselsohren und war vergilbt, aber er war unverwechselbar. Sie hatte seit Jahren nicht mehr an ihn gedacht, und nun war er wie der Teufel aus der Schachtel wieder aufgetaucht. Sie nahm ihn in die Hand und drehte ihn gedankenverloren um. Es war nur ein alter Umschlag, aber er bedeutete ihr viel. Ein zwanzig Jahre altes Versprechen – gebrochen. Sie war nicht sicher, warum sie ihn all die Jahre aufbewahrt hatte, vielleicht als Warnung, keinem Menschen zu vertrauen. Auf das Brennen hinter ihren Lidern war sie nicht gefasst, als sie ihn öffnete und der Inhalt in ihren Schoß rutschte.

Es waren nur ein paar Erinnerungen an einen Tag auf dem Jahrmarkt: ein Armband aus Plastik, zwei verblichene Eintrittskarten, ein altes Schwarz-Weiß-Foto. Das Foto nahm sie zuerst in die Hand. Es war eine dieser Sepia-Aufnahmen, auf denen man sich mit Kostümen ausstaffierte und vor einer gemalten Kulisse posierte. Sie zeichnete Charlene Parkers Gestalt mit dem Finger nach.

Sie stellte eine Federboa und einen schäbigen Hut mit Pfauenfedern auf dem kess zur Seite geneigten Kopf zur Schau. Neben ihr stand Christy-Lynn und grinste vergnügt mit den zu großen Zähnen einer Zwölfjährigen. Sie hatte sich ein paillettenbesetztes Stirnband aus der etwas modrigen Requisitenkiste ausgesucht, weil sie damit wie ein Mädchen aus den Goldenen Zwanzigern aussah und weil es zum Kostüm ihrer Mutter passte. Aber es war die Kette ihrer Mutter, die ihre Aufmerksamkeit auf sich zog – ein Spiegelbild derjenigen, die sie selbst auf dem Foto trug.

Christy-Lynn spürte einen neuen Schmerz in der Kehle, als sie die Kette aus dem Umschlag auf ihre Handfläche schüttelte und an die Nacht dachte, in der sie sie in den Müll geworfen, dann aber wieder herausgefischt hatte. Die jahrelange Verbannung in den dunklen Umschlag hatte sie anlaufen lassen – und das passte nur zu gut. Christy-Lynn wischte sich ungeduldig die Tränen ab. Das waren die Tränen eines kleinen Mädchens. Und das Mädchen gab es nicht mehr, schon lange nicht mehr.

Zehn

Ladson, South Carolina
27. Oktober 1995

Der Jahrmarkt ist in der Stadt – beziehungsweise drüben in Ladson, was so gut wie dasselbe ist. Die Kinder in der Schule reden über nichts anderes. Wie viel Taschengeld sie gespart haben. Welche Attraktionen sie ausprobieren wollen. Welche herrlichen fettigen Imbisse sie runterschlingen werden – und später wahrscheinlich wieder erbrechen müssen.

Es klingt aufregend.

Aber Christy-Lynn weiß, dass es sinnlos für sie ist, sich irgendwelche Hoffnungen zu machen. Der Eintritt kostet Geld, die Fahrgeschäfte kosten Geld, die Maiskolben und die Schmalzkuchen kosten Geld. Und es ist schlicht und einfach kein Geld übrig. Deswegen ist sie überrascht, als ihre Mutter am Samstagmorgen plötzlich in Jeans und Sweatshirt statt in der Piggly-Wiggly-Uniform in ihrem Zimmer steht.

»Zieh dich an. Wir machen einen Ausflug.«

Etwas am Lächeln ihrer Mutter macht Christy-Lynn nervös. »Einen Ausflug? Wohin?«

»Ich weiß es, und du wirst es herausfinden«, sagt sie augenzwinkernd und verschwindet im Flur.

Christy-Lynn unterdrückt einen Aufschrei, als ihre Mutter durch die Tore des Rummelplatzes fährt. Der Parkplatz ist brechend voll. Sie parken weit entfernt auf einem matschigen Gelände, auf dem die Parkplätze mit orangefarbenen Kegeln markiert sind. Sie brauchen eine halbe Ewigkeit, bis sie am Eingang sind, aber das ist Christy-Lynn egal. Sie sind auf dem Jahrmarkt!

Als sie schließlich am Tor ankommen, zerrt ihre Mutter ein dickes Bündel Scheine aus ihrer hinteren Hosentasche. Christy-Lynn ist schockiert. Es ist mehr Geld, als sie je auf einem Haufen gesehen hat. Mit großen Augen beobachtet sie, wie Charlene ein paar Scheine aus dem Bündel löst und sie dem gelangweilt wirkenden Mann durchs Fenster reicht.

»Woher hast du das?«, fragt Christy-Lynn, nachdem der Mann ihnen die Plastikarmbänder umgelegt hat.

Ihre Mutter sieht weg und stopft die restlichen Scheine in die Tasche. »Von der Arbeit. Was glaubst denn du?«

»Aber ich dachte …«

»Schsch!«, zischt ihre Mutter und zerrt sie unsanft am Arm. »Willst du nun rein oder nicht?«

Christy-Lynn schluckt ihre Fragen hinunter und nickt. Natürlich will sie rein.

Zuerst steigen sie ins Riesenrad, dann fahren sie auf dem XXL-Kettenkarussell und im Starship 3000. Als sie schließlich aus der Achterbahn wanken, ist alles um Christy-Lynn ein wabbeliger, verschwommener Fleck. Ihr ist mulmig von all den Attraktionen und Geräuschen um sie herum. Trotzdem essen sie Fleisch vom Grill mit Käse-Pommes und Schmalzkuchen mit viel Puderzucker, von denen das Fett tropft. Sie spülen alles mit halb-gefrorener Limonade hinunter.

Nach dem Essen setzen sie sich in ein großes weißes Zelt an einen Picknick-Tisch. Ihre Mutter trinkt ein Bier aus einem Plastikbecher, bestellt ein zweites und ein drittes. Dann geht es weiter. Sie kommen an den Vorstellungen vorbei: Dressurreiten, Rodeo und Bullenreiten, Küchen- und Backshows, der Wettbewerb um die größte Tomate. Ihre Mutter ist nicht interessiert. Aber als sie ein Zelt mit Kunsthandwerk aus der Gegend sehen, duckt sie sich und schlüpft hinein.

Sie hält sich lange an einem kleinen Stand auf, dessen Tisch von billigem Modeschmuck überquillt. Erst betastet sie prüfend ein Set aus dünnen Armreifen, in die etwas Türkises eingesetzt ist, was wohl als Edelsteine durchgehen soll, wahrscheinlich aber einfach Plastik ist. Als Nächstes nimmt sie einen gravierten Ring und streift ihn kurz über den Daumen, bevor sie ihn auf das schwarze Samttablett zurücklegt.

In ihrem Gesicht spiegelt sich etwas wie Wehmut, eine Sehnsucht, die Christy-Lynn noch nie zuvor gesehen hat, als denke ihre Mutter an all die Dinge, die sie sich nicht leisten kann. Christy-Lynn sieht weg, sie will nicht, dass ihre Mutter weiß, dass sie ihre Traurigkeit gespürt hat. Eine Weile später spürt sie die Hand ihrer Mutter auf ihrem Arm.

»Christy! Schätzchen, guck mal. Eine Mutter-Tochter-Kette!«

Die Kette baumelt von ihren Fingern. In der Sonne des späten Nachmittags, die durch einen Spalt zwischen den Zeltplanen fällt, glitzert ein kleines Herz. Doch dann teilt es sich und statt eines Anhängers sind es zwei. Christy-Lynn kann sich keinen Reim darauf machen.

»Man kann es auseinandernehmen«, erklärt ihre Mutter. »Hier in der Mitte.« Sie dreht das Herz um. »Sieh mal, was hier steht: ›Freundinnen für immer‹. Wie wir … Freundinnen für immer.« Sie wirft einen Blick auf das Preisschild am Verschluss und sagt zu dem Mann hinter dem Tisch: »Die nehmen wir.«

»Aber Mama, du hast gesagt …«

»Psst! Lass mich doch erst mal bezahlen.« Sie hat das Bündel Scheine schon aus der hinteren Hosentasche hervorgezogen. Der Mann zählt das Wechselgeld ab und durchtrennt das Bändchen mit dem Preisschild. Als er ein kleines Schmuckdöschen hervorholt,

winkt Charlene ab. »Das brauchen wir nicht. Wir legen sie gleich um. Schätzchen, nimm mal deine Haare hoch.«

Christy-Lynn tut es und fragt sich dabei, wie ihre Mutter genug Geld für den Eintritt, das Essen und die Getränke zusammengekratzt hat, und dann auch noch für so eine schöne Kette. Das Silber fühlt sich kühl an auf der Haut und sehr ungewohnt. Sie sieht ihrer Mutter dabei zu, wie sie an ihrem Verschluss herumfummelt und den Standspiegel näher heranzieht.

»Wir nehmen sie nie wieder ab«, verkündet sie mit einer fast erschreckenden Intensität, als sie sich beide im Spiegel betrachten. »Was auch immer passiert – wie schwer auch immer es werden mag –, wir sind zwei Hälften ein und desselben Herzens. Freundinnen für immer.«

Christy-Lynn nickt. Die eigentümliche Entschlossenheit ihrer Mutter verwirrt sie. Vielleicht ist es ja Verzweiflung. Sie fürchtet sich davor, der Sache auf den Grund zu gehen. Sie will den Bann dieses perfekten Tages nicht brechen. Freundinnen für immer. Die Worte flattern wie Schmetterlinge in ihrem Kopf herum. Schüchtern berührt sie das schimmernde halbe Herzchen am Hals. Es ist das erste Schmuckstück, das sie je besessen hat. Ihre Mutter lächelt und tut dasselbe. Und in dem Moment spürt Christy-Lynn ein Ziehen in ihrer Brust, als würde sie ein unsichtbares Band verbinden – zwei Teile eines Herzens.

Solange sie lebt, wird sie diesen Tag nicht vergessen.

Elf

Sweetwater, Virginia
12. Dezember 2016

Wayne legte den Kopf in den Nacken und blickte in den Himmel, in einen wolkenlos blauen Himmel. Dann streckte er die Beine auf dem geriffelten Boden des alten Zedernkanus aus. Er verzog das Gesicht, zögerte kurz und strich die Seite mit seinem roten Stift durch. *Rückblick kürzer? Oder länger?*, kritzelte er an die Seite. Er sollte das Manuskript einfach in den See werfen und fertig. Frustriert schenkte er sich noch eine Tasse von dem starken Kaffee aus der verbeulten grünen Thermoskanne seines Großvaters ein.

Der alte Mann hatte drei Sommer gebraucht, um das Kanu zu bauen, und Wayne hatte ihm dabei zugesehen, wie er jede einzelne Planke und jede einzelne Leiste bearbeitete und dann mehrfach sorgfältig mit Epoxid beschichtete. Drei Sommer auf ein Boot zu warten, mit dem sie nur fischen wollten, war ihm wie eine Ewigkeit vorgekommen. Eines Tages, als er besonders hibbelig war, erklärte ihm sein Großvater, dass das Kanu irgendwann ihm gehören würde. Dass er dann mit seinen Kindern zum Angeln rausfahren könne. Das sei der Grund, warum er es so solide baue. Damit es Bestand hätte.

Und es hatte Bestand gehabt. Sein Großvater hatte es mit mehreren Lagen blauer Nylonplane unter der Veranda vor den Elementen geschützt. Wayne hatte es nur von den Spinnenweben befreien und die Sitze einsetzen müssen, bevor er es ins Wasser lassen konnte. Er fragte sich, was sein Großvater wohl denken mochte, wenn er ihn so sähe: an einem kalten Dezembermorgen auf dem See treibend, ausgestattet mit einer Handvoll zerknitterter Seiten und einem roten Stift statt mit einer Angel und einer Dose frisch gefangener Fliegen.

Wayne machte seine Korrekturen normalerweise nicht auf Papier – und auch nicht in einem Boot –, aber verzweifelte Zeiten erforderten verzweifelte Maßnahmen. Er arbeitete jetzt seit einer Woche an denselben vier Kapiteln, stellte um und strich drin herum, aber es war immer noch nicht stimmig. Er hatte gehofft, ihm könne ein Ortswechsel helfen, aber das hatte sich bisher nicht bewahrheitet. Er brauchte einen unvoreingenommenen Leser.

Darin war Simone immer gut gewesen. Wenn er in einer Geschichte feststeckte, reichte er Simone den Laptop rüber. Sie schlug nie eine Lösung vor – dazu unterschied sich ihr Stil zu sehr von seinem –, aber sie legte zielsicher den Finger auf die Stelle, an der es anfing schiefzulaufen.

Er vermisste das.

Himmel noch mal, er vermisste so vieles. Jemanden neben sich zu haben, wenn er morgens die Augen aufschlug, jemanden vor sich zu haben, wenn er sich zum Essen setzte, jemanden, der die Stille füllte, die manchmal so erinnerungsschwer war. Plötzlich fiel ihm etwas auf. Wie hatte er das eben in seinem Kopf formuliert? Jemand. Nicht Simone. Irgendjemand. Fühlte er das wirklich so? Hatte er endlich angefangen loszulassen?

Der Gedanke brachte eine unbequeme Klarheit mit sich. Wenn er seine Exfrau losließ und alles, was er mit ihr gehabt und verloren hatte, würde sein Leben noch leerer sein als vorher.

Die Bitterkeit, die er genährt hatte, an der er sich mit solcher Hartnäckigkeit festgebissen hatte, würde durch … nichts ersetzt werden.

Aber wäre das so schlimm? Den Schmerz des Tages zu vergessen, an dem er in eine leere Wohnung gekommen war? Selbst wenn er es hatte kommen sehen. Sie hatten schon länger Probleme gehabt, aber als er davon zu sprechen begann, bei der *Week in Review* zu kündigen, um einem, wie sie es nannte, Hirngespinst nachzulaufen, war es rasant bergab gegangen. Es ging nicht nur ums Geld. Wenn er jetzt darüber nachdachte, war es eigentlich nie ums Geld gegangen. Er war Simone nicht gut genug gewesen. Genauso wenig wie Kevin. Oder Todd. Oder Phillip. Vielleicht schnitt ja dieser Typ vom Fernsehen, dieser Moderator mit dem Gel in den Haaren, besser bei ihr ab.

Zwölf

Sweetwater, Virginia
12. Dezember 2016

Christy-Lynn vergrub die Hände in den Taschen, als sie geduckt über die Main Street lief. Die letzten milden Herbsttage waren endgültig der kühleren Witterung gewichen, und in Sweetwater läutete man die Weihnachtszeit ein. An jedem Laternenpfahl hingen geschmückte Kränze, und winzige weiße Lichter verwandelten das Städtchen in ein winterliches Wunderland.

Nicht, dass sie groß darauf geachtet hätte – dafür war sie zu sehr mit den ungelösten Problemen ihrer Ehe beschäftigt. Schon nach einer ersten flüchtigen Prüfung ihrer Finanzen war deutlich, dass sie mehr als genug Geld bis … ja, bis ans Lebensende hatte, selbst wenn Lloyd & Griffin nie wieder einen Krimi von Stephen Ludlow verkaufte. Allerdings war sie sich nicht sicher, ob sie das Geld überhaupt haben wollte. Sie hatte den Eindruck, dass es auf irgendeine Art unsauber war, verdient von einem Mann, den sie nur gemeint hatte zu kennen. Was sie wirklich wollte – was sie wirklich brauchte –, war, jede Erinnerung an die Ehe mit Stephen zu löschen. Sie zu tilgen, wie sie andere Katastrophen getilgt hatte.

Vielleicht würde sie es spenden. Oder eine Stiftung gründen. Aber in wessen Namen? Stephen verdiente es jedenfalls nicht, als Menschenfreund in Erinnerung zu bleiben. Also vielleicht eher eine anonyme Schenkung. Das wollte gut überlegt sein. In der Zwischenzeit hatte sie Kontakt mit einem Makler aufgenommen, um das Haus zu verkaufen. Sie wusste nicht, wo sie landen würde, aber Missy schien sie gern bei sich zu beherbergen, und es war dort sehr bequem. Vielleicht etwas zu bequem.

Sie lebte sich langsam ein, wurde Teil des Alltags in Sweetwater und freundete sich mit Missy und Dar an. Gestern hatten die beiden darauf bestanden, dass sie zum ersten Anzünden des Christbaums im Park mitkam, und danach hatten sie sie zu Kaffee und Kuchen mitgenommen. Es war wirklich schön gewesen, aber sie wurde das Gefühl nicht los, dass sie sie irgendwie ausnutzte, weil sie ihnen ihre wahre Identität verbarg – und damit auch den eigentlichen Grund dafür, dass sie in Sweetwater war.

Sie hielt sich auf dem Laufenden, war alle paar Tage online und sah die Nachrichten. Offensichtlich hatte sich die Aufregung um ihr Verschwinden etwas gelegt. Das hatte sie vor allem den Sexfilmen eines Reality-TV-Sternchens mit ihrem Poolboy zu verdanken. Falls die Schnappschüsse von ihr im Slip, die dieser Paparazzi am Tag der abgesagten Trauerfeier gemacht hatte, irgendwo aufgetaucht waren, war es unbemerkt an ihr vorübergegangen.

Sie stand unschlüssig vor der Buchhandlung *Eselsohr,* starrte ihr Spiegelbild in der verstaubten Schaufensterscheibe an und fragte sich, ob es nicht Zeit wäre weiterzuziehen.

Sie war unruhig. Nicht unbedingt gelangweilt, aber zappelig. Sie brauchte eine Aufgabe, auf die sie sich konzentrieren konnte. Sie hatte ihr letztes Lektorat vor einer Woche beendet und beschlossen, dass sie erst mal keine neuen Aufträge annehmen würde. Plötzlich war da eine beunruhigende Leere.

Ein lautes Klopfen holte Christy-Lynn in die Gegenwart zurück. Carol Boyer, die Inhaberin des *Eselsohrs,* machte sie auf sich aufmerksam. Christy-Lynn winkte lächelnd zurück. Carol führte einen in die Jahre gekommenen Buchladen mit einem angestaubten Sortiment und einem beengten Café, wo Christy-Lynn nachmittags bei schlechtem Latte macchiato ihre Lektoratsnotizen abgetippt hatte. Das *Eselsohr* war nichts Besonderes, aber es war eine feste Einrichtung in der malerischen Altstadt von Sweetwater.

Carol winkte sie mit einem verschwörerischen Lächeln herein und bugsierte sie ins Café. »Ich habe etwas experimentiert«, sagte sie stolz und quetschte sich hinter den Tresen. »Ich glaube, mir ist eine wirklich festliche Kreation für die Adventszeit gelungen. Ich weiß, wie sehr Sie meinen Latte macchiato lieben, und deswegen hätte ich gerne, dass Sie mein neues Getränk probieren und mir sagen, was Sie davon halten. Ich nenne es Noggiato.«

Ein paar Augenblicke später stellte Carol einen Becher vor Christy-Lynn und sprenkelte etwas Muskat auf die aufgeschäumte Milch. »Bitte sehr«, sagte sie strahlend. »Probieren Sie es doch mal.«

Christy-Lynn nahm einen höflichen Schluck und versuchte, nicht zu erschauern. Der »Noggiato« schmeckte nach angebranntem Eierpunsch und war so süß, dass ihre Zähne protestierten, aber sie wollte Carol nicht enttäuschen. »Es passt sehr gut … zur Jahreszeit«, sagte sie also und versuchte, sich etwas Begeisterung abzuringen. »Ihre Kunden werden es lieben.«

Carol sah sich entmutigt im Laden um. »Welche Kunden?«

»Läuft es heute Nachmittag nicht so richtig?«

»Es läuft das ganze Jahr über nicht so richtig, würde ich sagen. Es ist Mitte Dezember, bis Weihnachten sind es nur noch zwei Wochen, und seit drei Stunden hat kein Kunde den Laden betreten. Ich weiß nicht, was los ist. Ich habe den Laden seit sechsundzwanzig Jahren – aber so eine Flaute habe ich noch nicht erlebt. Wahrscheinlich lesen die Leute einfach keine echten Bücher mehr, sondern eher diese … diese elektronischen Dings-Dongs.«

Christy-Lynn vermutete, dass noch mehr als die Konkurrenz durch E-Reader dahintersteckte. Sie ließ den Blick über den abgetretenen Teppich, die staubigen Bücherregale und zerschlissenen Lehnsessel gleiten. Wahrscheinlich war es hier irgendwann einmal gemütlich gewesen, aber jetzt wirkte der ganze Laden eher wie ein moderiger Kellerraum.

»Vielleicht würde dem *Eselsohr* ein Face-Lift guttun«, sagte Christy-Lynn. »Und etwas Rouge und Lippenstift.«

Carol zog die Stirn in Falten. »Lippenstift?«

Christy-Lynn musste kichern. »Ach, das habe ich nur so gesagt. Ich meinte auf Vordermann bringen. Helle Farben, ein neuer Teppich, ein paar Stühle neben dem Eingang. Sie könnten das Café auch etwas heller gestalten, mit Tischdecken und frischen Blumen. Es wäre gar nicht so teuer.«

Carol nahm die Brille ab und säuberte die Gläser mit dem Zipfel ihrer Schürze. »Ich kann mich nicht dazu aufraffen«, sagte sie zögerlich. »Es liegt eigentlich auch nicht am Geld. Es ist eher … ich bin immer so müde.« Sie hielt die Brille prüfend gegen das Licht und setzte sie wieder auf. »Ich bin vierundsiebzig, und ich habe zwei Enkelkinder in Florida, die ich nie zu Gesicht bekomme. Aber dieser Laden gehört schon seit Jahrzehnten zu meinem Leben – und zu Sweetwater.« Sie ließ Wasser in ein kleines Spülbecken laufen. Ihre Brillengläser beschlugen, sodass ihre Augen kaum noch sichtbar waren. »Ich weiß, dass es sich albern anhört, aber hasse die Vorstellung, dass es die Buchhandlung irgendwann nicht mehr geben sollte.«

»Aber Sie würden sie doch nicht schließen, sondern verkaufen.«

Carol drehte seufzend den Wasserhahn zu. »Wer sollte so einen Laden kaufen wollen?«

Christy-Lynn wollte ihr gerade vorschlagen, einen Makler einzuschalten, überlegte es sich dann aber anders. Wie wahrscheinlich war es, dass Carol einen Käufer für diesen heruntergewirtschafteten Buchladen mit veraltetem Inventar, aber ohne festen Kundenstamm fand? Dazu kam, dass er sich in einer winzigen Stadt befand, von der die meisten Leute nie gehört hatten. Die Liste von Kaufinteressenten würde gegen null tendieren.

»Wie wär's mit mir?«, platzte Christy-Lynn heraus. Es kam wie aus dem Nichts, aber sowie sie es laut ausgesprochen hatte, wusste sie, dass sie es ernst meinte.

Carol linste sie durch die beschlagenen Brillengläser an. »Soll das ein Witz sein?«

Christy-Lynn dachte einen Moment darüber nach. Es war absurd, lachhaft sogar. Aber was sollte sie davon abhalten, in Sweetwater zu bleiben und eine Buchhandlung zu kaufen? Sie hatte Bücher schon immer geliebt, und sie suchte nach einer neuen Herausforderung.

»Nein, ich glaube nicht«, sagte sie schließlich. »Das heißt, wenn Sie es auch ernst gemeint haben.«

»Ich wusste nicht, dass Sie daran gedacht haben, in Sweetwater zu bleiben.«

»Das wusste ich anfangs wohl selbst nicht. Aber ich denke schon eine Weile darüber nach, was ich machen will. Und wo. Und in Sweetwater fühle ich mich wohl.«

Carol klappte der Unterkiefer runter. Als hätte sie gerade ein Rubbellos über eine Million Dollar auf der Straße gefunden. »Sie wären wirklich an meinem kleinen Laden interessiert?«

Christy-Lynn war fast ebenso überrascht darüber wie Carol. Ihr schwindelte fast bei dem Gedanken. »Wahrscheinlich denkt jeder, der Bücher liebt, irgendwann mal über eine eigene Buchhandlung nach. In meiner Studentenzeit habe ich in einem Buchladen gejobbt und fand es wunderbar.«

»Glauben Sie denn, Sie könnten den Laden wirtschaftlich führen?«

Christy-Lynn sah sich mit prüfenden Blicken um. Es war eine Herausforderung, aber schließlich hatte sie alle Zeit der Welt. »Ich denke schon«, sagte sie. Sie erwärmte sich für den Gedanken. Alles musste von Grund auf renoviert werden, die Böden, das Licht, die Regale. Bei dem Café war es nicht mit Renovieren getan, alles musste raus, dann konnte man es neu gestalten. Außerdem musste ein Barista her, der einen vernünftigen Latte macchiato machte. Das Sortiment musste dringend aktualisiert werden und auch Kinder ansprechen. Trotz allem hatte der Laden definitiv Potenzial.

»Ich habe ein paar Ideen, wie man neue Kunden gewinnen könnte.«

Carol war unsicher, ob sie ihrem unerwarteten Glück trauen konnte. »Das kommt jetzt sehr überraschend. Ich habe mir nie träumen lassen, dass irgendjemand diesen Laden kaufen könnte. Deswegen habe ich auch keine Vorstellung, wie viel er wert sein könnte. Es wäre vor allem die Immobilie, und dann noch etwas fürs Inventar. Können Sie … glauben Sie, Sie bekommen einen Geschäftskredit?«

Es war offensichtlich, wie unangenehm es Carol war, so unverblümt danach zu fragen, auch wenn es völlig gerechtfertigt war. Doch wie sollte Christy-Lynn das beantworten? *Keine Sorge, mein verstorbener Mann hat mir ein paar Millionen hinterlassen?* Eine Flut von Fragen würde über sie hereinbrechen – und sie war nicht bereit, sie zu beantworten.

»Das wäre wahrscheinlich machbar«, sagte sie vorsichtig. »Ich habe Geld gespart, und mein Mann hatte eine kleine Lebensversicherung. Ich versuche nicht, Sie zu drängen, aber wenn es Ihnen wirklich ernst ist, überschlagen Sie doch mal, was Immobilie und Inventar Ihrer Meinung nach wert sind. Und dann packen wir die Sache an.«

Carol nickte. Ihre Augen hatten einen leicht fiebrigen Glanz angenommen. »Ja, gut. Dann rufe ich mal meine Tochter an, dass sie das Gästezimmer sauber machen kann.«

Eine Stunde später betrat Christy-Lynn den *Biberbau.* Sie war fast so durcheinander, wie Carol bei ihrem Abschied ausgesehen hatte. Missy erschien mit ihrem strahlenden Lächeln und frisch gebackenen Keksen hinter dem Rezeptionstresen.

»Da sind Sie ja. Ich hab mich schon gefragt, wo Sie abgeblieben sind. Meine Mutter geht heute mit den Jungs ins Kino, und ich habe Lust auf Pizza. Hätten Sie vielleicht …« Missy unterbrach sich mitten in ihrem Redeschwall, den Arm mit dem Keksteller noch ausgestreckt. »Was ist los? Sie sehen aus, als sei Ihnen ein Gespenst begegnet.«

Christy-Lynn schüttelte verwirrt den Kopf. War es klug, Missy alles zu erzählen? Carol konnte ihre Meinung ändern. Ihre Tochter konnte etwas dagegen haben, wenn sich die Mutter dauerhaft bei ihr niederließ. Christy-Lynn war nervös, denn auf dem Weg hierher hatte sie gespürt, dass sie es unbedingt machen wollte.

Missy setzte den Teller ab und kam um den Tresen herum. »Bitte, Christy-Lynn, sagen Sie etwas. Sie machen mir Angst.«

»Alles gut«, sagte Christy-Lynn langsam. »Sogar sehr gut.«

»Was soll das heißen?«

»Es soll heißen, dass Sie einen Dauergast verlieren.«

Missys Gesichtsausdruck wandelte sich von Sorge zu Enttäuschung. »Heißt das, Sie verlassen Sweetwater?«

»Nein«, sagte Christy-Lynn grinsend. »Aber ich brauche was auf Dauer. Wie's aussieht, habe ich eben einen Buchladen gekauft.«

Dreizehn

Sweetwater, Virginia
31. Dezember 2016

Obwohl die *EssBar* voll war, gelang es Christy-Lynn, einen Tisch am Fenster zu ergattern. Sie sah in den Himmel, trank ihren Tee und wartete auf Missy. Der Wetterbericht hatte acht Zentimeter Schnee vorausgesagt – was in Maine höchstens als Schneeschauer galt, aber hier waren die Leute ganz aus dem Häuschen und deckten sich mit Milch und Brot ein.

Ein unglücklicher Zeitpunkt, der den abendlichen Feiern einen Dämpfer versetzen würde. Nicht, dass Christy-Lynn Pläne gehabt hätte – Silvester stand ganz oben auf ihrer Liste lästiger Feiertage. Ihr waren die erzwungene Fröhlichkeit und die langweiligen Vorsätze verhasst, und Hoffnungen mit einem Jahreswechsel zu verbinden, war ihr immer verblüffend naiv erschienen.

Aber nicht in diesem Jahr.

Zum ersten Mal in ihrem Leben freute sie sich auf den Glockenschlag zu Mitternacht. Sie konnte es kaum abwarten, mit der Arbeit zu beginnen. Und bald hätte sie auch ein eigenes Zuhause. Als sie erfuhr, dass Carol Boyer auch ihren kleinen Bungalow aus den Zwanzigerjahren verkaufen wollte, war sie restlos begeistert. Ihr Grundstück grenzte noch dazu an den Sweetwater Creek, einen munteren kleinen Bach. So wunderbar der *Biberbau* und Missys Freundschaft als unerwartete Zugabe auch sein mochten, es war Zeit, Wurzeln zu schlagen.

In ein paar Wochen sollte der Kauf in trockenen Tüchern sein, und sie hoffte, den Laden spätestens im April eröffnen zu können. Ein Neuanfang im Frühling erschien ihr vielversprechend, weil es die Jahreszeit der Erneuerung und des Wachsens war. Eine Zeit, alte Kapitel zu schließen und ein neues aufzuschlagen. Sie warf einen Blick auf ihre Armbanduhr – und auf die drei kreisrunden Narben, die sie seit mehr als zwanzig Jahren begleiteten, eine dauerhafte Erinnerung an ihre Vorgeschichte. War ein Neustart – entstanden aus freiem Willen, nicht aus einer Katastrophe heraus – zu viel verlangt? Sie wusste es nicht, war aber gewillt, es herauszufinden.

Sie schob den Gedanken beiseite, als Missy hereinkam. Sie wirkte genervt, als sie sich aus ihrem Schal wickelte und auf den Stuhl neben Christy-Lynns fallen ließ.

»Tut mir leid, dass ich zu spät komme. An der Spülmaschine ist die Zuleitung oder eine Dichtung oder was auch immer geplatzt. Ich habe den ganzen Vormittag gegen die Überschwemmung angekämpft. Tja, so ist das mit den freien Tagen. Ah, da ist ja die Kellnerin. Ich bin am Verhungern!« Sie zuckte mit den Augenbrauen. »Ich nehme ein Thunfisch-Sandwich und einen großen Nudelsalat. Letzte Gelegenheit, noch ordentlich Kohlehydrate in mich reinzuschaufeln, bevor die Diät losgeht. Und wo wir schon dabei sind – was machst du eigentlich heute Abend? Hast du was Schönes vor?«

Christy-Lynn konnte nicht anders, sie musste lächeln. Missys grenzenlose Energie verblüffte sie immer wieder. Sie wollte gerade antworten, da erschien die Kellnerin mit ihrem Bestellblock und einem gestressten Lächeln. Als sie weg war, hakte Missy nach.

»Wir waren bei heute Abend.«

»Ich habe nichts vor. Wahrscheinlich lese ich oder ich arbeite an der Speisekarte des Cafés.«

»Komm doch zu uns. Ich fand es gar nicht gut, dass du Weihnachten bei meinen Eltern abgesagt hast. An Weihnachten sollte niemand alleine sein.«

»Aber ich habe dir doch gesagt, dass es mir komisch vorgekommen wäre, mich an Weihnachten aufzudrängen. Es war sowieso nie mein Fest.«

Missy schüttelte entgeistert den Kopf. »Ich kann's nicht fassen. Wie kann man Weihnachten nicht mögen? Alles ist so schön und so festlich. Die Musik, die Dekoration, das leckere Essen.«

Christy-Lynn hielt den Blick gesenkt und breitete die Serviette auf den Knien aus. »Sagen wir mal so: Das Gespenst vergangener Weihnachtstage wird dann wieder lebendig.«

»Entschuldigung«, sagte Missy leise. »Manchmal vergesse ich, wie schmerzhaft Feiertage für andere Menschen sein können. Ich wollte wirklich keine unschönen Erinnerungen heraufbeschwören.«

»Vergiss es«, sagte Christy-Lynn und spielte mit dem Besteck. Missy wartete darauf, dass sie jetzt mehr von ihrer Vergangenheit erzählte, und das machte sie nervös.

Es ging nicht darum, dass kein Rad oder Puppenofen unter dem Baum gestanden hatte. Unter welchem Baum auch? Es waren eher die anderen Dinge, die immateriellen, das, was andere Mütter mit ihren Töchtern unternahmen – Kakao trinken und Kekse backen zum Beispiel oder Lichterketten und Strümpfe aufhängen. Dinge, die andere als selbstverständlich voraussetzten.

Ihre eigenen Erinnerungen bestanden aus Tiefkühlessen oder Cheeseburgern in Pappschachteln, die sie alleine aß, während ihre Mutter ihr Trinkgeld in zwielichtigen Bars für

Drinks ausgab. Irgendwann torkelte sie dann zur Tür herein, nur um wenig später mehr oder weniger besinnungslos auf dem Badezimmerboden zusammenzusacken. Darüber wurde nichts in Adventsliedern gesungen. Das stand nicht auf Weihnachtskarten.

»Bitte, sag zu«, fing Missy wieder an. »Es wird bestimmt lustig.«

»Nein, es geht nicht. Ich …«

»Warum geht es nicht? Bisher sind wir nur zu dritt, die beiden Jungs und ich. Und die sind um neun fix und fertig. Wir bestellen was bei Lotus und säuseln uns einen mit Chardonnay an.« Sie grinste. »Ach nein, ich mit Chardonnay und du mit süßem Tee. Und dann schmachten wir Anderson Cooper an. Schade, dass der vergeben ist! Es wird lustig, du wirst schon sehen! Bestimmt besser, als eine Speisekarte auszuarbeiten. Und du kannst endlich meine beiden Jungs kennenlernen. Bitte, bitte.«

»Na gut«, sagte Christy-Lynn zögerlich. »Aber nur, weil du für männliche Gesellschaft sorgst.«

Und weil es besser war als ihr üblicher Silvesterspaziergang zwischen den Sprengfallen ihrer Erinnerung, die jederzeit hochgehen konnten.

Vierzehn

Monck's Corner, South Carolina
1. Januar 1998

Christy-Lynn setzt sich blinzelnd im flackernden blauen Licht des Wohnzimmers auf. Der Fernseher ist an, die Lautstärke heruntergedreht. So schläft sie meistens ein, auf der Couch aus Kunstleder zusammengerollt, für den Fall, dass ihre Mutter in schlimmer Verfassung nach Hause kommt und Hilfe braucht.

Sie reibt sich den Sand aus den Augen und streicht die Haare aus dem Gesicht. Auf dem Bildschirm küssen sich Leute mit Papierhüten, andere tanzen unter Konfettischauern und Luftballons. Eine Wiederholung, wird ihr klar, als ähnliche Szenen aus aller Welt folgen. Das neue Jahr ist da. Es wird sich nicht viel verändern. Jedenfalls nicht zum Besseren.

Wie wäre es wohl, mitten in all dem Trubel zu sein? Und wirklich etwas zum Feiern zu haben? Ein Leben zu haben, in dem man Dinge planen konnte, statt sich vor ihnen zu fürchten? Wie satt sie die ständige Furcht hat! Die Enttäuschungen und kleinen häuslichen Katastrophen. Eingebrannte Töpfe auf angeschalteten Herdplatten. Brandlöcher von Zigarettenstummeln auf den Bettlaken. Geld für die Miete, das sich in nichts auflöst. Wieder eine Kündigung. Und dann noch eine. Und die Entschuldigungen!

Sie hat sie alle gehört. Immer ist jemand anders schuld. Es ist nicht so, dass sie Buch führen würde. Damit hat sie schon lange aufgehört. Aber es reibt sie auf.

Von der Straße hört sie das Zuschlagen einer Autotür, gefolgt von einem erstickten Kichern. Ihre Mutter ist wieder da, und offensichtlich nicht alleine. Aus Gewohnheit sieht Christy-Lynn zur Uhr auf dem Herd. Halb drei. Charlene ist früh dran.

Einen Augenblick später schlägt die Haustür gegen die Wand und Charlene Parker stolpert herein, erstickt ein Kichern und ermahnt ihren Begleiter, leise zu sein. Sie steht einen Moment schwankend da, eingehüllt in eine Wolke aus Zigarettenrauch und Alkoholausdünstung. Im blauen Licht des Fernsehers sieht sie in ihren Skinny Jeans, dem schwarzen Tanktop und dem von der Schulter gerutschten Träger ihres angegrauten BHs wie ein Gespenst aus einem Trash-Film aus.

»Oh …« Sie blinzelt Christy-Lynn an, als falle ihr jetzt erst wieder ein, dass sie eine Tochter hat. »Frohes neues Jahr, Schätzchen!« Sie spricht mit schwerer Zunge, ihre Kehle ist heiser. »Du erinnerst dich doch an Jake aus dem Fahrradladen? Wir haben zusammen gefeiert.«

Christy-Lynn mustert Jake von Kopf bis Fuß. Er ist groß und schlaksig, trägt ölverschmierte Jeans und eine schwarze Lederweste. Sie erinnert sich nicht an ihn. Letzte Nacht war es Randy. Morgen wird es ein anderer sein. Sie bleiben nie lange.

»Hast du dir Abendessen gemacht?«, fragt Charlene und fummelt an der Handtasche herum, die ihr von der Schulter zu rutschen droht.

Einen kurzen Moment ist Christy-Lynn versucht, ihre Mutter zu fragen, ob sie was kochen will. Aber sie lässt es lieber. In ihrem jetzigen Zustand sind ironische Bemerkungen nur vergeudet. »Es ist halb drei, Mama«, sagt sie müde. »Ich habe vor Stunden gegessen.«

»Oh«, murmelt Charlene, mehr ein Seufzer als eine Erwiderung. Ihre Augen sind weit aufgerissen, aber ihr Blick ist

leer. Gleich wird sie zusammenbrechen. Bis dahin muss Jack oder Jake oder wie auch immer er heißen mag verschwunden sein.

Entschlossen steht sie auf und hakt ihre Mutter unter. »Danke fürs Bringen«, wirft sie dem Mann in den öligen Jeans zu. »Sie können jetzt gehen.«

Seine Augen verengen sich zu Schlitzen, und er schafft es, sich theatralisch in die Brust zu werfen. Aber er ist zu betrunken, um die Pose zu halten, und sackt gegen den Türrahmen. »Sehe ich vielleicht wie ein verdammtes Taxi aus? Wir … feiern jetzt das neue Jahr.«

Christy-Lynn fixiert ihn eisig. »In ungefähr drei Minuten liegt meine Mutter auf dem Boden. Wenn Sie nicht dabei sein wollen, feiern Sie das neue Jahr lieber woanders.«

Es ist ihr egal, dass er getrunken hat und sich nicht hinters Steuer setzen sollte, damit er sich nicht um einen Baum wickelt. Er soll einfach nur verschwinden. Die Nacht soll einfach nur vorübergehen.

»Wie wär's mit uns beiden?«, lallt er und macht einen schwankenden Schritt auf sie zu. »Ich habe noch was zu trinken im Auto. Wir könnten …«

»Raus!«, brüllt Christy-Lynn, bevor er den Satz zu Ende bringen kann. »Sofort! Oder ich rufe die Polizei.« Was nicht möglich ist, weil sie schon seit Monaten keinen Anschluss mehr haben. Sie hofft, dass er zu betrunken ist, um es darauf ankommen zu lassen. »Ich meine es ernst. Entweder Sie verschwinden oder Sie haben die Bullen am Hals.«

Er steht eine halbe Ewigkeit so da, taxiert sie unter halb geschlossenen Lidern und versucht herauszufinden, ob sie das Theater wert ist. Christy-Lynn starrt ihn finster an, bereit, einen Schrei auszustoßen, der ihm das Blut in den Adern gefrieren lässt, wenn er auch nur einen Millimeter in ihre Richtung taumelt. Ihre Mutter schwankt bedenklich hin und her. Christy-Lynn wird sich jede Sekunde entscheiden müssen, ob sie ihre Mutter zu Boden gehen lässt, um den schmierigen Möchtegern-Rocker abzuwehren. Doch dann sackt er in sich zusammen.

»Hochnäsige Schlampe«, grummelt er, drückt die Tür auf und stolpert über die Schwelle hinaus. »Kannst deiner Mama sagen, ich hab noch was gut bei ihr. Hab's ja eben schon gesagt, bin kein Taxi.«

Trotz jahrelanger Übung fällt es Christy-Lynn immer noch schwer, Charlene Parker ins Bett zu bugsieren. Wenn sie runterkommt, ist sie weinerlich, klammert sich jammernd an Christy-Lynn und bettelt schluchzend um Verzeihung. Irgendwann kommt dann ein Moment zwischen Flehen und Besinnungslosigkeit, in dem sie still wird und sich fügt. Auf diesen Moment wartet Christy-Lynn. Sie macht sich keine Mühe mit den Klamotten, zieht ihr nur die Stiefel aus und deckt sie zu. Dann knipst sie die Nachttischlampe an und schiebt einen Eimer vors Bett – für alle Fälle.

Sie will gerade hinausgehen, da fällt ihr die leere Stelle am Hals ihrer Mutter auf. Sie tastet nach ihrem halben Herz, dem Gegenstück. »Mama … wo ist deine Kette?«

Keine Antwort, keine Reaktion. Christy-Lynn rüttelt sie an der Schulter. »Mama?«

Charlenes Lider heben sich über schwimmenden Augen.

»Was ist mit deiner Kette?«, fragt Christy-Lynn schroff. Eine schreckliche Ahnung überkommt sie.

»Easy Street … Pfand … irgendwas«, stammelt Charlene.

Christy-Lynn weiß Bescheid. »Du hast deine Kette versetzt?«

»Hatte zu viel bei Micah … angeschrieben …« Sie hebt eine Hand, fuchtelt herum und lässt sie wie einen Stein auf die Matratze klatschen. »Er wollte mir nichts …« Christy-Lynn braucht nicht mehr zu hören. Er hatte ihr nichts mehr von dem Fusel ausgeschenkt, den sie zurzeit trinkt. Charlene war zu betrunken oder zu high, um das rauszubringen.

»Oh, Mama …«

Charlene öffnet die Augen, sie sind glasig, die Pupillen erweitert. Sie gähnt und greift nach Christy-Lynns Arm, den sie wie einen Welpen tätschelt. »Frohes neues Jahr, Schätzchen.«

Etwas Heißes, Bitteres wallt in Christy-Lynn auf, als sie das erste Mal ihre eigene Kette abnimmt und starr darauf blickt. Sie hört die Worte ihrer Mutter so deutlich wie an dem Tag vor gut zweieinhalb Jahren. Wir nehmen sie nie wieder ab. Was auch immer passiert – wie schwer auch immer es werden mag –, wir sind zwei Hälften desselben Herzens. Freundinnen für immer.

Christy-Lynn schluckt. Die Kette rutscht mit überraschender Leichtigkeit durch ihre Finger in den Mülleimer. Sie hat ihren Teil des Versprechens gehalten, aber das spielt keine Rolle. Ein halbes Herz ist zu nichts nütze.

Fünfzehn

Sweetwater, Virginia
31. Dezember 2016

Missys Haus stand hinter ihrem Hotel, ein malerisches Cottage, das von einer gepflegten Buchsbaumhecke eingefasst wurde. Als Christy-Lynn ankam, fiel der Schnee bereits in großen nassen Flocken, die auf den Schieferplatten zur Veranda liegen blieben.

Missy öffnete die Tür mit einem Grinsen auf dem Gesicht und einem Weinglas in der Hand. »Komm rein und wirf die Schuhe irgendwo in die Ecke. Aber pass auf, wohin du trittst, Nathan hat überall Legosteine liegen lassen. Es ist wie ein Minenfeld. Ach, und komm nicht gegen den Baum, den habe ich schon an Thanksgiving aufgestellt. Mittlerweile ist er brandgefährlich.«

Christy-Lynn folgte ihr in die Küche. Missy schenkte sich Wein nach und nahm sich eine Handvoll Käsebällchen aus einer gigantisch großen Tüte auf der Arbeitsfläche. »Was kann ich dir anbieten? Wir haben Limo. Tee, Apfelsaft, Rootbeer oder Sprite. Ach, und Wein natürlich, falls du dich seit dem Mittagessen umentschieden haben solltest.«

»Sprite wäre super.«

Missy schob Christy-Lynn die Tüte mit den Käsebällchen rüber und holte den Softdrink aus dem Kühlschrank. »Junkfood und was vom Chinesen, das ist bei uns Tradition zu Silvester. Die Speisekarte liegt da, wenn du dir was aussuchen willst. Ich bin süchtig nach den Lo-Mein-Nudeln und die Jungs nehmen immer den gebratenen Reis mit Shrimps.«

Christy-Lynn versuchte sich gerade zwischen dem scharfen Rindfleisch und dem Cashew-Huhn zu entscheiden, als die Tür zum Garten aufgerissen wurde, zwei Jungen mit roten Gesichtern in die Küche rasten und sich auf den Kühlschrank stürzten.

Missy stemmte die Hände in die Hüften. »Hey, ihr beiden. Im Haus wird nicht gerannt. Und bevor ihr irgendwas anfasst, zieht bitte die Stiefel aus, hängt eure Mäntel auf und wascht euch die Hände. Aber zuallererst begrüßt ihr unseren Gast.«

Die beiden drehten sich gleichzeitig um. Der Jüngere sah Christy-Lynn ernst aus großen blauen Augen an, der Ältere lächelte sie an. Christy-Lynn bemerkte, dass ihm ein Schneidezahn fehlte.

»Das ist Christian«, sagte Missy und wuschelte dem größeren Jungen durchs strohblonde Haar. »Und dieser kleine Wicht mit den orangefarbenen Lippen und Fingerkuppen ist Nathan. Dreimal darfst du raten, wer für die Käsebällchen war. Hey, Jungs, das hier ist Christy-Lynn. Sie feiert Silvester mit uns.«

»Hallo«, sagte Christy-Lynn zögernd und ärgerte sich darüber, dass sie im Umgang mit Kindern immer so verkrampft war. Sie wusste nie, was sie sagen oder wie sie sich verhalten sollte, und fragte sich, ob Missys Söhne das wohl bemerkten.

»Hast du einen Hut?«, fragte Nathan und sah sie skeptisch an.

»Einen Hut?«, fragte Christy-Lynn verunsichert.

»Er meint einen Papierhut«, flüsterte Missy. »Für Silvester.« Sie rollte mit den Augen. »Wir haben auch Tröten und andere

Krachmacher. Wir setzen die Hüte gleich nach dem Abendessen auf, weil die Jungen um Mitternacht schon schlafen.«

Christy-Lynn sah Nathan ernst an. »Es tut mir leid, aber ich habe keinen Hut. Ist das obligatorisch?«

Nathan zog die Augenbrauen zusammen. Das Wort *obligatorisch* schien ihn sehr zu verwirren. Missy schaltete sich ein. »Mach dir keine Sorgen. Mama hat noch ein paar Hüte über. Und jetzt schrubbt ihr beiden euch gründlich sauber, während ich das Essen bestelle.«

Christian drehte sich auf Kommando um und schoss den Flur hinunter, aber Nathan sah Christy-Lynn schüchtern aus seinen blauen Augen an. Schließlich riss er sich von ihrem Anblick los und lief kichernd hinter seinem Bruder her.

Missy grinste, trank einen Schluck Wein und bemerkte: »Sieht ganz so aus, als hätte sich mein Kleiner das erste Mal verknallt.«

Als das Essen kam, lagen die Jungen schon bäuchlings vor dem Fernseher und sahen zum siebten Mal *Ice Age*, wenn Missys Behauptung stimmte.

Missy packte das Essen aus, tat den gebratenen Reis in zwei Schüsseln und brachte sie mit den restlichen Styropor-Behältern ins Wohnzimmer.

Sie aßen im Schneidersitz auf dem Sofa, tauschten ihre Gerichte und quatschten wie Zimmergenossinnen an der Uni. Christy-Lynn hatte sich von Anfang an in Missys Gegenwart wohlgefühlt. Sie hätte das nicht mit einer einzelnen Eigenschaft in Verbindung bringen können, aber vielleicht war es Missys großes Herz und ihre pragmatische Art, das zu tun, was gerade anlag. Oder ihr Stolz auf das, was sie für die Jungen und sich aufgebaut hatte. Was auch immer es war, Christy-Lynn war ihr dankbar.

Als sie satt waren, stapelte Missy die Behälter auf dem Beistelltisch. Irgendwann zwischen den Glückskeksen und

Missys drittem Glas Wein waren die Jungen eingeschlafen. »Ich habe es dir ja gesagt«, flüsterte Missy. »Jedes Jahr schwören sie, dass sie bis Mitternacht wach bleiben, und jedes Jahr pennen sie spätestens um neun. Ich bringe sie ins Bett.«

»Kann ich dir helfen?«, fragte Christy-Lynn. Sie hoffte, dass die Antwort Nein hieße. Sie hatte nicht die geringste Ahnung, was man da gemeinhin machte. Schlafanzüge, Zahnbürsten, Gute-Nacht-Geschichten, Gebete. All dem fühlte sie sich nicht gewachsen.

»Nicht nötig«, sagte Missy und legte sich den schlaffen Nathan über eine Schulter. »Wenn sie so tief schlafen, lade ich sie einfach ab und decke sie zu. Elternregel Nummer eins: Wecke nie ein schlafendes Kind. Ich komme gleich wieder und hole Christian.«

Zehn Minuten später lagen beide Kinder in ihren Betten. Missy kam mit einer neuen Flasche Wein und einer Dose Sprite zurück. Sie schnappte sich die Fernbedienung und ließ sich seufzend auf die Couch sinken. »Und jetzt beginnt der Mädelsabend. Erst gucken wir irgendeinen richtig kitschigen Film und gegen elf schalten wir um zur großen Silvesterparty mit Anderson.«

Missy trank einen Schluck Wein und balancierte das Glas auf dem Knie. Ihre Bewegungen waren etwas zu ausladend, und sie sprach etwas schleppend. Zeichen, die Christy-Lynn nur allzu gut kannte.

»Ich möchte dich gerne etwas fragen«, begann sie. »Aber nur, wenn du mir sagst, dass es mich nichts angeht, falls es dir zu persönlich ist.«

Missy grinste und hob das Glas. »Nur zu.«

»Mir ist aufgefallen, dass du jedes Mal, wenn wir uns treffen, etwas zu …« Sie unterbrach sich und atmete tief aus. »Ich frage mich, warum du so viel trinkst.«

Missys Kinn hob sich kaum merklich. »Und warum trinkst du nichts?«

Christy-Lynn erkannte das Ablenkungsmanöver, beantwortete die Frage aber trotzdem. »Das hängt mit meiner Familie zusammen, mit meiner Mutter.«

»Sie hat getrunken?«

»Und wie! Liegt in der Familie. Ihre eigene Mutter ist an Leberzirrhose gestorben, als meine Mutter zwölf war. Bei den Genen kam es mir einfach klüger vor, das Schicksal nicht herauszufordern. Und nicht darauf zu vertrauen, dass es eine Generation überspringt.«

»Das tut mir leid«, sagte Missy weich.

Christy-Lynn zuckte die Achseln. »Keine große Sache.«

»Aber du achtest darauf.«

»Nicht absichtlich. Aber wenn mir etwas auffällt, mache ich mir auch gleich Sorgen. Übrigens hast du meine Frage nicht beantwortet.«

Missy ließ ihr Glas kreisen und blickte nachdenklich hinein. »Als du mich gefragt hast, ob du mir eine Frage stellen kannst, habe ich nicht mit so einer gerechnet.«

»Tut mir leid. Ich will auch nicht neugierig sein. Mir ist einfach nur aufgefallen, dass du …«

»Dass es nach Selbstmedikation aussieht?«, sprang Missy ein. »Tja, vielleicht. Aber ich bin vorsichtig. Nie mehr als zwei Gläser, wenn ich noch fahren muss.«

»Und wenn du nicht fahren musst?«

Missys sah beiseite. »Dann muss ich ja auch nicht mitzählen, oder?« Sie hob das Glas, dann überlegte sie es sich anders und stellte es ab. »Ich habe ganz schön was zu stemmen. Zwei kleine Kinder und ein Hotel. Ich beschwere mich nicht, ich habe es so gewollt. Und meistens komme ich auch gut damit klar. Aber es ist schon schön, wenn ich mich abends zurücklehnen … und etwas betäuben kann. Und mir einreden kann, dass ich nicht die ganze Welt tragen muss.«

»Fühlst du dich so?«

»Manchmal. Immer kümmere ich mich um andere. Und dann gibt es da draußen genug Leute, meistens Frauen, die finden, dass ich das alles ganz falsch mache. Sie finden es egoistisch, dass ich Geschäftsfrau bin und zugleich als Alleinerziehende zwei Kinder großziehe. Die keine Vorstellung haben, wie ich es anstelle und was ich dafür aufgegeben habe. Mann, ich habe noch nicht mal einen Freund. Aber an dem Tag, an dem ich ihren Vater rausgeschmissen habe, habe ich mir geschworen, dass die Kinder an erster Stelle stehen. Und so ist es geblieben. Vielleicht bin ich nicht Schulelternratsvorsitzende, und manchmal kaufe ich die Cupcakes für Schulveranstaltungen im Supermarkt, aber meine Kinder sind gesund und klug und glücklich. Und es kann sogar sein, dass sie später wissen, wie sie mit einer Frau umgehen sollen, die sich eigene Ziele setzt. Jedenfalls hoffe ich das.«

Christy-Lynn bewunderte Missy jetzt noch ein bisschen mehr. »Ich weiß nicht, wie du es anstellst, ich weiß nur, dass ich es nicht könnte. Du hast eine tolle Familie und ein kleines Hotel, auf das du stolz sein kannst. Wer behauptet, du würdest es nicht richtig machen, soll sich gefälligst an die eigene Nase fassen. Man braucht ja nur einen Blick auf die Jungs zu werfen. Du machst deine Sache großartig!«

Missy strahlte sie an. »Das ist wirklich süß von dir. Aber du könntest das auch. Etwas verändert sich, wenn du Kinder hast. Irgendwo wird ein Schalter umgelegt, und du hast plötzlich Superkräfte.«

»Na, ich weiß nicht«, sagte Christy-Lynn und tat, als interessiere sie sich für den Weihnachtsbaum, der mit lauter Star-Wars-Anhängern in der Ecke vertrocknete.

»Und«, sagte Missy, als das Schweigen zu lasten begann, »kann ich dir auch eine Frage stellen?«

»Wahrscheinlich bist du jetzt an der Reihe«, sagte Christy-Lynn zurückhaltend.

»Warum hast du keine? Kinder, meine ich. Ich wollte nicht aufdringlich sein …«

»Aber jetzt doch?«

Missy grinste etwas verlegen. »Irgendwie schon. Also, was ist los? Es hat nicht geklappt? Der richtige Zeitpunkt ist nie gekommen? Dein Mann wollte keine?«

»Ich wollte keine.«

Missy riss die Augen auf. »Oh.«

»Das hast du nicht erwartet, stimmt's? Deswegen spreche ich auch nicht darüber. Du machst dir Sorgen über Leute, die denken, dass du alles falsch machst. Aber was, wenn Leute dich für gestört halten, weil du es gar nicht erst versuchst?«

»Ist das so?«

»Sie geben es nicht offen zu, aber du kannst es sehen, wenn du ihnen sagst, dass du keine Kinder hast. Sie nehmen an, dass du keine haben kannst. Welche normale Frau will schon keine Kinder?«

»Du.«

Christy-Lynn nickte, sagte aber nichts.

»Irgendwie habe ich den Eindruck, ich sollte mich noch einmal entschuldigen. Weil ich das angesprochen habe.«

»Der Grund, aus dem ich nicht trinke, ist derselbe, aus dem ich keine Kinder habe.«

»Weil deine Mutter getrunken hat?«

»Ja. Aber es war nicht nur Alkohol. Sie hat auch Drogen genommen. Harte Drogen. Ich habe beschlossen, dass ich lieber kein Kind habe als eins, das so aufwachsen könnte wie ich. Ich kenne die ganze Diskussion über Anlagen versus Umwelt, dass es nicht immer und nicht nur an den Genen liegt, dass es auch an den Rollenmodellen liegen kann, mit denen man aufgewachsen ist. Aber da ich damals den Kürzeren gezogen habe, riskiere ich es lieber nicht.«

»Wow.«

»Tja. Und jetzt verstehst du bestimmt auch, warum ich nicht darüber spreche.«

»Ja, allerdings. Aber was andere von deiner Entscheidung halten, sollte dir egal sein. Es geht niemanden auch nur das Geringste an.«

»Versuch mal, das einer Frau zu sagen, die dir auf einer Cocktailparty die Visitenkarte ihres Kinderwunsch-Spezialisten über den Stehtisch reicht.«

Missy schüttelte den Kopf. »Wir sind nicht immer das taktvollere Geschlecht.« Sie trank einen kleinen Schluck, dann stellte sie das Glas weg, als habe sie etwas beschlossen. »Weißt du was? Gleich ist das neue Jahr da, und wir versprechen uns was, okay? Was andere von uns halten, ist uns von jetzt an stinkegal. Du fängst ein neues Leben an. Wenn der Frühling da ist, hast du deinen eigenen Buchladen. Und als Nächstes lernst du wen kennen, und wenn ihr nicht gestorben seid …«

Christy-Lynn warf ihr einen entsetzten Blick zu. »Wir belassen es erst mal bei dem Buchladen, okay? Das Letzte, was ich in meinem Leben brauche, sind irgendwelche Komplikationen.«

Missy zuckte die Achseln, aber sie lächelte verschmitzt. »Komplikationen können Geschenke sein, die man nicht auf den ersten Blick erkennt.«

Sechzehn

Sweetwater, Virginia
26. März 2017

Nach einem Monat Wind und Regen hatte der Frühling in Sweetwater Einzug gehalten. Christy-Lynn hätte sich keinen schöneren Tag für ihre Eröffnung wünschen können. Missy hatte bei Tagesanbruch angerufen und sie für den Abend ins *Taco Loco* zum Feiern eingeladen. Dar hatte verkündet, der strahlend blaue Himmel und das warme Wetter seien ein gutes Omen. Sie konnte nur beten, dass Dars Intuition sich bewahrheitete. Die letzten drei Monate waren in einer Wolke von Sägespänen vorübergegangen. Sie hatte die alten Regale rausgerissen und durch neue ersetzt, die Eichendielen abgeschliffen und gewachst, das Café von Grund auf renoviert. Es gab auch eine kleine Spielecke für Kinder. Und einen neuen Namen: *Cafélese.*

Es hatte viel Spaß gemacht zu sehen, wie der Laden Gestalt annahm. Sie hatte zwei Angestellte, die beide frisch von der Uni kamen. Eine von ihnen hatte die gute Idee gehabt, die Fenster mit Zeitungspapier zuzukleben. Und nun war endlich der Tag gekommen, an dem sie den Schleier lüften würden.

»Es ist schon fast zehn!«, rief Tamara, die neue Barista, und wischte ein letztes Mal über die Tische. »Wollen Sie das mit den Zeitungen machen oder soll ich?«

Christy-Lynn war nervös. Was, wenn niemand kam? Oder noch schlimmer, wenn die Leute kamen und es ihnen nicht gefiel? Sweetwater war nicht gerade der Inbegriff von Erneuerungsgeist. Die meisten Bürgersteige waren noch mit Kopfsteinen gepflastert, die von vor dem Bürgerkrieg stammten.

Tamara stupste sie mit dem Ellenbogen in die Seite. »Nun kommen Sie schon, Chefin. Es sind nur noch fünf Minuten. Ich helfe Ihnen beim Runterreißen der Zeitungen.«

Christy-Lynn nickte, aber sie blieb wie angewurzelt auf der Stelle stehen.

Tamara sah sie prüfend aus grünen Katzenaugen an. »Mein Gott, Sie sind doch nicht etwa nervös?«

»Panisch kommt dem schon näher. Was, wenn niemand kommt?«

»Das ist doch albern. Die Buchhandlung ist seit Wochen Gesprächsthema Nummer eins in der Stadt. Die Leute sterben vor Neugier, um sich anzusehen, was Sie aus dem Laden gemacht haben.« Tamara zog vorsichtig das vergilbte Zeitungspapier von dem ersten Schaufenster an der Main Street ab.

Christy-Lynn schloss die Augen und atmete tief durch. Aus den Schmetterlingen im Bauch war mittlerweile ein Bienenschwarm geworden.

»Hey, Chefin«, sagte Aileen, die für Beratung und Kassieren zuständig war, und klopfte Christy-Lynn auf die Schulter, »gucken Sie doch mal raus.«

Christy-Lynn öffnete die Augen, blinzelte und sah wieder hinaus. Einen Moment war sie zu verblüfft, um etwas zu sagen. Die ganze Stadt drängte sich vor dem Laden. »Wir haben vergessen, die Fenster zu putzen«, sagte sie benommen.

Aileen warf ihr einen scheelen Blick zu. »Das ist jetzt nicht Ihr Ernst. Was anderes fällt Ihnen nicht dazu ein?«

»Ich hatte ja keine Ahnung, dass so viele Leute zur Eröffnung einer Buchhandlung kommen würden.«

Aileen schüttelte ihren rotbraunen Pferdeschwanz. »Doch, klar! Erinnern Sie sich an *E-Mail für Dich*? Da sagt Tom Hanks irgendwann so was wie: ›Ein Buchladen ist ein Ort, an dem sich die Leute treffen und plaudern können.‹«

Tamara stellte sich mit den Armen voller zerknüllter Zeitungen neben Christy-Lynn. »Haben Sie gut gemacht, Chefin«, sagte sie leise. »Wirklich sehr gut. Ich gehe mal das Licht anmachen.«

Christy-Lynn spürte, wie Tränen in ihr aufstiegen, aber sie blinzelte sie weg. »Vielen Dank. Und vielen Dank für Ihre Hilfe. Ohne Aileen und Sie hätte ich es nicht schaffen können.«

»Ich fand es cool, an diesem Projekt mitzuarbeiten. Also, was sagen Sie? Lassen wir sie rein?«

Bevor Christy-Lynn antworten konnte, gingen die Deckenlichter an. Der Laden sah wirklich unglaublich aus. »Ja«, sagte sie. »Wir lassen sie rein.«

Die nächsten zwei Stunden drängten sich die Kunden und schwärmten von der Renovierung. Viele dankten ihr dafür, dass sie Sweetwater die Buchhandlung erhalten hatte. Eine Frau machte Fotos mit ihrem Handy, die sie an Carol schicken wollte.

Christy-Lynn genoss das Lob, aber sie sehnte sich nach einer Pause. Sie war halb verhungert, hatte großen Durst und war mit ihren Nerven schon fast am Ende. Sie würde sich schnell etwas in der *EssBar* holen.

Sie war gerade im Begriff, Aileen zu fragen, ob sie ihr etwas mitbringen sollte, als ihr die Worte im Hals stecken blieben.

Das kann nicht wahr sein. Nicht hier. Nicht jetzt.

Aber das verräterische Kribbeln im Nacken war ihr bekannt. In den Jahren auf der Straße hatte sie eine Art Frühwarnsystem entwickelt. Und für dieses Kribbeln konnte es nur einen Grund geben: Gefahr im Verzug.

Sich ungesehen aus dem Staub zu machen, war unmöglich. Also versuchte sie, sich wegzuducken, während sie den Mann am Ende der Schlange im Auge behielt. Beim letzten Mal war er im Smoking gewesen und hatte ganz anders ausgesehen als in dem ungebügelten Hemd und den Jeans, die er jetzt trug. Aber das Profil mit dem kantigen Kinn war unverwechselbar. Wayne Pierce, Starreporter des *Week in Review*. In Sweetwater. Ausgerechnet.

Er hatte einen Kaffee in der Hand und musterte missbilligend das Cover von Stephens letztem Krimi. Sie hatte lange darüber nachgedacht, ob sie Stephens Bücher überhaupt führen sollte. Aber es wäre doch zu merkwürdig, wenn nicht sogar irgendwie verdächtig, wenn sie sie nicht ins Sortiment aufnahm. Und hier stand, wie durch eine Ironie des Schicksals, der Erzfeind ihres verstorbenen Ehemannes und wartete darauf, *Ein fatales Geschäft* bezahlen zu können.

Die Schlange bewegte sich, Wayne kam näher. Es hätte nicht schlimmer sein können, wenn ein Zug auf sie zugerast wäre. Stephen und Wayne hatten sich in der Unizeit ein Zimmer geteilt, beide hatten Kreatives Schreiben als Hauptfach gehabt, doch dann hatte sich Wayne plötzlich für Journalismus entschieden. Laut Stephen war ihre Freundschaft damals abrupt zu Ende gegangen, auch wenn er nie erzählte, warum. Nicht einmal nach der Szene bei diesem Empfang.

Das war vor drei Jahren gewesen – nein, vor vier. Ein Empfang zu Ehren einiger Ehemaliger der Universität von Virginia, die renommierte Preise gewonnen hatten. Stephens vierter Bestseller war gerade erschienen, und Wayne hatte eine begehrte journalistische Auszeichnung erhalten. Auf dem

Cocktail-Empfang hatten beide zu viel getrunken. Stephen war voll in Fahrt und trug so dick auf, dass selbst sie das Bedürfnis unterdrücken musste, mit den Augen zu rollen. Manchmal stieg ihm der Erfolg so zu Kopf, dass er Namen wichtiger Leute fallen ließ und wie nebenher seine momentane Position auf der Bestsellerliste der *New York Times* erwähnte. Aber sie hatte noch nie erlebt, wie er jemanden so zur Schnecke machte wie an diesem Abend.

Er hatte es auf die übliche Weise getan, indem er vergiftete Komplimente austeilte. Dazu ein hartes Lächeln und ein Klaps auf den Rücken, sodass man nicht einschätzen konnte, ob es abfällig oder wohlwollend gemeint war. An diesem Abend schwadronierte er darüber, dass Wayne der Talentierteste auf der Uni gewesen sei, ein zweiter Ernest Hemingway – und dass er offensichtlich klüger gewesen sei als alle anderen, weil er sich dann doch dafür entschieden hatte, Artikel zu schreiben, statt ins kalte Wasser des Literaturbetriebs zu springen.

Erst schien Wayne das alles sportlich zu nehmen, doch irgendwann setzte er seinen Drink ab und verkündete lauthals, dass Journalismus eine gute Wahl gewesen sei, wenn die Alternative darin bestünde, jedes Jahr vierhundert Seiten Mist rauszuhauen.

Stephen war puterrot angelaufen. Christy-Lynn befürchtete, dass er sich im nächsten Augenblick auf Wayne schmeißen würde. Sie war zwischen die beiden Kampfhähne gegangen, bevor der Streit eskalieren konnte, und hatte Wayne kurz und bündig erklärt, dass ein Empfang unter Kollegen nicht der geeignete Ort sei, um seinen kleinlichen Neid kundzutun. Wenn er mit dem Erfolg seines Studienfreundes nicht klarkäme, hätte er eben zu Hause bleiben müssen. Wayne hatte die Zähne zusammengebissen, an seiner Schläfe pochte deutlich sichtbar eine Ader. Und dann hatte er sich umgedreht und sie stehen lassen. Sie war wütend gewesen, auch wenn sie damals schon gewusst hatte, dass an seinen Worten etwas dran war. Selbst wenn er sich anders hätte ausdrücken müssen – und sich den denkbar schlechtesten Zeitpunkt ausgesucht hatte.

»Da ist sie ja! Meine Lieblingsbuchhändlerin!«

Christy-Lynn sah sich um. Missy stand am anderen Ende des Tresens mit einem verpackten Salat und einem in eine Serviette gewickelten Besteck.

»Ich war nicht sicher, ob du Zeit hättest, um dir was zu Mittag zu besorgen. Deswegen der Salat. Wie läuft es denn? Bist du …«

»Christine Ludlow?«

Waynes Stimme traf sie wie ein Schlag in die Magengrube. Er sah sie aus beunruhigenden bernsteinfarbenen Augen überrascht an. Er war größer, als sie ihn in Erinnerung hatte, und ungepflegter, seine Haare waren ungekämmt und fielen auf seinen Hemdkragen.

»Wayne«, sagte sie ausdruckslos, weil es für alles andere sowieso zu spät war.

»Das gibt es doch gar nicht … Sie sind es wirklich. Ich war mir wegen Ihrer kurzen Haare nicht ganz sicher. Erzählen Sie mir nicht, der große Stephen Ludlow hat sich dazu herabgelassen, Sweetwater mit seiner Anwesenheit zu ehren.«

»Nein, natürlich nicht! Wie sollte er …?« Christy-Lynn unterbrach sich. Missy stand ja neben ihr!

Wayne schien nur sie wahrzunehmen, als wären sie die einzigen Menschen im Laden. »Ich muss schon sagen, Sie sind die Letzte, die ich heute hier erwartet hätte. Ich bin in die Stadt gekommen, um ein paar Lebensmittel einzukaufen, und habe gesehen, dass der Laden unter neuem Management steht. Was natürlich super ist, sonst hätte ich vielleicht den neuen Krimi Ihres Göttergatten verpasst. Wieder ein Bestseller. Wie viele sind es denn inzwischen? Zehn? Elf?«

Er war komisch und gehässig zugleich. Christy-Lynn war sich bewusst, dass alle Augen auf sie gerichtet waren. Eine groteske Ironie. Sie war ausgerechnet am Tag der Eröffnung ihres wunderbaren Ladens geoutet worden – von einem preisgekrönten Reporter, der ihren Ehemann verachtete.

»Christy-Lynn?« Missy musterte Wayne missbilligend. »Was ist los? Belästigt der Typ dich?«

Ja, er belästigt mich. Das hätte sie gerne gesagt, nein, herausgeschrien. Doch sie wusste nicht, was Wayne im Schilde führte, und hielt es für das Beste, ihn nicht vor den Kopf zu stoßen. Jedenfalls noch nicht.

»Nein, alles gut«, sagte sie mit gespielter Ruhe. »Dies ist Wayne Pierce, ein Freund meines Mannes.«

»Deines …« Missy blieb der Mund offen stehen. Sie blickte von dem Buch in Waynes Hand in Christy-Lynns Gesicht und zählte eins und eins zusammen. »Aber du hast doch gesagt, du heißt Parker mit Nachnamen.«

»Stimmt auch. Äh, stimmte auch.« Christy-Lynn sah sie flehend an. Sie hatte nicht gewollt, dass es so herauskam. Nun musste sie den Kopf hinhalten. Aber nicht hier und nicht jetzt.

»Bitte, Missy, ich erkläre dir alles beim Abendessen, aber erst muss ich etwas regeln. Aileen, können Sie die Stellung halten?« Ohne auf eine Antwort zu warten, zischte sie Wayne an: »Los, kommen Sie mit.«

In der hinteren Ecke des Cafés waren sie relativ ungestört. »Okay, was wollen Sie?«

Siebzehn

Was er wollte?

Er wollte wissen, was Stephens Ehefrau in Sweetwater zu suchen hatte.

Erst war er sich nicht sicher gewesen, ob sie es war, was vor allem an der neuen Frisur lag. Sie hatte jetzt einen Kurzhaarschnitt mit einem Pony, der ihr sehr gut stand. Genau wie die hauchdünne Bluse und der fließende Baumwollrock. Sie wirkte jünger und umgänglicher – jedenfalls bis sie den Mund aufmachte.

Sie sah ihn finster mit gekreuzten Armen an. Die klassische Feindschaftspose. Wer hätte ihr das verübeln sollen? Es war eine sehr hässliche Szene zwischen Stephen und ihm bei dem Ehemaligen-Empfang gewesen, nicht zuletzt, weil Simone ihn gedrängt hatte, ein paar Whiskeys runterzukippen. Sie hatte gehofft, es würde helfen, seiner Wut einen Dämpfer aufzusetzen. Falscher hätte sie die Situation nicht einschätzen können.

Nicht, dass er sich mit dem Whiskey rausreden konnte. Wäre er vernünftig gewesen, hätte er sich gar nicht da hineinziehen lassen, sondern gleich das Weite gesucht. Stattdessen hatte er die Zügel schießen lassen und war schließlich mit Christine Ludlow aneinandergeraten. Seitdem hatte er ab und zu daran gedacht, wie sie ihrem Mann zu Hilfe geeilt war. An ihre hitzige Verteidigung, an ihren eiskalten Blick. Es war nicht angenehm gewesen, aber noch während er seine verdiente Abreibung einsteckte, hatte er sich gefragt, ob Simone für ihn auch so in die Bresche springen würde. Es hatte drei Jahre gedauert, bis er eine Antwort hatte. Sie lautete Nein.

Und jetzt waren sie sich wieder über den Weg gelaufen. Sie blickte ihn immer noch finster an, sie wartete immer noch auf eine Antwort. Aber er konnte sich nicht mehr an die Frage erinnern. »Hören Sie, wenn Sie mir wegen des Empfangs …«

»Wie haben Sie mich gefunden?«

Er starrte sie verständnislos an. »Wie habe ich … was?«

»Lassen Sie das Theater. Ich weiß doch, für wen Sie arbeiten. Können Sie mich denn alle nicht einfach in Ruhe lassen?«

»Ich habe keine … Wer ist alle?«

Da war er wieder, dieser eiskalte Blick, an den er sich erinnerte. »Ich spreche jedenfalls auch nicht mit Ihnen, falls Sie darauf spekuliert haben. *Kein Exklusiv-Interview.*«

»Exklusiv? Christine, ich weiß nicht, wovon Sie reden.«

»Ach, hören Sie doch auf. Sie machen hier ja keine Ferien. Und Sweetwater ist nicht unbedingt das Mekka für Journalisten, die den Pulitzer-Preis gewonnen haben.«

»Es war ein Hearst-Award und nicht der Pulitzer-Preis, und es ist schon Jahre her – eine Million Jahre, um genau zu sein. Und um Ihre Frage zu beantworten: Ich lebe hier, jetzt schon fast seit einem Jahr. Außerdem könnte ich Sie dasselbe fragen. Ich kann mir absolut nicht vorstellen, was Stephen in einem Ort wie Sweetwater macht.«

»Ist das eine Art Spiel?«

Wayne atmete tief aus. Er hatte genug. »Okay, ich muss ganz offensichtlich irgendwas verpasst haben. Was soll das mit dem Spiel?«

»Sie glauben wirklich, ich nehme Ihnen ab, dass Sie ausgerechnet heute ganz zufällig in meinen Laden hereingeschlendert kommen?«

»Ja, allerdings. Moment mal … *Ihr* Laden?«

Sie sah ihn scharf an. »Die ganze Stadt redet darüber. Leben Sie hinter dem Mond, oder was?«

»Ja, so kann man es nennen. Ich habe mich in einer Hütte eingebunkert und arbeite an den Korrekturen meines Romans. Warum?«

Und mit einem Mal erlosch ihr Kampfeswille. »Stephen ist tot.«

Wayne glaubte erst, sich verhört zu haben. »Mein Gott, Christine. Das tut mir so leid. War er … krank?«

»Sein Auto wurde von einer Brücke geschleudert, unmittelbar vor Thanksgiving. Es war überall groß in den Nachrichten.«

Er stand eine Weile fassungslos da. »Himmel. Kein Wunder, dass Sie mich für ein Arschloch gehalten haben. Aber ich habe nicht gelogen, ich lebe wirklich völlig zurückgezogen. Und es tut mir sehr leid. Stephen und ich hatten unsere Meinungsverschiedenheiten, aber ich habe ihm nie etwas Schlechtes gewünscht. Sind Sie … mein Gott, ich weiß gar nicht, was ich sagen soll. Geht es Ihnen … Wie geht es Ihnen?«

»Ich … komme zurecht.«

»Und Sie wagen einen Neuanfang?«

»Ich versuche es, ja.«

»Ich kann mir vorstellen, wie schwer das sein muss.«

»Und in der letzten Viertelstunde ist es noch viel schwerer geworden.«

Jetzt sah sie ihn wieder so eisig an. Ging diese Feindseligkeit wirklich auf etwas zurück, was vor vier Jahren geschehen war?

»Hören Sie, ich wollte wirklich keine schlimmen Erinnerungen aufwühlen. Ich weiß, wie es ist, das Steuer rumzureißen und von vorne anzufangen. Auf die Gefahr hin, dass Sie mich für neugierig halten: warum hier? Verstehen Sie mich nicht falsch, ich kenne Sweetwater schon seit Ewigkeiten, aber für jemanden wie Sie ist es doch nur irgendein Fleck auf der Landkarte.«

»Ich weiß nicht, was das bedeuten soll«, antwortete sie frostig. »*Jemand wie Sie.*«

Verdammt. Alles, was er sagte, schien einen Nerv zu treffen. »Ich meinte, dass es vielleicht etwas langweilig ist nach dem Leben, an das Sie gewöhnt sind.«

»Sie wissen doch gar nichts über das Leben, an das ich gewöhnt bin. Außerdem ist Sweetwater nicht nur ein Fleck auf der Landkarte. Stephen und ich haben hier ein paar Tage auf unserer Hochzeitreise verbracht. Damals hat er mir erzählt, dass er hier öfter mit Ihnen zum Angeln war.«

»Stimmt. Ist lange her. Mein Großvater hatte eine Hütte am Silver Lake. Jetzt gehört sie mir. Wahrscheinlich wollen wir alle dahin zurück, woher wir kommen. Nennen Sie es Nostalgie.«

Sie nahm die Schultern zurück und sah ihn unbewegt an. »Dass ich hergekommen bin, hatte nichts mit Nostalgie zu tun, sondern mit Notwendigkeit.«

»Zu viele Erinnerungen?«

»Zu viele Reporter. Sie haben vor meiner Einfahrt campiert und sich in der Sekunde auf mich gestürzt, in der ich einen Fuß vor die Tür gesetzt habe. Letzten Endes musste ich mitten in der Nacht aus meinem eigenen Haus fliehen.«

»Und dann sind Sie hierhergekommen. Das kann ich verstehen. Es muss hier für Sie tröstlich sein, wo Sie Zeit mit Stephen verbracht haben.«

»Oh, das ist gut!«, blaffte sie ihn an. »Gebrochene Witwe kehrt an den Ort der Hochzeitsreise zurück. Klar, so kann man ordentlich auf die Tränendrüse drücken und das Ganze als Geschichte aus dem Leben verkaufen, statt mich einfach in Ruhe zu lassen. Es wird sicherlich großartig. Vielleicht gewinnen Sie einen Preis damit.«

»Ich bin kein Reporter mehr.«

Sie zog die Augenbrauen zusammen. »Und das soll ich Ihnen abnehmen?«

Wayne spürte das vertraute Pochen an seiner Schläfe. »Ja, allerdings. Abgesehen davon, dass es ziemlich unhöflich ist, jemandem, den Sie kaum kennen, zu unterstellen, er sei ein Lügner.«

Sie zuckte skeptisch die Achseln. »Entschuldigen Sie, aber ich habe genug Erfahrungen mit Typen wie Ihnen.«

»Und was sollen das für Typen sein?«

»Parasiten. Die ihre Großmutter für einen Knüller verkaufen würden. Aber nehmen Sie es nicht persönlich, so geht es mir mit allen Reportern.«

Ihre Worte wurmten ihn mehr, als ihm lieb war. Es war ja etwas dran. Sicher, er hatte *Week in Review* den Rücken zugekehrt. Aber es wäre gelogen, im Nachhinein zu behaupten, er hätte nur Dinge getan, die mit seinem Gewissen vereinbar gewesen wären. Wie auch immer, er würde sie jedenfalls nicht spüren lassen, dass sie einen Treffer gelandet hatte.

»Erstens«, begann er und machte sich nicht die Mühe, die Schärfe aus seiner Stimme zu nehmen, »ist das Wort *Knüller* schon seit den Zeiten Perry Whites aus der Mode. Wenn Sie auf mir rumtreten wollen, arbeiten Sie erst mal an Ihrem Jargon. Zweitens könnten Sie über die Möglichkeit nachdenken, dass einige von uns Journalisten geworden sind, weil wir an die Wahrheit glauben.«

»Ah! Jetzt kommen Sie mir mit journalistischer Integrität! Bestimmt hatte der Typ, der vor meinem Schlafzimmerfenster rumgeturnt ist, auch nur die Wahrheit im Sinn, als er ein Foto von mir im Slip gemacht hat.«

Waynes Blut begann zu kochen. Sie hatte jedes Recht der Welt, wütend zu sein – aber nicht auf ihn. »Solche Typen sind keine Journalisten, das sind Geier. Und ich wäre Ihnen sehr dankbar, wenn Sie mich nicht mit denen in einen Topf werfen würden. Ich kann Ihnen zeigen …«

Aber sie hob die Hand und unterbrach ihn. »Ich will nichts von Ihren Preisen oder Ihren sonstigen beruflichen Errungenschaften wissen. Ich bin sicher, dass ihr euch das alle am ersten Tag auf der Journalistenschule einredet – dass ihr es für die Wahrheit und die Gerechtigkeit und den *American Way* macht, aber ich weiß, wie es auf der anderen Seite der Kamera ist, wenn man von einem Rudel Schakale gejagt wird, die kein Mitleid kennen, denen ihr Opfer ganz egal ist, Hauptsache, sie kriegen es vor die laufenden Kameras, wenn sie ihm gerade das Foto der halb nackten Freundin ihres Ehemannes unterjubeln. Also bitte … ersparen Sie mir Ihre Entrüstung.«

Wayne versuchte, die Bilder, die vor seinem inneren Auge entstanden, zu ordnen. Aber wo sollte er beginnen? Mit der unverzeihlichen – und selbstverständlich illegalen – Invasion ihrer Privatsphäre oder mit der eher beiläufigen Erwähnung einer halb nackten Freundin? Er war entsetzt, dass sie von den Medien so erniedrigt worden war – und von ihrem Ehemann. Mit Sicherheit war jemand von *Week in Review* Teil der Meute gewesen. Jemand wie Simone.

»Es tut mir leid, dass Sie das mitmachen mussten«, sagte er leise. »Es tut mir leid, dass überhaupt irgendwer solche Dinge ertragen muss, und deswegen bin ich weg von der *Review* und weg aus New York. Ich konnte den Gestank nicht mehr ertragen.«

Sie sah ihn aus schmalen Augen an. »Einfach so? Auf und davon?«

»Einfach so. Ich habe keinen Fernseher und draußen in der Hütte gibt es kein WLAN. Deswegen hatte ich auch keine Ahnung, dass Stephen tot ist, dass er eine Freundin hatte und all das. Das ist die Wahrheit, Christine.«

»Bitte nennen Sie mich nicht so.« Plötzlich klang sie sehr müde. Und sie sah auch so aus. »Hier bin ich Christy-Lynn Parker, wobei es jetzt auch egal ist.«

»Sie haben Ihren Namen geändert?«

»Es ist mein Mädchenname. Ich habe versucht, unter dem Radar zu fliegen. Und bis Sie die Szene betreten haben, ist mir das auch gelungen.«

»Das konnte ich nicht wissen.«

»Sie haben nicht gelogen«, sagte sie schließlich. »Sie haben es wirklich nicht gewusst.«

»Nein. Das mit dem Foto von der Frau – das ist wirklich so gewesen?«

»Ja.«

»Wussten Sie davon? Bevor Stephen gestorben ist, meine ich.«

»Nein.«

Ein Dutzend Fragen schossen ihm durch den Kopf, aber er stellte ihr keine weiteren. In den vielen Interviews über die Jahre hatte er eine sehr feine Antenne entwickelt, und die warnte ihn davor, sie zu bedrängen. Was nicht leicht war. Aber dann ließ sie sich auf einen der Stühle im Café sinken.

»Sie haben sie aus dem Auto gezogen«, sagte sie leise. »Nackt von der Taille aufwärts. Und sie haben mich gefragt, ob ich sie identifizieren könnte.«

Verdammte Scheiße.

Und doch war er nicht so geschockt, wie er hätte sein müssen. Vielleicht weil ihn das, was Stephen tat, schon seit Langem nicht mehr schockierte. Seine Witwe stand auf einem anderen Blatt. Die Untreue ihres Ehemannes hatte sie allem Anschein nach stark erschüttert, vielleicht sogar mehr, als ihr bewusst war. Einen Moment lang war er versucht, nach ihrer Hand zu greifen.

»Ist es ausgeschlossen, dass es anders war, als es aussah?«, fragte er stattdessen. »Dass Stephen und diese Frau nichts … miteinander hatten?«

»Das ist vollkommen ausgeschlossen. Ich weiß nicht, wer sie war, aber ich habe ein Foto von ihr in Stephens Arbeitszimmer gefunden. Außerdem unerklärliche Daueraufträge, die monatlich pünktlich wie eine Schweizer Uhr überwiesen wurden. Die Polizei hat nicht herausgefunden, wer sie ist. Jedenfalls damals noch nicht, als die Fotos aus der Pathologie in den Medien aufgetaucht sind.«

»Ein Leck?«

Sie nickte. »Und da war sie: auf der Titelseite des *Star Examiner.*«

Wayne schloss kurz die Augen und wünschte sich, er wüsste nicht, was er wusste. Er konnte sich nur allzu gut vorstellen, was in der Redaktion losgewesen sein musste, wie sie gejubelt und geprahlt haben mussten. Das war unausweichlich bei so einem Treffer. Und mit solchen Fotos. Er hatte einmal gesehen, wie Simone sich im Erfolg einer besonders skandalösen Enthüllungsstory sonnte, ohne auch nur einen einzigen Gedanken an die wirklichen Menschen hinter der Geschichte zu verschwenden. Es hatte ihn damals angewidert, und es widerte ihn jetzt an.

»Ein Prominenter. Eine Tragödie. Eine halb nackte Unbekannte«, fasste er nüchtern zusammen. »Das erklärt die Belagerung. Aber nicht, wie ein Boulevardblatt an Fotos aus der Pathologie gelangt ist.«

»Stephen hatte einen Freund bei der Polizei, einen Ermittler namens Connelly. Er hat mir versprochen, alles zu tun, um die Sache aus den Medien zu halten. Allem Anschein nach hatte jemand eine andere Vorstellung.«

»Wer?«

Christy-Lynn zuckte die Achseln. »Sie arbeiten dran. Jedenfalls behaupten sie das. Um ehrlich zu sein, ich habe eine ganze Weile nicht mehr angerufen. Sie sind auch nicht besonders scharf darauf, mit mir zu sprechen.«

»Nein, warum sollten sie auch? Es muss ja jemand aus den eigenen Reihen gewesen sein, wahrscheinlich aus der Gerichtsmedizin. Sie wollen natürlich verhindern, dass das an die Öffentlichkeit gerät.«

Sie seufzte. »Es ist auch egal.«

»Wirklich?«

»Stephen ist tot. Und seine Frau auch, wenn Sie mich fragen. Ich bin jetzt Christy-Lynn.«

»Und jetzt sind Sie aufgeflogen. Meinetwegen. Das tut mir wirklich leid. Ich habe ja überhaupt nicht damit gerechnet, Sie hier zu sehen. Ich meine, wie hoch stehen die Chancen?«

»Tja. Heute ist mein Glückstag.« Sie warf ihm ein sprödes Lächeln zu und schob den Stuhl zurück. »Mir war ja klar, dass mich irgendwann irgendwer erkennt. Ich habe nur gehofft, dass es kein Reporter ist.«

»War es auch nicht.«

»Wenn Sie es sagen.«

»Es stimmt«, sagte er und hob drei Finger zum Pfadfinder-Ehrenwort. »Ich schwöre es.«

Sie ging nicht auf seinen Versuch ein, die Stimmung aufzulockern. »Das werden wir ja sehen. Bitte gehen Sie jetzt. Wir schließen bald, und ich muss meinen Freundinnen erklären, wer Sie sind.«

Wayne versuchte, die Emotionen, die sie unter Verschluss hielt, zu ergründen. Angst. Wut. Das war leicht. Aber da war noch etwas anderes, etwas, das er nicht benennen konnte, obwohl er den Sog deutlich spürte. »Es war gut, Sie wiederzusehen«, sagte er und streckte die Hand aus. Als sie sie nicht nahm, steckte er sie in die Hosentasche. »Na gut. Dann eben nicht.«

Er drehte sich um und ging hinaus, ohne *Ein fatales Geschäft* gekauft zu haben. Irgendwann würde er es natürlich lesen, weil er alle Krimis von Stephen Ludlow las. Nicht, weil sie so großartig waren. Sie waren noch nicht einmal gut. Er las sie, weil er herauszufinden versuchte, warum alle so ein Aufhebens um sie machten.

Achtzehn

Christy-Lynn sah ihm mit angehaltenem Atem nach. Erst als er in einen staubigen schwarzen Jeep stieg und losfuhr, holte sie tief Luft. Es war fast Geschäftsschluss, und die *Cafélese* hatte sich geleert. Aileen und Tamara tuschelten hinter dem Tresen. Als Christy-Lynn zu ihnen hinübersah, beschäftigte sich Tamara mit der Kaffeemaschine. Aileen hieb eine Rolle Zehn-Cent-Stücke an der Kassenschublade auf und ließ den Inhalt hineinfallen.

Schließlich fragte Tamara: »Alles okay, Chefin?«

»Ja«, sagte Christy-Lynn leise. »Ich verspreche, euch das bald alles zu erklären, aber nicht jetzt.«

»Zeit für eine Pause?«, schlug Aileen vor und reichte ihr den Salat, den Missy gebracht hatte.

»Wie wäre es mit einem schönen Chai?«, bot Tamara an. »Wir machen ja gleich zu. Sie könnten im Café bleiben und … na ja, Ihre Gedanken ordnen.«

Christy-Lynn brachte ein dankbares Lächeln zustande. Sie schätzte ihre Sorge um sie, aber im Moment war *Gedanken ordnen* das Allerletzte, was sie wollte. »Danke, aber ich glaube, ich räume lieber auf.«

Was für eine Erleichterung, zwischen den Bücherregalen zu verschwinden! Wenn sie nur dortbleiben und sich weiter verstecken könnte! Aber jetzt war die Wahrheit ans Licht gekommen, und das bedeutete, dass Verstecken keine Option mehr war. Außer sie entschloss sich dazu, ihre Sachen zu packen und zu fliehen – aber wohin und für wie lange? Vielleicht rief Wayne ja schon in diesem Augenblick einen seiner Kumpel in der Redaktion an und erzählte ihm alles brühwarm. Dann wäre ihr die Pressemeute morgen früh wieder auf den Fersen.

Schlimmer noch als die Aussicht auf einen neuen Medienrummel war die Erinnerung an Missys Gesicht, als sie dort mit dem Salat in der Hand gestanden und das Puzzle zusammengesetzt hatte. Jetzt saßen Dar und sie sicherlich schon im *Taco Loco,* schlürften Margaritas und verarbeiteten die Tatsache, dass Christy-Lynn sie die ganze Zeit belogen hatte.

Sie hatte ihnen einiges zu erklären.

* * *

Als Christy-Lynn ankam, war das *Taco Loco* proppenvoll. Missy und Dar saßen mit ernsten Mienen vor ihren Drinks. Sie war froh, dass um sie herum eine ausgelassene Samstagabendstimmung herrschte, und hoffte, dass es die Chance auf eine Szene verringerte.

Auf dem Weg hierher hatte sie mehrere unterschiedliche Entschuldigungen geprobt, aber sie hatten alle zu nichts getaugt. Es gab einfach keine Möglichkeit, das, was sie getan hatte, schönzureden.

»Ich kann mir vorstellen, was ihr von mir haltet«, begann sie ernst. »Aber ich hatte nie vor, euch anzulügen. Als ich nach Sweetwater gekommen bin, war ich … ehrlich gesagt, ich weiß nicht genau, was ich war, außer abgrundtief erschöpft. Die Tage nach Stephens Tod waren schrecklich. Und dann sind auch noch die Fotos von dieser Frau aufgetaucht, und die Reporter hätten alles dafür getan, um herauszufinden, wer sie war. Ich war eine Gefangene in meinem eigenen Haus. Als ich dann auch noch einen Fotografen vor meinem Schlafzimmerfenster erwischt habe, wie er mich im Slip fotografiert hat, war's das. Ich habe meine Tasche gepackt und mich aus dem Haus gestohlen. Und dann bin ich gefahren, bis ich nicht mehr konnte – und hier gelandet.«

Ihrer Erklärung folgte ein langes Schweigen. Missy starrte kopfschüttelnd in ihr leeres Margarita-Glas. Dar spielte mit dem Kristall-Anhänger, den sie immer trug. Christy-Lynn wartete nervös auf eine Reaktion.

Schließlich sagte Dar: »Das muss wirklich schlimm gewesen sein. So in der Falle zu sitzen und in seinem eigenen Haus ausspioniert zu werden. Kein Wunder, dass du geflohen bist. Du musst ja völlig außer dir gewesen sein.«

Christy-Lynn entspannte sich etwas, aber sie war entschlossen, ihnen auch noch den Rest zu erzählen. »Es war, als hätte ich eine Zielscheibe auf dem Rücken. Mein Foto war in den Nachrichten und in allen Zeitschriften, das Telefon klingelte ununterbrochen und das Haus war umzingelt. Ich wusste, dass sie mich nicht in Ruhe lassen würden. Wo auch immer ich hingehen mochte, sie würden mich finden. Deswegen war ich auch so erleichtert, hier in Sweetwater gelandet zu sein. Es kam mir wie das perfekte Versteck vor. Ich habe meinen Mädchennamen benutzt, weil ich Angst hatte, gefunden zu werden, und weil ich sowieso nicht vorhatte zu bleiben. Und dann führte eins zum anderen, und ich wollte nicht mehr weg. Ich hätte es euch längst erzählen müssen. Das wollte ich auch. Wirklich. Aber dann habe ich doch weiter gelogen.«

»Was für eine Unverschämtheit!« Missy knallte das Glas auf den Tisch. »Wie können sie es wagen, dir so auf die Pelle zu rücken!«

Christy-Lynn sah sie verunsichert an. »Ihr seid nicht … wütend?«

»Doch, und wie!«, gab Missy zurück. »Klar ärgere ich mich darüber, dass du uns die Wahrheit nicht anvertraut hast. Aber ich verstehe, warum du dich davor gefürchtet hast.«

»Es tut mir leid. Ehrlich. Als du heute in den Laden gekommen bist ...«

»Warst du weiß wie ein Gespenst. Erst dachte ich, du wärst einfach erschöpft, aber dann habe ich den Typen mit diesem Buch gesehen, der dich mit deinem Mann vollgequatscht hat. Ich konnte mir keinen Reim darauf machen. Sei mir nicht böse, aber als ich zu Hause war, bin ich ins Internet gegangen. Ich war fassungslos. Diese grässlichen Fotos! Und wie sich die Pressemeute an deine Fersen geheftet hat! Verbrecher sind das!«

»Kannst du sie verklagen?«, fragte Dar hitzig. »Egal wie berühmt dein Mann war oder wer in seinem Auto saß, als es von der Brücke geschleudert wurde, es gibt einfach Dinge, die gehen niemanden etwas an. Zum Beispiel du in deinem Slip. Aber das haben sie nicht abgedruckt, oder?«

»Ich glaube nicht. Jedenfalls habe ich es nie gesehen. Die Fotos aus der Gerichtsmedizin waren schlimm genug.«

»Wie sind sie bloß an die rangekommen?«, fragte Missy. »Hätten sie nicht ... ich weiß nicht ... vertraulich behandelt werden müssen? Sie hatte ja nicht mal eine Bluse an. Wer will denn so was sehen?«

Dar verzog das Gesicht. »Machst du Witze? Die Leute können gar nicht genug von diesem Müll kriegen. Es ist denen doch ganz egal, ob es stimmt oder nicht, Hauptsache, es ist skandalös.«

Missy verschränkte die Arme. »Dreckige Wäsche. Sonst nichts.«

Christy-Lynn blickte die beiden ungläubig an. »Ihr seid so lieb zu mir. Ich habe gedacht, ihr wärt stinksauer. Und ihr hättet auch allen Grund dazu, schließlich habe ich euch angelogen.«

Missy tätschelte ihre Hand. »Stimmt. Aber du hast getan, was du tun musstest. Wer weiß, vielleicht hätten wir genau das Gleiche getan, wenn wir an deiner Stelle gewesen wären.«

Christy-Lynn hatte einen Kloß im Hals. »Ich weiß nicht, was ich sagen soll.«

Missy zwinkerte ihr zu. »Sag, dass du Marco siehst. Eigentlich wollten wir doch feiern. Mein Glas ist leer!«

Die Stimmung hob sich, als Marco die Vorspeisen mit einer neuen Runde Getränke brachte. Sie plauderten fast wie immer, bis Missy von ihren Nachos aufsah und sich betont geziert den Mund abtupfte. »Na gut, Zeit, dass wir dir die Frage stellen, die uns beschäftigt, seit wir die Wahrheit über deinen sauberen verstorbenen Gatten erfahren haben.«

Missy setzte eine ernste Miene auf. Christy-Lynn legte das Besteck hin und wappnete sich. »Okay.«

»Wie viel hat der Bastard dir hinterlassen?«

Dar hielt die Hand vor den Mund und versuchte, ein Kichern zu unterdrücken. »Missy! Hat dir denn nie jemand beigebracht, dass es unhöflich ist, andere Leute zu fragen, wie viel Geld sie haben?«

»Als wärst du nicht genauso scharf darauf, das zu wissen.«

»Darum geht es aber nicht«, rief Dar, noch immer kichernd. Dann wandte sie sich an Christy-Lynn. »Ich muss mich für Missy entschuldigen. Du brauchst die Frage nicht zu beantworten, wenn du nicht willst.«

Aber Christy-Lynn machte es nichts aus. »Ist schon in Ordnung. Aber ich habe wirklich keine Ahnung. Stephen hat die Finanzen verwaltet, und nachdem er gestorben ist, musste ich mich um so vieles kümmern. Und dann kam der Laden dazu. Es gibt immer noch Einkünfte, aus denen ich nicht schlau werde.«

»Aber du bist stinkreich, stimmt's?«

»Missy, das geht dich überhaupt nichts an!«

Christy-Lynn musste lachen. »Ja. So kann man es auch sagen.«

»Ehrlich gesagt, hatte ich mich schon gefragt, was das für eine Lebensversicherung gewesen sein sollte, mit der du den Laden und das Haus bezahlt hast. Jetzt frage ich mich, warum du nicht einfach in den Tag hineinlebst. Mit so viel Geld könntest du doch was ganz anderes machen.«

Christy-Lynn spielte mit dem Strohhalm ihres Eistees. »Ich weiß, dass es sich ziemlich verrückt anhört, aber ich habe darüber nachgedacht, das Geld zu spenden. Den Laden und den Bungalow habe ich mit dem Geld aus dem Verkauf unseres Hauses in Clear Harbor bezahlt. Was Stephen mit seinen Büchern verdient hat, ist in irgendwelchen Fonds angelegt und vermehrt sich munter. Ich weiß, dass es rein rechtlich mir gehört, aber nach allem, was passiert ist … Ach, keine Ahnung. Stephen hat immer alles bestimmt. Wo wir gelebt haben. Was wir gegessen haben. Selbst wie ich meine Haare tragen sollte. Weil ich ihn gelassen habe. Wahrscheinlich will ich, dass das Leben in Sweetwater mit allem, was dazugehört, mein eigenes ist, dass ich es mir so einrichte, wie ich es will.« Sie zuckte die Achseln. »Ich will es alleine machen, es mir selbst aufbauen. Könnt ihr das verstehen?«

Missy lächelte. »Klar verstehen wir das! Bei mir war es ja genauso, deswegen habe ich auch das Hotel gekauft. Als ich plötzlich mit den beiden Jungs alleine dastand, fühlte ich mich wie am Nullpunkt. Ich hatte keinen Schimmer, wie mein Leben weitergehen sollte. Ich wusste nur, dass ich einen Plan brauchte, und zwar schnell. Das Hotel war mein Kompass, es hat mir die Richtung gezeigt, in die ich mich Tag für Tag drehen und mir sagen konnte, das bin ich jetzt, das mache ich jetzt. Die Buchhandlung ist *dein* Kompass. Bestimmt wird es dich noch eine Weile ängstigen, weil du vor lauter Arbeit kein Land siehst. Aber irgendwann, wenn du überhaupt nicht daran denkst, merkst du plötzlich, dass es okay ist. Das wird ein richtig guter Tag sein.«

Christy-Lynn musste gegen die Tränen ankämpfen. Beides empfand sie als wohltuend, die Vorstellung, einen Kompass zu haben, und dass es eines Tages okay sein würde. »Danke – euch beiden –, dass ihr mich so unterstützt. Ich bin nicht sicher, ob ich es verdiene, aber ich bin euch wirklich dankbar.«

»Ach, lass mal«, sagte Dar. »Dazu sind Freundinnen doch da. Was mich brennend interessiert, ist, was das für ein Typ heute im Laden war. Woher kennst du ihn?«

»Er heißt Wayne Pierce und war Stephens Mitbewohner in Unizeiten. Jedenfalls eine Weile, bis sie sich verkracht haben.«

»Weswegen?«

»Keine Ahnung. Stephen wollte nicht darüber sprechen, und wenn er irgendwas in den Tresor geschlossen hatte, dann blieb es dort auch. Ich habe immer angenommen, dass es um eine Frau ging.«

»Das kann ich mir gut vorstellen«, sagte Missy und klimperte mit den Wimpern. »Ziemlich attraktiver Typ. Mindestens eins neunzig, und dazu die breiten Schultern. Gutes Gesicht, wenn man es wild mag.«

Dar rümpfte die Nase. »Nein danke. Ein Wilder hat mir genügt. Wenn wir uns geküsst haben, war mein ganzes Gesicht wund von seinen Bartstoppeln. Was macht er beruflich?«

»Er ist Reporter.«

Missy runzelte die Stirn. »Kein Wunder, dass du so blass geworden bist, als er reingekommen ist. Wenn die Presse immer noch nach dir sucht, ist er ein echtes Problem.«

»Zum Glück ist die Aufmerksamkeitsspanne der Öffentlichkeit kurz. Die Meute hat längst neue Fährten aufgenommen. Er behauptet außerdem, dass er nicht mehr in der Branche ist, sondern an einem Roman arbeitet. Er lebt wohl in einer Hütte oben am See, ohne Fernseher und WLAN. Er wusste noch nicht einmal, dass Stephen tot ist.«

»Ich glaube«, sagte Missy nachdenklich und legte einen Finger an die Unterlippe, »mein Vater kannte seinen Großvater. Grayson Pierce, aber alle haben ihn Grady genannt. Laut meinem Vater war er ein geborener Handwerker. Er hat auch die Hütte mit seinen eigenen Händen gebaut. Vor ein paar Jahren ist er gestorben. Ich wusste gar nicht, dass da jetzt jemand lebt. Es ist mitten im Nirgendwo, wahrscheinlich ein guter Ort zum Schreiben. Keine Nachbarn, und von seinem Schreibtisch aus kann er in den See spucken.«

Christy-Lynn zuckte die Achseln. »Über die Familie oder von der Hütte weiß ich nichts, nur dass er Stephen ein paarmal zum Fischen mitgenommen hat, als sie noch Freunde waren.«

»Was für ein Pech, dass er ausgerechnet heute auftauchen musste und dir deinen großen Tag verdorben hat.« Missys Augen wurden schmal. »Glaubst du, dass er Schwierigkeiten macht?«

»Könnte er, aber ich glaube nicht. Angeblich hat er seinen Beruf an den Nagel gehängt. Er hat behauptet, er musste raus aus New York, um den Gestank loszuwerden.«

Missy wirkte nicht überzeugt. »Wenn ich du wäre, würde ich ihn trotzdem im Auge behalten.«

Christy-Lynn nickte. Missys Rat war sicherlich richtig, aber im Nachhinein machte sie sich Vorwürfe, wie sie im Café auf Wayne losgegangen war. Sie hatte ihn mit dem Mob vor ihrem Haus in einen Topf geworfen, dabei wusste sie – abgesehen von seiner Abneigung gegen Stephen – so gut wie nichts über ihn.

Christy-Lynn hatte ihm einfach etwas unterstellt. Genau wie Missy und Dar. Dabei hatten die beiden sie unterstützt und ihr ihre Geschichte geglaubt, ohne sie zu kritisieren. Sie hatte offensichtlich noch viel über dieses ominöse Phänomen zu lernen, das man Freundschaft nannte.

Neunzehn

Christy-Lynn warf einen Blick auf die Uhr und hoffte, dass es noch nicht zu spät für einen spontanen Besuch war. Sie war nach dem Abendessen mit Missy und Dar schon fast zu Hause angelangt, als sie beschloss, die Sache mit Wayne wieder ins Lot zu bringen. Bei der Telefonauskunft fand man keinen Eintrag für Wayne Pierce, was seine Geschichte, dass er vollkommen abgeschieden lebte, stützte, was aber auch bedeutete, dass sie bei Dunkelheit raus zum Silver Lake fahren musste, mit nichts als Missys recht allgemeiner Beschreibung einer Hütte direkt am See mitten im Nirgendwo.

Doch sie hatte Glück und fand den Weg auf Anhieb. Erst als sie Waynes Veranda betrat, kamen ihr Bedenken. Ja, sie hatte sich schäbig verhalten, sie hatte ihn sogar beschimpft, aber unter den Umständen war das kaum überraschend gewesen. Vielleicht sollte sie zusehen, dass sie Land gewann, und die ganze Sache einfach vergessen.

Bevor sie sich entschieden hatte, flog die Tür auf. Wayne bemühte sich gar nicht erst, seine Überraschung zu verbergen. »Christine … Sorry, Christy-Lynn. Ich dachte doch, ich hätte ein Auto gehört. Was machen Sie hier?«

»Tut mir leid. Ich hoffe, es ist noch nicht zu spät?«

»Ähm, nein.« Er hielt einen Becher in der Hand, und der Geruch von Kaffee wehte ihr entgegen. »Kommen Sie rein. Ich habe gerade eine Kanne Kaffee gemacht. Möchten Sie einen?«

»Nein, vielen Dank. Ich will nicht lange bleiben. Ich wollte nur mit Ihnen über heute Nachmittag sprechen.«

»Kommen Sie mit in die Küche? Mein Becher ist leer.«

Christy-Lynn sah sich in der Hütte um, als sie Wayne in die Küche folgte. Sie war klein, aber dadurch, dass es ein einziger offener Raum war, wirkte sie überraschend geräumig. Eine Treppe in der Ecke führte zu einem Hochbett. Als sie ihren Hals reckte, konnte sie gerade noch das untere Ende eines ungemachten Bettes sehen.

»Soll ich Ihnen wirklich keinen einschenken?«

»Nein danke.« Ihr Blick glitt über den still daliegenden mondbeschienenen See hinter den Schiebetüren. »Was für ein Anblick!«

Ein peinliches Schweigen folgte. Schließlich fand Christy-Lynn ihre Sprache wieder. »Es geht um heute Nachmittag. Ich glaube, ich bin übers Ziel hinausgeschossen.«

Seinen Schultern nach zu urteilen, entspannte Wayne sich etwas. »Vergessen Sie's. Sie haben ja überhaupt nicht mit mir gerechnet.«

»Ich wollte alles hinter mir lassen, und als Sie aus heiterem Himmel aufgetaucht sind, konnte ich nur daran denken, dass der ganze Zirkus von vorne losgeht.«

Er sah sie nachdenklich an. »Sie haben mir unterstellt, dass ich in der Sekunde, in der ich Ihren Laden verlasse, zum Telefon greife und einem alten Freund einen Tipp gebe.«

»So ungefähr.«

»Ist das eine Angewohnheit von Ihnen? Oder nehmen Sie nur von mir das Schlimmste an?«

Was sollte sie dazu sagen? Es war ja eine berechtigte Frage, aber seine ruppige Art stieß sie vor den Kopf. »Hören Sie, ich bin gekommen, um mich zu entschuldigen, aber Sie machen es mir nicht gerade leicht.«

Wayne rieb sich über die Bartstoppeln. Keine Geste, die bei Stephen gewirkt hätte. Bei Wayne schon. »Ich habe Ihnen Kaffee angeboten.«

Christy-Lynn überhörte die Bemerkung. Sie war nicht zum Scherzen aufgelegt. »Lassen Sie mich einfach sagen, weswegen ich hergekommen bin. Dann gehe ich auch wieder. Ich bin keine Idiotin. Ich weiß, dass da irgendwas zwischen meinem Mann und Ihnen war, und es tut mir leid, dass ich heute Nachmittag vorschnell meine Schlüsse gezogen habe. Das war nicht in Ordnung. Aber der Gedanke, dass das alles enorm befriedigend für Sie sein muss, ist auch nicht von der Hand zu weisen.«

»Puh!« Wayne setzte langsam seinen Becher ab. »Für jemanden, der sich entschuldigen will, ist das eine heftige Anschuldigung. Wollen Sie sagen, dass ich auf so eine schäbige Art schadenfroh bin?«

»Ich halte mich an die Fakten – so wie sie sich mir darstellen. Ich weiß nicht, was damals zwischen meinem Mann und Ihnen vorgefallen ist. Er hat es mir nie erzählt. Ich habe angenommen, dass es um ein Mädchen ging – und dass Sie verloren haben.«

Waynes Gesichtsausdruck verfinsterte sich noch mehr. »Ich kann Ihnen versichern, dass unsere Animositäten nichts damit zu tun hatten, dass einer von uns bei einer Beauty-Queen den Kürzeren gezogen hat.«

»Sie wollen es mir also auch nicht erzählen.«

Er ließ den Kaffee in seinem Becher kreisen. »Nein.«

»Na gut. Ich bin gekommen, um Ihnen zu sagen, dass nichts und niemand Sie davon abhalten kann, zum Telefon zu greifen. Wahrscheinlich könnten Sie sogar ziemlich viel für diese Geschichte bekommen …«

Wayne unterbrach sie. »Erstens zahlen *richtige* Journalisten nichts für Geschichten. Es ist gegen die … Berufsehre. Zweitens haue ich Freunde nicht in die Pfanne.«

Christy-Lynn hob das Kinn. »Stephen war nicht Ihr Freund. Das haben Sie ja eben deutlich gemacht, auch wenn Sie mir nicht verraten, warum.«

»Ich habe von Ihnen gesprochen.«

»Oh!« Die Aussage verunsicherte sie. »Ich bin doch keine Freundin von Ihnen. Sie waren Reporter, und Sie haben sicherlich noch Verbindungen. Wobei es ja heißt: Im Zweifel für den Angeklagten. Solange Sie nicht zum Telefon greifen, gilt das wohl auch für Sie.«

»Tja, Ihre Entschuldigung ist nicht gerade warm und flauschig, aber ich nehme sie an. Ich habe nicht gelogen. Ich bin durch mit der Art von Leben, Christy-Lynn. Es hat mich viel gekostet, aber ich habe es durchgezogen. Weil ich nicht mehr in den Spiegel sehen konnte. Ich wollte etwas tun, was der Mühe wert ist, etwas, bei dem ich mich an den erinnere, der ich war, bevor sie ihre Krallen in mich geschlagen haben. Leider bin ich damit keinen Deut weitergekommen. Klingt verrückt, oder? Nicht zu wissen, wer man ist?«

Sie blickte hinaus auf den See. »Nein, eigentlich nicht. Ich meine, es klingt nicht verrückt. Manchmal passieren Dinge, die wir nicht beeinflussen können, und es haut uns um. Sich wieder aufzurappeln, ist nicht leicht.« Sie drehte sich zu ihm um. »Oder es gelingt gar nicht.«

»Die Frau«, sagte Wayne leise, »die in Stephens Auto war. Das meinten Sie mit den Dingen, die wir nicht beeinflussen können?«

»Ja.«

»Und was noch?«

»Nichts.« Sie zuckte die Achseln und drehte sich um. »Ich weiß nicht. Alle möglichen Fragen, die sich einem stellen, wenn die Betäubung nachlässt. Wie lange ging das schon so? Hat er sie geliebt?« Sie schlang die Arme um sich selbst. »War es meine Schuld?«

»Haben Sie gerade *meine Schuld* gesagt?«

Sie sah ihn an. »Männer betrügen ihre Frauen, weil sie nach etwas suchen, das sie zu Hause nicht bekommen.«

»Wer hat Ihnen denn den Mist verkauft? Die *Cosmopolitan*?«

Seine heftige Reaktion verblüffte und rührte sie. »Na gut, Sie sind ein Mann, Sie sind der Experte. Was glauben Sie, warum er es getan hat?«

»Weil er Stephen war, und weil er geglaubt hat, damit durchzukommen.«

Um seinem Blick auszuweichen, sah sie sich in der kleinen Küche um. Schränke aus rohem Pinienholz mit gusseisernen Töpfen, ein Tellerrost über dem Spülbecken, in dem braunes Steingutzeug trocknete. »Ich hätte ihm eine bessere Frau sein können«, platzte es schließlich aus ihr heraus. »Vielleicht hat er sich deswegen woanders umgesehen. Weil ich ihm nicht langte.«

Wayne schüttelte den Kopf. »Männer wie Stephen betrügen ihre Frauen nicht, weil sie *zu Hause* etwas vermissen, Christy-Lynn. Sie betrügen ihre Frauen, weil sie etwas *in ihrem Inneren* vermissen. Sie nehmen sich, was sie haben wollen, weil sie diese Leere füllen müssen. In Stephens Fall war es diese Frau. Sie hat seine Leere gefüllt. Das hat er gewollt und das hat er sich genommen. Es ging nicht um Sie.«

Sie starrte ihn an und fragte dann vorsichtig nach. »Woher wissen Sie das?«

»Aus Erfahrung.«

Er sagte das, ohne mit der Wimper zu zucken, als gäbe es keine andere Antwort. Und in dem Moment wurde ihr klar, dass sie deswegen gekommen war. Nicht um sich halbherzig zu entschuldigen, sondern um mit jemandem zu sprechen, der ihren Mann gekannt hatte. Mit einem anderen Menschen, der den Mann – vielleicht sogar den wirklichen Mann – gekannt hatte, den sie geheiratet hatte.

»Danke«, sagte sie leise.

»Wofür?«

»Fürs Zuhören wahrscheinlich. Es gibt so vieles, was ich nicht weiß, da sind so viele Fragen ohne Antworten. Ich habe mit niemandem darüber gesprochen, von Connelly abgesehen, und er spricht nicht besonders viel.«

»Haben Sie daran gedacht, seinen Vorgesetzten anzurufen?«

»Ich habe ihm damit gedroht.«

»Drohen ist nicht tun.«

Da war er wieder, dieser unverhohlene Tadel. Es traf einen Nerv, der sowieso schon bloßlag. »Ich hatte ein paar Kleinigkeiten zu tun, bevor ich den Laden eröffnen konnte«, antwortete sie kühl. »Aber bei unserem letzten Telefongespräch hat er mir versichert, dass ich meine Zeit verschwende.«

»Wie lange ist das her?«

»Ich weiß nicht genau. Ein paar Monate.«

»Sie lassen es dabei? Sie lassen es einfach dabei? Eben haben Sie gesagt, Sie hätten alle möglichen Fragen, und jetzt erzählen Sie mir, Sie hätten seit Monaten nicht mit ihm gesprochen. Es geht mich ja nichts an, aber vielleicht sollten Sie sich mal fragen, ob Sie es überhaupt wissen möchten.«

Christy-Lynn spürte, wie sich ihre Nackenmuskeln verspannten. Er hatte eine Art, sie so lange so intensiv anzusehen, bis sie den Impuls verspürte, sich zu winden. War das eine angeborene Eigenschaft oder war es eine Masche, die er als Reporter eingesetzt hatte? So oder so, es ging ihr auf die Nerven.

»Was soll das heißen?«

»Manchmal ist es einfach leichter, Dinge nicht zu wissen, als mit ihnen konfrontiert zu werden. Glauben Sie mir, ich habe Erfahrung auf dem Gebiet. Die Fakten können schlimm sein, aber sie bleiben Fakten. Sich vorzumachen, es wäre anders, funktioniert nicht.«

»Sie glauben, dass ich mir etwas vormache?«

»Ich glaube, dass Sie sich verstecken. Und ich verstehe auch, warum. Nur sollten Sie nicht überrascht sein, wenn das irgendwann nach hinten losgeht.«

Verstecken. Das war die perfekte Umschreibung für das, was sie getan hatte. Unbequemen Fakten auszuweichen, indem sie vorgab, zu viel zu tun zu haben, um ein Telefongespräch zu führen. Denn was wäre dann? Wenn sie die Wahrheit erführe, müsste sie sich irgendwie dazu verhalten. Sie müsste sie irgendwie verarbeiten. Damit leben. War sie bereit dafür?

»Ich glaube, ich gehe jetzt lieber.«

»Das sollte keine Kritik sein, Christy-Lynn.«

»Wirklich nicht?«

»Es ist nur eine … Beobachtung.«

»Es ist schwer, den Unterschied zu erkennen.«

Wayne strich sich durch die Haare und lächelte sie verlegen an. »Hey, ich lege es nicht darauf an, ein Saftsack zu sein. Ich scheine aber ein Talent dazu zu haben. Sie haben ja auch schon gemerkt, dass ich meinen Senf zu allem dazugeben muss. Aber meistens meine ich es gut.«

Christy-Lynn sah ihn an. Wenn er gehofft hatte, sie zum Lachen zu bringen, hatte er sie falsch eingeschätzt. Es war hart an der Schmerzgrenze, und sie wussten es beide. »Es ist wohl am besten, wenn wir Distanz halten«, warf sie ihm schon von der Haustür aus über die Schulter zu. Sie hatte gesagt, was sie sagen wollte, und jetzt wollte sie nur noch weg und vergessen, dass die Unterhaltung je stattgefunden hatte. Wenn das bedeutete, dass sie sich versteckte, dann war es eben so.

* * *

Wayne sah den Rücklichtern des Range Rovers so lange nach, bis sie verschwunden waren. Das hatte er vermasselt. Er hatte eine Entschuldigung in eine Konfrontation münden lassen, nur weil er seine Meinung nicht für sich behalten konnte. Sie hatte ihm eine Brücke gebaut – er hatte nur noch darübergehen müssen. Trotz ihrer gemeinsamen Geschichte – die gerade mal aus einer Beschimpfung ihres Ehemannes in betrunkenem Zustand bestand – wollte er ihr wirklich helfen.

Sie war in einer schlechten Verfassung, hinterfragte ihren Wert als Ehefrau und als Frau überhaupt und nahm die Schuld für Dinge auf sich, für die sie nichts konnte. Nur weil sie den Fehler gemacht hatte, sich auf einen Lump einzulassen. War es möglich, mit Stephen Ludlow verheiratet zu sein und nicht zu ahnen, was er unter der Oberfläche verbarg? Eines war jedenfalls sicher: Er hatte seine Fußabdrücke überall auf Christy-Lynn hinterlassen.

Trotz ihrer eisigen Blicke und kratzbürstigen Antworten war sie wie eine zerbrochene Vase aus feinem Porzellan, die mehr schlecht als recht gekittet worden war. Ein Moment der Unachtsamkeit und sie würde in tausend Stücke zerspringen. Die Risse mussten nicht von einem Mann stammen. Es war durchaus möglich, dass Christy-Lynn schon in diesem heiklen Zustand gewesen war, bevor sie Stephen getroffen hatte. Er musste das gespürt und sie als wehrloses Opfer auserwählt haben. Ja, je länger er darüber nachdachte, desto mehr überzeugte ihn das. Doch es spielte keine Rolle. Sie hatte ihm sehr deutlich zu erkennen gegeben, dass ihr Waffenstillstand – der genau zwölf Minuten gehalten hatte – vorüber war.

* * *

Waynes Frage nagte an Christy-Lynn, als sie nach Hause fuhr. Und wenn er nun recht hatte? Wenn sie wirklich keine

Antworten wollte? Es machte ihr zu schaffen. Weil sie irgendwie wusste, dass es stimmte.

Es war Monate her, dass sie bei Connelly angerufen hatte. Ja, sie hatte sich auf den Laden konzentriert und war von den Renovierungen in Beschlag genommen gewesen. Doch jetzt, wo die Eröffnung hinter ihr lag, konnte sie die Suche nach Antworten doch eigentlich wieder aufnehmen. Aber was für einen Unterschied machte es? Stephen war tot, sie hatte ein neues Leben begonnen. Selbst die Medien gaben Ruhe. Warum sollte sie nicht dasselbe tun?

Vielleicht stimmte Waynes Theorie. Vielleicht war es bei der Affäre gar nicht um sie gegangen, sondern um Stephens aufgeblasenes Ego und sein Anspruchsdenken. Aber wenn Wayne sich täuschte? Wenn es doch etwas anderes gewesen war, etwas, was ihr fehlte, das ihren Mann in die Arme einer anderen getrieben hatte? Der Gedanke sollte sie empören – und er tat es auch. Die Annahme, dass ausgerechnet sie die Verantwortung für die Untreue ihres Mannes trug, war ein Affront. Nicht nur gegen sie, sondern gegen Frauen allgemein. Und doch war es da, das Kieselsteinchen im Schuh, um das sie sich endlich kümmern musste.

Sie hing diesen Gedanken noch nach, als sie in die Einfahrt fuhr und den Motor abstellte. Nach den Ereignissen des Tages war es eine unglaubliche Erleichterung, ihre eigene Haustür aufzuschließen. Der Bungalow aus den Zwanzigerjahren des letzten Jahrhunderts war nichts Großartiges, aber danach hatte sie auch nicht gesucht. Doch er war heruntergewohnt, die Zimmer waren mit Carols Möbeln und Krimskrams vollgestellt, Bad und Küche waren dringend renovierungsbedürftig. Sie hatte nicht beide Renovierungen zur selben Zeit durchführen können – die der Buchhandlung und des Hauses. Jetzt konnte sie langsam daran denken, den Bungalow wirklich zu ihrem Zuhause zu machen.

Aber nicht heute Nacht.

Auf dem Heimweg hatten ihre Schläfen angefangen zu pochen. Die Eröffnung hatte ihre kühnsten Hoffnungen übertroffen, und es war ihr wider Erwarten gelungen, mit Missy und Dar alles zu klären, und doch konnte sie die nagende Vermutung nicht abschütteln, dass Wayne Pierce ihr Leben weiterhin komplizieren würde. Aber darüber würde sie morgen nachdenken. Im Moment hatte sie nur noch die Energie, zwei Ibuprofen zu schlucken, sich aus ihren Kleidern zu schälen und ins Bett zu fallen. Seufzend glitt sie zwischen die Laken und klickte die Nachttischlampe aus. Ihre Glieder waren bleischwer, als sie sich in eine fremde Traumlandschaft treiben ließ.

Das Wasser ist eisig, Tausende von winzigen Nadeln piksen ihr in die Haut. Und trübe. Wie Tee oder schmutziges Spülwasser. Da ist ein Licht in der Ferne – nein, zwei Lichter – trostlose Punkte in der Dunkelheit. Auf dem Grund unter ihr erkennt sie schemenhaft ein verbogenes Gebilde aus Blech und Metall. Hinter einem Quadrat aus Glas taucht das Gesicht einer Frau auf, es ist bläulich weiß und kommt ihr irgendwie bekannt vor. Ihr helles Haar wogt wie ein Heiligenschein um ihren Kopf. Sie treibt dort mit geschlossenen Augen, eine grausige Meerjungfrau, die Delle an ihrer Schläfe seltsam blutleer. Und dann sind ihre Augen plötzlich nicht mehr geschlossen. Sie sind aufgerissen und glasig, lebhaft violett. Die blauen Lippen bewegen sich. Die Worte sind unverständlich, aber es liegt so viel Verzweiflung in den leeren Augen, so viel Trostlosigkeit. Es ist, als versuche sie, ein schreckliches Geheimnis zu offenbaren. Ein Geständnis? Ein Gebet? Eine späte Entschuldigung? Unmöglich, das zu entscheiden. Und dann, ohne Vorwarnung, schließen sich ihre violetten Augen und blauen Lippen. Hier unten, unter den Wellen, ist alles ruhig. Aber Christy-Lynn schwimmt nicht fort. Sie lässt sich treiben, sie wartet. Irgendwann müssen sich die toten Augen doch wieder öffnen.

ZWANZIG

Sweetwater, Virginia
1. Mai 2017

Christy-Lynn starrte auf den Stapel Papiere auf dem Schreibtisch vor sich, aber sie konnte sich nicht konzentrieren. Sie hatte wieder denselben Traum gehabt wie fast jede Nacht, seit sie vor fünf Wochen zum Silver Lake gefahren war.

Dunkle Träume waren ihr nicht unbekannt. Sie hatte bis nach der Pubertät Albträume gehabt, aber diese Träume waren anders. Sie waren so verstörend realistisch, dass sie oft nach Luft schnappend und schweißgebadet aufschreckte. Mittlerweile hatten sie ihren Tribut gefordert. Christy-Lynn war apathisch und fühlte sich zerschlagen. Sie hatte Angst vorm Einschlafen, Angst, in den frühen Morgenstunden hochzuschrecken.

Man brauchte keinen Doktortitel, um darauf zu kommen, was den ersten Traum ausgelöst hatte. Auch nicht, um zu verstehen, warum die Träume andauerten. Wayne hatte sich zu weit vorgewagt, aber seine Äußerungen hatten ein Flutlicht auf Dinge geworfen, die sie nicht sehen wollte – allen voran, dass sie Fragen über Stephens Unbekannter aus dem Weg gegangen war. Und jetzt, mehr als einen Monat später, hatte sie immer noch nicht den Mut für einen Anruf aufgebracht.

Aus einem Impuls heraus, vielleicht auch aus Trotz, griff sie nach ihrem Handy. Was auch immer das Ergebnis sein würde, es war Zeit, die Grübeleien zu beenden. »Ich möchte mit Detective Connelly sprechen«, sagte sie kurz angebunden, als ein Sergeant Wood beim zweiten Klingeln abnahm.

»Tut mir leid, Detective Connelly arbeitet nicht mehr hier.«

Einen Moment glaubte sie, sich verhört zu haben. »Haben Sie gesagt, er arbeitet nicht mehr bei Ihnen?«

»Ja.«

»Was soll das heißen?«

Eine Pause folgte, als habe er ihre Frage nicht verstanden. »Es soll heißen, dass er nicht mehr hier ist, dass er frühzeitig in Rente gegangen ist.«

»Wann?«

»Am ersten Januar, glaube ich. Kann ich Sie mit jemand anderem verbinden?«

»Nein … Doch! Ich möchte mit seinem Nachfolger sprechen.«

»Darf ich um Ihren Namen bitten?«

»Christine Ludlow. Ich war Stephen Ludlows Frau, und ich habe gehofft …«

»Einen Moment, bitte.«

In der Leitung wurde es still. Kurz darauf kam eine neue Stimme an den Apparat. »Hier spricht Captain Billings von der Pressestelle, Mrs Ludlow. Wie kann ich Ihnen weiterhelfen?«

»Sind Sie der Vorgesetzte von Detective Connelly?«

»Nicht unbedingt, wenn ich auch einen höheren Rang bekleide, falls Ihre Frage darauf abzielte.«

Christy-Lynn war um eine Antwort verlegen, denn sie wusste gar nicht genau, wonach sie fragen wollte. Sie war gedanklich mit Connellys Weggang beschäftigt, denn sie war sich fast hundertprozentig sicher, dass er noch zwei Jahre bis zur Rente hatte.

»Mrs Ludlow?«

»Ja, tut mir leid. Ich wollte eigentlich mit Detective Connellys Nachfolger sprechen, um Informationen über den Unfall meines Mannes zu bekommen. Vor allem über die Frau, die in der Nacht mit ihm in dem Auto war.«

»Der Fall Ihres Mannes wurde schon vor Monaten abgeschlossen. Es gab keine Hinweise auf Fremdeinwirkung oder auf Drogen. Letzten Endes war es ein unfallverursachter Tod durch Ertrinken.«

»Und die Frau?«

Ein kurzes Schweigen. »Die Frau?«

»Ja, Captain, die Frau. Ich bin sicher, Sie erinnern sich an sie. Alle Boulevardblätter haben Fotos von ihr abgedruckt. Weil sie irgendwer aus Ihrem Polizeirevier an die Presse gegeben hat.«

Der Captain räusperte sich, ein stockendes, verlegenes Geräusch. »Ja, in der Tat. Das war etwas … unglücklich. Leider geben wir keine Informationen über das zweite Opfer bekannt. Es ist eine heikle Angelegenheit, vor allem in Hinsicht auf die Prominenz Ihres Ehemannes, und die Familie hat ein Recht auf Privatsphäre. Vielleicht wäre es am besten, wenn Sie es einfach … auf sich beruhen ließen.«

Christy-Lynns Blut begann zu kochen. »Ist es jetzt nicht ein bisschen zu spät, um sich Sorgen darüber zu machen, wie heikel die Angelegenheit ist? Und wo war Ihre Rücksicht, als die Presse ihr Lager vor meinem Haus aufgeschlagen hat? Als sie mir die Fotos unter die Nase gehalten haben, die sie von irgendwem aus Ihrem Revier hatten?«

»Mrs Ludlow.« Seine Stimme klang scharf wie die eines Staatsanwaltes. »Wir wissen nicht mit Sicherheit, dass die Fotos von jemandem aus dieser Wache an die Presse gegeben wurden. Ich kann verstehen, wie schwer das alles für Sie sein muss. Auch wenn Sie das vielleicht anders sehen, kann ich Ihnen versichern, dass wir die Privatsphäre von Opfern sehr ernst nehmen. Deswegen geben wir die Identität des zweiten Opfers auch nicht preis.«

»Und was ist mit meinen Rechten als Ehefrau?«

»Entschuldigen Sie bitte, wenn sich das, was ich jetzt sage, gefühllos anhören sollte. Es ist nicht so gemeint. Aber das ist nicht unsere Angelegenheit. Ich hoffe auf Ihr Verständnis. Auf Wiederhören.«

Sie hatte keine Zeit zu protestieren, so schnell war die Leitung tot. Christy-Lynn starrte wütend und verunsichert auf das Display ihres Telefons. Bei der Polizei in Clear Harbor war man offensichtlich darauf bedacht, die Sache mit den Fotos hinter sich zu lassen. Aber was hatte das für sie zu bedeuten?

Mit zitternden Händen scrollte sie bis zu Connellys Nummer in ihren Kontakten. Vielleicht würde ihr der gute Detective ja jetzt helfen, wo er nicht mehr bei der Polizei war.

Doch seine Handynummer war außer Betrieb. Merkwürdig. Die Festnetznummer, die ihr die Auskunft nannte, gab es ebenfalls nicht mehr. Die meisten Menschen behielten doch ihre Handynummer, selbst wenn sie umzogen. Dann fiel ihr ein, wie er etwas von einem Segelboot und den Keys gesagt hatte. Doch ihn auf einer der vierzig Inseln aufzuspüren, die zu den Florida Keys gehörten, wäre, wie eine Stecknadel in einem Heuhaufen zu finden.

Sie dachte darüber nach, was sie als Nächstes tun sollte, als Tamara mit einem Becher auftauchte.

»Was ist das?«

»Latte macchiato mit drei Espressos«, sagte Tamara mit unverkennbarem Mitleid.

»Sehe ich so schlecht aus?«

»Nichts, was man mit etwas Koffein und einem guten Abdeckstift nicht hinkriegen könnte. Übrigens, Sie haben Besuch.«

Christy-Lynn unterdrückte einen Seufzer. So würde sie nie zu den Rechnungen kommen. »Wen denn?«

Tamara warf ihr ein Lächeln zu. »Ich gebe Ihnen einen Hinweis: groß, dunkel und wild.«

»Wayne ist hier?«

»Klar ist er hier. Er ist andauernd hier. Als ob Sie das nicht wüssten.«

»Ja, aber nicht meinetwegen.«

Tamara rollte mit den Augen, als hätte sie es mit einem begriffsstutzigen Kind zu tun. »Wie auch immer. Betrachten Sie sich als informiert.«

Wayne saß im Café, als sie aus dem Hinterzimmer kam. Er nickte ihr zu. »Hallo.«

»Hallo.«

Er sah sie aufmerksam an. »Geht es Ihnen nicht gut? Sie sehen müde aus.«

»Das höre ich jetzt zum zweiten Mal innerhalb von fünf Minuten. Was gibt's?«

»Ich möchte Sie zum Lunch einladen.«

Sie ließ das sacken. Oder hatte sie sich verhört? »Was?«

»Ich habe gesagt, dass ich mit Ihnen zum Lunch gehen will.«

»Warum?«

Das war nun wirklich keine liebenswürdige Antwort, aber sie war zu überrascht, um erst im Knigge zu blättern. Sie sahen sich ein paarmal die Woche. Oder vielleicht wäre es passender zu sagen, dass sie einander ein paarmal die Woche auswichen, um das knappe Nicken zu beschreiben, das als Begrüßung durchgehen musste, wenn sich ihre Blicke versehentlich im Café trafen. Wie kam er jetzt auf einen Lunch mit ihr?

»Ich schlage Ihnen einen Waffenstillstand vor. Es ist doch zu albern, dass wir uns dauernd über den Weg laufen und nie wissen, was wir sagen sollen.«

»Ich laufe Ihnen nicht über den Weg«, hielt Christy-Lynn ihm kühl entgegen. »Sie kommen dauernd in mein Café.«

»Stimmt. Manchmal brauche ich einen Tapetenwechsel. Hilft mir wirklich. Also, was sagen Sie zum Lunch?«

»Ich habe zu arbeiten. Ich versuche es wenigstens. Wenn ich auch nicht gut vorankomme.«

»Kann ich Ihnen irgendwie helfen?«

»Wenn Sie Lust haben, drei Pakete Bücher auszupacken und einzusortieren …«

»Klingt verlockend, aber vielleicht lieber ein andermal.«

»Also war Ihr Angebot rein theoretisch gemeint.«

Er grinste und sah plötzlich sehr jungenhaft aus. »So ähnlich. Vielleicht gehen wir wann anders was essen?«

Christy-Lynn zuckte halbherzig die Achseln. Es war ihm offensichtlich daran gelegen, reinen Tisch zwischen ihnen zu machen, auch wenn sie nicht wusste, warum. Vielleicht war er einer von den Typen, die gemocht werden wollen. Während sie ihn lieber auf Armeslänge von sich halten wollte. »Ja, vielleicht.«

Sie sah ihm hinterher, als er in den Jeep stieg und wegfuhr, bevor sie sich zu Tamara umdrehte, die von einem Ohr zum anderen grinste, während sie vorgab, den Tresen zu wischen.

Christy-Lynn drohte ihr mit dem Finger. »Ich weiß, was das Grinsen zu bedeuten hat. Schlagen Sie sich das gleich wieder aus dem Kopf. Wir mögen uns nicht einmal.«

»Aber heiß ist er schon, oder?«

»Ich bezahle Sie nicht, damit Sie den Kunden hinterhergaffen.«

»Nein«, sagte Tamara schmunzelnd. »Aber es ist eine nette Sonderzulage.«

»Habe ich was verpasst?«, fragte Aileen, die mit einem Staubwedel hinter den Regalen vorkam. »Habt ihr Spaß ohne mich?«

»Mit dem Spaß bin ich mir nicht so sicher«, sagte Tamara frech. »Wo ich mir jedoch sicher bin, ist, dass unsere Chefin einen Bewunderer hat.«

»Nein, hat sie nicht«, blaffte Christy-Lynn. »Und jetzt an die Arbeit, alle beide. Falls ihr mich braucht: Ich bin im Büro und bezahle Rechnungen. Und wehe, ihr tuschelt hinter meinem Rücken!«

Sie konnte Tamara und Aileen schon kichern hören, als sie die Tür noch nicht hinter sich geschlossen hatte. Seit Wochen machten sie Bemerkungen über Waynes Besuche, auch wenn sie anscheinend eine falsche Vorstellung von seinen Motiven hatten. Sie sahen, was sie sehen wollten. Sie waren jung und zu naiv, um zu wissen, dass wahre Liebe bis in alle Ewigkeit nur in Märchen vorkam. Und dass die Grenze zwischen Frosch und Prinz manchmal fließend war.

Einundzwanzig

Monck's Corner, South Carolina
12. April 1998

Meistens beginnt es mit Zigaretten. Wer die letzte geraucht hat, wer dran ist, welche zu kaufen, und meistens geht es dann genauso weiter, nur mit Bier. Heute Abend ist wieder Kampftraining angesagt, Angriffe aus dem Hinterhalt, kleinliche Vorwürfe. Sie lallen schon und sind kurz davor, in die üblichen lautstarken Tiraden auszubrechen. Christy-Lynn ist in ihrem Zimmer, vergräbt sich in ihrem Geschichtsbuch und hört U2 fast auf voller Lautstärke. So muss sie nicht alles mitkriegen, was in der Küche vor sich geht.

Sie kennt es alles zur Genüge, auch wenn Derrick, der letzte aus einer Reihe von gescheiterten Existenzen, die eine Weile bei ihnen wohnen, lauter als die anderen ist. Er macht ihr Angst, wenn er trinkt, und er trinkt meistens. Er flucht und wirft mit Gegenständen und spätabends schlägt er ihre Mutter, wenn sie ihm widerspricht. Es ist besser, wenn sie beide high sind – jedenfalls ruhiger –, aber sie sind abgebrannt. Ihre Mutter hat den Job bei Piggly Wiggly verloren, und der Dealer ist knallhart.

Ich wollte es mir doch nur leihen.

Das hatte ihre Mutter gesagt, als sie beim Griff in die Ladenkasse erwischt wurde. Ihr Chef nannte es Veruntreuung von Eigentum und feuerte sie. Sie war nur deswegen nicht im Gefängnis gelandet, weil er die Anzeige zurückzog, nachdem sie ihm gesagt hatte, dass sie ein kleines Mädchen alleine großzog.

Sie kann es in Raten von fünfzig Dollar zurückzahlen. Nur dass sie kein Glück bei der Jobsuche hat. Wahrscheinlich hat es sich rumgesprochen, und das bedeutet, es kommt nur das Geld von ihrem Nebenjob in der Getaway Bar rein. Und das, was Derrick nach Hause bringt, falls er zufällig mal nüchtern genug zum Arbeiten ist.

Christy-Lynn arbeitet so oft im Donut-Laden, wie sie eingeteilt wird. Sie bekommt nicht viel, aber sie können Lebensmittel davon kaufen und vielleicht noch den Strom bezahlen. Aber die Miete nicht. Die ist seit zwei Monaten überfällig. Sie sprechen nicht darüber. Weil niemand weiß, was als Nächstes passiert. Und weil es ihnen auch egal zu sein scheint. Sie trinken, nehmen Drogen, wenn sie welche bekommen, und streiten sich.

Das Geschrei aus der Küche wird wieder lauter, aber Christy-Lynn versteht nur Satzfetzen. Sie dreht die Musik noch lauter und versucht, sich auf ihr Geschichtsbuch zu konzentrieren. Sie weiß genau, wie dumm es ist, sich in die Zankereien ihrer Mutter einzumischen. Sie hat es in den letzten Jahren oft genug versucht. Sie ist getreten und geschlagen worden, sogar gegen den Kopf. Doch das ist noch nicht mal das Schlimmste. Das Schlimmste ist, dass ihre Mutter ihr jedes Mal am nächsten Tag grollt, als würde sie lieber mit einem gebrochenen Kiefer oder einem blauen Auge aufwachen, als das Risiko einzugehen, ihren derzeitigen Märchenprinz aus dem Haus zu treiben.

Plötzlich hört sie über die Bässe von »Bullet the Blue Sky« das Zersplittern von Glas, drei dumpfe Schläge, Gebrüll – und einen markerschütternden Schrei. Christy-Lynn fällt das Buch auf den Boden, als sie vom Bett aufspringt und ins Kriegsgebiet rennt. Aber sie kommt zu spät.

Charlene Parker ist wie ein Häufchen Elend in sich zusammengesackt und hält sich mit blutverschmierter Hand die Wange. Christy-Lynn starrt entsetzt auf das Blut, das ihrer Mutter durch die Finger auf den verschmierten Küchenboden tropft. Derrick steht mit gespreizten Beinen schwankend hinter ihr.

»Was hast du getan?«, schreit Christy-Lynn außer sich. Er hat ein Schälmesser in der Hand. »Sie ist voller Blut!«

Auch die Schneide des Messers ist blutig. Derrick glotzt es mit leerem Blick an. »Die Schlampe hat eine Flasche nach mir geworfen.« Ein Schneidezahn fehlt, von seinem Zahnfleisch tropft Blut. Seine Lippe ist aufgeplatzt wie eine reife Pflaume, sein Kinn blutverschmiert.

Er macht einen Schritt auf ihre Mutter zu, aber Christy-Lynn geht dazwischen. »Du lässt sie in Ruhe!«, zischt sie ihn an. »Oder du kriegst es mit mir zu tun.«

Schluchzend und wild herumfuchtelnd versucht Charlene auf die Füße zu kommen, aber sie rutscht immer wieder in der schnell größer werdenden Blutlache aus. »Du hast mir das Gesicht aufgeschlitzt!«, heult sie. »Du hast mein Gesicht kaputt gemacht, du widerliches betrunkenes Arschloch.«

Es dauert, aber schließlich gelingt es Christy-Lynn, ihre keuchende Mutter hochzuziehen. Ihr T-Shirt ist mit Blut getränkt. Eine Welle kalter Panik erfasst Christy-Lynn. Sie hat einen metallischen Geschmack im Mund. Sie hat noch nie so viel Blut gesehen – und dies ist das Blut ihrer Mutter.

Ihre linke Wange ist vom Augenwinkel bis zum Kinn aufgeschlitzt. In der klaffenden Wunde sieht sie das rosa bebende Fleisch. Das wird eine lange Narbe, denkt Christy-Lynn benommen. Das schöne Gesicht ihrer Mutter ist zerstört.

Dann heulen Sirenen vor ihrem Wohnblock, kaltes blaues Licht kreist durch die dünnen Vorhänge hindurch im Zimmer. Fäuste hämmern gegen die Wohnungstür und übertönen Charlenes verzweifeltes Schluchzen.

»Polizei! Aufmachen!«

»Hilfe!«, brüllt Charlene. »Er bringt mich um!«

Derrick sieht auf das Messer in seiner Hand. Christy-Lynn rechnet damit, dass er im nächsten Moment eine von ihnen angreift. Verzweifelte Männer tun verzweifelte Dinge. Doch er lässt das Messer fallen und sucht panisch nach einem Fluchtweg. Das dünne Holz der Tür splittert, und die Polizisten stürmen mit vorgehaltenen Waffen herein. Genau wie im Fernsehen. Christy-Lynn steht mit wackeligen Knien da. Dieses eine Mal ist sie den Nachbarn dankbar.

Derrick ist wie versteinert, als sie ihm Handschellen anlegen und ihm seine Rechte vorlesen. Christy-Lynn empfindet eine erbarmungslose Genugtuung. Wenn er ins Gefängnis muss, kann er wenigstens nicht mehr bei ihnen abhängen und sich durchschnorren. Aber ihre Genugtuung währt nicht lange. Sanitäter kümmern sich in der Küche um Charlene, legen ihr eine Infusion und verarzten ihr Gesicht. Kaum ist sie notdürftig versorgt, leiert ein Polizist Charlenes Rechte herunter. Die Polizisten gehen von Körperverletzung aus, nicht von Notwehr. Sie hat ihm eine Flasche an den Kopf geworfen, bevor er sie mit dem Messer angegriffen hat, und nicht umgekehrt.

Christy-Lynn darf im Krankenwagen mitfahren, aber im Krankenhaus muss sie im Wartebereich bleiben. Sie kann nur hilflos zusehen, wie ihre Mutter auf der Trage weggerollt wird. Es ist fast fünf Uhr morgens, als sie ihre Mutter endlich sehen darf.

Das Zimmer ist kalt und riecht antiseptisch. Im Gegensatz zum Betrieb in der Wartezone ist es hier sehr ruhig. Charlene liegt ganz still da, den Kopf leicht erhöht, einen Schlauch im Arm. Ihre linke Wange ist verbunden, die klaffende Wunde vernäht.

Ihre Lider flattern. »Schätzchen …«

Christy-Lynn sieht auf das Bett hinunter und einen Moment lang verschwimmt das Gesicht ihrer Mutter. Sie war einmal das schönste Mädchen in Monck's Corner und nun …

»Tut es weh?«

»Nein.« Charlene fasst sich an den Verband an der linken Gesichtshälfte. Ihre Nägel sind blutverkrustet. »Sie haben mir etwas … gegeben. Ich spüre gar nichts.«

»Haben sie gesagt, wann du nach Hause darfst?«

Charlene schließt die Augen. Tränen quellen unter ihren Wimpern hervor. »Ich komme nicht nach Hause, Schätzchen. Jedenfalls erst mal nicht. Es gibt Schwierigkeiten.«

Schwierigkeiten. Das Wort hallt in der Stille nach. »Aber Derrick …«

»Es geht nicht nur um heute Nacht, Christy-Lynn.«

»Sondern auch um das Geld von Piggly Wiggly?«

Sie nickt. »Und um anderes.«

»Anderes?«

»Ich wollte es dir nicht sagen. Es hängt mit so einem Typen zusammen. Wir hatten … eine Art … Vereinbarung.«

»Du bist für ihn anschaffen gegangen?«, fragt Christy-Lynn leise.

»Ja, mehr oder weniger.«

»Für Drogen.«

Sie wendet den Blick ab. »Jedenfalls bin ich erwischt worden, als ich einen Freier angesprochen habe. War aber der erste Verstoß, deswegen wurde ich nur verwarnt. Aber jetzt kommt das alles zusammen …«

»Du musst ins Gefängnis?«

»So sieht's aus.«

Christy-Lynn weicht unwillkürlich einen Schritt zurück. »Was ist mit mir? Hast du ihnen denn nicht gesagt, dass du eine Tochter hast?«

»Doch, aber es gibt Einrichtungen …«

»Das mache ich nicht mit!«

»Es ist nur für ein paar Monate«, verspricht Charlene ihr in diesem halb einschmeichelnden, halb gereizten Tonfall, in den sie

immer verfällt, wenn sie wieder Mist gebaut hat. »Höchstens für ein Jahr. Du wirst schon sehen, das geht in Windeseile vorbei. Und dann sind wir wieder zusammen und fangen irgendwo anders neu an. Es wird bestimmt nicht so schlimm. Außerdem kannst du mich besuchen.«

Aber Christy-Lynn hört ihr nicht mehr zu. Sie will ihre Mutter nicht im Gefängnis besuchen, sie will auch nicht umziehen, wenn dies alles vorbei ist. Weil es nie vorbei sein wird. Es geht einfach alles wieder von vorne los, in einer anderen Stadt, mit einem anderen Dealer, aber mit denselben Problemen.

»Es tut mir leid, Schätzchen«, sagt Charlene und streckt die Hand nach Christy-Lynn aus. »Es tut mir so leid.«

»Ich weiß, Mama«, sagt Christy-Lynn leise und übersieht die ausgestreckte Hand. »Es tut dir immer leid.«

Zweiundzwanzig

Sweetwater, Virginia
1. Mai 2017

Christy-Lynn klopfte zum dritten Mal. Waynes Jeep stand vorm Haus, er war ganz eindeutig zu Hause. Ignorierte er sie? War das die Quittung für die ausgeschlagene Einladung zum Mittagessen? Dann war es keine gute Idee, ihn um einen Gefallen zu bitten.

Sie klopfte noch einmal. Als nichts passierte, war sie fast erleichtert. Es war sowieso eine verrückte Idee gewesen. Sie hatte sich schon zum Gehen gewandt, als sie eine Tür klappen hörte. Sie wog ihre Möglichkeiten ab. Entweder sie zog es durch und bat ihn um das, worum sie ihn bitten wollte. Oder sie ging wieder. Dann hätte sie ihren Stolz gewahrt – aber ihre Fragen blieben unbeantwortet.

Sie ging vorbei an den Resten des Holzstapels vom letzten Winter zur Rückseite der Hütte. Wayne lief zielstrebig vom Holzdeck auf das kleine Kanu am Ufer zu, eine rote Nylontasche über die Schulter geworfen. Er hatte schon ein Bein über die Seite geschwungen, als er sie entdeckte. Er beschattete die Augen mit der Hand gegen die tief stehende Sonne und sah zu ihr.

»Hallo«, sagte sie verlegen, als hätte er sie dabei erwischt, wie sie ihm hinterher spionierte.

»Haben Sie sich das mit dem Lunch anders überlegt?«

»Ich möchte mit Ihnen reden«, sagte sie etwas kleinlaut.

»Über einen Waffenstillstand?«

Christy-Lynn unterdrückte ein Stöhnen, sie war zu erschöpft, um sich zu streiten. »Können wir nicht einfach … reden?«

»Steigen Sie ein.«

Christy-Lynns Augen weiteten sich. »Was?«

»Wenn Sie mit mir reden wollen, dann auf dem Wasser.«

Sie lachte, obwohl sie ahnte, dass es kein Scherz war. »Ich bin nicht dafür angezogen …«

»Wir wollen ja nicht Wasserski fahren oder so was in der Art. Schleudern Sie die Schuhe ins Gebüsch und lassen Sie die Handtasche hier. Es gefällt Ihnen bestimmt.«

Christy-Lynn betrachtete argwöhnisch das Kanu und fragte sich noch einmal, wie sehr sie auf Waynes Hilfe angewiesen war.

»Was ist? Können Sie etwa nicht schwimmen?«

»Natürlich kann ich schwimmen.«

»Wo ist das Problem?«

Er würde nicht einlenken, also stellte Christy-Lynn ihre Handtasche ab und stieg aus den Ballerinas. Wayne hielt das Boot fest, als sie einstieg, und forderte sie auf, sich mit beiden Händen an den Schandeckeln festzuhalten. Sie nahm an, es handelte sich dabei um die Seitenränder. Nach ein paar vorsichtigen Schritten ließ sie sich auf einen kleinen Sitz mit Rohrgeflecht nieder.

Wayne schob das Kanu ins Wasser, sprang hinein, setzte sich ihr gegenüber und dann glitten sie schon auf den See hinaus. Eine Zeit lang sprach keiner von ihnen, während Wayne mühelos und gleichmäßig paddelte. Christy-Lynn staunte über die Spiegelung der Wolken auf der glasklaren Oberfläche des Sees.

»Es ist wunderschön.« Ihr Atem ging tief und sie entspannte sich. Die Luft roch intensiv nach Pinien. Sie hatte es gar nicht laut sagen wollen. Sie hatte nicht einmal gemerkt, dass sie es laut gesagt hatte, bis sie Waynes Blick spürte.

»Ja, allerdings. Und?«

»Und …«

Er zog das Paddel aus dem Wasser und legte es sich über die Knie. »Wollten Sie nicht etwas besprechen?«

Christy-Lynn nickte. »Ja, Sie haben recht.« Sie konzentrierte sich. »Als ich das letzte Mal hier war, haben Sie etwas gesagt, was mir nicht aus dem Kopf geht. Dass ich die Wahrheit über die Frau in Stephens Auto vielleicht gar nicht herausfinden will.«

»Oh, das tut mir leid. Ich hatte kein Recht dazu. Ihre Trauer geht mich nichts an.«

»Das stimmt, aber es ändert nichts daran, dass Sie wahrscheinlich recht haben. Je länger ich nachgedacht habe, was ich herausfinden könnte, desto mehr wurde mir meine Angst bewusst.«

»Angst? Wovor?«

Sie spielte mit ihrem Rocksaum. »Können Sie sich vorstellen, wie es ist, wenn Ihnen eine Meute Reporter die dunkelsten Geheimnisse Ihres Ehemanns um die Ohren haut? Wie es ist, die Letzte zu sein, die erfährt, dass er ein Doppelleben führte?«

»Nein, aber ich kann es versuchen.«

Sie hob das Kinn. »Wirklich?«

»Ich glaube schon.«

»Mrs Ludlow, kennen Sie die Frau, die aus dem Auto Ihres Mannes geborgen wurde? Hatten die beiden ein intimes Verhältnis? Wissen Sie, wie lange das schon ging? Gab es noch andere Frauen oder war sie die Erste?« Ihr stiegen Tränen in die

Augen, mehr aus Wut als aus Selbstmitleid. »Und das waren noch die höflichen Fragen. Das Schlimmste daran war, dass ich sie nicht hätte beantworten können, selbst wenn ich es gewollt hätte. Dafür habe ich mich geschämt. Wie konnte ich so wenig über meinen eigenen Mann wissen? Und als Sie neulich abends gesagt haben, dass ich es gar nicht wissen wollte, da habe ich mich wieder geschämt. Weil mir klar war, dass Sie recht haben.«

Wayne zog eine Papierserviette aus der roten Nylontasche und reichte sie ihr. »Sie haben da ein Leck.«

»Tut mir leid.« Sie kam sich albern vor, als sie sich die Augen abtupfte. »Ich bin nicht hergekommen, damit Sie mich bemitleiden. Ich wollte nur, dass Sie es verstehen.«

»Tue ich. Ich hab's verstanden.« Er kramte wieder in der Tasche und zog mehrere Frischhaltedosen heraus, die er auf dem Schoß balancierte. »Denn ich kenne es aus erster Hand. Als ich angefangen habe, waren in den Redaktionen noch richtige Nachrichten gefragt. Jetzt läuft alles auf Voyeurismus hinaus und auf das Bedürfnis, sich am Unglück anderer zu weiden. Welche Auswirkungen das auf die Menschen hat, über die berichtet wird, spielt keine Rolle. Alles dreht sich nur noch um Auflagen, Bewertungen, verkaufte Exemplare.«

»Und deswegen haben Sie gekündigt?«

»Ja. Es bahnte sich schon eine Weile an, aber als ich beauftragt wurde, bei der Schulschießerei von Crystal Lake eine Schülerin zu interviewen, deren Mutter gerade erschossen worden war, hatte ich endgültig genug. Und jetzt bin ich hier.«

»Und schreiben Ihr Buch?«

»Ich versuche es, ja. Wollen Sie Abendbrot?«

Der plötzliche Themenwechsel überraschte Christy-Lynn. Einen Moment lang überlegte sie, weiter in ihn zu dringen, aber irgendetwas warnte sie davor. Also begutachtete sie das Picknick, das er vor sich ausgebreitet hatte: kaltes Huhn, frisches Obst und etwas, das wie Kartoffelsalat aussah.

»Bedienen Sie sich.« Wayne reichte ihr den Behälter mit dem Huhn. »Es ist genug für uns beide da.«

Sie nahm eine Keule und knabberte daran herum. Sie war zwar nicht wirklich hungrig, aber sie war auch noch nicht bereit, ihm zu sagen, weswegen sie gekommen war.

»Das schmeckt köstlich«, sagte sie zwischen zwei Bissen, ein plumper Versuch, Small Talk zu machen. »Wo haben Sie es her?«

Wayne sah etwas beleidigt aus. »Ich habe es selbst gemacht.«

»Wow, da bin ich aber beeindruckt.«

Er zuckte die Achseln. »Ist nicht viel dabei. Zitrone, Olivenöl, etwas Rosmarin und ein bisschen Knoblauch. Zwei Stunden marinieren, dann auf den Grillrost legen. Aber der Kartoffelsalat ist gekauft. Wenn es keine Pasta ist und nichts, was sich irgendwie grillen lässt, bin ich aufgeschmissen.«

Christy-Lynn musste unwillkürlich lächeln. »Ich bin trotzdem beeindruckt. Ich glaube nicht, dass Stephen wusste, wie man einen Grill überhaupt anschmeißt.«

»Unter einem Essen zu Hause verstand meine Exfrau Kaffee mit Keksen. Aber bei Restaurants, die ins Haus lieferten, kannte sie sich aus. Da war sie immer auf dem Laufenden.« Er zog eine Gabel aus der Tasche und reichte sie ihr mit dem Kartoffelsalat. »Sorry, ich habe nur eine. Ich habe nicht mit Besuch gerechnet. Sie zuerst.«

Sie aßen schweigend, während sich die Abenddämmerung herabsenkte. Die Ruhe wurde nur ab und an durch das Platschen eines Fischs oder den Ruf eines Vogels hoch oben aus den Bäumen unterbrochen. Nach ein paar Bissen wischte sie die Gabel an ihrer Papierserviette ab, gab sie Wayne mit dem Salat zurück und sah zu, wie er den Rest mit großem Appetit verdrückte.

»Also …«, begann sie und versuchte vergeblich, es beiläufig klingen zu lassen, »haben Sie eigentlich noch Verbindung mit einem Ihrer alten Kollegen von der *Review*?«

Wayne hörte auf zu kauen. »Geht das jetzt wieder los?«

»Nein«, sagte sie schnell. »Oder doch. Ein bisschen. Ich habe mich gefragt, ob Sie mir … vielleicht helfen können.«

Er sah sie misstrauisch an. »Wobei?«

Christy-Lynn klemmte die Hände zwischen die Knie und blickte auf den See. »Heute Nachmittag habe ich bei der Polizei in Clear Harbor angerufen. Sie haben mir mitgeteilt, dass Daniel Connelly in Frührente gegangen ist. Also habe ich das getan, was Sie mir geraten haben, und habe mich mit dem Vorgesetzten verbinden lassen. Jedenfalls habe ich das versucht. Aber niemand sagt mir irgendetwas, nicht mal den Namen der Frau. Und deswegen habe ich mich gefragt …«

»Ob ich einen meiner zahlreichen parasitischen Kumpel dazu bringen kann, was über diese Frau auszugraben?«

Christy-Lynn wurde rot. »Wahrscheinlich habe ich das verdient.«

»Ich habe nur auf die Ironie der Situation hingewiesen, falls sie Ihnen entgangen sein sollte.«

Er kostete es sichtlich aus, und sie konnte es ihm nicht verdenken. »Sie müssen mich nicht darauf hinweisen«, sagte sie verlegen. »Die Ironie ist mir bewusst. Ich wäre auch nicht gekommen, wenn ich eine andere Möglichkeit hätte. Und jetzt sitze ich in Ihrem Boot und muss die bittere Pille schlucken. Wenn Sie mich zurückrudern, gehe ich wieder.«

»Paddeln.«

»Was?«

»In einem Kanu wird nicht gerudert, sondern gepaddelt. Ruder sind am Boot befestigt, Paddel nicht.«

»Na dann. Paddeln Sie mich zum Ufer?«

»Nein.«

Christy-Lynns Augen weiteten sich. »Nein?«

»Ich möchte Ihnen erst ein paar Fragen stellen.«

»Und zwar?«

»Und zwar, was Sie mit den Informationen machen wollen, um die Sie bitten.«

Die Frage verwirrte sie. »Ich will gar nichts damit machen. Ich will einfach nur wissen, wer sie war. Mein Mann ist mit einer halb nackten Frau im Auto gestorben. Ich finde, ich habe das Recht, wenigstens ihren Namen zu kennen, auch wenn die Polizei anderer Meinung ist.«

»Und was soll der Name ändern?«

»Nichts. Es wäre eher eine Art Schlussstrich.«

»Der Name der Geliebten Ihres Mannes bildet für Sie eine Art Schlussstrich?«

Christy-Lynn wand sich auf dem schmalen Rohrgeflecht. Er tat es wieder, er analysierte ihr Verhalten, fühlte ihr auf den Zahn. Und er war gut darin. »Ich habe nicht vor, irgendwelche Schwierigkeiten zu machen, falls Ihre Frage darauf abzielt.«

»Ja, das tut sie. Sie bitten mich, etwas zu tun, was für mich normalerweise nicht in Betracht käme. Ich finde auch, dass Sie ein Recht darauf haben, ihren Namen zu kennen, selbst wenn ich Ihr Bedürfnis nicht ganz nachvollziehen kann. Wenn ich mich darauf einlasse, muss ich sichergehen, dass Sie die Information nicht dazu nutzen, um jemanden zu verletzen.«

»Ich möchte niemanden verletzen. Ich will einfach nur dieses Kapitel meines Lebens abschließen. Ich dachte, das war's, was Sie von mir wollten.«

»Wo kommt denn das, was ich will, jetzt darein? Ich habe nur eine Frage gestellt. Aber ich glaube langsam, dass da noch irgendwas ist, was Sie mir nicht erzählen.«

»Und das wäre?«

»Ich weiß es nicht. Es ist nicht nur der Journalist in mir. Ich spüre es. Was ist los?«

»Ein Traum«, sagte sie widerwillig. Aber es war fast eine Erleichterung, es auszusprechen. »Fast jede Nacht. Von ihr … unter Wasser. Ihre Augen sind offen wie auf den Fotos aus der Pathologie, nur dass sie nicht tot ist. Ihr Mund bewegt sich, sie will mit mir sprechen, aber ich kann sie nicht verstehen.« Christy-Lynn schloss die Augen und versuchte, das Beben ihrer Stimme in den Griff zu bekommen. »Ich will, dass es aufhört.«

»Und wenn Sie einen Namen haben, hört es auf?«

»Ich weiß es nicht. Ich habe nur gedacht …« Sie zuckte die Achseln. »Ehrlich, ich weiß nicht, was ich mir gedacht habe. Vergessen Sie's. Es war eine dumme Idee.«

»Ich höre mich mal um.«

Das Kanu schwankte leicht, als Christy-Lynn eine ruckhafte Bewegung machte. »Wirklich?«

»Es gibt da einen Typen, mit dem ich in der *Review* zusammengearbeitet habe. Glen Hoyt, ein gewiefter Reporter für Kriminalfälle aller Art. Er ist vom alten Schlag und hat haufenweise Kontakte. Er könnte es vielleicht herausfinden.«

»Danke.«

»Sie wissen schon, dass Ihnen das, was Sie eventuell erfahren, höchstwahrscheinlich nicht gefällt, oder?«

»Ja.«

»Und das macht Ihnen nichts aus?«

Sie hielt seinem Blick stand. »Was glauben Sie denn? Ich kann mir nicht vorstellen, dass ich etwas Schlimmeres erfahre als das, was ich bereits weiß.«

Wayne grummelte etwas vor sich hin und packte die Lebensmittelbehälter zusammen. »Erste Journalistenregel: Nimm nie an, dass es nicht noch schlimmer werden kann.«

Dreiundzwanzig

Sweetwater, Virginia
9. Mai 2017

Christy-Lynn balancierte einen Stapel Kochbücher auf den Armen und hätte sie um ein Haar fallen lassen, als sie nach dem Telefon griff. »Guten Tag. Hier ist die *Cafélese*.«

»Seit wann geht die Chefin persönlich ans Telefon?«

Sie war nicht auf Wayne gefasst. »Aileen ist zu einer Wurzelkanalbehandlung, und am nächsten Sonntag ist Muttertag. Hier ist der Teufel los.«

»Hört sich so an. Können Sie jetzt besser schlafen?«

»Etwas schon«, sagte sie und versuchte, es nicht so ausweichend klingen zu lassen. »Was ist los?«

»Mein Kollege hat mich angerufen. Ich habe die Informationen.«

»Oh …«, japste sie. Aber das hatte sie doch gewollt, oder etwa nicht? Die ungeschminkte Wahrheit?

»Wenn Sie es sich anders …«

»Nein. Nein, ich habe es mir nicht anders überlegt. Ich habe einfach nicht so schnell damit gerechnet. Es ist ja kaum eine Woche her.«

»Ich habe Ihnen doch gesagt, dass mein Kollege ein großes Netzwerk hat.«

»Ja … stimmt.« Christy-Lynn atmete tief ein und tief wieder aus. »Okay. Ich bin bereit.«

»Ich bin nicht sicher, ob es so gut ist, das am Telefon zu besprechen. Schon gar nicht bei der Arbeit. Kommen Sie doch danach vorbei.«

Christy-Lynn spürte, wie sich ihr Magen verkrampfte. Es war etwa so, als schaute sie im Riesenrad von der obersten Kabine hinunter und merkte erst jetzt, wie tief ein Fall sein würde. Er wollte es ihr nicht übers Telefon sagen? Was hatte er herausgefunden?

»Ist es so schlimm?«

»Ich glaube einfach nur, dass es besser ist, es persönlich zu besprechen. Und wenn Sie danach Zeit haben, sich damit auseinanderzusetzen.«

»Okay, gut. Ich komme, sowie ich den Laden zugeschlossen habe.«

* * *

Es war schon fast sieben, als sie in Waynes Einfahrt bog. Er stand an der Tür mit einem Holzlöffel in der Hand und einem Küchentuch über der Schulter. »Ich dachte schon, Sie hätten mich vergessen.«

»Sorry. Wir hatten ein paar Kunden kurz vor Ladenschluss, und dann musste ich noch tonnenweise Bücher einsortieren. Wie gesagt, bei uns ist Hochbetrieb.« Der Geruch von Knoblauch und Oregano empfing sie, als sie ihm in die Hütte folgte. »Oh nein, ich vermassele Ihnen schon wieder Ihr Abendessen!«

»Unser Abendessen. Bitte sagen Sie mir, dass Sie Spaghetti mögen.«

»Ich liebe Spaghetti, aber ich bin nicht zum Essen gekommen. Ich kann ein andermal wiederkommen, wirklich.«

»Seien Sie nicht albern. Sie sind hier, und ich habe genug, um eine Armee satt zu kriegen. Und wir sprechen erst nach dem Essen darüber.« Er drehte sich um und ging in die Küche. »Wenn Sie noch dünner werden, verschwinden Sie ganz. Und das wäre wirklich schade, denn ich glaube, wir sind kurz davor, Freunde zu werden.«

Christy-Lynn musste grinsen. Seit wann war er charmant? »Sie erpressen mich?«

»So ist es.«

Sie hatte keine Wahl. Auf dem Herd blubberte ein kleiner Topf Soße. Er tauchte den Kochlöffel hinein und kostete. »Ich glaube, ich habe es hingekriegt.«

»Ich dachte, Sie trauen sich nur an Sachen ran, die man auf den Grill werfen kann?«

»Na ja, ich habe ein bisschen geschummelt. Es ist eine Fertigsoße, an der ich noch etwas rumgedoktert habe. Aber sie ist gut geworden. Der Salat ist schon fertig. Fehlen nur noch die Nudeln.«

Christy-Lynn sah ihm argwöhnisch zu. Er war zu gut gelaunt und zu gesprächig. Deutliche Anzeichen für Alarm. »Ist das Ihre Art abzufedern, was Sie mir gleich sagen werden? Ein Essen mit ordentlich Kohlehydraten?«

Christy-Lynn ging hinüber zu dem kleinen Bistrotisch in der Ecke, während er eine Packung Vermicelli aufriss. Sein Mac stand offen, auf dem Bildschirm war ein Word-Dokument zu sehen. Sie hatte gerade begonnen, die ersten Zeilen von Kapitel achtzehn zu lesen, als er hinter ihr auftauchte und den Laptop zuklappte.

»Bitte nicht.«

»Tut mir leid, das ist die Macht der Gewohnheit. Die Lektorin in mir. Ich hätte wissen müssen, dass Sie zu den Heimlichtuern gehören. Wie die meisten Männer.«

»Eher zu denen, denen ihre Texte manchmal peinlich sind. Keine meiner besten Stellen, wahrscheinlich streiche ich die ganze Szene.«

»Ist nicht so leicht, wie es aussieht, stimmt's?«

»Was?«

»Den großen amerikanischen Roman zu schreiben.«

»Habe ich mir die Spitze mit meinem mangelnden Respekt für die Romane Ihres Ehemannes verdient?«

»Nein. Das war einfach nur eine Feststellung. Obwohl Sie ihn einen Schreiberling genannt haben. Was in Bezug auf jemanden, der ein Dutzend Bestseller rausgehauen hat, echt hart ist.«

»Rausgehauen ist genau das Wort.«

Christy-Lynn schluckte ihre Antwort runter. Sie hatte immer noch das reflexhafte Bedürfnis, Stephen zu verteidigen, selbst wenn Waynes Kritik zutraf. Gewohnheit, nahm sie an. Oder falsch verstandene Loyalität. Genau wie damals bei dem Empfang, als sie ihn zusammengestaucht hatte.

»Im Grunde spielt es keine Rolle mehr, oder? Können wir das Thema nicht einfach fallen lassen?«

Wayne rührte die Nudeln um. »Ich finde nur, wenn man hunderttausend Wörter zu Papier bringt, sollte man nach den richtigen suchen, nicht nach den naheliegenden. Beim Schreiben sollte es doch um Qualität, nicht um Quantität gehen.«

»Ja, sicherlich. Das sage ich meinen Autoren auch immer. Leider ist die Zeit oft zu knapp, um lange nach den richtigen Wörtern zu suchen, wenn man an einen Vertrag gebunden ist. Abgabetermine sind Abgabetermine, und wenn Sie fürs Bücherschreiben bezahlt werden wollen, dann sind sie Ihnen heilig. Es ist eine Gratwanderung zwischen Effizienz und Integrität, die immer wieder neu gelingen muss. Ziemlich vertrackt.«

»Ist Stephen das gelungen?«

»Wie meinen Sie das?«

»Glauben Sie, dass Ihr Mann Wert auf Integrität gelegt hat?«

Christy-Lynn starrte ihn an. Hatte sie vielleicht irgendwo den Gesprächsfaden verloren? »Reden wir hier übers Schreiben oder über etwas anderes?«

»Ich rede … über alles. Integrität ist ja nicht etwas, an das man sich in einem Teil des Lebens gebunden fühlt und in anderen nicht. Entweder man ist integer oder man ist es nicht. Ich frage Sie, ob Sie glauben, dass er es war.«

Die Intensität seines Tones ließ Christy-Lynn aufhorchen. »Unter den gegebenen Umständen bin ich nicht sicher, dass ich die Richtige bin, der man diese Frage stellen sollte.«

»Sie waren mit ihm verheiratet. Deswegen sind Sie die Richtige.«

»Was ich Ihnen sagen kann, ist, dass er sich ganz seiner Karriere verschrieben hatte. Er hat ununterbrochen gearbeitet und nie einen Abgabetermin überzogen. Oft hat er um fünf Uhr morgens angefangen und bis nach Mitternacht gearbeitet. Und er hat häufig vor Ort recherchiert, in Hotels oder so …« Sie unterbrach sich mitten im Satz. »Nur dass er da nicht gearbeitet hat. Er war mit ihr zusammen.«

Wayne sah zu Boden. »Ich wollte das nicht alles wieder aufwühlen …«

»Gleich kochen die Nudeln über«, sagte sie sachlich. Und damit beendete sie die Unterhaltung. Je eher sie mit dem Essen fertig waren, desto früher hätte sie ihre Antwort.

Sie aßen draußen auf der Veranda. Sie versuchten es zumindest. Nach einer Weile gab Christy-Lynn es auf und schob den Teller von sich. »Tut mir leid. Ich kriege nichts runter.«

»Schmeckt es Ihnen nicht?«

»Doch. Aber ich habe einfach keinen Appetit.« Und das entsprach der Wahrheit. Sie war zu aufgeregt zum Essen, sie hatte auch nichts geschmeckt. »Es tut mir wirklich leid. Sie haben sich so viel Mühe gemacht, und jetzt bin ich so unhöflich.«

»Vergessen Sie's. So hatte ich mal die Gelegenheit, von einem richtigen Teller zu essen, statt mir das Essen über dem Spülbecken reinzuschaufeln. Falls Sie's nicht wissen: Das machen Männer so, wenn sie alleine in der Wildnis leben. Sie werden wieder zu Höhlenmenschen.«

»Gefällt es Ihnen denn, hier oben ganz allein zu leben?«

Er lehnte sich zurück und legte ein Bein auf die Tischecke. »Darüber habe ich nie nachgedacht. Es ist, wie es ist.«

Christy-Lynn blinzelte gegen die Sonne, um ihn besser sehen zu können. Seine Antwort war ein bisschen zu lässig gewesen, um sie zu überzeugen. »Als wir damals aneinandergeraten sind, wusste ich nicht, dass Sie verheiratet waren. Aber ich meine, mich an eine Frau zu erinnern, die neben Ihnen stand: brünett, gepflegt, glamourös.«

»Simone.«

»Wo ist sie jetzt?«

»Die Frage müsste eher lauten: Mit wem ist sie jetzt zusammen?«

»Es gab einen anderen?«

»Mehrere andere. Sie war ehrgeizig, das muss ich ihr lassen. Aber sie war nicht sehr gut darin, ihre Spuren zu verwischen. Oder um ehrlich zu sein, glaube ich, es wurde ihr irgendwann egal. Als ich sie schließlich zur Rede gestellt habe, hat sie nur gesagt, sie wäre froh, dass ich es wüsste. Ich wäre ein selbstgerechter Langweiler, und sie hätte keine Ahnung, warum sie mich geheiratet hätte.«

Christy-Lynn verzog das Gesicht, halb aus Mitleid, halb aus Schuldgefühl. Es war ihr bisher einfach nicht in den Sinn gekommen, dass er selbst auch Liebeskummer gehabt haben konnte. Oder dass er aus Erfahrung sprach, wenn es um Untreue ging. »Wahrscheinlich schwer, eine Ehe nach so etwas noch retten zu wollen.«

Er warf ihr einen bitteren Blick zu. »Tja, das ließ sich nicht mehr kitten.« Er ließ das Wasserglas stehen und griff nach der Flasche Bier dahinter, die er in einem langen Zug austrank. »Es war unausweichlich. Wir waren eigentlich kein Paar, wir waren ein Team. Die Arbeit hielt uns zusammen. Und als ich die *Review* verlassen habe, fiel das weg. Ich habe eine Weile gebraucht, aber jetzt komme ich damit klar.«

Sie sah ihn aufmerksam an, die harten Falten um den Mund, die Ader, die an seiner Schläfe pulsierte. »Wirklich?«

Ein Schatten huschte über sein Gesicht, dann blickte er auf den See hinaus. »Ich dachte, wir wollten über Stephen sprechen?«

Waynes Worte schreckten sie auf, als wären sie Eiswasser, das ihr den Rücken hinunterlief. Sie atmete bis in die Lungenspitzen ein und ganz langsam wieder aus. »Ja, stimmt. Also los.«

»Sie hieß Honey Rawlings.«

Christy-Lynn saß ganz still und ließ den Namen auf sich wirken. Einen schrecklichen Moment lang war sie zurück in der Pathologie und betrachtete das kalkweiße Gesicht ihrer Albträume, so schön und so blutleer. *Honey.*

»Hat Ihre … Quelle zufällig erwähnt, wo die beiden sich kennengelernt haben?«

»Nein, tut mir leid. Wir wissen aber, dass sie aus West Virginia stammt, aus einem Ort namens Riddlesville.« Er zog ein zusammengefaltetes Blatt Papier aus seiner Brusttasche und legte es auf den Tisch. »Und dort hat sie Angehörige. Eine Großmutter namens Loretta und einen Bruder, einen gewissen Pastor Ray Rawlings. Die Adresse der Großmutter haben wir ausfindig gemacht, aber keine Telefonnummer, keine, die eingetragen ist. Von beiden nicht. Wobei nicht klar ist, ob das erst seit dem Unfall so ist. Es könnte aber durchaus sein, denn die Familie scheint Honeys Verhältnis mit einem verheirateten Mann sehr heikel zu finden. Der Bruder hat jedenfalls damit gedroht, den Staat Maine zu verklagen, falls der Name seiner Schwester je im Zusammenhang mit dem Ihres Ehemannes genannt wird. Die Polizei dürfte schon allein deswegen so schmallippig sein.«

Christy-Lynn starrte auf seine Notizen. Honey Rawlings aus Riddlesville, West Virginia. Sie hatte erwartet, etwas zu spüren. Erleichterung. Das Gefühl, damit abschließen zu können. Irgendetwas. Aber Wayne hatte recht gehabt. Nichts hatte sich geändert. Überhaupt nichts.

»Ich weiß nicht, wie ich Ihnen danken kann.«

»Es gibt noch mehr.«

Christy-Lynn lehnte sich zurück und wartete.

»Ihr Kontakt bei der Polizei, Stephens Freund …«

»Connelly.«

»Ja, Connelly. Er war das Leck. Offensichtlich hat er Fotos von Honey mit seinem Smartphone gemacht. Man erzählt sich, dass er zehntausend dafür gekriegt hat. Von daher auch die sogenannte Frühpensionierung des Detectives.«

Christy-Lynn versuchte, die Nachricht zu verarbeiten. Connelly hatte behauptet, Stephens Freund zu sein – und während der ganzen Zeit, wo er sie über Schweigepflicht und das Vorgehen der Polizei und was nicht alles belehrt hatte, hatte er nur daran gedacht, wie er vom Tod ihres Mannes profitieren konnte.

»Ehrlich? Er durfte einfach früher in Rente gehen?«

»Ich vermute mal, er musste sofort seinen Schreibtisch räumen und ist dann nach Florida gekrochen, das fiese Reptil. Und damit war das Problem aus Sicht der Polizei gelöst.«

Christy-Lynn war empört. Noch ein schwerer Schlag, noch etwas, das nicht so war, wie es ausgesehen hatte. Sie war erschöpft, zu müde oder zu desillusioniert, um ihrer Frustration Luft zu machen. »Ist das alles?«

Wayne schien ihre Frage zu überraschen. »Langt das nicht?«

»Ich hatte gehofft, dass Ihr Typ irgendwie in Erfahrung bringen würde, wann die Affäre begonnen hat oder wie sie sich kennengelernt haben.«

»Wenn Sie diese Einzelheiten wissen wollen, müssen Sie mit Honeys Familie sprechen. Mein Kollege hat das Übliche gemacht, auch mit den gängigen Recherchetools gearbeitet. Und er hat sogar einen von seinen Typen drauf angesetzt.«

»Typen?«

»Einen Privatdetektiv. Jedenfalls bezeichnet er ihn so. Ziemlich zwielichtig, wenn Sie mich fragen, und nicht zimperlich, wenn es darum geht, Informationen von Leuten zu bekommen.«

»Und?«

»Und nichts.«

»Nichts?«

»Keine Haftstrafen, keine Ordnungswidrigkeiten. Lückenhafte berufliche Laufbahn, meistens als Kellnerin, ein Kurzeinsatz beim örtlichen Lebensmittelhändler. Der Typ hat sogar ein altes Foto aus der Highschool von Riddlesville ausgegraben, das er mir gemailt hat, falls Sie es haben möchten. Aber das war es dann auch. Allem Anschein nach hat sich Miss Rawlings unauffällig verhalten, bevor sie sich mit Stephen aufs Glatteis gewagt hat.«

Christy-Lynn betrachtete die kalten Spaghetti auf ihrem Teller und versuchte, ihre Enttäuschung zu verstehen. Ja, Wayne hatte richtiggelegen. Sie hatte sich selbst etwas vorgemacht, hatte gedacht, ein Name wäre genug. Sie wollte mehr, brauchte mehr. Aber was genau? Wusste sie es denn selbst?

»Tut mir leid«, unterbrach Wayne ihre Gedanken, »der Kalauer war taktlos.«

»Ja, aber Ihr Freund war bestimmt gründlich. Ich habe nur gehofft …« Sie schüttelte den Kopf. »Ich weiß auch nicht, was ich gehofft habe.«

»Was Sie eigentlich wissen wollen, kann Ihnen kein Reporter oder Privatdetektiv sagen. Niemand kann das. Das ist Ihnen doch klar?«

Christy-Lynn nahm den Zettel und strich ihn gedankenverloren glatt. »Ich könnte mit der Großmutter sprechen. Mit Loretta.«

»Christy-Lynn.«

»Sie ist eine Frau. Sie wird verstehen, dass ich es wissen muss.«

»Nein, wird sie nicht. Ihr Verlust ist ein ganz anderer. Sie hat eine Enkeltochter verloren und keinen untreuen Ehemann.«

Christy-Lynn faltete das Blatt zusammen und legte es in ihren Schoß. »Ich will, dass der Traum aufhört.«

Wayne sagte eine Weile nichts; er schien die nächsten Worte vorsichtig abzuwägen. »Zuerst war es nur ihr Name. Jetzt geht es darum, wo und wie sie sich kennengelernt haben. Es gibt einen Punkt, wo aus dem Wissenwollen etwas anderes wird.«

Sie seufzte. »Ich weiß. Es ist verrückt.«

»Nein, nicht verrückt. Aber schmerzhaft. Und nicht nur für Sie. Die Frau hat gerade ihre Enkeltochter verloren. Versuchen Sie, sich in sie einzufühlen.«

»Ich würde sie ja nicht belästigen. Ich will einfach nur mit ihr … sprechen.«

»Von Frau zu Frau, meinen Sie?«

Sein Sarkasmus war nicht zu überhören. Christy-Lynn stand auf und ging zum Geländer. »Das verstehen Sie nicht.«

»Stimmt. Weil wir darüber gesprochen haben, als Sie damit angekommen sind. Ich habe Ihnen gesagt, dass ich sicher sein müsste, dass Sie die Informationen nicht dazu nutzen würden, um Schwierigkeiten zu machen. Und jetzt? Wollen Sie genau das tun.«

Christy-Lynn drehte sich zu ihm um. »Und jetzt? Meine ich noch immer, was ich gesagt habe. Es geht nicht darum, Schwierigkeiten zu machen. Es geht um einen Geist – um eine Frau, deren Gesicht ich sehe, sowie ich die Augen schließe.«

»Das muss schmerzhaft sein. Aber warum glauben Sie, dass sich das nach einem Gespräch mit der Großmutter ändern würde? Stephen ist tot. Honey ist tot. Und Sie sind hier in Sweetwater und haben ein neues Leben begonnen. Vielleicht muss das langen.«

Sie musste sich zwingen, ihn anzusehen. Ihre Augen brannten, aber sie würde nicht in Tränen ausbrechen. »Und wenn es nicht langt?«

»Haben Sie ihn geliebt?«

»Was?«

»Bevor all das passiert ist – haben Sie Stephen da geliebt?«

War das eine Falle? »Er war mein Mann«, sagte sie dann schlicht.

»Ein Ring, ein Stück Papier. Das ist Liebe?«

»Wir haben die Verantwortung füreinander übernommen.« Sie sah zu zwei Reihern hinüber, die in Ufernähe im See wateten. »Jedenfalls hätte es so sein sollen.«

»Dazu braucht man aber zwei Leute.«

»In der Tat.«

»Werden Sie Loretta Rawlings kontaktieren?«

Sie dachte darüber nach. Er hatte recht. Natürlich hatte er recht. Mit allem. Warum konnte sie dann nicht loslassen? »Ich weiß es nicht«, sagte sie schließlich. »Ich muss darüber nachdenken.«

»Worüber?«

Sie sah ihn an. »Das weiß ich auch nicht.«

Vierundzwanzig

Sweetwater, Virginia
18. Mai 2017

Christy-Lynn hatte länger als eine Woche gebraucht, um ihre Entscheidung zu treffen. Sie hatte mit ihrem Gewissen gerungen und das Recht einer Ehefrau, mehr wissen zu wollen, gegen das Recht einer Großmutter, in Frieden trauern zu dürfen, gegeneinander abgewogen. Und sie hatte mit dem Versprechen gerungen, das sie Wayne gegeben hatte.

Honey Rawlings.

Als sie den Namen das erste Mal hörte, wartete sie auf den Stich der Eifersucht, wappnete sich gegen die Enge in der Brust, den Knoten in der Magengrube – all das, was eine leidenschaftliche Ehefrau hätte spüren sollen. Nichts. Nur eine fast zwanghafte Neugier. Und Scham darüber, dass sie so blind gewesen war und so leichtgläubig. Dass sie in ihrer eigenen Ehe abwesend gewesen war.

Hatte Stephen seine Spuren wirklich so gut verwischt? Oder hatte sie nicht hingesehen? Sie wand sich, als ihr Waynes ungenierte Frage einfiel: *Haben Sie ihn geliebt?* Ihre Antwort war so lauwarm gewesen, als hätten sie von ihrem Postboten gesprochen.

Es war nicht zu leugnen, dass ihre Ehe in den letzten Jahren ihren Schwung verloren hatte. Nach und nach war Stephens Karriere zum Mittelpunkt geworden, und ihr Alltag hatte sich immer weniger überschnitten, bis sie sich nur noch wenig zu erzählen hatten. Gegen Ende war auch ihr Sex eher eine Gewohnheit als eine Leidenschaft gewesen. Aber das war normal, oder nicht? Dass alles mehr oder weniger vorhersehbar wurde, dass eine gewisse Gleichförmigkeit einsetzte?

In Wahrheit hatte sie die Gleichförmigkeit am meisten an ihrem Leben mit Stephen geschätzt, das Gefühl von Beständigkeit, das sich einstellte, wenn sie morgens die Augen öffnete und genau wusste, was ihr der Tag bringen würde. Natürlich hatte sie auch einen Lebensstil genossen, den sie sich beim Aufwachsen nie hatte vorstellen können: Geld auf dem Konto, ein fantastisches Haus, Reisen und ein exklusiver gesellschaftlicher Bekanntenkreis. Aber sie hatte nie aufgehört, sich zu fragen, ob das Stephen ausreichte.

Also fuhr sie nach West Virginia, um das fehlende Glied zu finden. Weil eine dürftige Hintergrundüberprüfung und das Foto aus einem Jahrbuch nicht genug waren. Und weil sie im Internet noch weniger zutage gefördert hatte. Wie auch? Wayne hatte sie ja darauf hingewiesen, dass sich das, was sie wissen wollte, wohl kaum mit einer Suche bei Google finden ließ. Sie hatte keine Vorstellung, was sie in Riddlesville erwartete oder was sie sich erhoffte. Antworten vielleicht. Endlich den ersehnten Schlussstrich ziehen zu können, der den Weg nach vorne ebnete.

Sie hatte sich für die nächsten drei Tage nicht in den Dienstplan des Buchladens eingetragen. Doch jetzt, als sie noch einmal mit Gepäck im Kofferraum daran vorbeifuhr, um sich zu vergewissern, dass Tamara und Aileen keine Probleme beim Öffnen der klemmenden Eingangstür gehabt hatten, fragte sie sich, ob die Reise nach West Virginia nicht ein Fehler war.

Ihre Gedanken waren kilometerweit weg, und sie öffnete die Tür mit solchem Schwung, dass sie Wayne, der gerade mit einem Kaffee an ihrem Auto vorbeiging, fast umhaute.

»Oh nein!« Christy-Lynn starrte bestürzt auf sein Hemd. »Sie sind ja klatschnass. Es tut mir leid. Ich war mit meinen Gedanken ganz woanders!«

Wayne schien überrascht, sie zu sehen, sich dafür aber überhaupt nichts aus dem Kaffeefleck zu machen. Er tupfte zerstreut mit einer nassen Papierserviette an dem Fleck herum. »Ich habe Sie gar nicht erwartet. Tamara hat mir erzählt, Sie hätten sich ein paar Tage freigenommen.«

»Ja, ich fand, dass es jetzt nach Muttertag ganz gut passt.«

»Sie fahren zu Loretta Rawlings, richtig?«

Sie zwang sich, seinen Blick zu erwidern. »Ja.«

»Und das wollten Sie mir nicht sagen?«

Nein. Wollte sie nicht. Sie hatte darüber nachgedacht, weil sie fand, dass sie es ihm eigentlich schuldig war. Aber am Ende hatte sie sich dagegen entschieden. »Ich wusste ja, dass Sie sich bemüht hätten, es mir auszureden.«

»Das habe ich versucht. Offensichtlich hat es nichts gebracht. Und Sie brauchen meine Zustimmung nicht.«

»Nein. Aber ich wünsche mir trotzdem, dass Sie verstehen, warum ich das machen muss. Ich fahre nicht nach Riddlesville, um Loretta Rawling das Herz zu brechen.«

»Das weiß ich. Und es ist auch nicht Loretta Rawlings Herz, um das ich mir Sorgen mache.«

Christy-Lynn wusste nicht, wie sie darauf reagieren sollte. Deswegen sagte sie gar nichts.

»Passen Sie auf sich auf«, sagte Wayne. Seine Stimme klang weich. »Es ist weit bis nach West Virginia.«

»Ich bin aus Maine hergekommen.«

»Stimmt auch wieder. Aber trotzdem …« Er griff nach ihrem Handy, das aus der Seitentasche ihrer Handtasche herausguckte, und tippte etwas ein. Einen Moment später gab er es ihr. »Okay, jetzt bin ich da drin. Nur falls Sie beim Fahren müde werden. Oder falls Sie reden wollen.«

Sie lächelte unbehaglich. Seine Sorge rührte sie. »Ich kriege das schon hin.«

»Ja, bestimmt. Ich lasse mein Handy trotzdem an.«

* * *

Riddlesville war grau und düster. In dem steten Nieselregen, der den ganzen Nachmittag angehalten hatte, wirkte die Stadt entsetzlich trostlos. Christy-Lynn zog die Schultern hoch, als sie durch das heruntergekommene Zentrum fuhr – nichts als verfallene Gebäude, leer stehende Läden und zugemüllte Bürgersteige. Sie war erleichtert, als sie schließlich das Stoppschild am Stadtrand erreichte, doch was sie dahinter erwartete, war nicht weniger deprimierend. Baufällige Häuser mit abbröckelnden Schornsteinen und durchhängenden Veranden, Vorgärten voller verrosteter Kinderwagen und kaputter Sessel – alles erinnerte sie an eine Kindheit, die sie am liebsten vergessen hätte.

Nach und nach wichen die Wohnviertel einer kargen Landschaft, in der hier und da rostige Trailer und morsche Scheunen standen. Christy-Lynns Magen zog sich zusammen, als sie das Straßenschild der Red Bud Road sah. Sie war stundenlang gefahren und hatte sich gefragt, ob sie ihr Ziel je erreichen würde, aber jetzt, wo sie fast angekommen war, kamen ihr wieder Zweifel. Wie sprach man über das Thema Ehebruch mit einer trauernden Großmutter?

Christy-Lynn folgte dem menschenleeren Sandweg fast zwei Kilometer weit. Hatte sie das Schild falsch gedeutet oder eine Abzweigung übersehen? Dann kam ein kleines Schindelhaus in Sicht, das durch eine Art Vorgarten aus braunem Gestrüpp von der Straße zurückgesetzt war. Sie nahm ihren Fuß vom Gas und ließ das Auto ausrollen.

Es war kaum mehr als eine Hütte mit einer windschiefen Veranda und einem Dach, das an mehreren Stellen mit verwitterten Sperrholzplatten ausgebessert war. In einem Planschbecken stand schleimig-grünes Wasser, und neben dem Haus rostete ein alter Chevy mit geborstener Heckscheibe und platten Reifen. Hier konnte niemand wohnen. Aber die Nummer auf dem Briefkasten stimmte mit der auf dem Zettel überein, den Wayne ihr gegeben hatte.

Sie stieg aus und ging vorsichtig einen mit Unkraut überwucherten Pfad auf die Veranda zu. Sie machte einen Bogen um zwei Töpfe mit weißen und rosafarbenen Geranien – dem einzigen Anzeichen von Leben in einer niederschmetternden Umgebung –, stieg ein paar knarzende Stufen empor, holte tief Luft und klopfte dann schnell, bevor sie es sich anders überlegen konnte.

Es dauerte eine Weile, aber schließlich erschien ein runzeliges Gesicht mit verwaschenen blauen Augen in einem kleinen Türspalt.

»Ja, bitte?« Die Stimme war brüchig und unverkennbar misstrauisch.

»Sind Sie Loretta Rawlings?«

»Warum wollen Sie das wissen?«

»Mein Name ist Christine Ludlow, Mrs Rawlings.« Der Name hörte sich nach so vielen Monaten als Christy-Lynn Parker fremd an. »Mein Mann war Stephen Ludlow. Sagt Ihnen der Name etwas?«

Der Türspalt vergrößerte sich ein paar Zentimeter. Die stark gebeugte alte Frau musterte sie von Kopf bis Fuß. »Sie sind also doch gekommen«, sagte sie heiser. »Ich war gespannt, ob Sie es tun würden.«

»Ich bin nicht hier, um Schwierigkeiten zu machen, Mrs Rawlings. Ich möchte nur … Ich habe ein paar Fragen über Ihre Enkeltochter und meinen Ehemann. Ich hatte gehofft, wir könnten uns vielleicht kurz darüber unterhalten.«

Die alte Frau warf einen Blick über die Schulter, als hätte sie etwas auf dem Herd stehen lassen. Christy-Lynn konnte im Haus eine karierte alte Couch und eine Stehlampe mit einem vergilbten Schirm erkennen.

»Einen Moment, bitte. Ich bin gleich wieder da.«

Sie schloss die Tür und ließ Christy-Lynn auf der Veranda stehen. Ein paar Augenblicke später kam sie mit zwei Gläsern Limonade zurück. Trotz der Nachmittagshitze trug sie einen fleckigen Wollpullover. »Da drüben«, sagte sie mit einer Kopfbewegung auf zwei Plastikstühle, »da können wir uns hinsetzen.« Sie reichte Christy-Lynn ein Glas, an dem bereits das Kondenswasser hinunterlief, und zog ein Softpack Menthol-Zigaretten und ein Feuerzeug aus ihrem Kittel.

Sie ließ sich mit steifen Gliedern auf einen Stuhl nieder und wartete, bis Christy-Lynn sich gesetzt hatte, bevor sie sich zitternd die Zigarette anzündete. Ihre fast skelettartigen Hände waren von blauen Venen durchzogen. »Hoffe, es macht Ihnen nichts aus. Im Haus rauche ich nicht mehr.«

»Nein. Überhaupt nicht.«

Christy-Lynn beobachtete die Frau, die ihren ersten Zug nahm, sah, wie sich die ledrigen Wangen einstülpten, und hörte ihren Atem rasseln. Es war unmöglich, ihr Alter zu schätzen. Sie war nur noch Haut und Knochen, Gelenke und Sehnen. Ihre Haut war wie Pergament. Wahrscheinlich war sie über achtzig, sie konnte aber auch jünger sein. Auf alle Fälle hatte das Leben es nicht gut mit Loretta Rawlings gemeint.

Eine Weile sagte Christy-Lynn nichts, balancierte ihr Limonadenglas auf den Knien und fragte sich, wie sie beginnen sollte. Am Ende war es Mrs Rawlings, die das Schweigen brach.

»Fragen Sie nur«, sagte sie. »Ich werde antworten, so gut ich kann.«

»Ich weiß, wie unangenehm dies für Sie sein muss, Mrs Rawlings. Mir ist es auch unangenehm. Aber ich finde, ich habe ein Recht darauf, gewisse Dinge zu wissen. Damit meine ich die Beziehung Ihrer Enkeltochter zu meinem Mann.«

Loretta wandte ihr den Kopf zu und sah sie verstörend direkt aus ihren blassblauen Augen an. »Sie brauchen kein Blatt vor den Mund zu nehmen, Mrs Ludlow. Dazu bin ich schon zu alt. Mich schockt kaum noch etwas.«

Christy-Lynn nickte und wünschte sich, sie könnte dasselbe von sich sagen. »Also gut. Hatte Ihre Enkeltochter eine Affäre mit meinem Mann?«

Loretta zog tief an ihrer Zigarette. »Ich habe es irgendwann nicht mehr so gesehen, aber es war natürlich so. Schließlich trugen Sie den Ehering und nicht meine Honey.«

Christy-Lynn hatte nicht mit so einer offenen Antwort gerechnet. Wie sollte sie darauf reagieren? Sie hatte Rechtfertigungen, Entschuldigungen und Ausflüchte erwartet. »Können Sie mir sagen, wie lange sie … wie lange sie sich *kannten*?«

Loretta zog den Rand des beschlagenen Glases mit einem zitternden Finger nach, während sie sich die Antwort überlegte. »Ungefähr seit vier Jahren. Es war gleich nach seinem Buch über den Flugzeugabsturz. Honey hat das Buch geliebt. Und als sie hörte, dass es verfilmt wurde, hat sie sich eingeredet, wenn sie den Autor kennenlernte, dann könnte sie ihn auch davon überzeugen, ihr die Rolle dieser Sandra zu geben. Sie ist hier rumgelaufen und hat Sandras Text aufgesagt, als würde sie am nächsten Tag nach Hollywood gehen.«

»Ihre Enkeltochter war Schauspielerin?«

Loretta lächelte wehmütig. »Meine Enkeltochter war eine Träumerin und entschlossen, aus dieser Stadt wegzukommen.«

Sie wandte das Gesicht ab, ihre Stimme war plötzlich tränenerstickt. »Ihr Wunsch ist zur Hälfte in Erfüllung gegangen.«

Christy-Lynn rutschte unbehaglich hin und her. »Es tut mir sehr leid, dass Sie Ihre Enkeltochter verloren haben, Mrs Rawlings«, sagte sie dann voller Mitgefühl.

»Niemand nennt mich Mrs Rawlings. Nennen Sie mich Rhetta. Danke. Es ist wirklich großherzig von Ihnen, das zu sagen, nach … allem. Wie haben Sie es herausgefunden?«

»Man hat mich gebeten, Ihre Enkelin in der Pathologie zu identifizieren.«

Rhettas Kopf schoss herum. »Diese Schweine!«, sagte sie mit zusammengebissenen Zähnen. Dann schnippte sie die Zigarette über die Verandabrüstung ins Unkraut.

Sie schwiegen eine Weile. Ein gemeinsamer Moment der Wut im trostlosen Nieselregen. Rhetta zog wieder eine Zigarette aus dem Päckchen und führte sie mit unsicherer Hand zum Mund. »Die Fotos waren grauenvoll«, sagte sie und starrte in den Vorgarten. »So habe ich erfahren, dass sie tot ist. Ich stand im Supermarkt in der Kassenschlange. Und da war sie – auf der Titelseite wie ein Filmstar aus den Fünfzigerjahren.«

Christy-Lynn verfluchte Daniel Connelly im Stillen wegen seiner Geldgier. »Es tut mir so leid«, wiederholte sie. »Ich habe gehofft, Sie hätten die Fotos vielleicht nicht gesehen.«

»Wir haben hier Zeitungen wie überall anders auch. Ich habe auch Fotos von Ihnen gesehen. Es muss schrecklich gewesen sein, da mittendrin.«

»Ja, das war es auch. Ich musste umziehen. Ich lebe jetzt in Virginia.«

Rhetta zündete die Zigarette an und blies eine Rauchwolke aus. »Es tut mir leid, dass Ihr Leben durch Honey auf den Kopf gestellt wurde. Wie oft habe ich ihr gesagt, dass das nicht gut ausgeht. Schon beim ersten Mal, als sie Ihren Mann hergebracht hat.«

Christy-Lynn spürte die Worte wie einen körperlichen Schlag. Es war ihr nie in den Sinn gekommen, dass Stephen nach Riddlesville hätte kommen können. »Sie haben ihn kennengelernt?«

Rhetta blinzelte sie durch den Rauch an. »Ja, natürlich.«

»Hier?«

Rhettas Gesicht zog sich in noch tiefere Falten. »Wir waren nicht das, woran er gewohnt war«, sagte sie mit einem säuerlichen Lächeln, »aber er kam vorbei, wenn er konnte.«

»Tut mir leid, ich dachte nur …«

»Ich weiß, was Sie gedacht haben. Das habe ich am Anfang auch gedacht. All das Geld und die schicken Klamotten. Immer perfekt frisiert. Ich konnte mir nicht vorstellen, was so ein Mann von Honey wollte. Aber Menschen sind nicht immer so, wie sie scheinen.«

Christy-Lynn ließ die Bemerkung sacken und fragte sich, ob sie Stephen oder Honey galt. Sie wollte gerade sagen, dass sie diese Lektion auf die harte Tour gelernt hatte, als ein Schatten über Rhettas Gesicht huschte. Sie saß ganz still, den Kopf zur Tür geneigt, als hätte sie etwas von drinnen gehört.

Und dann hörte Christy-Lynn es auch, ein verzweifeltes Schluchzen, das schnell lauter wurde. Rhetta war alarmiert, warf die Zigarette über das Geländer und rappelte sich hoch. Doch kaum hatte sie schwerfällig ein paar Schritte gemacht, ging die Tür auf und ein kleines Gesicht erschien.

»Nonny!«

Es war ein winziges Wesen, dem die hellen Haare am Kopf klebten, die Augen weit aufgerissen vor Panik. Rhetta nahm das Kind mit rasselndem Atem auf den Arm. »Schsch«, summte sie an seiner nassen Wange. »Ich bin doch hier. Nonny ist bei dir.«

Das Mädchen beruhigte sich augenblicklich, ihr Schluchzen wurde leiser und sie schmiegte ihr Gesicht an Rhettas Hals. Christy-Lynn beobachtete die Szene betroffen. Sie erkannte die

Nachbeben eines Albtraums, und wenn sie von Rhettas offenkundiger Erfahrung beim Besänftigen ausging, war es nicht der erste Albtraum des Kindes gewesen.

Das Mädchen hatte sich auf Rhettas Schoß zusammengerollt und nuckelte aufgeregt an ihrem Daumen. Rhetta strich ihr sanft über den Rücken und flüsterte. »Was für ein großes Mädchen. Sieh doch mal, wir haben Besuch.«

Das kleine Mädchen setzte sich auf, hörte auf zu nuckeln und sah Christy-Lynn an. Sie war hinreißend, eine blasse Fee mit seidigen, maisgelben Haaren und unglaublich großen violetten Augen.

Den Augen ihrer Mutter.

Eiseskälte überkam Christy-Lynn. Bestürzt erfasste sie die Gesichtszüge des Kindes. Ein herzförmiges Gesicht, eine Haut wie eine Porzellanpuppe – und ein auffälliges Grübchen am Kinn.

Stephens Kinn.

Rhetta blickte Christy-Lynn in die Augen. »Dies ist Iris.«

Die Veranda schien zu wanken. Das Trommeln des Regens kam wie aus weiter Ferne. Sie starrte Stephens kleine Tochter an. Sie hatte sich entschieden, ihm kein Kind zu schenken. Und so hatte Honey es an ihrer Stelle getan.

Fünfundzwanzig

»Lassen Sie uns reingehen«, sagte Rhetta und mühte sich, mit dem an sie geklammerten Kind aufzustehen. »Wir müssen ja nicht hier draußen die schmutzige Wäsche waschen.«

Christy-Lynn blickte auf den menschenleeren Weg und fragte sich, wer sie hier belauschen konnte, aber es gab Wichtigeres. Sie folgte Rhetta auf weichen Knien ins Haus.

Das Wohnzimmer war klein und vollgestellt, es roch nach ranzigem Bratfett und Jahrzehnten von Zigarettenrauch. Die Vorhänge hingen durch, auf dem Fernseher stapelten sich abgegriffene Fernsehzeitschriften und überall stand billiger Krimskrams herum. Es war wie in einem Second-Hand-Shop mit unverkäuflichen Waren.

Rhetta deutete mit dem Kinn auf die karierte Couch. Ihre Lippen hatten sich blau verfärbt und sie schnaufte wie ein alter Traktor. »Setzen Sie sich. Ich versuche, sie zu beruhigen. Trinken Sie einen Schluck Limonade, Sie sehen gar nicht gut aus.«

Christy-Lynn setzte sich und sah wie betäubt zu, wie Rhetta Iris' Gesicht und Nacken in der Küche mit einem kalten Waschlappen wusch und dabei einen beruhigenden Redeschwall auf sie losließ. Dann zog sie ihr das feuchte T-Shirt aus und ein frisches aus einem Weidenkorb in der Küchenecke an und setzte sie mit einem Schälchen kleiner, fischförmiger Cracker vor den Fernseher.

Als sie sich auf dem alten grünen Sessel niederließ, war sie beängstigend grau im Gesicht. »Es tut mir leid. Ich wollte nicht, dass Sie es so herausfinden. Ehrlich gesagt wollte ich nicht, dass Sie es überhaupt erfahren.«

»Warum nicht?«

»Es gibt keinen Grund nachzutreten, wenn Sie schon am Boden liegen. Sie haben genug durchgemacht.«

»Ich bin hergekommen, weil ich die Wahrheit herausfinden wollte.«

»Und jetzt?«

»Jetzt will ich sie immer noch wissen.«

Rhetta seufzte erschöpft. »Dann legen Sie mal los.«

»Sie ist Stephens Kind«, stellte Christy-Lynn mit bebender Stimme fest. Sie brauchte keine Bestätigung. Sie brauchte nur einen Moment, um die Ungeheuerlichkeit dieser Tatsache zu verarbeiten. Sie hatte sich alle möglichen unangenehmen Dinge vorgestellt – die Existenz eines Kindes war nicht dabei gewesen.

Rhetta nickte, ihr runzeliges Gesicht war voller Mitgefühl. »Sie ist ein liebes Mädchen, aber sie hat es nicht leicht. Wir haben es beide nicht leicht. Es gibt Dinge, auf die man sich nicht vorbereiten kann. Aber dann … na ja, das haben Sie ja selbst erfahren.«

Christy-Lynn hörte ihr kaum zu. Ihre Aufmerksamkeit wurde ganz von dem Kind gefangen genommen – dem unverkennbaren Beweis der Untreue ihres Mannes. Es war erschütternd, die Gesichtszüge von Stephen und Honey in diesem winzigen Gesicht vereint zu sehen. Nach ein paar Minuten konnte sie kaum noch sagen, was sie von ihrer Mutter und was von ihrem Vater hatte. Schließlich gelang es Christy-Lynn, ihre Augen abzuwenden. Je eher sie ihre Antworten hatte, desto eher konnte sie gehen.

»Stephen und Honey ... wie haben sie sich kennengelernt?«

Rhetta stöhnte, als wäre die Erinnerung schmerzhaft. »Eine Signierstunde in Wheeler. Sie hat in der Zeitung gelesen, dass Ihr Mann da sein würde, und das war's. Eine Schande, das Mädchen. Ich glaube wirklich, sie hat gedacht, er gibt ihr die Rolle da sofort an Ort und Stelle. Was er natürlich nicht getan hat – so läuft das schließlich nicht. Aber irgendetwas ist passiert. Und als Nächstes fliegt sie mit ihm nach Kalifornien und trifft sich mit einem Regisseur oder was weiß ich. Letzten Endes war sie eine bessere Statistin. Sie hatte keinen Text, aber sie war überzeugt, dass sie früher oder später ein großer Star werden würde. Vielleicht hat er ihr das eingeredet. Vielleicht wollte sie es auch nur glauben.«

Christy-Lynn versuchte, die Bilder zu vertreiben, die ihr in den Kopf schossen. Natürlich hatte Stephen Fans. Er hatte absurd viele Follower in den sozialen Medien, und seine Lesungen waren immer ausverkauft. Im Nachhinein war es ihr unverständlich, warum sie das nie als potenzielle Gefahr für ihre Ehe angesehen hatte. Denn es war nicht überraschend. Stephen stellte alle in den Schatten, wenn er seinen Charme anknipste, um Leute zu bezirzen.

»Hat Ihre Enkeltochter meinen Mann geliebt?«

Rhetta wirkte überrascht. »Sie war fünfundzwanzig. Was weiß man da schon von der Liebe?« Sie schloss seufzend die Augen. »Natürlich hat sie das anders gesehen. Auf alle Fälle hat sie nicht auf mich gehört. Wie oft habe ich sie gewarnt, dass eine Affäre mit einem verheirateten Mann nie gut ausgeht. Ich habe mir den Mund fusselig geredet. Aber dann kam sie eines Tages nach Hause und hat mir erzählt, dass sie schwanger ist. Danach hatten meine Warnungen keinen Sinn mehr.«

»Verstehe«, sagte Christy-Lynn. Warum hatte sie überhaupt danach gefragt? Aber sie hatte es getan, und nun saß sie da und hörte sich an, wie sich die Beziehung der beiden entwickelt hatte.

»Verstehen Sie mich nicht falsch. Ich liebe die kleine Iris über alles, aber ich bin nicht mehr die Jüngste. Ich habe drei Kinder großgezogen, Gott sei mir gnädig, und nur eines von ihnen war mein eigenes. Theresa – so heißt Honeys Mama – ist von dem ersten Jungen schwanger geworden, der sie in seinem Truck mitgenommen hat. Und dann ist sie auf und davon und hat es mir überlassen, ihre Tochter großzuziehen. Ich habe sie danach nur noch zweimal gesehen. Das erste Mal war sie in Schwierigkeiten und brauchte Geld. Und das zweite und letzte Mal hat sie mir Ray gebracht, Honeys Bruder. Und jetzt bin ich für Iris verantwortlich.«

»Wie alt ist sie?«

»Am siebzehnten März ist sie drei geworden.«

Christy-Lynn rechnete zurück, während sie das kleine Mädchen vor dem Fernseher ansah. Dann musste sie im Juni empfangen worden sein. Natürlich. In dem Sommer hatte Stephen am Drehbuch auf Grundlage seines Buches *Ein unwahrscheinliches Attentat* in Los Angeles mitgearbeitet und viel Zeit mit dem Regisseur Aaron Rothman verbracht. Und offensichtlich auch mit Honey.

»Alles in Ordnung?«, fragte Rhetta. »Sie sehen mitgenommen aus. Kein Wunder. Es muss ein schrecklicher Schock für Sie sein, als hätten Sie nicht schon genug durchgemacht. Möchten Sie vielleicht etwas Stärkeres als Limonade? Ich habe einen guten Schnaps da. Mein Sohn würde einen Tobsuchtsanfall kriegen, wenn er wüsste, dass ich so was im Haus habe, aber ab und zu brauche ich einen kleinen Trost. Ich hole ihn gerne.«

Christy-Lynn schüttelte den Kopf. West-Virginia-Fusel war nicht stark genug, um alles wieder in Ordnung zu bringen. »Nein«, brachte sie schließlich heraus. »Nein, vielen Dank … Ich … Es tut mir leid, ich muss gehen.« Und damit stand sie auf. Plötzlich erschien es ihr das Dringlichste, so schnell so viele Kilometer zwischen Riddlesville und sich zu bringen, wie sie nur konnte.

Rhetta kam mühsam auf die Füße. »All dies tut mir so leid für Sie. Sie sind so eine freundliche Frau. Das haben Sie gewiss nicht verdient … Ich weiß, dass es dafür zu spät ist, aber ich möchte mich dafür entschuldigen, dass Honey Ihnen so viel Kummer gemacht hat. Sie war kein schlechtes Mädchen, nur … ziemlich egoistisch.«

Christy-Lynn suchte krampfhaft nach einer Antwort, aber ihr fiel keine ein. Mit einem kurzen Nicken trat sie hinaus auf die Veranda und hastete so schnell zum Rover, dass sie um ein Haar über die Geranientöpfe gestolpert wäre.

Sie startete den Motor und kam bis zur Hauptstraße, bevor sie die Gangschaltung in Parkposition rammte und über dem Lenkrad zusammenbrach. Sie war gekommen, um die Wahrheit zu erfahren. Jetzt hatte sie die Wahrheit. Vier Jahre. Sie waren vier Jahre zusammen gewesen. Sie hatten ein Kind bekommen. Das war einfach zu viel.

Sie bebte am ganzen Körper. Verwirrung und Unglaube schossen wie Gift durch ihre Adern. Stephen als Vater – die Vorstellung passte nicht zu dem Mann, den sie geheiratet hatte, zu dem Mann, der mit keiner Wimper gezuckt hatte, als sie ihm erklärte, dass sie keine Kinder wollte. Aber es ließ sich nicht leugnen. Ein Blick auf Iris, auf ihr Grübchen am Kinn, auf ihre violetten Augen, genügte als Beweis.

War das Kind – war Iris – ein Wunschkind? Oder war die Schwangerschaft ein Versehen gewesen, entstanden in einer leichtsinnigen Nacht, in der die Leidenschaft die Vernunft besiegt und alle Bedenken in den Wind geschlagen hatte? Der Gedanke verursachte ihr Magenschmerzen, aber er war besser, als sich mit der anderen Möglichkeit auseinanderzusetzen. Nämlich dass das, was Stephen in die Arme einer anderen Frau getrieben hatte, das Einzige war, was sie ihm ganz deutlich verwehrt hatte.

Der Gedanke trieb ihr den kalten Schweiß auf die Stirn und verursachte ihr eine solche Übelkeit, dass sie meinte, sich übergeben zu müssen. Sie ließ das Fenster hinunter und atmete tief ein. Sie musste sich zusammenreißen. Sie konnte nicht einfach hier an der Straße im Auto sitzen und zulassen, dass sie einen Nervenzusammenbruch bekam. Und sie war gefährlich nah dran. Sie musste raus aus Riddlesville. Sofort.

Sie hatte die Hand schon an der Gangschaltung und überlegte, ob sie Missy anrufen sollte, wie sie es ihr versprochen hatte, als es klingelte. Sie ging ran, ohne auf das Display zu sehen. Gab es tatsächlich so etwas wie Telepathie?

»Missy, ich wollte dich eben in dieser Sekunde anrufen.«

»Hier ist nicht Missy.«

»Wayne?«

»Ich habe mir Sorgen um Sie gemacht.«

Bei diesen einfachen Worten war es um Christy-Lynns Fassung geschehen. Sie brach in lautes Schluchzen aus und ließ den Tränen freien Lauf.

»Sprechen Sie mit mir, Christy-Lynn. Was ist passiert? Sind Sie verletzt?«

War sie verletzt? Das war so eine alberne Frage, sie wusste kaum, wie sie darauf antworten sollte. »Nein«, sagte sie schließlich zwischen zwei Schluchzern. »Doch … Ich weiß es nicht.«

»Wo sind Sie?«

»Ich bin hier.« Sie wischte sich mit dem Handrücken die Nase ab. »Ich habe sie gesehen und mit ihr gesprochen.«

»Was noch?«

»Er hat eine Tochter«, platzte sie heraus. »Stephen und Honey haben eine Tochter.«

»Das kann doch nicht …«

»Iris. Sie heißt Iris.« Sie schloss die Augen und legte die Stirn gegen das Lenkrad. »Sie ist drei.«

»Christy-Lynn, da können Sie doch nicht sicher sein. Es könnte ja auch …«

»Nein, könnte es nicht. Sie ist seine Tochter. Ich bin mir absolut sicher.«

»Das tut mir wahnsinnig leid. Ich weiß nicht, was ich sagen soll.«

»Dazu gibt es nichts zu sagen.«

»Und wie sind Sie jetzt verblieben?«

»Gar nicht. Ich bin aufgestanden und weggefahren. Rhetta … Mrs Rawlings hat meine Fragen beantwortet, aber Iris war da, und plötzlich konnte ich keine Minute länger dort … Ich bin einfach weggefahren.«

»Wo sind Sie jetzt?«

»Im Auto. Ich komme jetzt zurück.«

»Ausgeschlossen. Sie sind heute schon die ganze Strecke hingefahren. Sie müssen vollkommen erschöpft sein.«

Ihre Kehle brannte und sie bekam kaum noch Luft. »Hier kann ich jedenfalls nicht bleiben.«

»Bitte versprechen Sie mir, dass Sie heute nicht zurückfahren. Suchen Sie sich ein Motel und versuchen Sie, etwas zu schlafen. Sie können morgen in aller Frühe aufbrechen.« Als sie nichts sagte, drängte er sie: »Versprechen Sie es.«

»Na gut. In Ordnung. Ich suche mir ein Motel.«

»Und essen Sie was. Ich vermute mal, dass Sie den ganzen Tag noch nichts gegessen haben. Ich rufe Sie morgen früh wieder an.«

»Müssen Sie nicht.«

»Ich rufe Sie morgen früh wieder an«, wiederholte er entschieden.

»Na gut.« Ihr Daumen schwebte schon über dem Button, um den Anruf zu beenden, als sie zögerte. »Wayne?«

»Ich bin noch dran.«

»Danke.«

»Kein Problem. Ruhen Sie sich aus.«

* * *

Christy-Lynns Zimmer im *Conner Fork Day* war sauber und ruhig. Sie stellte die Tasche auf das Bett, schälte sich aus ihren Anziehsachen und ging unter die Dusche, um den Geruch von ranzigem Bratfett und Zigarettenrauch abzuschrubben, der an ihrer Haut und ihren Haaren haftete.

Sie hatte keine Ahnung, wie lange sie unter dem heißen Wasser stand und wie lange es dauerte, bis sie sich endlich ausgeweint hatte, aber irgendwann kam sie mit rosafarbener Haut und vollkommen erledigt unter der Dusche hervor. Sie streifte ein T-Shirt und Leggings über und schaltete den Fernseher an. Der Plan war, sich mit einem alten Film zu betäuben, aber es hatte gar keinen Sinn. Die Ereignisse des Tages spulten sich in einer Endlosschleife vor ihrem inneren Auge ab – und die Fakten ließen sich nicht leugnen.

Stephen und Honey hatten eine kleine Tochter, und diese kleine Tochter war jetzt eine Waise. Christy-Lynn hatte angenommen, Ray Rawlings hatte den Lebenswandel seiner Schwester geheim halten wollen, um die Familie vor einem Skandal zu schützen. Aber vielleicht steckte mehr dahinter. Vielleicht ging es ihm auch darum, ein unschuldiges Mädchen zu schützen. Sowie Honeys Name bekannt wurde, würden auch die Reporter ausschwärmen. Es wäre nur eine Frage der Zeit, bevor sie über Iris stolperten – ein Kind mit einem berühmten Vater und einer Mutter, die nicht seine Ehefrau war. Hatte Stephen je darüber nachgedacht, in was für eine Situation er seine Tochter bringen konnte?

Und plötzlich war die Frage da, die sie verdrängt hatte. Wie mochte Stephen die Nachricht aufgenommen haben, dass er Vater wurde? War er wütend geworden? Entsetzt gewesen? Oder hatte ihm die Vorstellung, ein eigenes Kind zu haben, womöglich gefallen? Gab es in irgendeiner dunklen Hirnwindung seiner Alphamännchen-Psyche den Wunsch, etwas von sich auf der Erde hinterlassen zu wollen?

Vielleicht betrafen die Fragen, die sie sich stellen sollte, gar nicht Stephen, sondern sie selbst. War etwas in ihr zerbrochen, was sie daran gehindert hatte zu erkennen, dass Stephen mehr brauchte? War sie so damit beschäftigt gewesen, ihre Wunden zu lecken, dass sie die Zeichen übersehen hatte? Oder war es genauso, wie es aussah: eine Affäre in einer Midlifekrise mit einer durch allerlei Operationen verschönerten Blondine auf der Jagd nach einem Prominenten, der sie ins Filmgeschäft einschleuste? Dann wäre das Kind nur ein Versehen gewesen. War es nur die gemeinsame Verantwortung, die sie aneinandergebunden hatte, oder ging es tiefer? Die beiden Menschen, die all diese Fragen beantworten konnten, waren tot.

Doch Rhetta lebte.

Sie war nach Riddlesville gekommen, um Antworten zu finden, aber so viele Fragen waren noch offen. Wollte sie wirklich nach Sweetwater zurückfahren, ohne alles erfahren zu haben? Warum hatte sie sich dann überhaupt erst die Mühe gemacht herzukommen? Die Frage kreiste noch lange in ihrem Kopf, nachdem sie zwischen die dünnen Hotellaken geschlüpft war und das Licht gelöscht hatte.

Das Wasser ist eisig, Tausende von winzigen Nadeln piksen ihr in die Haut. Und trübe. Wie Tee oder schmutziges Spülwasser. Da ist ein Licht in der Ferne – nein, zwei Lichter – trostlose Punkte in der Dunkelheit. Auf dem Grund unter ihr erkennt sie schemenhaft ein verbogenes Gebilde aus Blech und Metall. Hinter einem Quadrat aus Glas taucht das Gesicht einer Frau auf, es ist bläulich weiß und kommt ihr irgendwie bekannt vor. Ihr helles Haar wogt wie ein Heiligenschein um ihren Kopf. Sie treibt dort mit geschlossenen Augen, eine grausige Meerjungfrau, die Delle an ihrer Schläfe seltsam blutleer. Und dann sind ihre Augen plötzlich nicht mehr geschlossen. Sie sind aufgerissen und glasig, lebhaft violett. Und dann bewegen sich die blauen Lippen.

Wie seltsam zu wissen, dass man träumt und nicht aufwachen oder zumindest wegsehen kann. Ein surreales und schreckliches Déjà-vu. Nur dass der Traum heute anders ist. Durch das Glas sieht sie ein neues Gesicht an – ein winziges Gesicht mit lebhaften violetten Augen, ein heller Widerschein des anderen Gesichts. Das kleine Mädchen ist stumm. Ihr Mund ist geschlossen. Doch dann beginnt sie zu weinen, schluchzt jämmerlich in dem unendlichen Wasser. Nonny! Ihr Gesicht ist angstverzerrt, ihre Hände pressen panisch gegen das Glas. Das ist unerträglich. Christy-Lynn kann es nicht mit ansehen, nicht mit anhören. Ihre Lungen sind kurz vorm Platzen, als sie endlich wegschwimmt, das winzige Gesicht und das schreckliche Schluchzen hinter sich lässt und sich fast bewusstlos zur Wasseroberfläche durchkämpft.

* * *

Christy-Lynn schreckte hoch, schweißgebadet und nach Luft japsend, Iris' Gesicht vor Augen. Bitte, lieber Gott, nicht auch noch das Kind. Ihr Herz hämmerte gegen die Rippen. Sie blickte auf den Wecker auf dem Nachttisch, deren Ziffern blau in der Dunkelheit des unbekannten Zimmers leuchteten: 23:15.

Sie schleppte sich ins Badezimmer und klatschte sich kaltes Wasser ins Gesicht und auf den Nacken, zog sich um und kroch wieder ins Bett. Sie hatte die Fernbedienung schon in der Hand, als ihr Blick auf ihr Handy fiel, das auf dem Nachttisch lud. Sie rief Missys Nummer auf, blickte dann aber noch einmal zur Uhr. Die Jungs waren längst im Bett, wahrscheinlich schlief

Missy auch schon tief und fest, erschöpft von einem Arbeitstag im Hotel und einem Abend mit Hausaufgaben und baden, essen und Geschichten erzählen. Aus einem Impuls heraus scrollte sie zu Waynes Nummer. Schließlich hatte er sie für den Fall eingetippt, dass sie Redebedarf hatte. Und den hatte sie.

Er nahm nach dem ersten Klingeln ab. »Bitte sagen Sie mir, dass Sie nicht Auto fahren.«

Beim Klang seiner Stimme zog Christy-Lynn das Laken reflexhaft über ihre nackten Brüste. »Nein, ich fahre nicht.« Schweigen. Er wartete, dass sie mehr sagte, aber sie hatte keine neuen Informationen, seit sie das letzte Mal miteinander telefoniert hatten. »Ich habe was gegessen«, sagte sie dann lahm.

»Gut. Aber warum schlafen Sie noch nicht?«

»Tut mir leid, es ist schon spät. Ich hätte nicht mehr anrufen sollen.«

»Das habe ich nicht gemeint. Ich habe gehofft, dass Sie etwas Ruhe finden können.«

»Sieht nicht danach aus.«

»Sie können nicht schlafen?«

»Geister«, sagte sie leise. »Und sie ist mir heute im Traum erschienen.«

»Das kleine Mädchen?«

»Iris«, sagte sie sanft. »Sie heißt Iris. Ja. Ich kann nicht aufhören, an sie zu denken. Es gibt so vieles, was ich nicht weiß.«

»Auch wenn es vielleicht herzlos klingt, aber warum sollten Sie mehr wissen wollen?«

Christy-Lynn fuhr sich mit gespreizten Fingern von unten durch die Ponyfransen. Wie sollte sie es ihm erklären, wenn sie es selbst nicht verstand? »Ehrlich, ich weiß gar nicht, ob ich es will. Aber jetzt, wo ich schon hier bin …«

»O Gott …«

»… habe ich daran gedacht, noch einmal hinzufahren. Vielleicht redet Rhetta noch mit mir, obwohl ich mich einfach so aus dem Staub gemacht habe. Allerdings bin ich nicht sicher, ob ich damit umgehen kann, Iris wiederzusehen.«

»Dann sollten Sie es vielleicht nicht tun. Vielleicht ist es an der Zeit, dass sie es loslassen und nach Hause kommen, wie Sie selbst gesagt haben.«

»Ich glaube nicht, dass ich das kann. Nicht, bevor ich alles weiß.«

»Alles? Sie hatten eine Affäre. Was gibt es da noch zu wissen?«

»Tja, was gibt es da noch zu wissen?«, echote sie, obwohl ihr bewusst war, dass das leicht hysterisch klingen musste. »Es gibt ein Kind. Eines, von dem Stephen nie irgendjemandem etwas erzählt hat. Er hat sich nicht einmal die Mühe gemacht, für Iris vorzusorgen. Mit mir hat er nie darüber gesprochen, ob wir nicht doch Kinder haben wollten. Nicht einmal in acht Jahren. Aber er hatte eine Tochter mit Honey. Bedeutete ihm das Kind irgendetwas oder war es nur ein Versehen, eine Art Unfall, mit dem er nichts zu tun haben wollte?«

Noch ein Seufzen, diesmal etwas leiser. »Warum tun Sie sich das an, Christy-Lynn? Sie quälen sich doch nur unnötig. Es ist vorbei.«

Christy-Lynn schloss die Augen und zog die Beine an die Brust. »Ich weiß, dass Sie das nicht verstehen. Das können Sie gar nicht. Und Sie müssen es auch nicht. Aber es gibt Gründe, warum ich wissen muss, was geschehen ist, Dinge, die ich in Erfahrung bringen muss. Für mich ist es nicht vorbei. Warum kümmert Sie das überhaupt?«

»Stephen hat das immer so gemacht. Runter im Sturzflug, die Krallen in die Beute schlagen – und es dann nicht gewesen sein wollen. Sie tappen genau in diese Falle. Sie nehmen die Schuld auf sich, nur weil er sich seiner Verantwortung nicht gestellt hat. Sie haben etwas Besseres verdient.«

Die Bemerkung überraschte Christy-Lynn. »Woher wollen Sie das wissen?«

Es entstand eine lange Pause. »Ich weiß es nicht«, sagte er schließlich. »Es ist einfach so. Hören Sie, Sie sind müde. Versuchen Sie zu schlafen, und dann kommen Sie nach Hause. Sie haben sich hier etwas aufgebaut. Vielleicht sollten Sie sich darauf konzentrieren. Nicht auf die Vergangenheit und nicht auf die Fehltritte anderer. Auf die Zukunft.«

»Sie haben recht.«

»Rufen Sie mich an, wenn Sie losfahren.«

»Mache ich.«

Aber schon jetzt war ihr klar, dass sie am nächsten Morgen noch einen Umweg machen würde.

Sechsundzwanzig

Rhetta schien alles andere als überrascht, als Christy-Lynn am nächsten Morgen auf ihrer Veranda stand. Sie kam in Bademantel und Hausschuhen an die Tür. »Ich habe mir schon gedacht, dass Sie noch mal wiederkommen.«

Christy-Lynn befeuchtete die Lippen. »Was gestern angeht … Es tut mir leid, dass ich einfach so aufgesprungen bin. Ich war …«

Die Geräusche eines Trickfilms und der Geruch von gebratenem Speck drangen auf die Veranda. »Ich mache gerade Frühstück für Iris. Haben Sie Hunger?«

Christy-Lynn schüttelte den Kopf. Essen war das Allerletzte, woran sie jetzt denken konnte. »Nein, vielen Dank. Aber ich habe noch ein paar Fragen.«

»Ja, das habe ich mir gedacht.« Sie öffnete die Tür ganz und ging voran ins Haus. »Kommen Sie herein und lassen Sie mich Iris ihr Frühstück fertig machen.«

Iris saß im Schneidersitz vor dem Fernseher und hielt einen ramponierten Teddy an ihre Brust gedrückt. Ihre Haare waren noch vom Schlafen zerzaust, ihre Augen klebten am Bildschirm. Christy-Lynn erschauerte, als Fetzen des Traumes in ihr aufstiegen. Dieses winzige Gesicht, panisch hinter dem Glas. Was, um Himmels willen, machte sie hier?

»Kaffee?«, fragte Rhetta. Christy-Lynn folgte ihr in die Küche.

»Ja, gerne. Wenn er schon fertig ist.«

Rhetta füllte einen dickwandigen braunen Becher und stellte eine Packung Milch auf den Tisch. »Zucker steht da, wenn Sie welchen wollen.«

Christy-Lynn setzte sich, schüttete etwas Milch in ihren Kaffee und sah Rhetta dabei zu, wie sie ein Ei in eine Schüssel schlug, es kurz mit der Gabel verquirlte und dann in die Pfanne goss. Ihre Hände zitterten, aber ihre Bewegungen verrieten die Routine einer Frau, die das alles schon abertausende Male getan hatte. Ein paar Augenblicke später ließ sie das Ei auf einen Teller gleiten, legte zwei Scheiben Speck und Toast dazu und verschwand mit Iris' Frühstück im Wohnzimmer.

Sie kam atemlos und mit grauen Lippen zurück. »Ich lasse sie normalerweise nie vor dem Fernseher essen«, sagte Rhetta, goss sich selbst Kaffee ein und setzte sich zu Christy-Lynn. »Aber so haben wir die Küche für uns.«

»Danke.«

»Schließlich ist es kein Gesprächsthema für ein Kind.«

»Das stimmt allerdings.«

Rhetta tat Milch und Zucker in ihren Kaffee. »So«, sagte sie. »Auf ein Neues.«

»Ja, auf ein Neues. Ein Freund von mir findet es verrückt, dass ich noch einmal hergekommen bin. Er versteht nicht, warum ich all die Einzelheiten wissen will.«

»Tja, ein Mann kann das nicht verstehen. Aber ich verstehe es. Sie wollen dem Ganzen einen Sinn geben.«

Christy-Lynn nickte erleichtert, dass Rhetta ihr Motiv verstand.

Rhettas verwaschene blaue Augen waren voller Erinnerungen. »Vor einer Million Jahren war ich auch mal verheiratet. Seit der Zeit haben sich Männer kaum geändert. Und

Frauen sich auch nicht. Wir nehmen immer noch für alles die Schuld auf uns.«

»Was ich wirklich wissen muss, ist, warum.«

»Na, dann viel Glück dabei.«

»Jetzt hören Sie sich wie Wayne an.«

»Ihr Freund?«

»Ja. Er denkt, dass ich eine masochistische Ader habe. Vielleicht hat er ja recht. Andererseits ist es nicht gerade alltäglich, mit dem Kind der Geliebten des eigenen Ehemanns konfrontiert zu werden.«

»Ich wollte nicht, dass Sie das mit Iris erfahren. Das war ein Versehen. Iris hat genug durchgemacht, sie sollte sich nicht auch noch mit Ihnen beschäftigen. Sie versteht nicht, wo ihre Mama ist. Obwohl Honey gar nicht oft hier war.«

»Wo war sie denn?«

Rhetta seufzte erschöpft. »Wer weiß? Irgendwo mit ihm unterwegs. Ich habe Ihnen ja gesagt, dass Honey sich in den Kopf gesetzt hatte, Schauspielerin zu werden. Keine Ahnung, woher sie das hatte. Schon in der Highschool hat sie Schauspielkurse belegt, und einmal durfte sie Werbung für einen Möbelladen in der Stadt machen. Sie war nicht besonders gut, aber sehr hübsch, und sie glaubte wohl, das wäre genug. Und kurz danach war sie auf und davon.« Rhetta stand auf, um ihnen Kaffee nachzuschenken. »Zu meiner Zeit nannte man jemanden wie sie ein Groupie, aber das war bei Sängern und Filmstars. Ich wusste gar nicht, dass Schriftsteller auch welche haben.«

Für einen Moment fühlte Christy-Lynn sich zurückversetzt zu dem Tag, an dem sie mit Stephen im Flur bei Lloyd & Griffin zusammengestoßen war. Er hatte sogar noch besser ausgesehen als auf dem Umschlag seiner Romane, und mit seinem geübten Lächeln und seiner lockeren Art hatte er viel Charme ausgestrahlt. Es war nicht schwer, sich vorzustellen, dass ein Mädchen wie Honey – ehrgeizig, blauäugig und verzweifelt auf der Suche nach einem Fahrschein aus Riddlesville – seinem Charisma erlegen war. Genau wie sie selbst.

»Mein Mann hatte so eine Art, Leute anzuziehen«, sagte sie schließlich. »Wie ein Magnet. Ich habe es für etwas Unbewusstes gehalten. Aber jetzt wird mir klar, dass er genau wusste, was er tat. Schon komisch, was man im Rückblick alles erkennen kann.«

Rhetta seufzte wieder. »Ich habe gehofft, sie würde ihn fallen lassen, wenn sie herausfindet, dass er keinen Einfluss darauf hat, wer in den Filmen mitspielt. Aber leider war es nicht so. Vielleicht war es das Geld. Er hat ihr schöne Sachen geschenkt, aufregende Reisen mit ihr unternommen. Das hat ihr den Kopf verdreht. Wahrscheinlich wäre das allen Mädchen so gegangen. Jedenfalls allen aus Riddlesville. Dazu kam noch ein schickes Auto und irgendwo hatte sie ein elegantes Appartement. Bald sah sie auch nicht mehr aus wie Honey – mit diesen gekauften Brüsten und den Designerklamotten. Sie kam immer gerade lange genug zurück, um alle mit ihrem neuen Leben neidisch zu machen. Vor allem ihre alte Clique bei IGA, wo sie Kassiererin war. Sie hat auch etwas Zeit mit Iris verbracht, aber es ging ihr vor allem ums Prahlen. Und dann verschwand sie genauso plötzlich, wie sie gekommen war.«

Christy-Lynn war noch dabei, die Tatsache zu verarbeiten, dass Stephen Honey mit einem Appartement ausgestattet hatte, als ihr plötzlich der Dauerauftrag an die Star Properties einfiel. Also doch keine PR-Agentur, sondern eine Hausverwaltung. Und was war mit den viertausend Dollar monatlich?

»Hat mein Mann Unterhalt für Iris gezahlt?«

Sie hatte die Frage sehr direkt gestellt, und einen Moment wirkte Rhetta überrascht. »Ich weiß nicht, ob man es so nennen würde. Auf alle Fälle hat er Honey monatlich sehr viel Geld überwiesen. Ich habe mich dafür geschämt, dass sie es angenommen hat – es gibt Bezeichnungen für Frauen, die Geld von

Männern annehmen. Aber dann kam Iris, und ich konnte es mir nicht leisten, hochnäsig zu sein. Kinder brauchen Sachen. Viele Sachen. Und das Geld vom Staat reicht nicht weit.«

Christy-Lynn schämte sich. Sie hatte überhaupt nicht daran gedacht, was für eine finanzielle Katastrophe Stephens Tod für Iris und ihre Großmutter war. »Kommen Sie denn über die Runden?«

Rhetta stellte die Kaffeekanne zurück. »Wir kommen zurecht«, sagte sie entschieden. »Es bleibt uns ja auch nichts anderes übrig.«

»Sie haben gestern von Ihrem Enkelsohn gesprochen.«

»Ray«, sagte sie und sah auf einmal noch müder aus. »Er hat nie viel von seiner Schwester gehalten. Sehr fromm, mein Ray. Er ist Pastor in der hiesigen Gemeinde, die sich Lebendiges Wasser vom Heiligen Tabernakel nennt. Seine Frau Ellen spielt an Sonntagen die Orgel. Sie war grün vor Neid, als Honey mit ihren eleganten Klamotten in der Kirche aufgetaucht ist. Was Honey natürlich ausgekostet hat. Ich weiß, wie klein sich das anhört. Und das ist es ja auch. Ich will das Mädchen auch nicht in Schutz nehmen. Was sie getan hat, war falsch, aber ich vermute mal, dass Sie keine Vorstellung davon haben, was es bedeutet, in einer Stadt wie dieser aufzuwachsen, und zu sehen, wie der Rest der Welt lebt, und zu wissen, dass man selbst nie eine Chance auf so ein Leben bekommt – oder überhaupt auf irgendein lebenswertes Leben. Außer man versteht darunter eine Schar Kinder in einer Doppelhaushälfte. Aber Honey und ihre Mutter wollten das nicht. Und deswegen haben beide die erste Chance ergriffen, die sich ihnen geboten hat, um hier rauszukommen.«

Christy-Lynn fühlte sich in die Nacht zurückversetzt, in der man sie in das Krankenzimmer geführt hatte, in dem ihre Mutter mit dem verbundenen Gesicht lag und ihr versprach, dass alles wieder so werden würde wie früher, wenn sie aus dem Gefängnis kam. In ihrem ganzen Leben hatte Christy-Lynn nicht so viel Angst gehabt wie in dieser Nacht, in der ihre Mutter ihr dieses Versprechen gegeben hatte. Doch, sie hatte eine Vorstellung davon, wie das war. Mehr als eine Vorstellung. In der Beziehung hatten Honey und sie etwas gemein.

Rhettas Augen waren umwölkt, ihr Blick weit entfernt. Christy-Lynn sah sie eine gefühlte Ewigkeit an und überlegte, wie sie ihre nächste Frage am besten formulieren sollte.

»Haben sie je darüber gesprochen zu heiraten?«, fragte sie dann direkt, weil es einfach keine bessere Art gab.

»Sie meinen, ob Stephen Sie um eine Scheidung bitten wollte?«

Christy-Lynn sah auf ihre Hände hinunter, die den Becher fest umschlossen. »Ja, genau.«

»Davon weiß ich nichts. Ich bin mir auch nicht sicher, ob Honey sich viel aus dem Ring gemacht hätte. Ich glaube, es gefiel ihr, die Vorteile aus einer Beziehung zu einem reichen Mann zu ziehen, ohne die Verantwortung übernehmen zu müssen. Deswegen hat es sie ja auch so umgehauen, als sie erfuhr, dass sie schwanger war.«

Christy-Lynn kaute auf ihrer Unterlippe. »Sie glauben also nicht, dass sie schwanger wurde, damit Stephen sie heiratete?«

Rhetta machte große Augen. »Sie meinen, sie hätte ihm eine Falle gestellt? Gott bewahre! Honey war es, die mit dem Baby in der Falle saß. Das dumme Ding. Sie hat sogar davon gesprochen, das Kind … Sie wissen schon. Aber das hat Stephen ihr ausgeredet.«

Christy-Lynn ließ die Worte auf sich wirken. Ihre andere Vermutung meldete sich wieder. War Stephen mit ihrer absichtlichen Kinderlosigkeit gar nicht so einverstanden gewesen, wie er vorgegeben hatte? Die Frage würde sie weiterhin verfolgen. Und sie würde sie nie beantworten können.

»Wie oft hat er Iris besucht?«

»Am Ende nicht mehr so oft. Aber Sie wissen ja, was für einen Terminkalender er hatte. Er war immer auf dem Sprung. Und schließlich hatte er zwei Leben. Es kann nicht leicht gewesen sein, das vor der ganzen Welt geheim zu halten – und vor Ihnen natürlich.« Rhetta setzte den Becher ab und sah Christy-Lynn in die Augen. »Sie haben nie auch nur das Geringste vermutet?«

»Nicht das Geringste«, antwortete sie tonlos und tat, als würde sie der Blick der alten Frau nicht beunruhigen. »Schien er Iris denn … gernzuhaben?«

Rhetta hob die Schultern und ließ sie seufzend wieder sinken. »Schwer zu sagen. Er hat sie mehr wie eine Puppe als wie eine Tochter behandelt, wie etwas Hübsches, das er streicheln und auf den Schoß nehmen konnte. Er hat sie sein liebstes Mädchen genannt. Das hat Honey nicht so gerne gehört. Sie wollte ihn mit niemandem teilen, auch nicht mit Iris. Es ist schrecklich, so etwas zu sagen, aber ich glaube, Honey wäre irgendwann nicht mehr hergekommen. Und mit der Zeit wäre die Sache mit Stephen auch den Bach runtergegangen. Honey hatte schon immer eine kurze Aufmerksamkeitsspanne.«

»So kurz sind vier Jahre auch wieder nicht«, bemerkte Christy-Lynn trocken.

»Ich vermute mal, dass Iris der Grund dafür war. Ihr Mann hätte ohne Honey leben können. Und sie ohne ihn. Aber Kinder stellen das Leben ihrer Eltern auf den Kopf – und stülpen ihr Herz nach außen. Honey war zu jung und zu egoistisch, um das zu wissen. Wahrscheinlich meine Schuld, denn ich habe sie erzogen.«

Christy-Lynn dachte über Rhettas Worte nach. Sie war entgegenkommend, weder defensiv noch geheimniskrämerisch, aber sie hatte auch nicht nach Rechtfertigungen gesucht.

»Sie sind sehr offen.«

Rhetta schien die Bemerkung zu überraschen. »Wie sollte ich sonst damit umgehen? Es war klar, dass es schlimm enden würde, aber wenn Sie so alt sind wie ich, dann wissen Sie, dass jeder seine eigenen Fehler machen muss – manchmal sogar sehr große Fehler. Die Sache ist nur, dass man meistens zu spät rausfindet, dass man einen Fehler gemacht hat, und dass dann jemand anderes den Kopf für einen hinhalten muss. Honey ging es immer nur um Spaß. Und sie wusste, dass ich mich um Iris kümmere. Und das tue ich ja auch – solange ich es noch kann.«

Iris erschien wie gerufen in der Küche, den Teddy noch immer an die Brust gepresst. »Saft.«

»Warte, mein Liebling, Nonny gibt dir Saft.«

Rhetta hievte sich an der Tischkante hoch und schlurfte auf dem ausgetretenen Vinyl zum Kühlschrank. Mit zitternden Händen füllte sie die Schnabeltasse und drückte den Deckel drauf. »Hier, mein kleiner Schatz.«

Aber Iris hatte das Interesse an Saft verloren. Sie starrte die Fremde in ihrer Küche mit ihren großen violetten Augen fragend an.

Rhetta legte Iris die Hände auf die Schultern. »Dies ist Christy-Lynn«, sagte sie, »sie ist … sie war eine Freundin … von Daddy.«

Iris legte den Kopf zur Seite. Ein kleines V formte sich zwischen ihren Augenbrauen. Rhetta nahm ein verkrumpeltes Päckchen Zigaretten von der Arbeitsfläche. »Komm, mein Liebling«, sagte sie und nahm Iris an der Hand. »Du brauchst ein bisschen Sonne.«

Christy-Lynn wusste, was das zu bedeuten hatte. Es war der Code für *Nonny braucht eine Zigarette.* Rhetta bugsierte das Kind auf die Veranda und die Stufen hinunter, holte irgendwo einen Eimer und eine Schaufel hervor und reichte sie Iris.

»Wir sind auf der Veranda«, versicherte sie ihr und schleppte sich die Stufen hoch. »Gleich hier oben, wo du uns sehen kannst.«

»Kommt Mama auch?«

Rhetta presste eine Hand auf ihre Brust. »Nein, mein Liebling. Mama kommt nicht mehr. Sie musste doch weggehen, erinnerst du dich nicht?«

Iris' Kinn begann zu zittern und ihr kleines Gesicht zog sich zusammen. »Ich will Mama!«

»Ich weiß, meine Kleine. Ich will es auch. Aber sie sieht uns zu.« Rhetta blinzelte in den Himmel und zeigte auf eine weiße Schäfchenwolke. »Oben aus dem Himmel. Und sie mag es besonders gerne, wenn du schön spielst. Kannst du Mama den Gefallen tun und spielen?«

Iris nickte, aber sie wirkte niedergeschlagen, als sie sich mit ihrer Plastikschaufel umdrehte. Rhetta griff in die Tasche ihres Bademantels und holte die Packung Zigaretten hervor, dann setzte sie sich neben Christy-Lynn. »Es ist schwer, sie anzusehen, stimmt's?«, fragte sie nach dem ersten Zug.

»Sehr.«

»Mir geht es auch so.« Ihre Stimme war brüchig. Sie nahm noch einen langen Zug und blies den Rauch seufzend wieder aus. »Sie spricht kaum noch. Ab und an ein Wort, wenn sie etwas haben möchte. Das arme Ding. Sie ist so durcheinander. Und seit Honey … seit dem Unfall hat sie Albträume.«

Christy-Lynn nickte stumm.

»Ich bin müde, Mrs Ludlow. Und ich bin nicht mehr … darauf eingestellt. Ich habe nicht damit gerechnet, in meinem Alter noch ein Kind großzuziehen, und meine Ärzte haben auch nicht gerade die allerbesten Nachrichten für mich. Ich weiß nicht, wie lange …«

Christy-Lynn unterbrach sie. »Sicherlich werden Ray und seine Frau …«

»Sie haben schon Nein gesagt. Und ich kann es ihnen nicht einmal wirklich übel nehmen. Sie kommen kaum über die Runden, und im Herbst muss noch ein hungriger Mund gefüttert werden. Ellen schafft es jetzt kaum mit den vier Kindern. Es gibt einfach keinen Platz dort für Iris.«

»Was passiert, falls …?«

»Wenn«, korrigierte Rhetta und blinzelte Christy-Lynn durch eine Rauchwolke an. »Es gibt kein Falls, nur ein Wenn.«

»Und Iris?«

»Dann wäre das Jugendamt zuständig, außer wenn Ray doch noch einlenkt. Aber es sieht nicht danach aus.«

Christy-Lynn spürte eine plötzliche Enge in der Brust. »Sie meinen, sie kommt in eine Pflegefamilie?«

Rhettas Atem ging stoßweise. »Ich weiß, wie schrecklich das ist, aber es gibt … keine andere Möglichkeit.«

Christy-Lynn sagte nichts. Sie traute ihrer Stimme nicht. Sie war mit sechzehn in eine Pflegefamilie gekommen, und sie konnte sich nicht vorstellen, wie es für ein Kind in Iris' Alter sein mochte. Vor allem, wenn es bereits Verhaltensauffälligkeiten zeigte.

»Glauben Sie wirklich, dass Ray zulassen würde, dass seine eigene Nichte in eine Pflegefamilie kommt? Wenn es so weit ist, wenn etwas passiert, dann wird er sie doch nicht in fremde Hände geben, oder etwa doch?«

Rhettas Augen waren feucht. »Er hat mir gesagt, ich sollte lieber gut auf mich achtgeben, denn er würde Honeys Blag nicht in seinem Haus dulden. Als wäre es Iris' Schuld, dass ihre Eltern nicht verheiratet waren.«

Christy-Lynn war entsetzt. »Was ist mit christlicher Nächstenliebe? Lasset die Kindlein zu mir kommen? Sollte er nicht mit gutem Beispiel vorangehen?«

Rhetta schüttelte ihr graues Haupt. »Ich habe es längst aufgegeben, aus dem Jungen schlau werden zu wollen. Aber Sie können ihn selbst fragen, woran er glaubt. Da kommt er, und er scheint die ganze Sippschaft mitgebracht zu haben. Ich hatte völlig vergessen, dass sie die Muffins abholen wollten, die ich zum Verkauf in der Kirche gebacken habe.«

Eine matschbespritzte, kastanienbraune Familienkutsche kam die Straße hochgefahren. »Dann gehe ich jetzt besser«, sagte Christy-Lynn und war schon aufgestanden. Sie wollte Rhetta nicht in die Lage bringen, ihre Anwesenheit erklären zu müssen. »Ach, mein Schlüssel und die Handtasche sind noch drinnen.«

Rhetta stand mit überraschender Geschwindigkeit auf. »Ich gehe sie holen.«

Christy-Lynn stand alleine auf der Veranda, als der Wagen vorfuhr und die Türen aufsprangen. Kinder stürzten heraus, rannten in alle Himmelsrichtungen und brüllten dabei wie am Spieß. Sie waren knochig und auffallend blass. Ray ging um das Auto herum, um seiner Frau die Wagentür zu öffnen. Sie war dünn wie ein Strichmännchen, abgesehen von ihrem Babybauch, trug eine mit Alufolie abgedeckte Schüssel und folgte ihrem Mann kurzatmig zum Haus.

Christy-Lynn versuchte, ihren Blicken auszuweichen, und hoffte inständig, dass Rhetta herauskam und sie gehen konnte, bevor die Situation noch peinlicher wurde, als sie eh schon war. Nach dem, was Rhetta ihr offenbart hatte, wusste sie nicht, ob sie sich zurückhalten konnte.

Iris spielte mit ihrer Schaufel im Sand. Als ihr Onkel an ihr vorbeimarschierte, ohne ihr auch nur einen Blick zu gönnen, zuckte sie zusammen. Und als ihr ältester Cousin, ein Junge mit dreckigen Jeans und fettigen blonden Haaren, einen großen Schritt über sie hinweg machte, als wäre sie ein Welpe, zog sie ängstlich den Kopf ein.

Ray, ein schmächtiger Mann mit spitzen Schultern und sehnigen Gliedern, starrte Christy-Lynn vom Fuß der Treppe aus an. Ellen Rawlings musterte Christy-Lynn voller Missbilligung von Kopf bis Fuß.

»Guten Tag«, sagte Ray kühl. »Sie besuchen Rhetta?«

Bevor Christy-Lynn antworten konnte, erschien Rhetta mit Christy-Lynns Handtasche und einer mit Frischhaltefolie umwickelten Platte mit Muffins. Sie reichte Christy-Lynn mit entschuldigendem Blick ihre Handtasche.

»Das ist Mrs Ludlow, Ray. Wir haben gerade etwas über deine Schwester … und über deine Nichte geplaudert.«

Ray schnaubte empört. Dann schloss er ein Auge, als würde er auf Christy-Lynn zielen. »Ach, tatsächlich? Sie sind den ganzen Weg aus Maine gekommen, um über meine Schwester zu reden?«

»Ich wohne jetzt in Virginia, und ich bin hier, um …«

»Ich weiß, warum Sie hier sind«, blaffte er. »Und ich sage Ihnen jetzt genau das, was ich den Polizisten gesagt habe, als sie hier herumgeschnüffelt haben. Wenn ich den Namen meiner Familie in der Zeitung sehe, klage ich gegen die Verantwortlichen. Wir sind anständige Leute, Mrs Ludlow, wir versuchen nur, unser Leben zu leben und unsere Kinder großzuziehen. Sie regen sich über meine Schwester auf. Die ist tot. Also sage ich mal, Sie haben hier absolut nichts verloren.«

Christy-Lynn hob das Kinn und sah ihn direkt an. Ray Rawlings missfiel ihr auf den ersten Blick. Und dass er seine Nichte im Stich lassen wollte, widerte sie an. »Sie haben vom Großziehen Ihrer Kinder gesprochen. Was ist mit Iris?«

»Sie ist nicht mein Kind.«

»Sie ist Ihr Fleisch und Blut, ein Teil Ihrer Familie.«

»Sie ist nichts als Abschaum! In Sünde geboren. Sie ist *kein* Teil meiner Familie.«

Christy-Lynn war wie vor den Kopf geschlagen. »Ach so? Sie geben Ihre Nichte in fremde Hände wegen etwas, was ihre Eltern getan haben?« Sie wusste, dass sie zu weit ging, aber sie konnte nicht anders. Wenn sie Iris ansah, sah sie sich selbst. Sie war zwar sechzehn gewesen und nicht drei, aber das spielte nur rechnerisch eine Rolle.

»Der Sünde Lohn, Mrs Ludlow. So steht es in der Bibel. Der Herr straft die Sünden der Väter an ihren Kindern.«

»Gelobt sei sein Name«, murmelte Ellen, als sie sich an Christy-Lynn vorbeidrängelte und mit ihrer Schüssel im Haus verschwand.

Rhetta fuhr ihren Enkel wütend an. »Um Himmels willen, Ray, das Kind kann dich hören. Und wir haben Mrs Ludlow zu Besuch.«

Ray zuckte die Achseln. »Sie ist nicht mein Besuch.«

Iris ließ die Schaufel fallen, als hätte sie gespürt, dass sich die Unterhaltung um sie drehte, und sah Christy-Lynn an. Christy-Lynn wandte rasch den Blick ab, das stumme Flehen in den violetten Augen des Kindes quälte sie.

»Ich muss los«, sagte sie zu Rhetta. »Vielen Dank für den Kaffee und … alles. Sie haben meine Fragen beantwortet. Näher werde ich der Wahrheit nicht kommen. Aber es kann für Sie nicht leicht gewesen sein.«

Rhetta nickte. In ihren Augen standen Tränen. »Sie haben es verdient. Auch wenn ich mir nicht sicher bin, dass ich Ihnen mit der Wahrheit einen Gefallen getan habe.«

Christy-Lynn war sich auch nicht sicher, aber sie verabschiedete sich von Rhetta mit einem warmen Händedruck, bevor sie die Stufen hinunterging. Ray machte keine Anstalten, ihr aus dem Weg zu gehen, sodass sie sich an ihm vorbeiquetschen musste. Sie war schon fast auf der Straße, da hörte sie ein Trippeln hinter sich. Und bevor sie wusste, wie ihr geschah, umklammerte Iris ihre Knie mit all ihrer Kraft und hängte sich wie eine Klette an sie.

Rhetta kam die Treppen hinuntergeeilt. »Es tut mir leid. Iris mag es nicht, wenn jemand weggeht. Sie weiß ja nicht, wer wiederkommt und wer nicht.«

Christy-Lynn nickte. Ihre Kehle war wie zugeschnürt. Was für eine Zukunft wartete auf dieses Kind? Mit einer dahinsiechenden Großmutter und einem Onkel, der nichts mit ihr zu tun haben wollte. Eines Tages würde Rhetta krank werden oder sterben, und dann würden sich die Mühlen anfangen zu drehen. Das Jugendamt würde in Gestalt einer Frau mit vernünftigem Schuhwerk und unverbindlichem Lächeln vor der Tür stehen. Iris würde in einem System untergehen, das keinen Schutz bot. Es war zu entsetzlich, um es sich auszumalen. Doch während Christy-Lynn den Rover wendete, malte sie es sich in allen Einzelheiten aus.

Siebenundzwanzig

Goose Creek, South Carolina
27. Juni 1998

Christy-Lynn dreht den Wasserhahn zu und tritt aus der Dusche. Sie starrt sich in dem beschlagenen Spiegel an, die Wassertropfen laufen an ihr hinunter, sie steht vollkommen still. Ihre Augen sind riesengroß und geben ihre abgrundtiefe Verunsicherung preis.

Es ist acht Wochen her.

Acht Wochen, seit Charlene Parker verhaftet wurde. Acht Wochen, seit die Sozialarbeiterin sie in ihre Wohnung gefahren und ihr aufgetragen hat zu packen. Acht Wochen, seit sie in einer Pflegefamilie untergebracht worden ist.

Das zweistöckige Haus im Kolonialstil in einem gesichtslosen Vorort ist eines von den Häusern, in die sie nach der Schule gerne heimgekommen wäre. Die Möbel sind neu, das Telefon funktioniert, und im Kühlschrank sind Lebensmittel. Aber es ist kein Zuhause. Jedenfalls nicht ihres.

Sie nennen es Erstunterbringung, und das heißt, dass sie nur vorübergehend in dieser Familie bleibt, bis sie wissen, wohin mit ihr. Die Leute, die diese Erstunterbringung führen, heißen Jean und Dennis Hawley und brüsten sich, dass sie sich auf Teenager spezialisiert haben. Aber Christy-Lynn ist sich nicht so sicher.

Jetzt leben außer ihr noch zwei andere Jugendliche hier. Bis letzte Woche waren es drei. Christy-Lynn hat sich das Zimmer mit einem dreizehnjährigen Mädchen namens Dana geteilt, deren linker Arm von einem Spinnennetz aus feinen weißen Narben überzogen war. Doch dann bekam Dana eine Rasierklinge zwischen die Finger und wäre fast auf den Badezimmerfliesen verblutet.

Christy-Lynn hat von ihrem Zimmer aus zugesehen, wie die Sanitäter das Mädchen mit großer Eile auf eine Trage gehoben und sie in den Krankenwagen geschoben haben und wie sie mit schrillenden Sirenen und kreisendem Blaulicht davongefahren sind. Selbst wenn Dana überlebt haben sollte, käme sie nicht mehr zurück. Nicht hierher.

Zwei Zimmer neben ihrem wohnen zwei Brüder, Terry und Todd Blevins, deren Eltern beim Crystal-Meth-Kochen gestorben sind, als ihr Wohnwagen explodiert ist. Sie sind untersetzt und mürrisch – Dana hat sie zurückgeblieben genannt. Christy-Lynn macht einen großen Bogen um sie. Allein schon, weil es sie nervös macht, wie der Ältere sie anstarrt.

Eine Gemeinsamkeit gibt es allerdings: Sie können sich alle drei keine Hoffnung auf eine endgültige Familie machen. Eine endgültige Familie. Manche Sozialarbeiter nutzen diese Bezeichnung für Adoptionsfamilien, als wären die Kinder Corgis oder Cocker Spaniel. Kinder, die im Pflegesystem landen, sind sowieso vorbelastet, aber bei Teenagern kommt das Risiko von Alkohol, Drogen oder einer Schwangerschaft dazu – mehr oder weniger eine Garantie, unter der Obhut des Jugendamtes zu bleiben, bis die Uhr abläuft. An ihrem achtzehnten Geburtstag werden sie vor die Tür gesetzt, meistens ohne einen Job und einen Cent in der Tasche.

Nicht, dass Christy-Lynn sich eine endgültige Familie wünschen würde. Dazu ist es zu spät. Sie will in Ruhe gelassen werden, die Schule zu Ende machen und dann irgendeine Möglichkeit finden zu studieren, damit sie später einen vernünftigen Job kriegt und nie wieder von irgendjemandem abhängig ist. Aber sie ist jetzt in der bürokratischen Warteschleife, in der jedes Kind gleich behandelt wird: Ein Mund wird gefüttert, eine Seele gerettet, ein Scheck vom Amt eingestrichen.

So ist es nun einmal. Sie kann nichts tun als warten, während ihre Mutter ihre Zeit absitzt. Die Pflichtverteidigerin hat von zwei Jahren gesprochen, bei guter Führung sind es vielleicht nur achtzehn Monate. Und dann? Würde ihre Mutter ihr Versprechen halten, wenn sie rauskäme? Oder wäre es wieder der gleiche Albtraum, wäre es wie in dem Film Und täglich grüßt das Murmeltier, *in dem Bill Murray jeden Morgen durch dieselbe Hölle gehen muss?*

Ihr wird eiskalt, wenn sie daran denkt, zu diesem Leben zurückkehren zu müssen. Aber die Entscheidung liegt nicht bei ihr. In achtzehn Monaten ist sie noch nicht volljährig, und sie wird gezwungen sein, zu ihrer Mutter zurückzukehren. Und damit basta.

Achtundzwanzig

Sweetwater, Virginia
3. Juni 2017

Es war Waynes vierter Versuch, Christy-Lynn zu erreichen. Seine letzten drei Anrufe waren direkt auf den Anrufbeantworter umgeleitet worden. Er hatte Nachrichten hinterlassen und nur halb im Scherz gefragt, ob sie irgendwo in einem Straßengraben lag. Er war überrascht, dass sie diesmal wirklich abnahm.

»Hey, hier ist Wayne. Sie wollten mich doch anrufen.«

»Ich weiß. Tut mir leid. Ich war einfach nicht in der Stimmung, mit irgendwem zu reden.«

»Also sind Sie noch mal hingefahren?«

»Ich musste es einfach.«

»Wenn Sie es sagen.«

»Das hört sich aber skeptisch an.«

Wayne bereute die Bemerkung sofort. Christy-Lynn klang, als habe sie geweint, sie sprach mit matter Stimme. »Tut mir leid. Erzählen Sie mir, was los war?«

»Ich glaube, das kann ich jetzt nicht. Ich bin gerade eben zur Tür hereingekommen und den ganzen Tag gefahren. Ich bin fix und fertig.«

»Hört sich ganz danach an, als bräuchten Sie etwas zu essen und Schlaf.«

»Ich habe praktisch nichts im Haus, aber ich gehe mit Sicherheit nicht noch mal los. Ein heißes Bad und eine Nacht Schlaf müssen reichen.«

»Alles klar, ich hab's verstanden. Ich nerve. Dann legen Sie sich mal in die Wanne.«

* * *

Eine knappe Stunde später stand Wayne mit einer Tüte vom China-Restaurant auf Christy-Lynns Veranda. Er konnte sich glücklich schätzen, wenn sie ihm die Tüte nicht um die Ohren schlug, aber er war bereit, das Risiko einzugehen. Sie hatte schon angegriffen auf ihn gewirkt, bevor sie losgefahren war, und die letzten achtundvierzig Stunden hatten ihren Nerven bestimmt nicht gutgetan.

Er suchte noch nach einer Entschuldigung für sein unangemeldetes Auftauchen, als sie die Tür in einem weißen Frotteemantel öffnete. Ihr Haar war nass und sie duftete nach Shampoo, nach Regen und Meer.

»Hallo«, sagte er verlegen. »Hat Ihnen das Bad gutgetan?«

»Was machen Sie denn hier?«

»Ich bringe Ihnen was zu essen.« Wie zum Beweis deutete er auf die Tüte. »Ich wusste nicht, was Sie mögen, also habe ich mir ein paar Gerichte geben lassen. Lo Mein, Shrimps mit gebratenem Gemüse und Huhn mit Cashewnüssen. Ach ja, und Suppe. Es hörte sich so an, als könnte Ihnen eine Suppe guttun. Die ist oben drauf und noch sehr heiß, also seien Sie vorsichtig.«

Verblüfft nahm sie die Tüte entgegen. »Aber das sind ja mindestens fünf Kilo!«

Er lächelte. »*Höchstens* fünf Kilo.«

»Moment mal«, sagte sie, als er sich zum Gehen wandte. »Sie wollen nicht bleiben?«

»Ich will mich ja nicht selbst zum Essen einladen. Ich wollte nur sichergehen, dass Sie etwas essen.«

»Ich lade Sie ein. Aber passen Sie auf, wo Sie hintreten, es ist ein ziemliches Durcheinander.«

Das Wohnzimmer war mit Möbeln, Krimskrams und halb vollen Umzugskartons zugestellt. Es sah aus wie in einem Warenlager. »Was ist denn hier los? Ziehen Sie um?«

»Nein, ich renoviere. Carol ist so übereilt nach Florida aufgebrochen, dass sie das Allermeiste hiergelassen hat. Und ich hatte vor der Eröffnung der *Cafélese* keine Zeit, den Kram durchzusehen. Ich habe angefangen, Kisten fürs Sozialkaufhaus zu packen. Badezimmer und Küche werden ganz neu, aber der Vintage-Flair soll erhalten bleiben. Missy hat einen Cousin namens Hank, der kann es wahrscheinlich machen. Aber zuerst muss ich gründlich ausmisten.«

Man brauchte kein Psychologie-Studium, um ihr Verhalten zu deuten. Sie plapperte munter, lief hierhin und dahin, alles nur, damit sie ihn nicht ansehen musste. Eine klassische Vermeidungsstrategie, und nach den letzten Tagen war das auch kein Wunder. Heute Abend würde sie die Gesprächsthemen bestimmen.

Er spähte in eine Umzugskiste mit angestoßenen Tellern und verbeulten Töpfen. »Das kommt mir bekannt vor. Als ich in die Hütte gezogen bin, musste ich tonnenweise Sachen von meinem Großvater ausmisten. Zerbrochene Kaffeebecher, einzelne Handschuhe – wann wollte er die wohl noch mal benutzen? Es war schon eigenartig.«

Christy-Lynn stellte die Behälter auf den Tisch und zog die Pappdeckel ab. »Vielleicht ging es ihm gar nicht darum. Viele Leute behalten die komischsten Sachen, selbst wenn sie kaputt sind. Weil sie etwas mit ihnen verbinden.«

Wayne musterte sie. Im hellen Küchenlicht sah ihr Gesicht verquollen und fleckig aus, ihre Augen hatten einen gequälten Blick und waren rot gerändert. Sie hatte geweint, und das, ihrem Aussehen nach zu urteilen, stundenlang. »Ich selbst bin eher für klare Schnitte. Viele Leute quälen sich ewig mit irgendwelchen alten Sünden oder vermeintlichen Fehlern. Ich weiß nicht, wozu das gut sein soll. Wenn der Brunnen vergiftet ist, kann man nur eines tun: weggehen und die Brücken hinter sich abbrechen.«

Christy-Lynn sah ihn mit großen Augen an. »Und darauf soll ich mir jetzt einen Reim machen?«

Wayne überging ihre Frage. Er hatte wieder einmal zu viel gesagt. Nicht jeder sah die guten Seiten einer Politik der verbrannten Erde. »Ach, das habe ich nur so gesagt. So haben wir das in der Redaktion genannt.«

Das war natürlich eine Lüge. Als er New York verlassen hatte, hatte er nicht nur seine Karriere unwiderruflich hinter sich gelassen, sondern auch seine Ehe. Er hatte viel für die Beziehung getan. Wenn er sich im Nachhinein auch nicht vorstellen konnte, warum. Er hatte seinen Roman auf Eis gelegt und sich bei der *Review* halb totgeschuftet, ein Regalbrett voller Preise eingefahren und die Privilegien genossen, die das mit sich brachte. Eine Weile war es ihm gelungen, sich einzureden, dass sie glücklich waren. Aber sie hatten die Illusion beide nicht lange aufrechterhalten können. Ihnen war kein glückliches Ende vorherbestimmt gewesen.

Ein bedrückendes Schweigen senkte sich auf sie, nachdem sie sich von allem aufgetan hatten. Ein Schweigen voller ungestellter Fragen und verstohlener Blicke. Schließlich legte Christy-Lynn die Gabel hin und sah ihn an. »Klappt nicht, stimmt's?«

Wayne sah von seiner Frühlingsrolle auf. »Was?«

»Dass wir nicht darüber reden.«

»Dass ich mir keine Sorgen mache, wäre gelogen.«

Ihr Gesichtsausdruck war auf einmal verschlossen, als wollte sie nicht über ihre Gefühle sprechen. »Das müssen Sie nicht. Ich habe rausgefunden, was ich wissen wollte, und jetzt mache ich mit meinem Leben weiter. So wie es mir alle sagen.«

Der Gürtel ihres Bademantels hatte sich gelockert, die helle Haut ihrer Schulter war sichtbar. Er zwang sich, ihr wieder ins Gesicht zu sehen. »Und warum glaube ich Ihnen nicht?«

Sie lächelte wenig überzeugend und deutete auf das Durcheinander im Zimmer. »Sehen Sie sich doch um. Hier mache ich als Nächstes mit meinem Leben weiter.«

»Das ist das Äußerliche. Ich spreche davon, wie es in Ihnen aussieht.«

Christy-Lynn spielte mit einem Scheibchen Karotte. »An dem Teil arbeite ich noch. Die letzten beiden Tage waren … hart. Aber ich habe endlich alle Wos und Wanns geklärt. Jetzt kann ich nach vorne sehen.«

»Und was ist mit den Warums?«

Sie zuckte die Achseln. »Er war ein Mann. Sie war eine Frau. Das Warum klärt sich von selbst.«

»Und das Mädchen? Iris?«

»Das war wohl unvermeidlich.«

Er sah sie an, ohne sich die Mühe zu machen, seine Skepsis zu verbergen. »Und das war's? Sie sind bereit, einfach … weiterzugehen?«

»Ja.«

Wayne fuhr sich durch die Haare und fragte sich, ob sie sich selbst oder ihn überzeugen wollte. »Ich weiß, dass ich gesagt habe, Sie sollten aufhören, sich zu quälen, aber so habe ich das auch wieder nicht gemeint. Sie können ja nicht so tun, als hätten Sie keine Gefühle.«

Christy-Lynn warf die Gabel auf den Tisch. »Natürlich habe ich Gefühle! Nur wohin damit? Man kann es ja nicht ungeschehen machen. Keine Möglichkeit, den Teufel wieder in die Schachtel zu stopfen. Ich kann Stephen nicht mehr anbrüllen. Nur dieses kleine Waisenmädchen ist übrig geblieben.«

Ihre Worte hallten nach. Wayne sah sie bestürzt an, als sie die Hand vor den Mund schlug und den Kopf senkte. Sie hatte zu zittern begonnen. Schließlich öffnete sie die Augen. Er schob den Teller zurück und beugte sich vor.

»Was ist denn heute passiert?«

Sie mied seinen Blick. »Er wollte sie«, sagte sie leise.

»Honey?«

Sie sah ihn müde und traurig an. »Iris. Honey hat sich überlegt … sie nicht zu bekommen, aber Stephen hat sie überredet. Das habe ich wirklich nicht erwartet.« Sie wischte sich mit dem Ärmel über die Augen und sprang plötzlich auf. »Kaffee?«

Der Bademantel rutschte ihr noch etwas weiter von ihrer Schulter. Wayne war abgelenkt und zwang sich, auf seine Uhr zu sehen. »Klar, warum nicht? Um diese Uhrzeit bin ich mehr oder weniger immun gegen Koffein.«

Er sah ihr zu, wie sie Kaffeepulver in den Filter löffelte. Seine professionellen Alarmglocken läuteten Sturm. Er spürte, wie sie ihre Gefühle in Schach hielt. Unter der Oberfläche brodelten Wut über den Verrat und Verwirrung. Aber da war noch etwas anderes, das er nicht benennen konnte.

Ein paar Augenblicke später kam sie zurück und reichte ihm einen Becher. »Nur Zucker, stimmt's?«

Sie hatte den Gürtel wieder festgebunden, ihre Schulter war nicht mehr zu sehen. Er war nicht sicher, ob er erleichtert oder enttäuscht sein sollte. »Sie haben aufgepasst. Ich bin geschmeichelt.«

»Sie trinken ihn seit zwei Monaten so in meinem Café.«

»Stimmt auch wieder. Setzen Sie sich.«

Überraschenderweise tat sie es ohne Protest, den Becher hielt sie zwischen den hohlen Händen.

»Was ist los? Was verschweigen Sie mir?«

»Wir hatten keine Kinder«, sagte sie nur.

Wayne sah sie über seinen Becher hinweg an. Er wusste nicht, was er erwartet hatte, aber sicherlich nicht das. »Warum spielt das jetzt eine Rolle?«

»Tut es eben.«

Er wartete, sah ihr dabei zu, wie sie auf den Kaffee blies und vorsichtig einen Schluck nahm. Sie schindete Zeit und gab lahme Antworten, aber sie näherte sich der Sache langsam.

»Ich war diejenige, die keine Kinder wollte.«

»Stephen schon?«

»Falls ja, hat er es nie gesagt. Wir haben darüber gesprochen, bevor wir geheiratet haben. Es wirkte auf mich, als wäre er einverstanden, dass ich keine Kinder wollte, vielleicht sogar erleichtert. Aber er kann seine Meinung geändert haben. Manche Männer tun das.«

Wayne ließ das auf sich wirken. Er hatte mehrere lose Enden in der Hand. »Wollen Sie mir erzählen, wenn Sie ein Baby bekommen hätten, wäre Stephen nicht fremdgegangen?«

Sie zuckte die Achseln. »Man sagt ja, ein Mann mit Kindern ginge nicht so leicht fremd, weil er sich dann noch schuldiger fühlen würde.«

Wayne hielt mitten in der Bewegung inne. »Das könnte der größte Unsinn sein, den ich in meinem Leben je gehört habe. Mit der Familie hat das nichts zu tun. Typen, die fremdgehen, tun das, weil sie Rumtreiber sind.«

»Was ist mit Ihnen? Wollten Sie … mein Gott, ich habe Sie nie gefragt. Haben *Sie* Kinder?«

»Nein. Aber ich wollte irgendwann welche. Für mich gehört das dazu – zu einer richtigen Familie. Aber unser Leben war viel zu verrückt dafür. Das war einer der Gründe, warum ich aus dem Hamsterrad aussteigen wollte. Ich wollte mein Leben entschleunigen, wollte gucken, was das Leben sonst noch so bereithält. Aber Simone hatte andere Pläne. Es war gar nicht daran zu denken, dass sie kürzertrat, um Windeln zu wechseln.«

»Dann hätten Sie es doch machen können«, bemerkte Christy-Lynn. »Und den Beruf für eine Weile an den Nagel hängen können.«

»Das hätte ich auch gerne gemacht. Aber es war nicht das Leben, das Simone sich vorstellte. Wir haben nie darüber gesprochen, bevor wir geheiratet haben. Wahrscheinlich ist sie davon ausgegangen, dass es mir mit dem Job genauso ging wie ihr. Sie liebte die Detektivarbeit, sie liebte es, draußen vor fremden Türen herumzulungern und darauf zu hoffen, dass ihr Opfer irgendwann Zigaretten oder die Zeitung kaufen gehen würde. Und dann bamm! Voll aus dem Hinterhalt.«

»Kommt mir irgendwie bekannt vor.«

»Sorry, das habe ich vergessen. Ich hatte gedacht, sie wäre engagiert. So im Sinne von die Welt retten. Aber je länger wir uns kannten, desto mehr sah ich ihre dunkle Seite. Für sie ging es um das Jagen selbst, um den Adrenalin-Kick. Es wurde wie eine Droge für sie. Damit wollte ich nichts zu tun haben. Das ist der Grund, warum ich schließlich gegangen bin. Stephen hätte das auch tun können, wenn er nicht glücklich gewesen wäre. Stattdessen hat er Sie betrogen und ein Kind mit einer anderen gezeugt, eine Tochter, von deren Existenz Sie immer noch nichts wüssten, wenn er nicht mit einer halb nackten Frau von einer Brücke gestürzt wäre.«

»Vielen Dank, dass Sie es noch mal zusammenfassen«, sagte Christy-Lynn trocken.

Wayne seufzte und trat sich im Geist gegen das Schienbein. *Gut gemacht, Blödmann!*

»Tut mir leid, ich wollte nur darauf hinaus, dass das alles nicht Ihre Schuld ist. Stephen hat für sich in Anspruch genommen, Grenzen übertreten zu können, selbst wenn er damit andere verletzt hat. Er hat es damals mit mir auf der Uni gemacht. Und dann mit Ihnen. Ich habe es nie verstanden. Wie kann man einem Freund ein Messer in den Rücken rammen, ohne mit der Wimper zu zucken? Aber mir ist klar geworden, dass es ein Verhaltensmuster war. Und dass es nichts mit mir zu tun hatte. Oder mit Ihnen. Nur mit ihm selbst. Alle anderen waren unwichtig, es ging ihm immer nur um sich selbst.«

»Es war ihm wichtig, Honey zu überreden, das Kind auszutragen«, sagte Christy-Lynn und stand auf, um sich nachzuschenken. »Ich muss immer daran denken, dass es auch anders hätte laufen können. Wenn es nie eine Honey Rawlings gegeben hätte, hätten wir ein Mädchen wie Iris haben können.«

Wayne sah sie mit unverhohlener Skepsis an. »Wie denn das? Sie wollten doch keine Kinder, erinnern Sie sich? Überhaupt hört es sich so an, als hätten Sie viel über das Thema nachgedacht, auch wenn Sie mir nie gesagt haben, warum.«

»Stimmt.«

»Und Sie sagen es mir jetzt auch nicht.«

»Nein«, sagte sie ausdruckslos. »Schnee von gestern.«

»Tja. Ich wollte Sie auch nicht kritisieren, ich war nur neugierig.«

»Ich weiß. Es nervt nur, wenn man seine Entscheidung immer rechtfertigen muss. Niemand kann sich vorstellen, dass man gute Gründe hat, dass es sogar das am wenigsten Egoistische sein kann, was man im ganzen Leben macht. Wir glauben nun mal nicht alle, dass unser Leben bedeutungslos ist, wenn wir uns nicht fortpflanzen.«

»Natürlich nicht.«

Christy-Lynn seufzte. »Ich bin in dem Punkt etwas empfindlich.« Sie setzte den Becher ab und ging zu der Schiebetür, verschränkte die Arme und betrachtete ihr Spiegelbild. »Ich habe immer ihr Gesicht vor Augen. Sie hat Stephens Kinn mit dem verrückten kleinen Grübchen in der Mitte. Aber sie sieht Honey auch sehr ähnlich. Sie ist wunderschön.«

Wayne atmete tief aus. Er wusste nicht, wie er darauf reagieren sollte. »Ich kann mir kaum vorstellen, wie schwer das alles für Sie sein muss.«

Sie wandte sich zu ihm um. Nur mühsam wahrte sie noch die Fassung. »Habe ich Ihnen erzählt, dass sie seit dem Unfall kaum spricht? Und dass sie Albträume hat? Sie hat große Verlustängste. Und die sind begründet. Rhetta muss um die achtzig sein, und es geht ihr nicht gut. Ihr Onkel …« Ihre Stimme erstarb zu einem Flüstern. »Aller Wahrscheinlichkeit nach wird sie in der staatlichen Fürsorge landen.«

Und jetzt fing sie wirklich an zu weinen. Die Tränen rannen ihr die Wangen hinab, aber es war, als bemerkte sie es nicht. Wayne sah sie erstaunt an. Wie war es möglich, dass sie nach all dem dort stand und Tränen wegen des Kindes vergoss, das den Ehebruch ihres Ehemannes verkörperte?

Er suchte krampfhaft nach etwas, was er sagen konnte, was weder herablassend noch wichtigtuerisch klang, aber ihm fiel nichts ein. Und so ließ er sie weinen. Weil sie es brauchte und weil er nicht wusste, was er dagegen tun sollte.

Da er sich hilflos fühlte und sich unbedingt nützlich machen wollte, legte er die Deckel auf die Plastikbehälter und räumte ab. Nach einer Weile tupfte Christy-Lynn sich die Augen mit einem Zipfel ihres Bademantels ab und fing an abzuwaschen. Sie sagten nichts, aber diese einfache Arbeit zusammen zu verrichten, nahm die Spannung. Als alles verstaut und die Arbeitsfläche abgewischt war, drehte sie sich zu ihm um.

»Es tut mir wirklich leid. Es war so nett von Ihnen, mit dem Essen vorbeizukommen, und ich habe nur in meine Suppe geweint. Ich scheine nichts anderes mehr zu machen, als zu weinen.«

»Unter den gegebenen Umständen ist das nur zu verständlich. Wenn ich es auch besser finde, wenn Sie nicht gerade weinen.« Er war im Begriff, die Tüte wegzuwerfen, als ihm auffiel, dass sie nicht leer war. »Hey, wir haben die Glückskekse vergessen.« Er reichte ihr einen, brach seinen in der Mitte durch und fischte den kleinen Zettel heraus.

»Verwechsle Tun nicht mit Vollbringen.« Er zog die Augenbrauen zusammen. »Wie passend für einen sich abrackernden Möchtegern-Schriftsteller, finden Sie nicht? Und jetzt Sie.«

Christy-Lynn verzog das Gesicht und reichte ihm ihren Keks. »Lesen Sie es vor.«

Wayne fummelte mit dem Einwickelpapier herum, krümelte die saubere Arbeitsfläche voll und zog das winzige Stückchen Papier hervor.

»Tu, was dich am meisten ängstigt, und du findest Erlösung.« Er legte den Kopf zur Seite. »Können Sie damit etwas anfangen?«

»Nicht wirklich. Nur dass mich seit einiger Zeit alles ängstigt.«

Er betrachtete sie, wie sie da so verletzlich in ihrem übergroßen Bademantel stand. So schön. Und stark auf eine Art, die ihr überhaupt nicht bewusst war. »Ich glaube, Sie sind eine der tapfersten Frauen, die ich kenne«, sagte er mit einer Intensität, die ihn selbst überraschte.

Christy-Lynn lächelte verwundert, es war ein zartes, seltsam leuchtendes Lächeln. Wayne hatte das überwältigende Bedürfnis, ihr über die Wange zu streicheln. Es war wahrscheinlich schon eine Weile her, dass sie berührt, gehalten … und geküsst worden war. So wie bei ihm.

Verdammt! Was war das denn? Entsetzt über seine Gedanken wich er einen Schritt zurück. Unterstützung, Empathie, selbst Freundschaft waren angemessene Reaktionen auf ihre Situation, aber er war in eine ganz andere Richtung gedriftet. Und er musste sofort eine Kehrtwende machen.

Christy-Lynn legte ihm die Hand auf den Arm, die noch kühl vom Abwaschen war. »Danke für das Essen. Das war wirklich … lieb.«

Bevor er sich davon abhalten konnte, hatte er ihre Hand ergriffen und ihr den Schnipsel mit der Prophezeiung in die Handfläche gedrückt. »Ich meine, was ich eben gesagt habe. Sie sind eine der tapfersten Frauen, die ich kenne. Sie überstehen dies alles. Ich verspreche es Ihnen. Und wenn Sie bis dahin jemanden zum Reden brauchen oder auch nur wen, der Ihnen Gesellschaft beim chinesischen Essen leistet, dann wissen Sie ja, wo Sie mich finden.«

Neunundzwanzig

Sweetwater, Virginia
10. Juni 2017

Als der Sommer vor der Tür stand, hatte Christy-Lynn ihre Energie auf das Haus kanalisiert. Die *Cafélese* lief gut, jetzt machte sie aus dem Bungalow ein richtiges Zuhause. Im Wohnzimmer standen nur noch ein paar Kartons, und sie sah endlich Licht am Ende des Tunnels. Mit etwas Glück wäre am Abend alles aussortiert.

Waynes Reaktion von neulich Abend fiel ihr wieder ein: *Ziehen Sie um?* Sie hatte ihm gegenüber ein schlechtes Gewissen, weil sie ihm seit der Großen Chinesischen Essenskatastrophe aus dem Weg gegangen war. Sie verschwand schnell im Büro, wenn er auf einen Kaffee vorbeikam.

Sie hätte ihn gleich am nächsten Tag anrufen und ihm für das Essen danken sollen, aber sie hatte sich nicht dazu überwinden können. So etwas machte man nach einem Date, aber doch nicht nach einem Heulanfall über aufgeweichten Frühlingsrollen. Sie war eigentlich nicht nah am Wasser gebaut, aber an dem Abend mit Wayne hatte das ganz anders ausgesehen. Iris war ihr einfach nicht aus dem Kopf gegangen. Und das war bis jetzt so geblieben.

Sie hatte keine Ahnung, wie viel Rhetta vom Sozialamt bekam, aber viel würde es nicht sein. Bestimmt nicht genug, um ein Kind großzuziehen. Nach dem Unfall waren auch die monatlichen Zahlungen für Honey eingestellt worden, und das bedeutete, dass Iris viele Dinge entbehren musste. Arztbesuche und Medikamente zum Beispiel, Bücher und ein Dach über dem Kopf, das nicht notdürftig mit Spanplatten geflickt war.

Der Gedanke machte sie wahnsinnig wütend. Es überraschte sie nicht, dass Stephen kein Testament gemacht hatte. Der Tod war etwas für Sterbliche, nichts für Bestsellerautoren mit einer Heerschar von Fans und Millionen auf der Bank. Doch das hätte sich ändern müssen, als Iris zur Welt kam. Und vielleicht war es ja auch so. Es war reine Spekulation, aber vielleicht hatte Stephen eine Regelung zur Vorsorge für Iris getroffen, die der Anwalt absichtlich unerwähnt gelassen hatte und die noch in die Tat umgesetzt werden musste.

Sie zog das Telefon aus ihrer Handtasche und wählte Peter Hagans Nummer. Sie war überrascht, als die Sekretärin sie gleich durchstellte. »Peter, hier ist Christy … Christine.«

»Christine, wie schön, von Ihnen zu hören. Wie geht es Ihnen?«

»Gut. Hören Sie, ich habe eine Frage. Ich weiß, dass Stephen kein Testament gemacht hat, aber gibt es vielleicht noch ein Dokument, von dem ich keine Kenntnis habe?«

»Wie bitte?«

Christy-Lynn versuchte, seinen Ton zu analysieren. Stellte er sich dumm? Hielt er sich absichtlich zurück? »Ich weiß das mit Iris«, schob sie nach.

»Mit wem?«

»Ich spreche von Iris Rawlings. Stephens Tochter.«

Eine lange Pause folgte, vielleicht aus Peinlichkeit, vielleicht aus Verwirrung. »Peter?«

»Tut mir leid, Christine. Ich habe keine Ahnung, wovon Sie sprechen.«

»Sie brauchen ihn nicht mehr zu decken. Ich weiß alles.«

»Dann wissen Sie mehr als ich. Mir gegenüber hat er eine Tochter jedenfalls nie erwähnt.«

»Woher weiß ich, dass Sie nicht lügen?«

»Das können Sie natürlich nicht wissen. Aber ich sage Ihnen als Freund, dass Stephen mich nie beauftragt hat, mich mit seinem Nachlass zu beschäftigen. Weder für Sie noch für ein Kind.«

»Sagt Ihnen der Name Honey Rawlings etwas?«

»Nein, tut mir leid. Sollte er?«

»So hieß die Frau, die mit Stephen im Auto saß, als er gestorben ist.«

»Mir war nicht bekannt, dass sie identifiziert worden ist.«

»Offiziell nicht. Aber so hieß sie.«

»Und woher wissen Sie das?«

»Ich weiß es eben. Aber bitte, das muss zwischen uns bleiben.«

»Selbstverständlich. Worauf wollen Sie hinaus?«

»Stephen und diese Frau haben ein Kind, Peter. Ein kleines Mädchen namens Iris. Und ich habe gedacht, er hätte vielleicht für den Fall vorgesorgt, dass ihm etwas zustößt. Sie wohnt bei ihrer Urgroßmutter in West Virginia, und seit Stephens Tod haben sie so gut wie kein Geld. Es ist wirklich schlimm.«

»Christine.« Peter machte eine Pause, um sich zu räuspern und vielleicht auch, um seine Antwort zu formulieren. »Ich muss Sie in aller Form warnen. Lassen Sie sich unter keinen Umständen auf irgendetwas ein. Erstens gibt es keinen Beweis dafür, dass dieses kleine Mädchen ...«

»Iris.«

»Ja, von mir aus auch Iris. Wir können nicht wissen, ob Stephen tatsächlich Iris' Vater ist. Ihre Anteilnahme ehrt Sie, aber Sie können sich nicht vorstellen, was für Leute plötzlich aus ihren Löchern kriechen, wenn jemand von Stephens Format stirbt. Woher wissen wir denn, dass das nicht alles frei erfunden ist, um Ihnen das Geld aus der Tasche zu ziehen? So etwas passiert andauernd.«

»Es ist nicht frei erfunden, Peter. Das weiß ich mit Sicherheit.«

»Woher?« Er klang sehr frustriert. »Wie können Sie sich sicher sein?«

»Weil ich das Gesicht meines eigenen Mannes erkenne.«

»Sie … haben das Kind gesehen?«

»Am letzten Wochenende. Ich bin nach West Virginia gefahren. Iris ist Stephens Tochter.«

»Und das«, sagte Peter gequält, »gehört genau zu den Dingen, die Sie unter keinen Umständen laut aussprechen dürfen. Das könnte als Anerkennung der Vaterschaft gedeutet werden und Sie sehr teuer zu stehen kommen. Ich bin sicher, dass Sie das Herz auf dem rechten Fleck tragen, aber es hat sich bewährt, in diesen Dingen die üblichen Wege einzuschlagen. Rechtliche Wege. Und bis wir das tun, rate ich Ihnen dringend, die Hände davon zu lassen.«

»Ich brauche keinen Vaterschaftstest«, blaffte sie ihn an. »Außerdem hat mich niemand um einen einzigen Cent gebeten.«

»Christine, bitte. Als Ihr Anwalt sage ich Ihnen, dass dies eine äußerst delikate Angelegenheit ist.«

»Es ist mehr als delikat, Peter, aber danke. Ich habe herausgefunden, was ich wissen musste.«

Er redete immer noch auf sie ein, als sie den Anruf beendete.

Sie holte eine von Carols Klappkarten aus der Küchenschublade und begann zu schreiben.

Liebe Rhetta,

ich möchte mich noch einmal für Ihre Freundlichkeit bedanken. Ich weiß, dass mein Besuch nur eine unerwünschte Erinnerung an Ihren Verlust sein kann und dass unsere Unterhaltung für Sie so schmerzhaft gewesen sein muss wie für mich. Unsere Verluste sind verschieden, aber wir trauern beide. Ich bedaure, dass unsere Pfade sich auf diese unangenehme Weise kreuzen mussten. Bitte nehmen Sie dieses kleine Zeichen meiner Wertschätzung mit den besten Wünschen für Iris und Sie an. Es kann Ihren Verlust nicht wettmachen, und das soll es auch gar nicht. Aber ich hoffe, dass es Ihnen die Betreuung Ihrer Urenkelin etwas erleichtert.

Herzliche Grüße

Christine Ludlow

Sie schrieb einen Scheck über zehntausend Dollar aus, steckte ihn in die Klappkarte und versuchte, nicht an Peter Hagans Reaktion zu denken, falls er das auf irgendeinem Weg spitzkriegen sollte.

Dreissig

Riddlesville, West Virginia
17. Juni 2017

Christy-Lynns Magen verkrampfte sich, als sie die Stadtgrenze von Riddlesville erreichte. Sie musste den Verstand verloren haben. Andererseits musste jemand Rhetta Rawlings zur Vernunft bringen, und da die Frau kein Telefon hatte, bedeutete das eben eine lange Autofahrt für Christy-Lynn.

Sie war fassungslos gewesen, als sie einen Brief von Rhetta erhielt, in der sie ihr in krakeliger Spinnenschrift für ihre freundlichen Worte dankte, aber zugleich erklärte, dass sie von der Frau, der ihre Enkeltochter so viel Kummer bereitet hatte, kein Almosen annehmen konnte. Ein Almosen? Iris war Stephens Tochter, sein eigen Fleisch und Blut. Dass er sich nicht die Mühe gemacht hatte, für sie vorzusorgen, änderte nichts an der Tatsache, dass Iris der Scheck – und so viel mehr – zustand.

Diesmal fand sie Rhettas Haus problemlos. Sie hatte allerdings gehofft, ihre Erinnerung an die Verzweiflung, die über dem Haus lag, wäre übertrieben gewesen. Sie war es nicht. Doch genau aus diesem Grund war sie ja gekommen – um zu helfen, die Verzweiflung etwas zu mildern.

Rhetta riss die Augen auf, als sie die Tür öffnete. »Was um Himmels willen …?«

»Sie haben kein Telefon«, platzte Christy-Lynn heraus, als würde das alles erklären. »Ist es ein unpassender Moment?«

»Tut mir leid, ich verstehe Sie nicht. Ein unpassender Moment wofür?«

»Ich bin hier wegen des Schecks. Ich möchte es Ihnen erklären.«

Rhetta schlurfte ins Haus zurück, eine unausgesprochene Aufforderung für Christy-Lynn hereinzukommen. Iris lag bäuchlings auf dem Teppich im Wohnzimmer, den Kopf über ein Ausmalbuch gebeugt. Sie sah auf, als Christy-Lynn an ihr vorüberging; ihr blasses Gesicht hatte einen unschlüssigen Ausdruck.

»Iris, Liebling«, sagte Rhetta mit ihrer belegten Stimme. »Erinnerst du dich an Christy-Lynn? Sie ist noch einmal zu Nonny zu Besuch gekommen.«

Iris antwortete nicht. Noch nicht einmal ein Wimpernschlag über den weiten leuchtenden Augen.

Christy-Lynn gelang es, ein Lächeln hervorzuzaubern. »Hallo, Iris«, sagte sie so sanft wie möglich. Sie fürchtete, das Kind wie ein verängstigtes Reh in die Flucht zu schlagen. »Das ist aber ein schöner Fisch, den du da ausmalst. Rosa Fische mag ich am allerliebsten.«

Iris sah den rosafarbenen Buntstift in ihrer Faust an.

»Es ist einer ihrer stillen Tage«, flüsterte Rhetta entschuldigend. »Lassen Sie uns in die Küche gehen. Ich habe gerade eine Kanne Tee gemacht.«

»Ich will auch gar nicht lange bleiben«, sagte Christy-Lynn, als sie Suppe in einem Topf auf dem Herd simmern sah. »Es ist ja fast schon Zeit fürs Abendessen.«

Rhettas knotige Hände zitterten, das Einschenken mit der schweren Kanne bereitete ihr sichtlich Mühe und sie goss viel daneben. Sie reichte Christy-Lynn ein Glas. »Ich hatte nicht gedacht, dass wir uns noch einmal sehen würden.«

»Das hatte ich auch nicht gedacht, aber als ich Ihren Brief bekommen habe, konnte ich nicht anders. Ich habe mir Gedanken darüber gemacht, warum Sie den Scheck zurückgeschickt haben.«

»Das habe ich Ihnen doch geschrieben. Wir können keine Almosen annehmen.«

»Aber es ist kein Almosen. Es unterscheidet sich gar nicht von dem Geld, das Stephen Honey für Iris gegeben hat.«

»Es unterscheidet sich absolut.« Rhettas Kinn zitterte, es lag etwas wie Trotz darin, und ihre verwaschenen blauen Augen waren plötzlich klar und scharf. »Das war Stephens Geld, mit dem er tun und lassen konnte, was er wollte. Aber er ist nicht mehr da, und das bedeutet, dass das Geld rechtlich jetzt Ihnen gehört. Wir haben kein Anrecht darauf.«

»Rhetta«, sagte Christy-Lynn und senkte die Stimme, um ihre Frustration zu überspielen, »es ist Ihnen ja nicht entgangen, dass mein Mann sehr wohlhabend war. Es war falsch, dass er sich keine Mühe gemacht hat, für seine Tochter vorzusorgen. Ich versuche nur, das richtigzustellen, aber Sie müssen mich lassen.«

»Aber es ist nicht richtig.«

»Doch. Genau gesagt, ist es das einzig Richtige an der ganzen Situation.« Christy-Lynn zog den Scheck aus ihrer Handtasche und legte ihn auf die Wachstuchdecke. »Bitte … nehmen Sie ihn an.«

Rhetta schloss die Augen und schüttelte entschieden ihren grauen Kopf. Sie wirkte noch erschöpfter als bei Christy-Lynns letztem Besuch. Die tägliche Anstrengung, die die Betreuung eines Kindes mit emotionalen Problemen mit sich brachte, forderte ihren Tribut.

»Das Mädchen braucht kein Geld«, sagte sie und zeichnete mit einem nikotingelben Daumennagel einen Tropfen an ihrem Teeglas nach. »Sie braucht jemanden, der für sie da ist. Aber selbst als Honey noch lebte, war es nicht so.«

»Sie hat Glück, dass sie Sie hat«, sagte Christy-Lynn matt.

Rhetta sah von ihrem Glas auf. Neben ihren Mundwinkeln hatten sich tiefe Schmerzfalten gebildet. »Aber wie lange noch?«

Jetzt war es an Christy-Lynn, den Blick zu senken. Es hatte keinen Sinn, um den heißen Brei zu reden. Die Frage, was mit Iris geschehen würde, wenn Rhetta sich nicht mehr um sie kümmern konnte, stand unübersehbar im Raum.

»Ich habe seit Ihrem letzten Besuch viel darüber nachgedacht«, sagte Rhetta.

»Und?«

»Und nichts.« Ihre Unterlippe zitterte. »Sie ist schon etwas schwierig, das arme Ding. Sie spricht kaum und sie schläft kaum. Es ist nicht ihre Schuld, aber in meinem Alter ist das kaum zu bewältigen.«

Ohne nachzudenken, griff Christy-Lynn nach Rhettas Hand. »Und deswegen müssen Sie den Scheck annehmen, Rhetta. Dann können Sie etwas Hilfe ins Haus holen, vielleicht auch jemanden, der Iris dabei hilft, mit allem, was passiert ist, klarzukommen. Das würde es Ihnen beiden erleichtern.«

»Wen sollte ich hier schon finden?«

»Vielleicht gibt es bei der Bezirksverwaltung eine Anlaufstelle. Oder sie können Ihnen da wenigstens wen empfehlen. So eine Art Familienhelfer.«

Rhettas runzeliges Gesicht legte sich vor Entsetzen in noch tiefere Falten. »Ausgerechnet! Und dann finden die beim Jugendamt, dass ich zu alt bin, um mich um Iris zu kümmern. Als Nächstes fällt hier eine Horde Gutmenschen ein und nimmt sie mir weg. Eines Tages werden sie kommen, das weiß ich, das ist unausweichlich. Aber erst, wenn ich tot bin und nichts mehr dagegen tun kann.«

Christy-Lynn erschrak. Aber es stimmte natürlich. Rhetta Rawlings war alt und gebrechlich und lebte deutlich unter der Armutsgrenze – sie war alles andere als ein idealer Vormund. Verwandtschaft hin oder her.

»Vielleicht kann Ray in der Gemeinde die Fühler ausstrecken, ob es dort nicht eine Frau gibt, die Ihnen beim Einkaufen und Kochen und mit der Wäsche helfen könnte.«

Rhetta schnaubte. »Ich darf sie nicht einmal in die Kirche mitbringen. Er findet, dass Honey dem Namen Rawlings schon genug Schande gemacht hat. Als hätten sich die Rawlings je einen Namen in dieser Stadt gemacht.«

»Er verweigert seiner Nichte den Besuch in der Kirche?«, fragte Christy-Lynn entrüstet.

»Jedenfalls in seiner. Er sagt, ich brauche nicht jedem unter die Nase zu reiben, was für eine Schlampe seine Schwester war. Und wenn sie Honeys Blag sehen, erinnern sie sich in seiner Gemeinde immer wieder daran. Seine eigene Schwester …« Ihre Stimme brach. Sie blickte auf ihr Glas hinunter.

»Rhetta, das ist wirklich schlimm.«

Rhetta blinzelte mehrfach und schaute aus dem Küchenfenster hinaus. »Ich habe immer gedacht, dass er es sich noch mal anders überlegt. Dass Iris sein Herz mit der Zeit erweicht. Aber das ist nicht passiert. Und es wird auch nicht mehr passieren. Er meint genau das, was er sagt.« Sie schloss kopfschüttelnd die Augen. »Und was soll aus Iris werden?«

»Ich weiß es nicht. Ich wünschte, es wäre anders. Aber nehmen Sie wenigstens den Scheck an. Mit Geld kann man diese Probleme nicht lösen, aber es wird Ihnen helfen, besser über die Runden zu kommen. Bis Sie eine Lösung gefunden haben. Und sagen Sie nicht noch einmal, dass es ein Almosen ist. Es steht

Iris zu oder hätte ihr zustehen sollen. Und noch sehr viel mehr. Bitte nehmen Sie ihn an.«

Tränen liefen Rhetta die Wangen hinunter. »Mrs Ludlow …« Keuchend verbarg sie das Gesicht in den Händen. »Ich weiß nicht … Sie sind so unglaublich freundlich zu uns …«

Christy-Lynn nahm Rhettas knotige und überraschend zarten Hände in ihre. »Bitte hören Sie auf zu weinen. Wir finden schon wen, der Ihnen hilft, sich um Iris zu kümmern. Ich verspreche es Ihnen. Und bitte nennen Sie mich Christy-Lynn.«

Irgendetwas, ein Geräusch oder eine Bewegung, erregte Christy-Lynns Aufmerksamkeit. Sie warf einen Blick über die Schulter. Iris stand in der Tür und starrte gebannt auf die beiden Frauen, die sich an dem winzigen Küchentisch bei den Händen hielten.

Als Rhetta sie bemerkte, wischte sie sich schnell die Augen trocken. »Iris, mein Liebling, ich habe dich gar nicht hereinkommen hören. Möchtest du etwas Saft?«

Iris stand auf der Schwelle und zögerte, die Hände hielt sie hinter dem Rücken. Schließlich machte sie einen kleinen Schritt vorwärts, sie hatte sich offensichtlich zu etwas entschlossen.

»Was ist denn, Iris?«, fragte Rhetta, die das Verhalten ihrer Urenkelin zu verwirren schien. »Was hast du denn da?«

Iris antwortete nicht. Stattdessen machte sie noch einen zögerlichen Schritt vorwärts, zog blitzschnell ein Blatt Papier hinter dem Rücken hervor und legte es vor Christy-Lynn auf den Tisch. »Rosa Fische auch am allerliebsten«, lispelte sie und rannte aus der Küche hinaus.

Rhetta saß sprachlos da, eine Hand vor den Mund gepresst, und betrachtete den wild ausgemalten rosafarbenen Nemo, den Iris Christy-Lynn gerade geschenkt hatte. »Fünf Worte«, sagte sie leise und zählte sie an ihren Fingern ab. »Das ist der längste Satz seit einer halben Ewigkeit.«

Christy-Lynn wusste nicht, wie sie darauf reagieren sollte. Eine Welle völlig unbekannter Gefühle überspülte sie. »Sie hat es nachgeplappert«, sagte sie verlegen zu Rhetta. »Weil ich rosa Fische mag.«

Rhetta lächelte. Es war das erste von Herzen kommende Lächeln, das Christy-Lynn bei ihr sah. »Iris mag Sie.«

»Sie wollte nur lieb zu mir sein. Sie kennt mich ja gar nicht.«

»Sagen Sie das nicht.« Rhettas Stimme war ernst und bedeutungsschwer. Christy-Lynn saß ganz still da. »Kinder spüren genau, wer freundlich ist und wer nicht, wer aufrichtig ist und wer nicht. Und sie spürt genau, wer Sie sind, Christy-Lynn.« Wieder brach Rhettas Stimme. Sie räusperte sich und sagte: »Iris weiß es und ich auch.«

Einunddreissig

Sweetwater, Virginia
24. Juni 2017

Christy-Lynn schoss hoch, eine Welle von Adrenalin pumpte durch ihren Körper. Es dauerte eine Weile, bevor das Unmittelbare des Traums verblasste. Nicht, dass das je ganz geschah – die verschwommenen Gesichter und die verstümmelten Worte waren nie fern, ein dunkler, nasser Hintergrund, vor dem sie ihre wachen Stunden verbrachte. Sie hatte gehofft, dass die Träume aufhören oder wenigstens seltener werden würden, wenn sie Rhetta überzeugen konnte, den Scheck anzunehmen. Doch das Gegenteil war der Fall: Sie kamen jetzt noch häufiger. Und wenn sie aus ihnen hochgeschreckt war, war sie viel zu aufgeputscht, um wieder einzuschlafen. Am Tag darauf lief sie dann wie ein Zombie herum.

Allmählich beruhigte sich ihr Herzschlag, und sie hörte ein stetes Trommeln gegen die Fensterscheiben. Sie legte sich zurück, schloss die Augen und versuchte sich zu entspannen, aber es klappte nicht. Ihre Nerven waren zum Zerreißen gespannt.

Kraftlos stand sie auf und schlappte in die Küche, um sich ihren rituellen Earl Grey zu machen. Als sie darauf wartete, dass das Wasser zu kochen begann, betrachtete sie den grellrosa Fisch, der sie von der Kühlschranktür angrinste. Selbst in ihren wildesten Träumen hätte sie sich nicht vorstellen können, dass eines Tages ein Kinderbild in ihrer Küche hängen würde – und doch hing hier nun eines.

Die Mikrowelle machte *ping,* und fast gleichzeitig meinte sie, ein gedämpftes Miauen zu hören. Als sie es noch einmal hörte, spähte sie zur Schiebetür hinaus. Sie brauchte nicht lange, um die Ursache zu entdecken.

»Ach, sieh mal an. Wen haben wir denn da?« Ohne nachzudenken, schob Christy-Lynn die Tür zur Seite, um die jämmerliche, klatschnasse Katze besser zu sehen. »Sieht so aus, als hätte hier jemand seine Schlechtwetterklamotten vergessen.« Sie bemerkte ihren Fehler zu spät. Die Katze nahm das Mitgefühl als Einladung, quetschte sich zwischen Christy-Lynns Knöcheln hindurch und schoss mit einem hohen Jaulen in die Küche.

Christy-Lynn folgte ihrem triefenden Gast entgeistert. »Sie haben leider an die falsche Tür geklopft, Sir. Bitte nehmen Sie es nicht persönlich, aber ich habe es nicht so mit Haustieren.«

Der Kater war unbeeindruckt. Er starrte sie unverwandt und mitleiderregend aus seinen goldenen Augen an. Sie seufzte laut. Ihr Entschluss war schon ins Wanken geraten. Sie hatte nicht vergessen, wie es war, bei Kälte und Nässe keinen Platz zum Schlafen zu haben.

»Na gut. Heute kannst du hierbleiben. Aber es ist nur für eine Nacht, komm bloß nicht auf dumme Gedanken. Hoffentlich erwartest du kein Abendessen – mein Katzenfutter ist gerade alle.«

Lautes Maunzen, mitleidheischende Blicke aus goldenen Augen.

»Na gut«, stöhnte sie. »Ich habe noch Milch. Aber mehr gibt es nicht.«

Sie goss die Milch auf eine Untertasse und beobachtete, wie die Katze sie gierig aufleckte. Wie lange mochte das arme Tier nichts mehr zu fressen bekommen haben? In der Speisekammer fand sie noch eine Büchse Thunfisch, die sie auf eine zweite Untertasse leerte.

Als der Earl Grey fertig gezogen hatte, waren beide Unterteller wieder sauber und ihr Gast widmete seine ganze Aufmerksamkeit seinem Erscheinungsbild. Christy-Lynn trug ihren Becher ins Wohnzimmer, ließ sich auf das kleine Sofa nieder und sah dem Streuner beim Säubern zu. Zu ihrer Verwunderung wurden ihr nach ein paar Minuten die Augenlider schwer. Sie machte es sich bequem und schloss die Augen. Vielleicht würde der Traum sie hier nicht finden.

* * *

Sie erwachte ein paar Stunden später. Warmes gelbes Licht schien ins Zimmer. Steif und benommen setzte sie sich auf und versuchte sich daran zu erinnern, warum sie nicht in ihrem Bett war. Dann entdeckte sie das orange-weiße Fellknäuel auf der breiten Armlehne des Sofas, und die Ereignisse der letzten Nacht kamen ihr langsam wieder zu Bewusstsein.

Als würde er ihren Blick bemerken, hob der Kater den Kopf, blinzelte sie schlaftrunken, aber neugierig an, stand auf und streckte sich. Dann sprang er auf den Boden und lief schnurstracks zur Schiebetür.

»Wie alle Männer«, murmelte Christy-Lynn, zog die Tür auf und ließ ihn hinaus. »Stehlen sich davon, sowie die Sonne aufgeht.«

Sie sah ihm nach, wie er die Stufen hinunterschoss und verschwand. Dann ging sie hinein, um Kaffee zu machen. In ein paar Stunden wollte Missy zum Lunch kommen – ihr erster

Gast, seit Hank die Küche renoviert hatte. Und Christy-Lynn wollte, dass alles perfekt war.

* * *

Missy kam wie immer zu spät, sah aber in ihrer ärmellosen Tunika und weißen Leinenhose wie aus dem Ei gepellt aus. Sie drückte Christy-Lynn einen Kuss auf die Wange und hinterließ einen fuchsienfarbigen Abdruck. »Für dich«, sagte sie und reichte Christy-Lynn eine kleine Geschenktasche, in der Seidenpapier raschelte. »Nur ein kleines Geschenk zur Feier dieses Meilensteins. Du kannst es öffnen, wenn ich weg bin. Für jetzt …« Sie hob grinsend eine Plastiktüte hoch. »Ich habe alles für Mimosas dabei. Und bevor du Nein sagst: Für dich habe ich alkoholfreien Cidre. Oder du trinkst einfach ein Glas guten alten Orangensaft, aber es macht nur halb so viel Spaß wie mit Sprudel.«

Missy pfiff anerkennend, als sie die frisch renovierte Küche sah. »Ich kann nicht glauben, was du aus dem Haus gemacht hast. Ich hatte es ja schon gesehen, als die Arbeiten noch im Gange waren, aber jetzt, wo es fertig ist … Ich bin total begeistert!«

Christy-Lynn strahlte. Seit der Renovierung war die Küche ihr Lieblingsraum. »Das Waschbecken im Landhausstil und die Vintage-Geräte waren Hanks Idee. Er hat genau begriffen, was ich wollte.«

Missy kämpfte mit dem Champagnerkorken, die Flasche zwischen die Knie geklemmt. Als er mit einem scharfen Popp herausschoss, zuckte sie zurück. »Hast du dich schon entschieden, was du mit dem einen Zimmer machen willst?«

Christy-Lynn dachte an den Raum neben ihrem Schlafzimmer, in dem sie den ganzen Krempel lagerte, der von der Renovierung übrig war. »Noch nicht, aber wahrscheinlich wird es ein Arbeitszimmer. Ich habe daran gedacht, wieder Lektoratsaufträge anzunehmen. Ich vermisse meine Autoren. Und ehrlich gesagt, jetzt, wo der Laden läuft und der Bungalow mehr oder weniger fertig ist, habe ich einfach zu viel Zeit zur Verfügung.«

Missy hatte zwei Champagnerflöten entdeckt und goss etwas Orangensaft hinein. »Denk doch mal drüber nach, was Nettes mit der Zeit anzufangen. Bei meinem Daddy auf der Arbeit gibt es so einen Wirtschaftsprüfer. Sieht gut aus. Geschieden. Keine Kinder.«

Christy-Lynn warf ihr einen genervten Blick zu. »Wie wär's mit Lunch?«

Missy zog eine Schnute. »Na gut, ich hab's verstanden. Themenwechsel.«

»Genau.« Christy-Lynn nahm zwei Avocado-Shrimp-Salate aus dem Kühlschrank und ging voraus auf die Terrasse. »Wo wir gerade bei Kindern sind: Was machen die Jungs heute?«

»Zelten mit den Nachbarskindern.« Missy reichte Christy-Lynn eine Champagnerflöte und ließ sich auf ihren Terrassenstuhl nieder. »Wie kommt es bloß, dass Jungen so gerne in Zelten schlafen?«

Christy-Lynn lächelte. »Das kann ich dir auch nicht sagen. Aber es muss doch auch schön für dich sein, mal etwas Zeit zu haben.«

Missy dachte darüber nach. »Tja, sollte man meinen, aber ehrlich gesagt vermisse ich die kleinen Monster. Das Haus ist einfach zu ruhig, wenn sie nicht da sind, und irgendwie weiß ich mit meiner Zeit gar nichts mehr so richtig anzufangen. Ich weiß, dass es verrückt klingt, aber ich liebe es, wenn ich nicht weiß, was ich zuerst oder zuletzt machen soll. Es gibt nichts, was ich für meine Kinder nicht tun würde, aber das gehört wahrscheinlich zum Muttersein dazu.«

»Nicht unbedingt«, sagte Christy-Lynn. Es klang bedrückter als beabsichtigt.

Missys Miene wurde weich. »Du meinst *deine* Mutter?«

Christy-Lynn winkte ab. »Ach, vergiss es. Ich will jetzt wirklich nicht rührselig werden. Ich habe nur so schlecht geschlafen in der letzten Zeit.«

»Ich gehe mal davon aus, dass es nicht daran lag, dass du eine ganze Staffel *Game of Thrones* am Stück geguckt hast.«

Christy-Lynn hätte gerne das Thema gewechselt, aber sie wusste, dass das bei Missy keinen Sinn hatte. »Es gibt eine … Entwicklung.«

»Was für eine Entwicklung?«

»Ein kleines Mädchen.« Es kam so gepresst und schmerzverzerrt heraus, als hätte sie ein Pflaster von einer offenen Wunde gerissen. »Stephen und Honey hatten eine kleine Tochter.«

Das verschlug Missy die Sprache. »Tja«, sagte sie schließlich. »Er war wirklich ein unglaubliches Schwein. Wie hast du es herausgefunden?«

»Sie lebt bei Rhetta. Es war, als sähen Stephen und Honey mich gleichzeitig an. Es hat mich regelrecht umgehauen.«

»Herr im Himmel«, hauchte Missy und nahm Christy-Lynns Hand. »Und das hast du die ganze Zeit allein mit dir rumgeschleppt? Warum? Du weißt doch, dass ich immer für dich da bin, oder? Dass du mir alles erzählen kannst?«

Christy-Lynn nickte. Sie wusste es wirklich. Aber in den drei Wochen, seit sie von Iris' Existenz erfahren hatte, hatte sie es nicht über sich gebracht, von ihr zu sprechen. Außer mit Wayne natürlich. Aber nur, weil er sie in einem Moment der Schwäche erwischt hatte.

»Wahrscheinlich brauchte ich die Zeit, um es zu verarbeiten«, sagte sie. »Es war mir peinlich, dass mein Mann ein Kind mit einer anderen hat. Und dass es ihm gelungen ist, das drei Jahre geheim zu halten. Wenn sein Auto nicht von der Brücke geschleudert worden wäre, wüsste ich immer noch nichts davon.«

Missy pustete so viel Luft aus, dass sich ihre Ponyfransen bewegten. »Hör mal, ich weiß, dass du durcheinander bist. Kein Wunder. Aber es gibt absolut nichts, was dir peinlich sein sollte.«

Christy-Lynn zuckte halbherzig die Achseln. Sie wollte es gerne glauben. Aber Wollen und Glauben waren nun mal zwei verschiedene Dinge. Stephen war kein Heiliger gewesen. Damit hatte sie sich abgefunden. Aber es war nicht zu leugnen, dass sie mit den Jahren immer mehr dazu bereit gewesen war, seine Charakterschwächen zu übersehen. Sie war zufrieden mit dem Status quo gewesen und hatte sich in falscher Sicherheit gewiegt. Sie hatte in den Tag geträumt und Stephen so eine Affäre ermöglicht – aus der ein kleines Mädchen hervorgegangen war, deren Kindheit auf schauerliche Weise ihre eigene spiegelte.

Missy wartete ungeduldig auf den Rest der Geschichte – natürlich wusste sie, dass da noch mehr war. Die Frau war wie ein Bluthund. Und so redete Christy-Lynn sich alles von der Seele. Der entsetzliche Augenblick, in dem sie Iris zu Gesicht bekommen hatte, der Scheck, den Rhetta erst aus Stolz abgelehnt hatte, und wie Ray Rawlings seine Nichte mit dem unfassbaren Wort *Abschaum* abgetan hatte.

Missy hörte sich alles kopfschüttelnd an. »Mein Gott. Ein kleines Mädchen ohne Eltern und eine alte Frau, die mit achtzig ein Kind großziehen muss. Ehrlich, ich weiß nicht, wer von beiden mir mehr leidtut.«

»Es ist schrecklich. Ihr Haus sieht aus, als könnte es bei dem ersten kräftigen Windstoß einstürzen. Es gibt keinen Garten, kein Telefon, keine Nachbarn weit und breit. Aber das Schlimmste ist, dass Honeys Bruder sich weigert, Iris zu sich zu nehmen, wenn Rhetta nicht mehr da ist. Sie wird wahrscheinlich in einer Pflegefamilie landen.«

Missy strich nachdenklich ihre Leinenhose glatt. »Das klingt alles grauenvoll, aber auf die Gefahr hin, herzlos zu klingen: Es ist wirklich nicht dein Problem. Es ist der Fehler ihrer Eltern, und es ist an ihrer Familie, damit klarzukommen.«

Christy-Lynn starrte auf die zusammengeknüllte Serviette in ihrem Schoß. »Er hat sie *Abschaum* genannt, Missy. Eine Ausgeburt der Sünde. Ihr eigener Onkel.« Sie schluckte. Es war so ungerecht, dass es ihr das Herz zusammenzog. »Iris kann nichts dafür, aber sie wird für alles bezahlen.«

Missy seufzte. »Du steckst bis zum Hals in der ganzen Sache drin, stimmt's?«

Christy-Lynn nickte, auch wenn sie ganz tief im Inneren wusste, dass ihr Herz sich nicht nur wegen Iris zusammenzog. Aus irgendeinem schrecklichen Grund hatte sich das Schicksal gegen sie verschworen und ihr dieses kleine Mädchen vor die Füße gelegt – eine verkörperte Erinnerung an ihre eigene Kindheit, vor der sie seit Jahrzehnten wegzulaufen versuchte. Und jetzt gab es wohl oder übel kein Zurück mehr.

»Ja«, sagte sie schließlich. »Stimmt. Hältst du mich für verrückt?«

»Ja«, antwortete Missy, ohne eine Sekunde zu zögern. »Ich kann mir nicht vorstellen, dass es noch eine Frau auf dieser Welt gibt, die sich auch nur einen Deut um ein Kind schert, das ihr Mann mit einer anderen gezeugt hat. Aber du tust es – und so ist es dann eben. Was hast du vor?«

»Ich weiß es nicht. Es ist nur ein Tropfen auf den heißen Stein, aber ich habe Rhetta schließlich dazu gebracht, den Scheck einzulösen. Sie hat mich vor ein paar Tagen angerufen, um sich noch einmal zu bedanken und mir zu sagen, dass sie jetzt endlich ein Telefon hat. Ich kann ihr nicht verständlich machen, dass das Geld Iris im Grunde zusteht.«

»Ich sag's dir ungern, aber nicht viele Leute würden das so sehen.«

Christy-Lynn nippte an ihrer alkoholfreien Mimosa und überlegte, ob es klug war, Missy alles zu erzählen. Wenn Missy sie jetzt schon für verrückt erklärte, was würde sie dann erst zu dem Rest sagen? »Ich habe daran gedacht, einen Treuhandfonds für Iris einzurichten.«

Missys graugrüne Augen weiteten sich. »Ernsthaft?«

»Du weißt ja, dass mir das viele Geld immer Magenschmerzen verursacht hat. Es liegt auf dem Konto und wird mit jedem Monat mehr. Warum sollte sie es nicht bekommen?«

»Was? Alles?«

»Weiß ich nicht. Aber einen Großteil auf alle Fälle. Sie hätte Geld für Ärzte, Schulen, Nachhilfe. Zum Teufel, ein vernünftiges Dach über dem Kopf.«

Missy schüttelte den Kopf. »Noch. Aber du hast ja selbst gesagt, dass Rhetta nicht mehr lange hat und dass Iris' Onkel nichts mit ihr zu tun haben will. Klar, das Geld können sie gut gebrauchen, aber es ist nur eine kurzfristige Lösung. Ich sage es wirklich nicht gerne, aber es hört sich so an, als wäre eine Unterbringung in einer Pflegefamilie die beste Option. Da kümmert sich wenigstens jemand um das arme Ding. Und sie könnte ja auch Glück haben und in eine glückliche Familie kommen.«

Eine glückliche Familie.

Christy-Lynn sah weg. Missy hatte das so dahingesagt, als könnte das wirklich eine Lösung sein. Aber wie sollte Christy-Lynn erwarten, dass Missy eine Ahnung hatte, wie grauenhaft so eine Zukunft sein konnte? Wer mit kleinen Hunden und Schaukeln im Garten aufgewachsen war, konnte nicht verstehen, dass das Pflegesystem, so gut es auch gemeint war, jederzeit in Angst und Schrecken umschlagen konnte. Oder dass ein

Kind wie Iris mit Albträumen und einer verzögerten sprachlichen Entwicklung schlechte Startbedingungen hatte.

»Mir ist klar, dass es das Problem langfristig nicht behebt. Aber das ist das, was ich meinerseits beitragen kann.«

»Hast du das schon mit Rhetta besprochen?«

»Noch nicht. Ich muss mich noch schlaumachen. Und dann werde ich sie überzeugen müssen. Und wie Wayne reagiert, möchte ich mir gar nicht erst vorstellen.«

»Was hat Wayne denn damit zu tun?«

»Er hat mich an dem Tag, an dem ich Iris das erste Mal gesehen habe, überraschend besucht. Ich bin mit der ganzen Geschichte rausgeplatzt. Er kannte Stephen und deswegen dachte ich, er könnte das vielleicht gut nachvollziehen.«

»Und?«

»Er sagt, Stephen hatte kein Gewissen.«

Missy machte ein finsteres Gesicht. »Schwer, ihm da zu widersprechen.«

»Er findet, dass ich mich da zu sehr reinknie, dass ich mich damit nur quäle, dass ich es alles loslassen sollte.«

»Und was findest du?«

»Ich stimme ihm hundertprozentig zu. Ich müsste es loslassen. Ich bin mir einfach nicht sicher, ob ich es kann.«

»Dann setzt du dich wohl besser hin und machst dich schlau.«

Christy-Lynn sah sie ungläubig an. »Du findest nicht, dass das schlecht wäre?«

Missy lächelte sie mitfühlend an. »Es ist an dir, Christy-Lynn. Es steht mir nicht zu, dir zu sagen, wie du damit umgehen sollst. Vielleicht ist es ja das Beste für dich. Und wo wir gerade davon sprechen … Du hast gesagt, du kannst nicht gut schlafen?«

»Das ist nicht weiter wichtig.«

»Doch, ist es. Schlaf ist der beste Freund. Es gibt keinen Grund, ohne ihn auszukommen. Mein Arzt hat mir letztes Jahr Tabletten verschrieben, als mir alles über den Kopf gewachsen ist. Sie waren super. Ich habe noch ein paar da, falls du Interesse hast. Auch wenn du nicht für die Chemiekeule bist – du brauchst deinen Schlaf.«

»Danke, aber danke nein. Ich bin sicher, dass es besser wird, wenn ich mich entschieden habe, ob ich das mit dem Treuhandvermögen für Iris mache.«

»Dann sprich doch mal mit Dar darüber. Sie hat alle möglichen Tees und Tinkturen, alles rein pflanzlich. Vielleicht kann sie dir etwas empfehlen, was dir hilft, ohne dass du eine Pille schluckst.« Sie trank ihre Mimosa aus und stand auf. »Ich mache uns noch welche. Und dann bekommst du dein Geschenk.«

Christy-Lynn wollte weder eine zweite Mimosa noch ein Geschenk, aber sie brachte es nicht übers Herz, Missy das zu sagen. Sie saß still da und betrachtete den Bach. Als sie ihre Serviette zusammenfaltete, bemerkte sie aus dem Augenwinkel eine Bewegung. Sie wandte sich um und blickte in verschlafene goldene Augen.

»Sieh an, wer wieder da ist. Du kannst wohl nicht ohne mich leben?«

Falls der Kater etwas gegen ihren Sarkasmus einzuwenden hatte, ließ er es sich nicht anmerken. Er stolzierte auf sie zu und strich ihr mit erhobenem Schwanz um die Beine.

»Ich wusste gar nicht, dass du eine Katze hast«, bemerkte Missy.

»Habe ich auch nicht. Sie ist gestern Nacht aufgetaucht, vollkommen ausgehungert und klatschnass.«

»Hast du ihr was zu fressen gegeben?«

»Nur etwas Milch und eine Büchse Thunfisch.«

»Dann hast du jetzt eine Katze.«

»Ganz bestimmt nicht!«, widersprach Christy-Lynn entschieden. »Ich hatte noch nicht einmal einen Goldfisch. Wie wäre es, wenn du sie nimmst? Die Jungs beknien dich doch regelrecht, dass sie ein Haustier haben wollen.«

»Stimmt, aber sie wollen einen Hund. Und da es unwahrscheinlich ist, dass ich ihnen eine Tigerkatze als Golden Retriever unterjubeln kann, muss sie wohl bei dir bleiben.«

Christy-Lynn warf der Katze einen bösen Blick zu. »Du brauchst es dir gar nicht erst gemütlich zu machen, Mister. Du bleibst nicht bei mir!«

Missy kicherte, als sie Christy-Lynn eine Geschenktasche reichte, aus der silberfarbenes Seidenpapier hervorlugte. »Tja, vielleicht sieht dein Mister das anders. So läuft das nämlich bei Katzen. Nicht wir wählen sie, sie wählen uns. Und jetzt mach dein Geschenk auf.«

»Das wäre doch wirklich nicht nötig gewesen.«

»Ist nichts Großes, aber jetzt mach schon. Ich will unbedingt wissen, wie du es findest.«

Christy-Lynn wühlte blind in dem Seidenpapier, bis sie eine kleine Schachtel erspürte. Sie klappte den Deckel auf – und dann verschlug es ihr den Atem. »Oh Missy …«

Auf dem schwarzen Samtkissen lag ein Bettelarmband mit drei silbernen Anhängern: ein winziges Haus mit einer Veranda und einem Schornstein, ein offenes Buch und ein Becher mit der Aufschrift *Latte*.

»Was für ein wunderbares Geschenk. Die Anhänger sind perfekt.«

»Sie symbolisieren Teile deines neuen Lebens. Ein Anhänger für den Bungalow, einer für den Laden und der dritte für das Café. Bei den nächsten bist du dran.«

Die unausgesprochene Botschaft war nicht zu überhören. *Zeit, mit deinem Leben weiterzumachen.* Darüber schienen sich alle einig zu sein. Und sie versuchte es nach Kräften. Sie war eine Million Jahre von ihrem Leben in Clear Harbor entfernt. Aber der Schatten ihres früheren Selbst folgte ihr auf Schritt und Tritt, hielt sie in der Vergangenheit gefangen, verdunkelte ihre Zukunft.

Sie betastete die Anhänger, einen nach dem anderen, die sorgfältig ausgewählten Symbole des Lebens, das sie für sich geschaffen hatte. »Manchmal fühlt sich alles so unwirklich an, Missy, als würde ich nur eine Rolle spielen. Ich kann mich nicht richtig darauf einlassen. Es gibt immer noch so vieles, worüber ich mir klar werden muss, Teile meiner selbst, die ich noch nicht wieder zusammenfügen konnte.«

»Mach dir keine Sorgen, das kommt schon mit der Zeit.«

»Aber wann?«

»Wenn du so weit bist.«

»Was, wenn das nie geschieht?«

Missy sah sie ernst an. »Ich glaube nicht an Nie, und du solltest es auch nicht tun.«

Zwischen Christy-Lynns Augenbrauen bildete sich ein kleines V. »Nie ist nur ein Wort.«

»Nein«, sagte Missy entschieden. »Ist es nicht. Nie – das sind Türen, die wir verschlossen halten, Orte, die wir uns verbieten, Möglichkeiten, die wir uns verweigern. Das, was wir uns nicht gönnen. Weil wir glauben, dass wir es nicht verdient haben, oder weil wir uns für schwach halten. Ich weiß es, weil ich auch einmal so war. Doch als ich mich unversehens als Alleinerziehende wiederfand, wurde mir bewusst, dass Nie keine Option ist.« Ihr Lächeln war etwas dünn. »Ich will damit sagen, dass du kein kleineres Leben leben solltest als das, das du verdienst.«

Christy-Lynn nickte. Die angemessene Reaktion, wenn einem eine Freundin einen Rat gab. Und es war ein guter Rat. Für die meisten Menschen. Aber die meisten Menschen wussten auch, was sie wollten – und was sie verdienten.

Zweiunddreissig

Christy-Lynn überquerte die Straße, als sie das Schild *Die Frau im Mond* entdeckte. Nach drei aufeinanderfolgenden Nächten, in denen sie schweißgebadet aufgewacht war, entschloss sie sich, Missys Rat zu folgen und zu Dar zu gehen.

Kleine Messingglöckchen klingelten, als sie die Tür zu dem schummrigen Laden aufstieß. Drinnen war es kühl und ruhig, der Geruch von Sandelholz hing in der Luft. Dar tauchte aus dem Halbdunkel auf. Bei den hellen Haaren, dem fließenden blasslila Seidenrock und der hauchdünnen weißen Bluse musste Christy-Lynn an eine Nymphe denken. Dar stellte mehrere Packungen Räucherstäbchen auf dem Tresen ab.

»Hey, Christy-Lynn! Was führt dich denn zu mir?«

»Missys Rat. Sie hat gesagt, ich soll zu dir kommen. Ich kann nicht schlafen.«

»Ach so.« Dars Gesichtsausdruck veränderte sich, wurde irgendwie berufsmäßig. »Beschreibst du mir deine Beschwerden etwas näher? Kannst du nicht einschlafen? Oder kannst du nicht durchschlafen?«

»Eher das Letztere.«

»Nimmst du Medikamente?«

»Nein. Nichts.«

»Koffein?«

»Na ja, ich bin Inhaberin eines Cafés. Wahrscheinlich ist mein Konsum immer noch zu hoch. Aber obwohl ich in den letzten Wochen viel weniger Kaffee getrunken habe, ist es nicht besser geworden.«

»Wie sieht's mit Stress aus?«

Christy-Lynn ließ den Blick über das Bücherregal schweifen. Der Titel eines Wälzers stach ihr ins Auge. *Die Sprache der Träume.* Sie hatte nie viel mit all diesem Esoterikkram anfangen können. Enneagramme, Reinkarnationstherapie, Sternzeichen und all das sagten ihr nichts. Aber das Thema Traumdeutung faszinierte sie plötzlich.

»Christy-Lynn?«

»Entschuldigung. Wie bitte?«

»Ich habe dich gefragt, ob du Stress hast.«

»Ach, weißt du«, Christy-Lynns Blick wurde wieder von dem Traumbuch angezogen, »in einem Geschäft gibt es immer etwas, was nicht so läuft, wie es sollte.«

»Interessierst du dich für Träume?«

»Eigentlich nicht, ich habe nur gerade …«

»Eins meiner Hobbys ist Traumdeutung. Mich interessieren innere Landschaften und die Botschaften, die uns unser Unbewusstes, unser tieferes Selbst, schickt.«

»Glaubst du, dass Träume Botschaften aus unseren tieferen Schichten sind?«

»Na sicher. Was denn sonst? Die Seele, die Psyche oder wie immer du es nennen willst, passt auf uns auf, selbst wenn wir nicht aufpassen. Und sie sendet uns Botschaften, wenn wir ruhig sind, wenn wir gar nicht anders können, als zuzuhören.«

»Das ergibt Sinn. Wer schläft, kann nicht weglaufen.«

»So ist es«, sagte Dar freundlich. »Willst du mir erzählen, was los ist? Träumst du schlecht und kannst dann nicht wieder einschlafen?«

Dars aufmerksamer Blick beunruhigte Christy-Lynn. »Hast du das mit deinen übersinnlichen Kräften herausbekommen?«

»Dafür braucht man keine dunklen Künste«, versicherte Dar ihr. »Du siehst ja dauernd zu dem Standardwerk *Die Sprache der Träume* hinüber. Nimm's mir nicht übel, aber du siehst aus, als wäre dir ein Gespenst erschienen. Oder eher, als würdest du ein paar Gespenster mit dir herumschleppen. Mir ist das auch schon so gegangen, deswegen weiß ich, dass das kein Spaß ist.«

Gespenster herumschleppen.

Treffender konnte man ihren Zustand kaum beschreiben. »Ich habe Albträume«, sagte sie leise. »Genauer gesagt ist es seit Monaten derselbe Albtraum. Ich bin total erschöpft.«

»Also, das ist natürlich was anderes«, sagte Dar. »Komm mit. Ich wollte dir eigentlich Baldrianwurzel geben, aber wenn das so ist, wird dir etwas Selbsterkenntnis besser tun als Baldriantee.«

Sie führte Christy-Lynn zu einer kleinen Sitzecke hinten im Laden, wo ein Räucherstäbchen in einem blattförmigen Halter mit einer dünnen blauweißen Rauchfahne abbrannte. Sie setzte sich und klopfte einladend auf das Sofa. »Unterhalten wir uns doch ein bisschen. Manchmal langt das schon. Sich den Traum genau anzusehen, wenn man hellwach ist, ihn zu erzählen, kann dir helfen herauszufinden, woher er kommen könnte – und welche Botschaft er dir schickt.«

»Also sind wir wieder bei der Botschaft«, sagte Christy-Lynn unbehaglich.

»Es führt eigentlich kein Weg drum herum. Träume sind so etwas wie öffentliche Bekanntmachungen der Seele. Die einzige Art, sie zu überwinden, ist genau zuzuhören, was sie uns sagen wollen. Wenn du mir deinen Traum erzählen willst, kann ich dir vielleicht etwas dazu sagen.«

Christy-Lynn atmete tief ein und langsam wieder aus. »Ich bin unter Wasser«, begann sie zögerlich. »Auf dem Grund der

Bucht. Stephens Auto ist dort. Er ist drinnen, zusammen mit der Frau, die auch bei dem Unfall gestorben ist. Erst sind es nur die beiden, sie sind tot. Aber dann öffnet die Frau die Augen und fängt an zu sprechen. Ich kann nicht verstehen, was sie sagt. Ich weiß nur, dass sie versucht, mir etwas mitzuteilen.«

»Was glaubst du, was sie dir sagen will?«, fragte Dar behutsam.

»Ich weiß es nicht. Vielleicht, dass es ihr leidtut, dass sie mir meinen Mann gestohlen hat. Nur dass es sich nicht so anfühlt. Sondern wie etwas anderes. Ich weiß nur nicht, wie was.«

»Ist das alles?«

»Anfangs ja. Aber vor ein paar Wochen habe ich herausgefunden, dass Stephen und Honey ein Kind hatten – ein kleines Mädchen namens Iris –, und seitdem taucht sie auch in dem Traum auf. Sie ist im Auto und drückt mit ihren kleinen Händen gegen die Fensterscheibe, sie ruft verzweifelt nach ihrer Nonny – ihrer Urgroßmutter –, aber die ist nicht da. Nur ich bin da. Und statt ihr zu helfen, schwimme ich weg.«

Dar sah sie voller Mitgefühl an. »Du Ärmste. Nach all dem anderen musst du jetzt auch noch mit einem Kind klarkommen. Kein Wunder, dass du erschöpft bist. Du scheinst Mitleid mit diesem Mädchen zu haben, aber ich frage mich …«

Christy-Lynn hob langsam den Kopf. »Du fragst dich was?«

»Ob da nicht noch etwas anderes ist, etwas, was tiefer geht. Warum du glaubst, dir eine Verantwortung für das Kind aufbürden zu müssen.« Sie strich den Rock auf den Knien glatt. »Ganz allgemein repräsentiert Wasser in Träumen das Unbewusste. Wenn mir jemand erzählt, er habe von Wasser geträumt, denke ich als Erstes, dass er etwas unterdrückt. Kann es sein, dass es da etwas gibt, das du dir mal näher ansehen solltest, etwas, wovor du dich versteckst?«

Christy-Lynn war versucht, die Frage abzutun. Aber davon würden die Träume nicht aufhören. »Ja, kann sein«, sagte sie schließlich. »Aber warum jetzt? Nach all den Jahren?«

Dar faltete die Hände im Schoß und lächelte wie eine Mutter, deren Kind mal wieder eine von diesen Fragen stellt, auf die es keine Antwort gibt. »Das kann ich dir auch nicht sagen. Aber ich kann dir sagen, dass wir irgendwo die Dinge verschließen, an die wir uns nicht erinnern wollen. Stell es dir wie einen modrigen Keller vor, der mit all dem Kram vollgestopft ist, von dem wir nicht wollen, dass irgendwer ihn sieht – und wir selbst schon gar nicht. Wir halten den Keller für einen geeigneten Aufbewahrungsort und wiegen uns in Sicherheit. Doch irgendwann kommt ein Tag, an dem die Kellertür aus uns völlig unbegreiflichen Gründen aufgeht und die geballte Ladung von seelischem Müll auf uns einstürzt.«

»Es geht um Iris und Stephen«, sagte Christy-Lynn leise.

Dar schien über die Antwort nachzudenken. »Vielleicht. Aber es ist naheliegend, an das Offensichtliche zu denken. Vielleicht hat es sogar etwas Tröstliches. Ich weiß, dass das mit deinem Mann schwer für dich war, und vielleicht fühlt es sich so an, als wäre das alles, aber es könnte noch etwas anderes dahinterstecken. Du hast gesagt, dass du in dem Traum wegschwimmst. Vielleicht gibt es etwas, vor dem du dich fürchtest, was weiter zurückreicht. Oder etwas, das noch nicht geschehen ist, wovor du dich aber *schon* fürchtest. Trifft das vielleicht einen Nerv?«

Natürlich tat es das.

Christy-Lynn nickte. »Ich wollte nur, dass es etwas anderes ist.«

»Verstörende Erinnerungen?«

»Ja.«

»Dann ist das ein guter Startpunkt. Dein höheres Selbst sagt dir, dass es an der Zeit ist.«

»An der Zeit wofür?«

»Lass die Erinnerungen an dich heran. Du wirst ihnen nie fortschwimmen können. Lass dich treiben und sieh dir an, was hochkommt. Du könntest es sogar mit Meditieren versuchen, bevor du ins Bett gehst. Bitte die Träume zu kommen. Frag sie, was sie dir zeigen wollen. Und denk dran, es sind nur Erinnerungen. Sie können dir nicht wehtun, außer wenn du es zulässt.«

Beim Klingeln der Glöckchen schreckte Christy-Lynn auf. Eine Kundin hatte den Laden betreten. Erleichtert, eine Unterhaltung beenden zu können, die so eine beängstigende Wende genommen hatte, sprang sie auf.

Auf dem Weg hinaus drückte Dar ihr noch ein Päckchen Tee in die Hand. »Versuch es trotzdem mal mit Baldrianwurzel. Es könnte helfen.«

»Vielen Dank. Für den Tee und für deine Zeit. Was bin ich dir schuldig?«

»Sei nicht albern. Das ist ein Geschenk unter Freundinnen. Ich hoffe, unser Gespräch war hilfreich. Und denk dran, ich bin keine Expertin. Alles, was ich gesagt habe, könnte genauso gut Unsinn sein.«

Dars Rat hallte nach, als sie zurück zur *Cafélese* ging.

Lass dich treiben und sieh dir an, was hochkommt. Die Erinnerungen können dir nicht wehtun, außer wenn du es zulässt. Das war bestimmt die richtige Einstellung, ein gut gemeinter und lebenskluger Rat. Sie war nur nicht sicher, dass sie ihn umsetzen konnte. Ihrer Erfahrung nach konnten Erinnerungen sehr wehtun.

Dreiunddreissig

Sweetwater Creek
29. Juni 2017

Christy-Lynn grübelte über den Notizen, die sie während des Telefonats mit Peter Hagan auf einen Block gekritzelt hatte. Sie hatte sich einzelne Punkte mit Spiegelstrichen notiert: *Treuhandschenkung zu Lebzeiten*, *Vermögensverwalter*, *regelmäßige Auszahlungen*. In ihrem Kopf schwirrten die Fachbegriffe herum, aber wenigstens hatte sie jetzt eine Vorstellung, was die Umsetzung ihrer Idee mit sich brachte.

Peter wollte Christy-Lynn absichern und blieb bei der Empfehlung, erst einen Vaterschaftstest machen zu lassen. Er hatte ihr sogar geraten, einen Privatdetektiv zu beauftragen, um *diese Leute* zu überprüfen, bevor sie einen kostspieligen Fehler machte. Er sähe es gar nicht gerne, wenn sie so einen unvorsichtigen Schritt unternahm, nur um es später zu bereuen. Es könne ja durchaus sein, dass sie das Geld später selbst brauchte. Darüber hätte sie am liebsten laut gelacht. Niemand *brauchte* ein Vermögen in der Größenordnung, von der sie sprachen.

Er hatte auch an ihrem Urteilsvermögen gezweifelt, weil sie eine Frau war und es um ein Kind ging. Sie hatte ihm in aller Entschiedenheit mitgeteilt, sie könne die Lage bestens beurteilen. Stephen habe sich nicht die Mühe gemacht, für seine Tochter vorzusorgen, also tue sie es jetzt. Es sei an ihm zu entscheiden, ob er ihr dabei helfen wolle. Er könne es auch lassen. Daraufhin hatte er ihr versprochen, dass er die notwendigen Papiere aufsetzen und sich in ein paar Tagen wieder melden würde.

Es hörte sich alles relativ unkompliziert an. Wenn die Formalitäten erledigt und die Unterschriften geleistet waren, lief alles wie von selbst. Es gab nur ein Problem. Was sollte geschehen, wenn Rhetta starb? An wen würden die Zahlungen gehen und wer würde die Ausgaben überwachen? War Christy-Lynn bereit, diese Rolle zu übernehmen und sich für die nächsten fünfzehn Jahre an das Kind von Stephen und Honey zu binden? Sie wusste es nicht. Sie wusste nur, dass ein kleines Mädchen in einer Bretterbude in Riddlesville hauste, deren Leben sich am Rande des Abgrunds bewegte. Irgendwer musste verhindern, dass etwas Schlimmes geschah, und das tun, was getan werden musste.

Ihr blieb es erspart, sich Iris' Schicksal weiter auszumalen, weil Aileen den Kopf zur Tür hereinsteckte. »Ein Kunde fragt nach Ihnen, Chefin.«

Wayne stand im Café, die Laptop-Tasche über eine Schulter gehängt. Er war sonnengebräunter als beim letzten Mal und glatt rasiert. Seine Haare waren frisch geschnitten, das sah man sofort.

Er grinste breit. »Hallo, Fremde, lange nicht gesehen.«

»Es ist ja nicht so, dass ich schwer zu finden wäre. Ich wohne ja mehr oder weniger hier. Sie sind derjenige, der sich rarmacht.«

»Ich mache nichts anderes mehr, als an meinem Roman zu arbeiten. Ich habe beschlossen, mich nicht unterkriegen zu lassen.«

»Ja, man braucht Sitzfleisch fürs Schreiben, das sage ich meinen Autoren auch immer. Und, was steht an?«

»Ich wollte nach Ihnen sehen.«

»Nach mir?«

»Als wir uns das letzte Mal unterhalten haben, ging es Ihnen nicht gut. Ich wollte wissen, wie … sich die Dinge entwickelt haben.«

»Tja, na ja …« Christy-Lynn tat, als gäbe es nichts Spannenderes als das, was Tamara hinter dem Tresen machte. Was immer es auch sein mochte. Warum druckste sie plötzlich so herum? Es war ja nicht so, dass sie ihm viel vorenthalten hätte, was Stephen und Honey anging. Im Gegenteil, sie war überrascht, wie viel sie ihm erzählt hatte. Warum ging es ihr dann gegen den Strich, ihm von ihrer neuen Idee zu berichten? Sie musste wohl Angst vor seinen Einwänden haben. »Ich habe … Ich habe nachgedacht.«

»Worüber?«

»Haben Sie schon Pläne fürs Abendessen?«

Darauf war Wayne anscheinend nicht vorbereitet. Sein verschmitztes Grinsen war halb jungenhaft und halb schurkenhaft. Sehr wirkungsvoll. »Woran haben Sie denn gedacht?«

»Ich würde gerne etwas mit Ihnen besprechen. Ich brauche Ihren Rat.«

»Sie bitten mich um einen Rat?«

»Genau.«

Wayne kratzte sich am Kopf, dann warf er einen Blick auf seine Uhr. »Klar. Okay. Wollen wir uns irgendwo nach der Arbeit treffen?«

»Wie wär's, wenn Sie zu mir kommen? Ich besorge was bei Lotus – oder ich koche etwas. Ich schulde Ihnen ein Essen. Genau gesagt mehrere.«

»Dann gehe ich das Risiko ein, dass Sie etwas kochen. Geht sieben in Ordnung?«

»Passt.«

»Soll ich etwas mitbringen?«

»Offenheit in alle Richtungen.«

Er brachte es fertig, gleichzeitig die Augenbrauen zusammenzuziehen und zu lächeln. »Mal sehen, was sich machen lässt.«

* * *

Wayne war irgendwie verlegen, als er mit einem Strauß Gänseblümchen an Christy-Lynns Haustür klopfte, fast wie ein Teenager bei seinem ersten Date. Er stellte sich aufrecht hin, als die Tür aufging. »Meine Mutter hat mir beigebracht, nie mit leeren Händen zu einem Abendessen aufzutauchen. Und da Sie keinen Wein …«

»Oh, danke, die sind aber schön.«

Sie hatte sich umgezogen und trug einen luftigen Rock zu einem Tanktop, das ihre gebräunten Arme und Schultern zeigte. In den Rockbund hatte sie ein Geschirrtuch gesteckt, sie war barfuß und trug ein silbernes Fußkettchen. Er musste an eine Zigeunerin denken, sie war so schön und irgendwie auch wild. Er räusperte sich. Sich in die Frau von Stephen Ludlow zu verknallen, war wirklich unangebracht.

»Kommen Sie rein, das Essen ist schon fast fertig.«

Er pfiff überrascht, als er sich im Wohnzimmer umsah. Seit seinem letzten Besuch hatte es sich vollkommen verändert. »Das ist ja fantastisch geworden. Gute Arbeit!«

»Danke«, sagte sie und ging voraus in die Küche. »Ich muss die Soße noch abschmecken. Können Sie sich um die Blumen kümmern? Unter dem Spülbecken müsste eine Vase sein.«

Als er die Gänseblümchen versorgt hatte, sah er Christy-Lynn bei den letzten Vorbereitungen über die Schulter. »Riecht köstlich. Ist das eine Käsesoße?«

»Ich hoffe, das ist okay? Es gibt auch einen Salat.«

Einen Moment später stand die Pasta auf dem Tisch mit den Gänseblümchen. Wayne hatte ein Déjà-vu, als sie schweigend in ihren Salaten stocherten. Sie hatten schon einmal so in ihrer Küche gesessen, nur dass das Essen vom Chinesen gewesen war und er sich selbst eingeladen hatte.

Heute hatte sie ihn eingeladen. Ausgerechnet, um ihn um Rat zu fragen. Er brannte darauf zu hören, worum es ging, und spürte seine Neugier als Prickeln im Nacken. Der alte Reporterinstinkt war wie ein Phantomschmerz. Tatsächlich interessierte ihn mehr als ihre Geschichte. *Sie* interessierte ihn. Er wollte wissen, was sich hinter diesen haselnussbraunen Augen abspielte, wenn sie sich unbeobachtet wähnte.

Stephens Verrat überraschte ihn nicht. Aber ihr hatte er den Boden unter den Füßen weggezogen. Es war Stephens Art, eine Spur der Verwüstung zu hinterlassen. Aber da war noch etwas anderes, etwas, was sie geheim hielt. Wayne hatte sein halbes Leben damit verbracht, Menschen zu interviewen, die von Tragödien erschüttert worden waren. Und die verlustreichen und quälenden Geschichten der Überlebenden zu erzählen. Christy-Lynn war eine Überlebende wie aus dem Lehrbuch – sie war zäh, vorsichtig und hinter der unnahbaren und manchmal dornigen Fassade unfassbar verletzlich.

Aus der Ferne rollte ein Donnergrollen über die Hügel. Am Horizont im Westen türmten sich dunkle Wolken übereinander, und der Wind schüttelte die Wipfel der silbern schimmernden Bäume. Ein Unwetter kam auf.

Christy-Lynn schien es nicht zu bemerken. Sie tat, als wäre sie damit beschäftigt, Nudeln um die Gabel zu rollen. Dabei aß sie kaum etwas.

»Es schmeckt wirklich köstlich«, sagte Wayne, um eine Unterhaltung in Gang zu bringen. »Ein Familienrezept?«

»Nein. In Clear Harbor gab es ein Restaurant, Zia Rosa. Sie haben die besten Spaghetti mit Gorgonzola gemacht, die ich je gegessen habe. Rosa hat mir das Rezept gegeben.«

»Sie hat es Ihnen gegeben?«

»So etwas passierte mir mit Stephen oft. Die Leute haben ihn geliebt.«

»Sie meinen, sie fanden es toll, dass sie einen Prominenten bewirten konnten. Ich vermute mal, an Dutzenden von Restaurantwänden an der Ostküste hängen signierte Fotos von Stephen Ludlow.«

»Und in Los Angeles«, sagte sie trocken. »Los Angeles nicht zu vergessen.«

»Hat es Sie gestört? Dass er so berühmt war, meine ich?«

»Das war mir relativ egal, solange ich nicht mitmachen musste. Stephen hat die Aufmerksamkeit geliebt. Es ging ihm nie auf die Nerven, dass man ihn überall erkannte. Während ich mich am liebsten hinter meinem Laptop verbarrikadiert habe. Deswegen ist Stephen auch meistens alleine gereist – jedenfalls habe ich das damals gedacht. Tja, da habe ich etwas Wesentliches missverstanden.«

Wayne wischte sich den Mund ab. »Das tut mir leid. Das klingt so abgedroschen, aber ich meine es wirklich so.«

»Ja, so geht es allen.« Sie trank einen großen Schluck Wasser. »Ich will mich auch nicht darüber beklagen, denn was soll man sonst dazu sagen? Aber ich habe es satt, allen leidzutun. Genauer gesagt habe ich es satt, mir selbst leidzutun. Sie hatten recht. Es ist Zeit, nach vorne zu blicken und die Verantwortung für das, was passiert ist, zu übernehmen. Statt vor Selbstmitleid zu zerfließen.«

Die Bemerkung überraschte ihn positiv. »Ja, das ist sicherlich das Beste. Sie haben das mit der Buchhandlung unglaublich gut gemacht. Die ganze Stadt spricht darüber. Und ich glaube wirklich …« Er brach mitten im Satz ab, als eine getigerte Katze auftauchte und schnurstracks auf seine Beine zulief.

»Wer ist denn das?«, fragte er und beugte sich hinunter, um die Katze zu streicheln.

»Er heißt Tolstoi. Weil er sich unbedingt auf *Anna Karenina* zusammenrollen musste, obwohl ich es zu lesen versuchte.«

»Ein russischer Kater, der gerne Romane liest. Der gefällt mir.«

»Er ist neulich nachts bei einem Wolkenbruch aufgekreuzt. Und seitdem wohnt er mehr oder weniger hier. Er mag Sie.«

»Irgendwie scheinen Tiere mich immer zu mögen. Und Kinder auch.« Er warf ihr ein schiefes Lächeln zu. »Mit Erwachsenen komme ich nicht immer so gut klar, wie Sie ja schon bemerkt haben.«

»Ist das eine Anspielung auf den Empfang an der Uni?«

Wayne rollte mit den Augen. »Ja. Was müssen Sie für einen Eindruck von mir gehabt haben! Simone hat gemerkt, dass ich gereizter Stimmung war, weil ich Stephen wiedersehen würde. Sie meinte, Whiskey würde mich auflockern.« Er fuhr sich durch die Haare. »Aber das ist nach hinten losgegangen.«

»Erzählen Sie mir, was zwischen Stephen und Ihnen war?«

»Ach, das bringt nichts. Es ist schon so lange her. Außerdem haben Sie gesagt, dass Sie mit mir reden wollten.«

Christy-Lynn stand abrupt auf, stellte ihren Teller ins Waschbecken und fing an, Kaffee zu machen. Als sie auf den Knopf der Maschine drückte, drehte sie sich zu ihm um. »Ich habe mir überlegt, Iris finanziell zu unterstützen. Mit einem Treuhandfonds.«

Wayne starrte sie sprachlos an, während er das sacken ließ. Sie hatte es so geradeheraus gesagt, als wäre es das Normalste von der Welt, dem unehelichen Kind des eigenen Mannes säckeweise Geld zu schenken.

»Was für ein Treuhandfonds?«

»Stephens Tantiemen sollen automatisch dahin überwiesen werden. Und Iris bekommt monatlich Geld für Lebenshaltung, Schuhe, was sie eben so braucht. Und später zum Studieren, wenn sie das möchte.«

Er stellte eine gedankliche Liste aller Fallstricke zusammen. Sie war nicht kurz. Schließlich stand er auf und brachte seinen Teller zum Spülbecken. Christy-Lynn vermied seinen Blick und kümmerte sich um die Becher, Milch und Zucker.

»Haben Sie sich das wirklich gut überlegt, Christy-Lynn? Ich meine, wirklich gründlich?«

»Als Sie heute in den Laden gekommen sind, habe ich gerade das Gespräch mit Stephens Anwalt beendet.«

»Das heißt also … ja?«

»Es ist das Richtige, Wayne. Ich will weder Stephens Geld noch sonst irgendetwas, das mich an ihn erinnert.«

»Seine Tochter erinnert Sie nicht an ihn?«

»Doch«, sagte sie und schenkte ihnen ein. »Jedes Mal, wenn ich sie sehe, sehe ich Stephen. Und Honey. Das tut weh. Aber irgendwer muss die Verantwortung für das Kind dieses Mannes übernehmen.«

»Und Sie denken, Sie wären diejenige?«

»Sie machen sich keine Vorstellung davon, wie sie lebt. Sie ist drei Jahre alt. Sie wird Sachen brauchen. Wer wird sie ihr geben können? Rhetta? Der grauenhafte Onkel? Wenn ich dafür sorgen kann, dass sie mit einem Dach über dem Kopf aufwächst, das seinen Namen verdient, und dass sie eine gute Erziehung bekommt und Chancen, es im Leben zu etwas zu bringen, warum sollte ich es nicht tun?«

»Hört sich so an, als hätten Sie sich schon entschieden. Warum erzählen Sie mir das dann alles?«

»Das weiß ich eigentlich auch nicht so genau. Wahrscheinlich, weil ich Ihnen alles andere erzählt habe. Und weil ich zu wissen glaube, was Sie sagen werden, es aber trotzdem noch mal hören will. Sie rechnen vielleicht nicht damit, aber ich schätze Ihren Rat, auch wenn ich ihn nicht immer annehme. Ich will nichts Dummes tun, sondern etwas Richtiges.«

Sie tat Zucker in seinen Becher und ging mit ihrem voran ins Wohnzimmer. Ein langes tiefes Donnergrollen ließ den Bungalow vibrieren, und dann folgte das Trommeln von Regentropfen gegen die Fensterscheiben. Christy-Lynn zog die Vorhänge auf und spähte kurz hinaus, dann setzte sie sich auf das kleine Sofa.

»Raus damit«, sagte sie ohne Umschweife, »wie denken Sie darüber?«

Wayne setzte sich neben sie und versuchte seine Gedanken zu sortieren. »Das wäre unglaublich großzügig von Ihnen«, begann er vorsichtig. »An Ihrer Stelle würde ich nur sichergehen, die Konsequenzen bedacht zu haben. Im Moment können Sie nur an dieses kleine Mädchen denken. Das ist lobenswert, aber wie sieht das später aus? Es kann sein, dass Sie es bereuen oder sich darüber ärgern.«

»Es geht nur um Geld«, sagte sie nachdenklich. »Geld, das ich nicht einmal haben will.«

Wayne musterte sie und fragte sich, ob sie die langfristigen Folgen wirklich überdacht hatte. »Christy-Lynn, wenn Sie das machen, wenn Sie diesen Treuhandfonds einrichten, dann binden Sie sich für die nächsten fünfzehn Jahre an dieses Mädchen – an Stephens Tochter mit einer anderen Frau. Sind Sie dazu bereit?«

Ihr Kinn schnellte hoch. »Glauben Sie etwa, das hätte ich mir noch nicht überlegt? Ich weiß es wirklich nicht. Aber ich will nicht tatenlos zusehen.«

»Was hat denn der Anwalt zu Ihren Plänen gesagt?«

»Genau das, was man von einem Anwalt erwarten würde. Dass es überstürzt ist, dass ich mich von meinen Gefühlen leiten lasse. Er findet, ich sollte einen Privatdetektiv anheuern, um

Honeys Familie auszukundschaften. Um sicherzugehen, dass sie mich nicht über den Tisch ziehen.«

Wayne biss sich auf die Unterlippe. »Nicht die schlechteste Idee. Wir sprechen hier über sehr viel Geld. Da kann es nicht schaden, vorsichtig zu sein.«

Christy-Lynn seufzte. »Und was sollte dabei herauskommen? Rhetta Rawlings ist über achtzig. Sie lebt in einer Bruchbude und raucht Kette. Was glauben Sie, was sie mit dem Geld anfangen wird? Einen Cadillac kaufen? Einen Pool anlegen lassen? Und warum auch nicht?«

»Und der Onkel?«

Christy-Lynn machte sich nicht die Mühe, ihren Widerwillen zu verbergen. »Pastor Rawlings ist zu fromm, um sich an Stephens Geld die Hände schmutzig zu machen. Er macht sich nur Sorgen, dass er mit den Sünden seiner Schwester in Verbindung gebracht werden könnte.«

»Seien Sie sich da mal nicht so sicher. Geld verändert Dinge. Und vor allem Leute. Hören Sie, ich versuche nicht, Ihnen zu sagen, was Sie machen sollen. Es ist Ihre Entscheidung. Ich sage nur, dass Sie nichts überstürzen sollten, solange Sie emotional noch so aufgewühlt sind. Lassen Sie sich Zeit und denken Sie gründlich darüber nach, bevor Sie handeln.«

Christy-Lynn nickte ernst. »Deswegen habe ich Sie heute Abend eingeladen. Ich brauchte Sie als Resonanzboden, damit Sie mitschwingen und mir beim Nachdenken helfen. Aber jetzt habe ich Kopfweh. Können wir vielleicht über etwas anderes reden?«

»Zum Beispiel?«

»Keine Ahnung. Über Ihr Buch? Das haben wir noch nie gemacht.«

»Was wollen Sie wissen?«

»Keine Ahnung. Alles. Wie lange arbeiten Sie schon daran?«

»Plus/minus zwanzig Jahre.«

Christy-Lynn riss die Augen auf. »Zwanzig Jahre?«

»Plus/minus. Ich habe als Student damit angefangen und dann …« Er räusperte sich. »Sagen wir einfach, dass ich mich für einen Richtungswechsel entschieden habe.«

»Stephen hat gesagt, Sie hätten sich gelangweilt und seien deswegen in den Journalismus gewechselt.«

Wayne spürte, wie die vertraute Ader an der Schläfe zu pochen begann, als die alte Wut wieder aufloderte. »Ach ja?«

»Das stimmt nicht?«

»Nein.«

»Dann erzählen Sie mir, wie es war.«

»Sagen wir einfach, dass ich … meine Illusionen verloren habe.«

Sie nickte und blickte hinaus in den stetig fallenden Regen. »Das höre ich von vielen Autoren, vor allem, nachdem ihnen wieder einmal eine Ablehnung in den Briefkasten geflattert ist. Man braucht ein dickes Fell, das steht fest. Aber Sie arbeiten wieder an dem Buch, und zwar, wie es aussieht, sehr konzentriert. Wovon handelt es?«

»Schwer zu sagen. Es hat sich in all den Jahren ziemlich verselbstständigt. Ich war neunzehn, als ich mit dem verdammten Ding angefangen habe.« Er versuchte zu lachen, aber es kam als Knurren heraus. Tolstoi machte einen Satz. »Damals war ich ein Träumer. Ich hatte mir vorgenommen, den großen amerikanischen Roman zu schreiben.«

»Und dann?«

»Dann kam der erwähnte Richtungswechsel.« Er trank seinen Kaffee aus und balancierte den Becher zwischen den Knien. »An der Uni strömten die Worte nur so aus mir heraus. Aber im Journalismus sind ganz andere Schreibmuskeln gefragt. Ich hatte keine Vorstellung davon, wie schwer es sein würde, mein schriftstellerisches Talent zum Leben zu erwecken.«

»Ist Ihnen das mittlerweile gelungen?«

»Vielleicht. Aber die Muskeln sind immer noch untrainiert. Irgendwas stimmt nicht mit dem Buch, und ich stecke fest.«

»Auf die Gefahr hin, herablassend zu klingen: Ich sehe es mir gerne mal an. Vielleicht kann ich auch ein paar Vorschläge machen. Manchmal braucht man nur einen fremden Blick. Obwohl es Ihnen bei unserer Geschichte komisch vorkommen könnte.«

»Ich denke, wir sind da schon drüber weg, oder? Wir haben uns wechselseitig zum Essen eingeladen. Und wenn ich das recht sehe, steht Ihr Kater auf mich.« Er grinste Tolstoi an, der schnurrend um seine Beine strich. »Ich gehöre ja schon fast zur Familie.«

Sie nahm die leeren Becher und ging in die Küche. »Hat es nicht eine gewisse Ironie, dass ich ausgerechnet Sie nach all den Jahren in diese Sache mit Iris reinziehe? Ich weiß, dass Sie mich für verrückt halten. Vielleicht bin ich es auch. Es fühlt sich jedenfalls so an.«

»Sie sind nicht verrückt«, versicherte er ihr. »Sie haben Mitgefühl. Und Sie sind viel stärker, als Sie denken. Denken Sie daran, bevor Sie sich das nächste Mal selbst fertigmachen.« Er nahm das Geschirrtuch und fragte: »Bin ich mit dem Abtrocknen dran?«

Sie sprachen nicht, während sie den Abwasch machten. Es war wie eine Choreografie, und es gefiel ihm, wie ihre Hüften einander versehentlich streiften, wie sich ihre nassen Finger berührten. Es war nichts Erotisches – jedenfalls nicht direkt –, eher etwas Alltägliches. Einfach nur ein paar Augenblicke, die sie miteinander teilten. Ihm wurde bewusst, wie isoliert er im letzten Jahr gelebt hatte. Aber hatte er nicht genau das gewollt, als er gar nicht schnell genug nach Sweetwater kommen konnte? Jetzt war er sich auf einmal nicht mehr so sicher.

Als sie fertig waren, brachte sie ihn an die Tür. Ein starker Regen fegte ihnen quer durch den Vordergarten ins Gesicht.

Die Fahrt würde nicht ohne sein, doch zuerst musste er die Verandastufen hinuntersteigen. Und seine Beine weigerten sich.

»Also … vielen Dank fürs Essen«, sagte er verlegen.

»Vielen Dank fürs Kommen. Und fürs Zuhören.«

»Dafür sind Freunde doch da.«

»Ja, wahrscheinlich.« Sie trat von einem Bein aufs andere, den Blick auf ihre nackten Zehen geheftet. »Diese Sache mit der Freundschaft ist neu für mich.«

Er versuchte ihren Gesichtsausdruck unter der schwachen Verandalampe zu ergründen. »Ich glaube nicht, dass ich das je gehört habe: *Diese Sache mit der Freundschaft ist neu für mich.*«

»Ich habe von früh auf gelernt, Distanz zu wahren. Nennen wir es eine Überlebensstrategie. Aber ich arbeite dran. In dreißig Jahren habe ich es bestimmt drauf.«

Und dann lächelte sie. Es war ein wirkliches Lächeln, das ihr ganzes Gesicht erhellte. Plötzlich erinnerte er sich, wie er einmal von einer Klippe in Mexiko gesprungen war, an den schwindelerregenden Moment, in dem er sich von der Klippe abgestoßen hatte und in den offenen Raum fiel – betend, bis er unten im Wasser landete.

»Ich bin bereit zu warten«, sagte er leise.

Ihr Lächeln erlosch. »Ich bin nicht sicher, ob ich es wert bin. Falls Sie es nicht bemerkt haben: Ich bin ein ziemliches Wrack und schleppe schweres Gepäck mit mir herum.«

Er beugte sich zu ihr und küsste sie auf die Stirn. »Das Risiko gehe ich ein.«

Vierunddreissig

Sweetwater, Virginia
4. Juli 2017

Abgesehen von Weihnachten feierte man in Sweetwater am liebsten den Unabhängigkeitstag. Christy-Lynn ließ sich von der allgemeinen Begeisterung anstecken, als sie den Blick über die Menge auf dem Festplatz schweifen ließ, die der alljährlichen Verlesung der Unabhängigkeitserklärung lauschte.

Sie hielt Ausschau nach Missy und den Jungs und entdeckte Wayne nur ein paar Meter von ihr entfernt mit dem Handy am Ohr. Er beendete das Gespräch und kam zu ihr.

»Sie? Hier?« Er blickte auf ihr Tanktop in den Farben der amerikanischen Flagge. »Und dann auch noch angemessen gekleidet.«

Sie lächelte. »Ich finde es schön, sich Zeit zu nehmen, sich an diesen Tag zu erinnern und die Unabhängigkeitserklärung zu hören. Selbst die Kinder scheinen es zu genießen.«

Wayne nickte. »Ich hatte ganz vergessen, wie sehr man in dieser Stadt den vierten Juli liebt. Mein Großvater hat mich immer mitgenommen, als ich ein Kind war. Ich habe so getan, als würde ich mich langweilen, als wäre ich zu cool für die Parade, dabei habe ich das alles geliebt. Er hat mich bestimmt durchschaut. Gab nicht viel, was dem alten Mann entgangen ist.«

Sie ließen sich zur Straße treiben und suchten wie die vielen Familien einen schattigen Platz, von dem man einen guten Blick auf die Parade hatte. Christy-Lynn grinste über ein kleines Zwillingspaar, das mit gleich aussehenden gelben Sonnenbrillen an ihnen vorbeiflitzte. »Kommen Sie aus einer großen Familie?«

»Nein. Ich habe nur eine Schwester, aber wir sind uns sehr nah. Mein Vater ist gestorben, als ich drei war. Ich erinnere mich kaum an ihn. Meine Mutter hat überall Fotos von ihm herumstehen. Ich erinnere mich an sein Gesicht, oder vielmehr kommt es mir wie eine Erinnerung vor.«

»Das tut mir leid.«

Wayne zuckte mit den Schultern. »Was man nie gehabt hat, kann man auch nicht vermissen.«

Sie warf ihm einen Blick zu. »Glauben Sie das wirklich?«

Noch ein Schulterzucken. »Vielleicht lag es daran, dass ich meinen Großvater hatte. Als meine Mutter wieder arbeiten ging, war er für mich da. Er hat mich unter seine Fittiche genommen. Und was ist mit Ihnen? Wie war Ihre Familie?«

»Ich hatte keine«, sagte sie knapp. »Es gab nur meine Mutter und mich.«

»Zwei Menschen können keine Familie sein?«

Sie bemerkte, wie er sie ansah und auf eine Erklärung wartete. Aber sie zeigte auf einen Straßenverkäufer mit einem metallisch schimmernden Wagen, der geeiste Limonade verkaufte. »Mir ist heiß. Ihnen auch?«

Sie wartete nicht auf seine Antwort, sondern bahnte sich einen Weg durch die Menge zum Verkaufswagen und bestellte zwei Becher. »Einen fröhlichen vierten Juli«, sagte sie und reichte Wayne einen davon.

Als hätte sie auf diesen Einsatz gewartet, begann die Highschool-Band als Vorhut der Parade die Main Street hinunterzumarschieren und *The Stars and Stripes Forever* zu trillern.

Nicht lange nach ihrer Hochzeit hatte sie sich mit Stephen die Thanksgiving-Parade von Macy's angesehen. Damals war sie fast überwältigt gewesen von dem Menschenauflauf und der Lautstärke des Blasorchesters. Selten hatte sie so ein Vergnügen empfunden wie jetzt, als die Parade der selbst fabrizierten Umzugswagen mit bunten Toilettenpapierschleifen und paillettenbesetzten Marionetten an ihr vorbeizog. Sie ließ sich mitreißen, klatschte und jubelte mit der Menge und bedauerte, dass alles so schnell vorbei war.

»Das hat so viel Spaß gemacht!«

Wayne nahm ihr den leeren Becher ab und warf ihn in einen Abfalleimer. »Was machen Sie nachher?«

Christy-Lynn hielt sich die Hand über die Augen, als sie zu ihm aufsah. »Ich spiele mit der Idee, im Café einen Leseklub zu organisieren, und entwerfe gerade einen Flyer. Ich will abschätzen können, ob das Interesse groß genug ist. Warum?«

»Ich habe mir Ihr Angebot durch den Kopf gehen lassen, mein Manuskript anzusehen. Ich würde Sie gerne beim Wort nehmen. Wollen Sie später vorbeikommen? Ich bin mit dem Kochen dran.«

Die Einladung überraschte Christy-Lynn. Als sie das Angebot gemacht hatte, hatte sie nicht bedacht, was passieren würde, wenn er es annahm. Und sie hatte auch nicht an die negativen Auswirkungen gedacht für den Fall, dass sich das Buch als schlecht herausstellte. Sie hatte lange genug mit Autoren gearbeitet, um zu wissen, dass viele, die vorgaben, die Wahrheit hören zu wollen, alles andere als das wollten.

»Ganz ehrlich, ich habe eine Tendenz, aus der Hüfte zu schießen«, warnte sie ihn. »Sind Sie sicher, dass Sie das wollen?«

»Wenn ich ein Schulterklopfen brauchte, würde ich es meiner Mutter schicken. Ich muss wissen, ob ich meine Zeit verschwende oder nicht. Und ich verspreche Ihnen, dass ich Sie ungeschoren davonkommen lasse, wenn Sie die Lektüre abbrechen, weil sie Ihnen zu schlecht vorkommt. Auf alle Fälle ist ein Abendessen für Sie drin.«

»Okay. Ich komme gegen sechs vorbei, dann habe ich noch ein paar Stunden für den Flyer. Soll ich was mitbringen?«

Er trat auf die Straße und warf ihr ein Lächeln über die Schulter zu. »Offenheit in alle Richtungen.«

* * *

Christy-Lynn war nervös, als sie vor Waynes Hütte parkte. Stephen hatte nie einen Hehl daraus gemacht, dass er Wayne für talentiert hielt. Jedenfalls damals, als sie zusammen auf der Uni gewesen waren. Aber das war jetzt zwanzig Jahre her. Und Wayne hatte selbst zugegeben, wie sehr er mit sich und seinem Talent ringen musste. Die Frage war, ob er erfolgreich gewesen war. Und wenn nicht, wollte sie diejenige sein, die es ihm sagte?

»Kommen Sie herein. Ich bin draußen auf der Veranda.«

Waynes Stimme erklang, noch bevor sie klopfen konnte. Sie stellte ihre Handtasche auf dem Küchentisch ab und ging hinaus auf das Deck, wo er einen Grillrost mit einer Drahtbürste und Seifenlauge schrubbte. Er war barfuß und trug ein verwaschenes T-Shirt von der Universität von Virginia. Seine Jeans waren bis zu den Knien durchnässt.

»Entschuldigen Sie die Sauerei. Ich wollte das Teil richtig sauber machen, bevor Sie kommen.«

»Kann ich Ihnen helfen?«

»Nur wenn Sie sich Ihre weiße Hose ruinieren wollen. Wie wär's, wenn Sie uns was zu trinken holen? Für mich bitte ein Bier.«

Als sie mit einer Flasche Wasser und dem Bier zurückkam, warf Wayne die Bürste in den Eimer und griff mit nassen

Händen nach der Flasche. »Hören Sie, ich habe gleich auf dem Heimweg Bedenken bekommen. Wahrscheinlich wollten Sie einfach nur höflich sein. Aber ich gehöre wirklich nicht zu den Typen, die allen ihre Machwerke aufdrängen. Wenn Sie einen Rückzieher machen wollen – gar kein Problem.«

»Sie drängen mir nichts auf. Ich mache das aus freien Stücken.«

»Warum haben Sie dann vorhin so ein Gesicht gemacht? Sie haben ausgesehen, als würden Sie vor ein Auto laufen.«

»Ich war einfach überrascht, dass Sie wirklich mein Feedback wollen. Stephen hat mich nur ganz am Anfang darum gebeten.«

»Ich hätte es an seiner Stelle sehr praktisch gefunden. Ein anderer Blick und jemand vom Fach, mit dem er seine Ideen besprechen konnte.«

Christy-Lynn pulte das nasse Etikett von der Wasserflasche. »Stephen hat nie viel von dem gehalten, was ich tue. Und von den Autoren, für die ich gearbeitet habe, auch nicht. Was ihn betraf, musste man auf der Bestsellerliste stehen oder man sollte es lassen. Insofern war ich für ihn keine richtige Lektorin und meine Autoren keine richtigen Schriftsteller.«

Wayne trank einen Schluck Bier und sah sie fassungslos an. »Mir ist das Ganze ein Rätsel. Ich frage mich schon seit vier Jahren, wie es einem so eingebildeten Laffen gelingen konnte, jemanden wie Sie für sich einzunehmen.«

Die Ernsthaftigkeit seines Tons überraschte sie, seine Worte aber noch mehr.

»Sie fragen sich das seit vier Jahren?«

»Genau. Übrigens ist es fast fünf Jahre her. In der Nacht auf dem Empfang, als Sie so wütend auf mich losgegangen sind, habe ich eigentlich nur gedacht: *Er hat Sie nicht verdient.*«

Christy-Lynn spürte, wie ihre Wangen sich röteten. Sie sagte nichts.

»Waren Sie glücklich? Damals, meine ich.«

Sie dachte darüber nach – und sie dachte darüber nach, warum sie überhaupt darüber nachdenken musste. Sollte die Antwort nicht auf der Hand liegen? Aber wie mit allem anderen in ihrem Leben lag die Wahrheit halb im Dunklen. Vielleicht wollte sie es so. Auf die Art und Weise war alles etwas leichter.

»Ich glaube, ich habe damals nicht so viel empfunden«, sagte sie nach einer Weile. »Ich war weder glücklich noch unglücklich. Es hat Anzeichen dafür gegeben, dass unsere Ehe kein Paradies war. Aber ich hätte das nicht an einem bestimmten Punkt festmachen können. Es geschah nach und nach, das war ein schleichender Prozess. Erst als er nicht mehr da war, wurde mir bewusst, dass ich mit einem Fremden verheiratet gewesen war. Irgendwie hatte ich schon gemerkt, wie sehr wir beide uns verändert haben. Aber das war nicht genug, um ihn zu verlassen. Jedenfalls habe ich das so empfunden.«

Wayne setzte sich neben sie. »Haben Sie ihn noch geliebt? Ich weiß, dass ich Sie das schon einmal gefragt habe, aber Sie haben mir keine Antwort gegeben.«

Christy-Lynn sah hinaus auf den See. Er lag so still da, dass die Oberfläche im Gegenlicht wie Quecksilber schimmerte. »Ich weiß nicht, ob ich ihn jemals geliebt habe«, antwortete sie schließlich. Zum ersten Mal wurde ihr bewusst, was sie vor sich selbst verborgen hatte. »Was für ein Geständnis! Finden Sie nicht?«

»Warum haben Sie den Typ dann geheiratet?«

»Weil ich ihn bewundert habe«, sagte sie achselzuckend. Im Moment verstand sie es selbst nicht. »Respektable Leute machen das so. Sie werden erwachsen und heiraten. Damals hat mir Seriosität viel bedeutet. Wahrscheinlich habe ich deswegen auch alles aufgegeben, was mich ausmachte und was ich mir wünschte – um diejenige zu sein, die er sich wünschte. Doch mit der Zeit bekam seine Maske Risse. Es war, wie wenn man nach einem Theaterstück hinter die Bühne geht und den Schauspieler ohne Make-up sieht.«

»Aber Sie sind bei ihm geblieben.«

Christy-Lynn strich nach und nach über jeden ihrer Fingernägel. »Aber nicht wegen des Geldes.«

»Das ist mir klar«, sagte Wayne leise.

»Oder wegen des Status.«

»Das ist mir auch klar.«

»Ich weiß nicht. Er war imposant und sich seiner selbst so sicher, während ich damals ziemlich unsicher war. Das war Teil seiner Anziehungskraft. Und ich konnte mich so gut hinter ihm verstecken.«

»Wovor?«

Sie sah ihm in die Augen. »Vor mir selbst. An dem Tag, an dem ich ihn geheiratet habe, war ich nicht mehr Christy-Lynn Parker. Eine Zeit lang war das auch in Ordnung. Vielleicht musste ich damals mein wahres Selbst verleugnen. So musste ich mich nie fragen, wer ich sein würde, wenn ich nicht seine Frau wäre.«

»Sie haben gesagt, dass Sie alles aufgegeben hätten, was Sie sich gewünscht haben. Was haben Sie sich denn gewünscht?«

Vom anderen Ufer flogen zwei Reiher über den See auf sie zu, denen sie still zusahen. »Manchmal habe ich selbst ans Schreiben gedacht«, brach sie das Schweigen. »Ich hatte gar keine übertriebenen Ansprüche, es musste nicht der große amerikanische Roman werden. Aber als ich Stephen meine Ideen vorgestellt habe, hat er kein gutes Haar an ihnen gelassen. Er meinte, dass es etwas ganz anderes sei, jemandem zu sagen, was er falsch machte, als es selbst richtig zu machen.«

Wayne sah sie mit versteinerter Miene an. »Im Ernst? Sie haben Ihren Traum aufgegeben, weil er nicht daran geglaubt hat? Stephen bekommt, was er will, und Sie schießen Ihre Träume in den Wind?«

Christy-Lynn schraubte die Wasserflasche zu und stellte sie aufs Geländer. Es stimmte ja. Jedenfalls im Großen und Ganzen. Vielleicht war das Schreiben nie ihr ganz großer Lebenstraum gewesen, aber sie hatte auf alle Fälle mit dem Gedanken gespielt – und sie hatte ihn wegen Stephen aufgegeben. Doch in diesem Moment machte sie die blanke Wut neugierig, die sie in Waynes Augen wahrnahm.

»Was ist zwischen euch beiden vorgefallen?«

Er rollte die leere Bierflasche zwischen seinen Handflächen hin und her. »Ach, das ist schon so lange her«, sagte er dann achselzuckend.

»Kann sein, aber es beschäftigt Sie immer noch. Jedes Mal, wenn Sie über ihn sprechen, kommt diese kalte Wut in Ihnen hoch. Genau wie jetzt. Also, was ist damals geschehen?«

»Wir waren Freunde. Jedenfalls habe ich das gedacht. Damals hatte Stephen nicht viele Freunde. Er hatte den Hang, den ganzen Sauerstoff in einem Raum für sich zu beanspruchen. Aber er hatte auch eine andere Seite, die er nur zeigte, wenn niemand da war. Zum Beispiel wenn wir hier waren, um zu büffeln. Dann war er ganz anders, richtig entspannt, weil er niemanden beeindrucken musste. Aber kaum waren wir zurück an der Uni in Charlottesville, legte er den Schalter um und spielte wieder den Platzhirsch.«

Christy-Lynn nickte. Sie wusste genau, was er meinte. »Und?«

»Er war faul.«

»Das ist alles?« Sie hatte alles Mögliche erwartet, aber keine Kritik an Stephens Arbeitsmoral. »Sie finden es faul, jedes Jahr ein Buch auf den Markt zu werfen?«

»Nein, ich meinte, dass seine Art zu schreiben faul ist. Er hatte Talent, aber er hat sich nie die Mühe gemacht, daran zu feilen. Es langte ihm, Nullachtfünfzehn-Geschichten rauszuhauen, die sich über Sex und Gewalt verkaufen. In seinen Büchern findet sich nichts von ihm selbst. Und das ist ja gerade die Herausforderung am Schreiben. Dass man sein Innerstes nach außen kehrt. Das, wovor man sich am meisten fürchtet, was einen unter sich zu begraben droht, was einen verwundbar macht. Die Mühe hat Stephen sich nie gemacht.«

Christy-Lynn dachte darüber nach. Aber der Bruch zwischen den beiden musste auf etwas Persönlicherem, etwas Schmerzhafterem beruhen. »Sie wollen mir aber nicht verkaufen, dass Sie seit zwanzig Jahren wütend auf Stephen sind, weil er sein Potenzial nicht ausgeschöpft hat?«

»Ich habe die Grundlage für seinen Erfolg geschaffen«, sagte Wayne angespannt. »Ich war nicht der Einzige, der Stephen für faul hielt. Unsere Dozenten sahen es genauso. Sie haben ihn zunehmend unter Druck gesetzt, sodass es für ihn immer schwieriger wurde, sich wegzuducken. Am Ende unseres zweiten Studienjahres sollten wir eine Kurzgeschichte einreichen, die stark in die Bewertung einfloss. Stephen wusste genau, dass seine Geschichte schlecht war. Er bat mich um Hilfe, und ich habe ein paar Ideen entwickelt. Aber er hätte die Geschichte komplett umschreiben müssen. Statt sich an die Arbeit zu machen, durchwühlte er meinen Schreibtisch und fand eine Kurzgeschichte, die ich im Vorjahr geschrieben hatte. Er hat sie kurzerhand abgetippt und abgegeben. Er bekam eine Eins und bestand den Kurs. Doch dann schickte sein Dozent die Geschichte an den *Meridian*, der sie tatsächlich gedruckt hat. Und so habe ich es herausgefunden – als ich meine Geschichte unter seinem Namen gedruckt sah.«

Christy-Lynn war fassungslos. »Er hat sie … gestohlen?«

»Er hat es *leihen* genannt. Schließlich hätte er den Kurs bestehen müssen, und bei mir hätte die Geschichte nur in der Schublade gelegen. Ich sollte mich bloß nicht so aufregen.«

»Das ist wirklich …« Sie fuhr sich mit beiden Händen durch die Haare. »Was ist passiert, als Sie dem Dozenten gesagt haben, dass es Ihre Geschichte war?«

»Nichts. Ich hab's ihm nicht gesagt.«

Christy-Lynn machte große Augen. »Das verstehe ich nicht. Er hat Ihnen Ihre Geschichte gestohlen und unter seinem Namen veröffentlichen lassen, und Sie haben ihn damit durchkommen lassen?«

»Es wäre auf sein Wort gegen meins hinausgelaufen. Und ich wusste genau, dass er nie zugegeben hätte, dass sie ein Plagiat war. Er war so feige, dass er es nicht einmal über sich gebracht hat, sich bei mir zu entschuldigen. Auf alle Fälle war's das mit unserer Freundschaft. Er hat mir ja nicht nur meine Geschichte gestohlen und als seine eigene ausgegeben. Er hat mich, seinen Freund, hintergangen, obwohl er ganz genau wusste, dass ich ihm jederzeit geholfen hätte.«

»Ich muss mich entschuldigen, Wayne.«

»Wofür?«

»Für mein Verhalten bei dem Empfang. Ich dachte damals, Sie wären neidisch auf seinen Erfolg, und dabei haben Sie diese Sache all die Jahre unter Verschluss gehalten.«

»Sie haben mich jedenfalls missgünstig und verbittert genannt.«

»Es tut mir wirklich leid.«

Wayne zwang sich zu lächeln. »Vergessen Sie's. Sie wussten ja nichts davon. Außerdem hatten Sie irgendwie auch recht. Ich war ziemlich verbittert. Aber das ist Schnee von gestern.«

Christy-Lynn stand auf und ging zur anderen Seite der Veranda. Die Sache nahm sie mehr mit, als sie zugeben wollte. Was für einen Mann hatte sie geheiratet? Einen Fremden, der eine Geliebte hatte, mit der er eine Tochter zeugte, die er nur selten besucht und für die er nicht vorgesorgt hatte. Der die Geschichte seines besten Freundes als seine eigene ausgab. Es war unbegreiflich. Oder eigentlich auch nicht. Und das machte es noch schlimmer.

Sie hatte nicht gehört, dass Wayne aufgestanden war, aber jetzt war er neben ihr und nahm ihre Hand. »Alles in Ordnung?«

Christy-Lynn blickte hinaus auf den See. Eine leichte Brise war aufgekommen und kräuselte das silberne Wasser. »Ehrlich gesagt, ich weiß es nicht. Ich erfahre immer noch Dinge über einen Mann, den ich zu kennen glaubte. Schlimme Dinge. Da stellen sich mir natürlich Fragen.«

»Was für Fragen?«

»Zum Beispiel, wie ich so lange mit jemandem zusammenleben konnte, ohne auch nur die geringste Ahnung zu haben, wer er wirklich war.«

Fünfunddreissig

Christy-Lynn war erleichtert gewesen, als Wayne vorschlug, das Essen zu machen. Er grillte Lachssteaks und Spieße aus frischem Sommergemüse, die sie zusammen vorbereiteten. Nun saßen sie bei Erdbeereis und schauten zu, wie die Sonne hinter den Bäumen verschwand. Christy-Lynn entspannte sich allmählich.

»Nachschub?«, fragte Wayne und hielt seinen Teller hoch.

»Gott, nein. Ich bin pappsatt. Aber ich könnte die ganze Nacht hier sitzen und den See betrachten. Es ist so friedlich wie in einer Kirche unter freiem Himmel.«

»Mein Großvater hat die Hütte mit seinen eigenen Händen gebaut. Er hat dies alles sehr geliebt.«

Christy-Lynn schloss die Augen und atmete tief ein. »Das kann ich verstehen. Es ist der perfekte Ort, um seine Sorgen zu vergessen.«

»Deswegen bin ich hergekommen.«

Christy-Lynn öffnete die Augen. »Hat es funktioniert?«

»Die Geschworenen beraten noch. Ach ja! Fast hätte ich vergessen, womit ich Sie hergelockt habe. Bin gleich wieder da.«

Kurz darauf erschien er mit einem dicken Packen Papier. »Ist noch nicht fertig«, sagte er befangen. »Ich stecke rund um Seite dreihundertzwanzig fest. Irgendetwas stimmt da nicht. Ich habe Ihnen das ganze Manuskript ausgedruckt, aber ich kann es Ihnen auch elektronisch schicken, wenn Ihnen das lieber ist. Übrigens bezahle ich Sie dafür, nur damit Sie's wissen.«

Christy-Lynn warf einen erschrockenen Blick auf das Manuskript. Sie hatte schon zu hoffen gewagt, dass er es vergessen würde. »Den ersten Durchgang mache ich am liebsten auf Papier. Aber seien Sie nicht albern. Ich nehme kein Geld von Ihnen. Wie lautet der Titel?«

»*Jenseits des Bekannten.*«

Sie ließ das auf sich wirken, es klang geheimnisvoll und faszinierend. Vielleicht auch etwas beunruhigend, aber das musste nicht notwendigerweise schlecht sein. »Und das Thema?«

Wayne ließ sich auf den Stuhl fallen und legte die Füße aufs Geländer. »Die Hauptfigur heißt Robert Vance. Er ist ein hohes Tier in der Geschäftswelt, der sich selbst für den Größten hält. Er verfolgt einen Plan, seit er vierzehn ist, und alles läuft wie geschmiert. Und dann geht doch etwas schief. Sein Leben steht kopf. Irgendwann wird ihm klar, dass es nur einen Weg gibt, wieder glücklich zu werden: Er muss schonungslos offen mit sich sein. Das Ding ist nur, dass ich ihn nicht an diesen Punkt kriege. Und bevor Sie fragen: Nein, es ist nicht autobiografisch.«

Christy-Lynn lächelte: »Auch nicht ein ganz kleines bisschen?«

»Ich war neunzehn, als ich damit begonnen habe. Und da hatte ich die Weisheit natürlich mit Löffeln gefressen.«

»Und jetzt?«

»Jetzt?« Er blickte in die Ferne, zum Horizont hinüber. »Jetzt weiß ich nicht, ob ich irgendetwas weiß. Warum sich Dinge so entwickeln, wie sie sich entwickeln. Warum die Welt sich dreht.«

Offensichtlich hatte sie den Finger auf die Wunde gelegt. Sie wollte die Unterhaltung lieber in sicheres Gewässer steuern und streckte die Hände aus. »Geben Sie schon her. Ich wühle mich durch, mache mir ein paar Notizen, und dann sprechen wir darüber.«

Wayne war dabei, ihr das Manuskript zu reichen, als er mitten in der Bewegung innehielt. »Was ist denn das?«, fragte er und drehte ihr Handgelenk, sodass die kleinen kreisrunden Male sichtbar waren. »Sieht nach Narben aus.«

Christy-Lynn zog ihre Hand zurück und klemmte sie zwischen die Knie. »Sind es auch.«

»Die sind mir noch nie aufgefallen. Woher haben Sie die?«

Sie zuckte die Achseln. »Ach, ich erinnere mich nicht mehr. Ist schon so lange her.«

Als Wayne sie stumm betrachtete, ging sie wieder zum Geländer. Sie brauchte etwas Distanz zu seinen scharfen Journalistenaugen. Aber Wayne war gleich wieder an ihrer Seite.

»Alles in Ordnung? Sind Sie plötzlich nervös oder kommt es mir nur so vor? Ich meinte das ernst vorhin, Christy-Lynn. Wenn Ihnen das mit dem Manuskript nicht geheuer ist, kann ich es gut nachvollziehen.«

»Nein, ist schon in Ordnung.« Aber sie konnte ihm nicht in die Augen sehen. »Es ist nur … Ich glaube, mein Kopf platzt gleich.«

»Sie haben sich entschieden, stimmt's? Was die Sache mit dem Treuhandvermögen angeht?«

»Ja.« Sie hatte sich schon gefragt, ob er noch darauf zu sprechen kommen würde. »Ich weiß, dass Sie es für eine schlechte Idee halten. Aber es fühlt sich richtig an.«

»Die Sache geht ihren Gang?«

»Ich habe den Anwalt gebeten, die Papiere aufzusetzen. Wenn sie fertig sind, nehme ich mir Zeit für ein Gespräch mit Rhetta.«

Wayne hatte sein Pokergesicht aufgesetzt, aber sie sah, wie es hinter seinen bernsteinfarbenen Augen arbeitete, wie er die Risiken einschätzte, die Möglichkeiten abwog. »Sind Sie sicher, dass Rhetta mit so viel Geld umgehen kann?«

»Muss sie gar nicht. Jedenfalls nicht mit dem ganzen Geld. Peter setzt mich als Treuhänderin ein, und das bedeutet, dass das Kapital unter meiner Kontrolle bleibt. Rhetta bekommt eine monatliche Unterstützung.«

»Sind Sie sich sicher?«

»Nein, aber ich mache es trotzdem. Ich muss es einfach tun.«

Er nickte. »Das kann ich verstehen.«

So wie er es sagte, fragte sich Christy-Lynn, ob er es wirklich verstand. Er hatte ihr einmal erzählt, dass er an glatte Schnitte glaubte, daran, dass es das einzig Richtige war, wegzugehen und die Brücken hinter sich abzubrechen. Genau wie sie es auch getan hatte. Sie war aus Clear Harbor weggegangen, hatte das Haus verkauft, die Buchhandlung übernommen und Wurzeln in Sweetwater geschlagen. Aber das war etwas anderes. Wie sollte man eine Brücke abbrechen, auf der ein Kind stand?

Sie wusste nicht, was sie dazu sagen sollte, als Wayne sie mit einem neuerlichen Themenwechsel überraschte. »Haben Sie Lust auf das Feuerwerk? Wenn wir uns beeilen, schaffen wir es noch rechtzeitig.«

Christy-Lynn sah auf die Uhr, aber es war zu dunkel, um die Uhrzeit zu erkennen. »Ich dachte, es fängt um neun an. Wir brauchen doch mindestens zwanzig Minuten, um in die Stadt zu fahren und einen Parkplatz zu finden.«

»Wer spricht denn von der Stadt?«

»Ernsthaft?« Christy-Lynn legte den Kopf in den Nacken. »Man kann es wirklich von hier aus sehen?«

»Ja, von da draußen«, sagte Wayne und deutete auf den See.

Wayne ging voraus, stieg ins Kanu und reichte ihr die Hand. »Die beste Sicht überhaupt. Kommen Sie. Machen Sie sich keine Sorgen.«

Christy-Lynn unterdrückte einen Seufzer. Er saß bereits, das Paddel quer über den Knien. »Na gut, aber wenn ich im Wasser lande, berechne ich Ihnen einen Risikoaufschlag fürs Lesen.«

Er lachte leise. »Das Risiko gehe ich ein. Wenn Sie ruhig sitzen bleiben und sich an beiden Seiten festhalten, kann nichts passieren.«

Mit angehaltenem Atem kletterte sie ins Kanu. Es war schwierig genug für einen Anfänger, aber in der Dunkelheit war es fast beängstigend. Erst als sie saß, atmete sie auf.

»Wehe, es macht keinen Spaß.«

»Würde ich Sie je anlügen?«

Christy-Lynn dachte über die Frage nach, obwohl es natürlich eine rhetorische war. »Nein«, sagte sie leise und wünschte sich, sie könnte sein Gesicht sehen. »Ich glaube nicht.«

Wayne sagte nichts. Er stieß das Kanu vom Ufer ab und paddelte fast geräuschlos mit mühelosen, geschmeidigen Bewegungen. Irgendwann entspannte Christy-Lynn sich. Sie ließ die Seitenwände los und schaute in den indigoblauen Himmel, während sie über das Wasser glitten.

»Na gut«, sagte sie dann. »Es ist wirklich schön.«

»Mein Großvater und ich sind jedes Jahr zum Feuerwerk auf den See gefahren. Und im August, wenn der Meteorschwarm der Perseiden zu sehen war, haben wir immer über die Sternschnuppen gestaunt. Weil es hier keine anderen Lichtquellen gibt, erkennt man sie hier viel besser.«

»Sie scheinen viele gute Erinnerungen an Ihren Großvater zu haben.«

Wayne holte das Paddel ein und ließ das Kanu treiben. »Ja, stimmt. Wir haben auch dieses Kanu zusammen gebaut. Das hat drei ganze Sommer gedauert. Der alte Mann hat sich an jedem Detail festgebissen, er war ein Perfektionist. Und deswegen kann ich dreißig Jahre später immer noch darin auf den See fahren und mir das Feuerwerk ansehen.«

Als hätten sie nur auf dieses Stichwort gewartet, illuminierten über ihnen die ersten roten und weißen Raketen den Nachthimmel. Der Knall folgte etwas verzögert und war in der schweren Luft fast spürbar. Atemlos verfolgte Christy-Lynn den Bogen einer einzelnen Rakete in der Dunkelheit, die einen weiß-goldenen Feuerschweif hinter sich herzog, der die spiegelglatte Wasseroberfläche wie mit Diamanten sprenkelte.

Sie kam gar nicht dazu, ihm zu sagen, dass sie noch nie etwas so Schönes gesehen hatte. Die Explosionen folgten dicht aufeinander, jede war größer und heller als die davor. Sie bemerkte kaum, dass Wayne seine Hand auf ihre legte. Sie schaute gebannt in den Himmel, verlor sich im hypnotisierenden Pulsieren der Farben und Formen. Überall auf dem See fielen goldene und silberne Fünkchen wie Sternschnuppen nieder.

Als sie Wayne irgendwann doch einen Blick zuwarf, war sie überrascht, weil er sie betrachtete und nicht das Schauspiel am Himmel. »Sie sehen sich das Feuerwerk ja gar nicht an.«

»Doch, schon, in Ihren Augen.«

Das brachte sie vollkommen durcheinander. Seine Stimme war rauchig und warm. So stellte sie sich die Wirkung von Whiskey vor, wenn er einem langsam durch die Kehle rann. Ihr Puls fing an zu rasen, als er seine Finger mit ihren verschränkte. Im Nachthimmel über ihnen explodierte das Feuerwerk, während er sie an sich zog und in ihrem Bauch Schmetterlinge flatterten. Er würde sie küssen, und sie würde es zulassen. Auf einmal wollte sie es auch.

Seine Lippen öffneten sich mit einer unerträglichen Langsamkeit über ihren, ein samtweicher Ansturm auf ihre ausgehungerten Sinne. Sie erstarrte kurz, als er die Arme um sie legte, überrascht von der starken, instinktiven Reaktion ihres Körpers. Da war ja noch was! Sie hatte es fast vergessen: der Atem des anderen, das Verschmelzen mit seinem Körper, die vollkommene Hingabe. Wie leicht wäre es, alles geschehen zu lassen, die Vorsicht über Bord zu werfen und ihrem Begehren nachzugeben. Was für ein berauschender Gedanke. Und was für ein gefährlicher.

Sie machte sich so abrupt frei, dass das Kanu schwankte. »Es geht nicht«, stammelte sie. »Ich … kann das nicht.«

»Ich dachte …«

Christy-Lynns Finger fühlten sich taub an, als sie sich an den Seitenwänden festhielt. Sie war dankbar, dass es wenigstens dunkel war. »Ich weiß, was du gedacht hast. Ich muss es auch gedacht haben. Aber ich bin einfach nicht … Ich kann es einfach nicht.«

»Habe ich die Zeichen falsch gedeutet?«

»Nein, du nicht. Ich.«

»Dir ist es auch so gegangen?«

Ja, allerdings. Und einen Moment hatte sie sich von ihren Gefühlen überwältigen lassen. Sie blickte in den Himmel, an dem jetzt nur noch die Sterne standen. Das Feuerwerk war vorüber, und die plötzlich eintretende Stille hatte etwas Beunruhigendes, bot ihr keine Möglichkeit, sich zu verstecken. »Es tut mir leid. Ich habe einfach nicht … nachgedacht.«

»Ich offensichtlich auch nicht. Dabei bin ich wirklich nicht der Typ, der eine Frau anbaggert, wenn sie verletzlich ist.«

Sie horchte auf. »Du hältst mich für verletzlich?«

Selbst im Dunklen bemerkte sie seine Überraschung. »Du dich nicht?«

Verletzlich. Das Wort gefiel ihr nicht. Es klang nach Schwäche und Hilfsbedürftigkeit. Sie wollte auf niemanden angewiesen sein. Aber jetzt gab es Wayne. Stark, freundlich und mehr als bereit, ihr Helfer in der Not zu sein. Warum hatte sie es nicht kommen sehen? Sie hatte sich ganz dem Augenblick hingegeben und aus Leichtsinn eine Tür aufgestoßen, durch die sie längst noch nicht gehen konnte. Und damit fast eine Freundschaft kaputtgemacht.

»Ehrlich, ich weiß nicht, was ich bin«, antwortete sie schließlich. »Auf alle Fälle sehr durcheinander. Natürlich bist du niemand, der so eine Situation ausnutzt, Wayne. Es war mein Fehler. Du bist mein Freund. Ein guter Freund – und dabei muss es bleiben.«

Schweigend angelte er sich das Paddel und wendete das Kanu. Christy-Lynn betrachtete seine breiten Schultern, als er das Kanu zurück zum Ufer steuerte. Sie hatte ihn verletzt. Sie hätte vorsichtiger sein müssen, doch sie hatte alle Warnschilder am Weg ignoriert. Sie war es gewesen, die Hilfe bei Wayne gesucht und sich bei ihm ausgeweint hatte, als sie das mit Iris herausgefunden hatte. Immer wenn sie eine starke Schulter brauchte, war sie zu Wayne gerannt. Aber hatte das nicht damit zu tun, dass er Stephen gekannt hatte?

Sowie sie das Ufer erreichten, stieg Wayne aus und reichte ihr kurz die Hand, als sie unbeholfen ausstieg. Dann hastete er die Stufen zum Deck hoch, zwei auf einmal nehmend, und verschwand durch die Schiebetür. Christy-Lynn war das nur recht, so hatte sie etwas Zeit, ihre Gefühle unter Kontrolle zu bringen.

Als sie ihm schließlich ins Haus folgte, fand sie Waynes Manuskript auf der Arbeitsfläche in der Küche neben ihren leeren Eisschüsseln. Sie nahm es an sich und hängte sich ihre Handtasche um. Was sollte sie ihm jetzt sagen?

Er war im Wohnzimmer und ordnete einen Stapel CDs ins Regal ein. Er sah auf, seine Miene war undurchschaubar. »Warum?«

Sie starrte ihn perplex an. »Warum was?«

»Warum muss es dabei bleiben?«

Sie wollte es ihm so gerne erklären. »Ich kann nicht anders. Ich habe gerade erst wieder Boden unter den Füßen. Ich kann jetzt keine komplizierte Beziehung brauchen. Und das wäre es für mich. Ich weiß, wie hart das klingt, aber ich hatte eigentlich nur eine Beziehung, seit ich erwachsen bin, und die hat kein gutes Ende genommen, wie du weißt. Ich kann es mir nicht erlauben, noch einmal zu scheitern.«

Er stand mit hängenden Schultern da. »Ich bin auch noch etwas wackelig in den Knien, Christy-Lynn. Aber zwischen uns ist etwas, das wir heute Abend beide gespürt haben. Vielleicht ist es rein körperlich. Vielleicht auch nicht. Auf alle Fälle kreuzen sich unsere Wege immer wieder. Und vielleicht hat das etwas zu bedeuten.«

Christy-Lynn presste das Manuskript an die Brust, als wollte sie sich gegen seine Worte wappnen. »Du hast recht. Es gibt eine Verbindung zwischen uns, und die ist ganz real: Stephen. Es geht um den Schaden, den er angerichtet hat, darum, wie er uns angelogen und betrogen hat. Das haben wir gemeinsam. Meinen toten Ehemann. Aber das ist etwas für eine Therapie, nicht für eine Liebesgeschichte. Es wäre fatal für mich, das nicht auseinanderzuhalten.«

Wayne kreuzte die Arme. »Und wie geht es mit uns weiter?«

Wenn sie sich selbst über den Weg getraut hätte, hätte sie ihn berührt. Doch so lächelte sie nur – oder versuchte es wenigstens. »Genau da, wo wir aufgehört haben, hoffe ich. Als Freunde.«

»Hat das irgendwann schon einmal geklappt? Dann wieder Freunde zu sein?«

»Es war ein Kuss, Wayne. Das müssen wir doch nicht überbewerten.«

»Okay«, wiederholte er, doch es klang nicht überzeugt. »Nicht überbewerten.«

»Gut. Und jetzt muss ich los.« Sie hielt das Manuskript hoch. »Schließlich habe ich noch was zu lesen.«

Er folgte ihr an die Tür, die Hände in den Hosentaschen vergraben. »Ich möchte nur klarstellen, dass ich keinen Plan hatte, als ich dich für heute Abend eingeladen habe. Ich wollte dich nicht verführen.«

»Das weiß ich. Und vielleicht wäre es besser, wenn wir einfach so tun, als hätte das Ganze nie stattgefunden.«

Wayne hielt ihr die Tür auf und blickte ihr in die Augen. »Ich weiß nicht, ob ich das kann.«

Christy-Lynn sagte nichts. Sie trat hinaus auf die Veranda. Die Erinnerung an seine Lippen war noch so lebhaft. Sie wusste auch nicht, ob sie es konnte.

Sechsunddreißig

Sweetwater, Virginia
12. Juli 2017

Christy-Lynn drehte das Kopfkissen um und hieb mit der Faust darauf ein. Sie lag seit einer Stunde wach, doch dieses Mal hatte ihre Schlaflosigkeit nichts mit ihren Albträumen zu tun. Ihre Gedanken kreisten um ihre Fahrt nach Riddlesville und darum, wie sie Rhetta dazu bringen konnte, ihre Hilfe anzunehmen. Wenn ihr ein Scheck über zehntausend Dollar schon so einen Schrecken eingejagt hatte, dann würde sie voll auf die Bremse treten, wenn sie erfuhr, um wie viel Geld es jetzt ging.

Schließlich setzte sie sich resigniert im Bett auf und schaltete die Nachttischlampe an. Wenn sie nicht schlafen konnte, würde sie eben arbeiten. Der Flyer für den Leseklub war immer noch nicht fertig und ihr E-Mail-Posteingang quoll über.

Sie griff nach ihrem Laptop, als ihr der Stapel Papier ins Auge fiel, den Wayne ihr vor über einer Woche gegeben hatte. Sie hatte das Manuskript nicht einmal angerührt. Nicht weil sie zu beschäftigt gewesen war, sondern weil es sie an den intensiven Kuss erinnerte. Sie war diejenige gewesen, die gesagt hatte, sie sollten ihn nicht überbewerten – und das hatte sie auch so gemeint. Trotzdem erschien es ihr vernünftig, eine Weile Distanz zu halten. Und das betraf auch sein Manuskript.

Er hatte sich seit jener Nacht nicht blicken lassen und wahrte genug Distanz für sie beide. Vielleicht war das nur gut so. Vielleicht hatte er recht. Vielleicht konnten sie danach nicht einfach nur befreundet sein. Vielleicht gab es nun, wo sie diese Grenze überschritten hatten, kein Zurück mehr.

Sie leugnete nicht, dass die Versuchung groß war. Aber ebenso groß war die Möglichkeit, dass es zu einer Katastrophe käme. Wenn der Blitz in einen trockenen Wald einschlug, war die Gefahr, dass er lichterloh in Flammen aufging, nur allzu real. Aus der Ehe mit Stephen hatte sie eine Lehre gezogen: Sie war einfach nicht dafür gemacht. Ja, sie hatte zu Stephen gehört, rein rechtlich jedenfalls und eine Zeit lang auch emotional. Aber zu jemandem zu gehören und sich ganz auf jemanden einzulassen, waren zwei sehr unterschiedliche Dinge. Das eine beruhte auf einem Bedürfnis und war eine klare Übereinkunft, aus der beide Parteien Gewinn zogen, während man bei dem anderen sein Innerstes nach außen kehren musste. Und das hatte sie noch nie getan.

Sie warf noch einen schuldbewussten Blick auf das Manuskript. Irgendwann würde sie Zeit für Waynes Buch finden. Aber erst mal würde sie auf Nummer sicher gehen. Sie klappte den Laptop auf und fand eine Anfrage von einer gewissen Kimberly Ward in ihrem Posteingang, die Unterhaltungsromane für Frauen schrieb und sich für ihr Debüt nach der Möglichkeit einer Buchvorstellung erkundigte. Ein Link führte Christy-Lynn zur Webseite der Autorin.

Eine hübsche Rothaarige lächelte sie von der Homepage an, Mitte dreißig vielleicht und mit Sommersprossen auf dem Nasenrücken. Ihre Biografie war ebenso kurz wie sympathisch. Sie stammte aus Beaufort in South Carolina, wo sie bis heute lebte. Sie war Mutter zweier Jungen, hatte zwei Shelties und war eine versessene Leserin von Südstaaten-Romanen. Als Lieblingsbücher nannte sie *Die Herren der Insel* von Pat Conroy und *Wer die Nachtigall stört* von Harper Lee.

Christy-Lynn mochte sie auf Anhieb. Doch was ihr fast am besten gefiel, waren die Fotos von uralten Eichen, von denen silber-blaue Moosflechten herabhingen, von Straßen, die mit kleinen Palmen gesäumt waren, und von einer Abendstimmung, bei der die Sonne wie eine Scheibe im goldenen Wasser versank. Alles war wunderschön, der charmante alte Süden wie aus dem Bilderbuch. Nichts war wie das South Carolina, in dem sie groß geworden war.

Und dann stand Christy-Lynn ohne Vorwarnung plötzlich das Gesicht ihrer Mutter vor Augen. Nicht ihr verbundenes mit der zugenähten Wunde darunter, das sie in der letzten Nacht im Krankenhaus gesehen hatte, sondern das der Frau, die sie gewesen war, bevor Drogen und Alkohol die Herrschaft über sie gewannen. In den letzten zwanzig Jahren hatte sie nur einmal etwas von ihr gehört. Ein Anruf aus dem Nichts vor sechs oder sieben Jahren, und dann nie wieder etwas. Sie wusste nicht einmal, ob sie noch lebte. Frauen wie Charlene Parker mit einem hochriskanten Suchtverhalten, wie Psychologen das nannten, starben meistens früh.

Aus einem Impuls heraus tippte Christy-Lynn *Personensuche* in die Suchmaschine ein. Sie klickte auf den ersten Link und gab den Namen ihrer Mutter, ihr Geburtsdatum und die Stadt ein, in der sie nach Christy-Lynns Wissen zuletzt gelebt hatte. Auf dem Bildschirm erschien eine Liste von Namen mit dazugehörigen Adressen. Und da war sie: Charlene Kendra Parker, 1710 Proctor Avenue, Appartement 13, Walterboro, South Carolina. Dies war die Adresse, an der sie zuletzt, vor sieben Monaten, gemeldet gewesen war.

Dann lebte sie also noch. Nach all den Jahren.

Eine Telefonnummer fehlte, aber das war keine Überraschung. Wenn es hart auf hart ging – und früher oder später ging es immer hart auf hart –, dann war das Telefon das Erste, was daran glauben musste. Nicht, dass Christy-Lynn bei der Nummer angerufen hätte, wenn eine aufgeführt gewesen wäre. Nach so vielen Jahren, nach so viel Zorn und Verbitterung, was gab es da zu sagen? Doch die Antwort ließ nicht auf sich warten. Es gab viel zu sagen. Ihr die Schuld an allem zu geben. Sie für alles verantwortlich zu machen. Aber wenn sich der Spieß umdrehte? Und sie verantwortlich gemacht wurde? Dafür, dass sie so eine schlechte Tochter gewesen war? Die ihre Mutter in größter Not verlassen und nie zurückgeblickt hatte?

Fünf Stunden, höchstens sechs. Sie konnte an einem Tag hin- und zurückfahren. Aber wozu? Unmöglich zu sagen, ob ihre Mutter überhaupt noch dort wohnte. Und wenn? Unmöglich, sich mit ihr auszusöhnen oder die Leere zu füllen, die Charlene Parkers fehlende Mütterlichkeit in Christy-Lynn zurückgelassen hatte. Und doch öffnete sie die Nachttischschublade und holte den vertrauten alten Umschlag heraus.

Dars Worte geisterten ihr durch den Kopf. *Lass die Erinnerungen an dich heran.* Aber genau das wollte sie nicht. Nicht heute Nacht. Vielleicht nie. Statt den Umschlag zu öffnen, ließ sie ihn wieder in die Schublade fallen. Es ging ihr doch eigentlich gut, wenn sie ihre Vergangenheit hinter Schloss und Riegel hielt. Na ja, vielleicht nicht gut, aber sie kam zurecht. Sie hatte nicht das Bedürfnis, es alles in ihrer Vorstellung wieder zu erleben. Einmal hatte gereicht.

Siebenunddreissig

Clear Harbor, Maine
12. März 2011

Christy-Lynn kommt mit dem Arm voller Lebensmittel ins Haus, als das Telefon klingelt. Sie stellt die Tüten auf die Arbeitsfläche und nimmt ab. Die Nummer des Anrufers auf dem Display hat die Vorwahl 843 – South Carolina. Ihr Magen zieht sich zusammen.

»Hallo?«

Ein kurzes Schweigen, dann: »Entschuldigung, verwählt.«

Die Stimme ist ihr vertraut, nervtötend selbst nach mehr als zehn Jahren. Die Stimme eines Geists. »Mama?«

Sie hört das Atmen am anderen Ende. Im Hintergrund läuft The Price is Right. *Ihre Mutter hat den Song schon immer geliebt.*

»Mama, bist du das?«

Christy-Lynn hört das Klicken eines Feuerzeugs, ein scharfes Inhalieren, das Ausatmen des Rauchs. »Du klingst anders«, bemerkt Charlene Parker schließlich. »Wie eine Nordstaatlerin.«

Christy-Lynns Beine geben nach. Sie sackt an dem kalten Granit auf die Küchenfliesen hinunter. »Wie bist du an diese Nummer gekommen?«

Charlene ignoriert die Frage. »Ich habe mich gefreut, als ich das von deiner Hochzeit mit diesem Senkrechtstarter gehört habe.

Hast dir ein weiches Nest gebaut. Aber das wusste ich immer schon. Du warst immer so klug … und so gut.«

Christy-Lynn fragt sie nicht, woher sie das mit Stephen weiß. Die Fotos waren groß in der Presse. Sie schweigt und lässt die Worte der Mutter in der Leitung nachklingen. Hört sie etwas wie Traurigkeit heraus? Bitterkeit? Anschuldigung?

»Die Nummer, Mama. Woher hast du sie?«

»Von einer Frau bei deinem alten Job, Sandra oder so. Ich habe ihr was von einem Notfall in der Familie erzählt und dass ich unbedingt mit dir sprechen muss.«

Christy-Lynn unterdrückt ein Stöhnen. »Warum musst du unbedingt mit mir sprechen?«

»Ach, ich bin in Schwierigkeiten. Weißt du …«

Ja. Sie wusste es. »Was für Schwierigkeiten?«

»Ich bin etwas knapp bei Kasse. Ich bin die letzte Miete schuldig, und Dave sagt, wir brauchen irgendeine neue Pumpe für das Auto, und ich bin … im Quick Shop rausgeworfen worden.«

Christy-Lynn ist kurz davor, sich zu erkundigen, wer Dave ist und warum Charlene ihren Job verloren hat. Aber sie will es gar nicht wissen. »Wie knapp?«

»Dieses Pumpending soll vierhundert kosten, und dann ist da noch die Miete.« Sie macht eine Pause und bläst den Rauch aus. »Ich weiß, dass es viel ist, Schätzchen, aber mit einem Tausender wäre ich aus dem Schlamassel. Und ich verspreche dir, dass ich dich danach nie wieder anrufe.«

Tausend Dollar.

Christy-Lynn schließt die Augen und zwingt sich, tief durchzuatmen. Es ist ein niedriger Preis, um sie sich vom Hals zu halten. Raus aus ihrem Leben. »Wohin soll ich den Scheck schicken?«

Charlene rattert eine Adresse in Walterboro herunter. Christy-Lynn notiert sie auf dem Block am Kühlschrank.

»Danke.« Charlenes Stimme hört sich zitterig an. Dann folgt eine lange Pause. »Bist du … bist du glücklich, Schätzchen?«

»Ja«, sagt Christy-Lynn knapp, fast trotzig. »Ja, bin ich.«

Sie krickelt ein trauriges Gesicht auf den Notizblock. Natürlich sollte sie ihrer Mutter dieselbe Frage stellen, aber sie ist nicht sicher, ob sie die Antwort ertragen kann.

»Ich schicke den Scheck heute los«, sagt sie stattdessen. »Er müsste in ein paar Tagen da sein.«

»Danke, Schätzchen.« Es ist kaum mehr als ein dünnes, verzweifeltes Flüstern. »Vielen, vielen Dank.« Und dann ist die Leitung plötzlich tot.

Christy-Lynn starrt auf das Telefon. Die altvertraute Schuld meldet sich wieder. Hätte sich Charlene Parkers Leben zum Besseren gewendet, wenn ihre Tochter sie nicht verlassen hätte? Schwer vorstellbar. In diesen schrecklichen Jahren hatte Christy-Lynn gelernt, dass die Zeit Frauen wie ihre Mutter nicht veränderte. Sie beschleunigte nur ihren Verfall. Und doch hängt die Frage in der Luft. Hätte sie das Ruder nicht doch herumreißen können?

Sie stellt das Mobilteil auf die Basis und sucht nach ihrem Scheckbuch. Mit zitternder Hand schreibt sie einen Scheck über dreitausend Dollar aus. Es ist mehr, als ihre Mutter erbeten hat, aber Schuldgefühle machen großzügig.

Dann steckt sie das Scheckbuch in die Handtasche zurück. Es ist ihr eigenes. Es gibt keinen Grund, Stephen von dem Anruf zu erzählen. Soweit er weiß, ist ihre Mutter tot – und bis vor wenigen Augenblicken hat Christy-Lynn dasselbe angenommen.

Achtunddreissig

Sweetwater, Virginia
19. Juli 2017

Christy-Lynn legte ihre Füße auf einen ungeöffneten Buchkarton und beäugte die Papiere auf ihrem Schreibtisch. Sie musste Rechnungen bezahlen, den Dienstplan für die nächste Woche erstellen und den Schulbuchverkauf organisieren, aber sie konnte sich nicht auf diese Aufgaben konzentrieren.

Vor einer Woche hatte sie Peter Hagan grünes Licht für die letzten Details des Treuhandfonds gegeben. Er hatte gesagt, die endgültige Fassung wäre ein paar Tage später fertig. Jetzt sprach er von drei Wochen, er brauche noch etwas mehr Zeit, um eine Veruntreuung der Gelder auszuschließen. Sie wusste seine Sorgfalt zu schätzen, aber solange die Sache nicht unter Dach und Fach war, befand sie sich in einem luftleeren Raum. Ihre Gedanken kreisten nur noch darum. Sie hätte nie gedacht, dass es so kompliziert sein könnte, Geld *wegzugeben*.

Außerdem musste sie Rhetta ja auch noch überzeugen. Trotz ihrer komplizierten Verbindung waren sie eigentlich Fremde. Und plötzlich kam Christy-Lynn, die wohlhabende Witwe, wie eine gute Fee eingeschwebt. Wie würde Rhetta auf ihr Angebot reagieren? Vielleicht empfand sie es als Anmaßung oder als Einmischung? Beides war nicht nur möglich, sondern wahrscheinlich.

Ursprünglich hatte Christy-Lynn geplant, gleich mit den Unterlagen hinzufahren und es ihr dort an Ort und Stelle zu erklären. Aber sie wollte keine weiteren drei Wochen warten. Sie hatte ja selbst erlebt, wie eigensinnig die alte Frau sein konnte, wenn es darum ging, Hilfe anzunehmen. Womöglich wäre es besser, sie jetzt schon darauf vorzubereiten.

Christy-Lynn suchte Rhettas Nummer aus den Kontakten im Handy und rief sie an. Nach dem dritten Klingelton meldete Rhetta sich keuchend. »Hallo?«

Es klang müde und fast so, als wäre sie überrascht, dass das Telefon überhaupt geklingelt hatte. Wahrscheinlich geschah das auch nur selten. »Hier ist Christy-Lynn. Geht es Ihnen gut, Rhetta? Sie hören sich nicht gut an.«

»Ich bin nur etwas außer Atem. Ist alles in Ordnung?«

»Ja, alles bestens. Ich wollte nur gern wissen, ob Sie am Wochenende zu Hause sind. Ich würde gerne etwas mit Ihnen besprechen.«

Im Hintergrund lief der Fernseher, eine Talkshow mit viel Applaus. Rhetta hob die Stimme, um den Lärm zu übertönen. »Ist wirklich alles in Ordnung?«

»Alles gut, wirklich. Ich möchte nur etwas … Ich möchte mit Ihnen über eine Idee sprechen, eine Möglichkeit, wie wir Iris helfen können. Aber das würde ich am liebsten persönlich tun. Ich könnte am Sonnabend kommen.«

»Na ja, ich gehe ja nirgends hin. Von mir aus gerne, wenn ich auch nicht möchte, dass Sie so weit fahren.«

»Mir macht es nichts aus. Die Sache ist etwas kompliziert und deswegen würde ich sie gerne direkt besprechen. In Ordnung?«

»Ja, ich denke schon.« Sie klang etwas verwirrt, vielleicht sogar argwöhnisch.

»Es ist etwas Gutes, ich verspreche es. Dann bis Sonnabend.«

Christy-Lynn steckte ihr Handy wieder ein und war zufrieden, den Ball ins Rollen gebracht zu haben. Doch dann fiel ihr ein, dass sie sich für Sonnabend in der *Cafélese* eingeteilt hatte.

Tamara stand hinter dem Tresen und machte einen Espresso, als Christy-Lynn aus ihrem Büro kam. Sie sah mit ihrem sonnigen Lächeln auf. »Was ist, Chefin?«

»Ich möchte Sie um einen Gefallen bitten.«

»Einen meiner spektakulären extrastarken Latte macchiatos?«

»Nein, kein Kaffee. Ich stecke in der Klemme. Ich muss Sonnabend etwas erledigen. Können Sie sich mit Aileen um den Laden kümmern? Tut mir leid, dass ich Sie damit so kurzfristig überfalle.«

»Kein Problem«, sagte Tamara. »Erledigen Sie das in aller Ruhe. Aber Sie haben wieder nichts zu Mittag gegessen. Kann ich Ihnen nicht wenigstens einen Latte macchiato machen?«

»Danke, Sie retten mir das Leben. Aber bitte nur mit einem Espresso.«

Christy-Lynn ordnete die Servietten und die Pappstäbchen zum Umrühren, als Wayne hereinkam. Sie hatte ihn seit dem Feuerwerk im Kanu nicht mehr gesehen. Wie sich das anhörte! Am liebsten hätte sie sich schnell noch ins Büro geschlichen.

»Christy-Lynn.«

Zu spät.

»Oh, hey!« Christy-Lynn setzte ein Lächeln auf und suchte verkrampft nach einem Thema. »Ich habe dich gar nicht gesehen. Tut mir leid, heute ist so wahnsinnig viel los. Eigentlich seit zwei Wochen.« Sie lachte, aber es klang fast ein bisschen geistesgestört. »Ich bin immer noch dabei, die Veranstaltungen für den Leseklub zu organisieren. Irgendwie kommt es mir vor, als würde ich nur noch arbeiten. Es ist verrückt, wirklich verrückt!«

Wayne nickte. »Ich weiß, was du meinst. Bei mir ist es genauso. Ich wollte mir nur schnell einen Kaffee für unterwegs holen, ich brauche neue Dielen für die Veranda, um die vermoderten zu ersetzen. Und dann muss ich auch noch alles streichen. Kann man nur hoffen, dass das Wetter hält.«

Christy-Lynn nickte, und dann tat sich gähnende Leere auf, die Art von peinlichem Schweigen, die entsteht, wenn zwei Menschen nicht wissen, was sie zueinander sagen sollen. Von wegen nicht überbewerten.

»Hier, bitte, Chefin«, sagte Tamara mit einem verschmitzten Seitenblick auf Wayne und stellte den großen Becher auf die Theke. »Dampfend heiß … genau wie Sie es mögen.«

Christy-Lynn machte ihr überzeugendstes Böse-Chefin-Gesicht, aber Tamara war noch nicht fertig. Mit ihrem süßesten Lächeln stellte sie einen Becher frisch aufgebrühten Sumatra-Kaffee neben Christy-Lynns. »Hier ist Ihr Kaffee, Wayne. Ein Stück Zucker ist schon drin.«

»Wayne wollte seinen Kaffee zum Mitnehmen, Tamara«, bemerkte Christy-Lynn irritiert, obwohl sie vermutete, dass Tamara das klar war.

»Ist schon in Ordnung«, mischte Wayne sich ein. »Ich trinke ihn hier, wenn du dich zu mir setzt.«

Christy-Lynn hatte keine Wahl, als Wayne zu seinem üblichen Tisch zu folgen. Jetzt eine Entschuldigung vorzuschieben, wäre nicht nur grob unhöflich, sondern auch total durchschaubar. Hoffentlich erkundigte er sich nicht nach dem Manuskript. Sie wollte ihm wirklich nicht beichten, dass sie noch nicht einmal reingesehen hatte. Und den Grund dafür wollte sie ihm auch nicht sagen.

»Also … du hast am Sonnabend was zu erledigen«, sagte er, sowie sie saßen. »Ich konnte nicht umhin, es zu hören. Sagst du mir, was?«

Christy-Lynn sah ihn an. Sicherlich ahnte er, was sie vorhatte. »Ich bin mit Rhetta verabredet. Die Papiere sind noch nicht fertig, aber ich will hinfahren, um zu sehen, wie sie die ganze Sache aufnimmt.«

Wayne runzelte die Stirn. »Hört sich an, als wärst du ziemlich optimistisch, wenn der Anwalt die Papiere aufsetzt. Und was, wenn es in der Familie Widerstand gegen deine Pläne gibt?«

»Ich mache mir nur Sorgen, ob ich Rhetta überzeugen kann. Nicht um die Familie. Und warum sollte sie dagegen sein? Ich will ihnen Geld geben und nicht etwas nehmen.«

»Wenn es um Geld geht, sind die Leute komisch. Außerdem ist nicht jeder scharf auf Almosen.«

»Aber das ist kein Almosen. Das Geld steht Iris zu. Ich sorge nur dafür, dass es eine rechtliche Grundlage dafür gibt.«

»Mich musst du nicht überzeugen. Ich habe nur eine Frage gestellt. Und ehrlich gesagt bin ich neugierig, wie sich der Enkelsohn verhält.«

Bei der Erwähnung von Ray Rawlings stieg Christy-Lynn das Blut zu Kopf. »Das ist mir völlig egal. Mir geht es um Iris und Rhetta. Sowie die Dokumente fertig sind, schickt der Anwalt ihr eine Kopie. Wenn ich sicher bin, dass sie alles verstanden hat, unterzeichnen wir die Unterlagen. Und dann wird das Geld ausgezahlt. Klar weiß ich, dass sie noch nicht Ja gesagt hat. Aber sie wird es tun. Ich bin fest entschlossen, sie davon zu überzeugen, dass es das Beste für alle ist.«

»Auch für dich?«

Die Frage kam wie aus heiterem Himmel. Es waren nicht nur die Worte, sondern irgendwie steckte mehr dahinter, als wüsste er etwas, was sie nicht wusste. »Ich habe doch nichts weiter damit zu tun.«

»Ach, wir wissen doch beide, dass das nicht stimmt. Seit du das Mädchen zum ersten Mal gesehen hast, bist du wie besessen von ihr. Als würdest du denken, wenn du ihr hilfst, könntest du alles andere ungeschehen machen.«

In Christy-Lynn sträubte sich alles. »Was meinst du mit *alles andere*?«

»Dass Stephen dich betrogen hat. Dass er dich angelogen hat. Deine verrückte Idee, dass du an allem schuld sein könntest. Vermutlich ist da aber auch noch was anderes. Ich weiß nur, dass es dir alles andere als gleichgültig ist. Irgendwas spielt da hinein, und ich bin mir nicht sicher, ob du selbst weißt, was es ist.«

Sie trank einen Schluck Latte macchiato. Natürlich spielte da etwas hinein. Jedes Mal, wenn sie Iris ansah, erkannte sie etwas von sich selbst. Das Kind, vor dem sie seit Jahren davonlief, wurde ihr in herzzerreißend scharfen Bruchstücken gespiegelt. Eine selbstsüchtige, emotional abwesende Mutter, das trostlose Gefühl von Ungewissheit, eine Kindheit am Rande des Zusammenbruchs.

»Kann es nicht einfach darum gehen, das Richtige zu tun?«, fragte sie trotzdem. »Darum, dass ich ihr helfen will, weil ich es kann?«

»Ja, klar. Aber das glaube ich nicht. Und du auch nicht. Ich sage nicht, dass du es nicht tun sollst. Ich sage nur, tu nicht so, als sei es keine große Sache, wenn es eine ist. Du bist wahrscheinlich der freundlichste und großzügigste Mensch, den ich je getroffen habe, aber hier ist mehr als Freundlichkeit im Spiel.«

»Was denn?«

»Das weiß ich nicht«, sagte er behutsam und nachdenklich. »Etwas anderes. Buße vielleicht. Oder Wiedergutmachung.«

»Wiedergutmachung?«

Er seufzte. »Okay. Vielleicht ist das auch nicht das richtige Wort. Aber ich sehe doch, wie du zumachst, wie du alle auf Armeslänge von dir hältst. Bis auf dieses kleine Mädchen.«

Christy-Lynn warf einen Blick über ihre Schulter, um sicherzugehen, dass Tamara außer Hörweite war. »Also geht es um neulich Abend? Um das, was im Kanu geschehen ist?«

»Nein«, widersprach er. »Na gut, vielleicht doch, aber nicht so, wie du denkst. Ich weiß, wie es aussieht, wenn sich jemand alles vom Hals hält. Aber ich weiß auch, wie viel man dabei verliert. Vielleicht hört es sich ja scheinheilig an, aber es geht hier nicht um mich und darum, was ich mir wünsche. Es geht um dich. Weißt du überhaupt, was du willst?«

Christy-Lynn rutschte auf ihrem Stuhl herum. Ja, sie wusste, was sie wollte: Sie wollte die Zeit zurückdrehen und ihre Geschichte neu schreiben. Ohne die dunklen Erlebnisse. Sie wollte ungeschehen machen, was sie durchgemacht hatte. Sie wollte ohne ihre Erinnerungen leben, ohne Scham, ohne Reue. Und das wäre dann tatsächlich eine Art Wiedergutmachung. Aber das war sowieso unmöglich.

»Christy-Lynn?«

Ihr Kopf schnellte hoch. Wayne sah sie erwartungsvoll an. »Hmm?«, machte sie.

»Ich habe dich gefragt, was du willst.«

Christy-Lynn griff nach ihrem Latte macchiato und suchte krampfhaft nach einer Antwort. Schließlich entschloss sie sich dazu, das Thema zu wechseln. »Tja, ich brauche einen Katzensitter, wenn ich unterwegs bin. Interessiert?«

Wayne sah sie fragend an. »Hast du eben *Katzensitter* gesagt?«

»Es ist ja nur für zwei Tage. Ich habe Tolstoi noch nie allein gelassen, und ich möchte nicht, dass er sich verlassen fühlt. Ihr beide seid doch gut miteinander klargekommen.«

Wayne schien nach einer Möglichkeit zu suchen, die Unterhaltung zu ernsteren Dingen zurückzulenken. Doch schließlich seufzte er resigniert. »Klar mache ich dir den Katzensitter.«

Darauf war sie nicht gefasst gewesen. »Ernsthaft?«

»Warum nicht? Ich muss keine Windeln wechseln und kein Essen kochen. So schwer kann es ja nicht sein.«

»Es geht nur um Sonnabend und Sonntag. Ich stelle das Futter bereit. Er braucht jemanden, der ihm den Napf auffüllt und ihn ein bisschen streichelt.«

Wayne setzte den Becher ab. »Ich habe dir ja schon gesagt, dass Tiere mich mögen. Nur die Erwachsenen kann ich anscheinend nicht für mich gewinnen.«

Ihr lag irgendetwas etwas auf der Zunge, vielleicht Protest, vielleicht aber auch ein Geständnis. »Wayne …«

»Fahr nach West Virginia«, fiel er ihr sacht ins Wort.

»Danke. Ich gebe Tamara den Schlüssel.«

»Tust du mir einen Gefallen?«

Sie lächelte und war mit einem Mal schüchtern. Flirtete er? Flirtete sie? »Na ja, du sittest meinen Kater, also schulde ich dir wohl einen.« Himmel, sie flirtete wirklich.

»Komm heil wieder zurück.«

Und nun flirtete er auch, mit schiefem Lächeln und grüblerischem Charme, wie ein Typ aus einer Arztserie. Schluss damit. Sofort. Und doch lächelte auch sie wieder, als sie ihren Stuhl zurückrückte und aufstand.

»Na gut. Das kann ich machen.«

Neununddreissig

Riddlesville, West Virginia
23. Juli 2017

Rhetta hielt sich eine Hand vor den Mund. Ihre papierdünnen Augenlider waren geschlossen. Ihr gegenüber am Küchentisch wartete Christy-Lynn darauf, dass der Moment vorüberging, und tat, als bemerke sie Iris nicht, die ihren zerfledderten Teddybären umklammerte, als gelte es ihr Leben.

Es dauerte eine Weile, bevor Rhetta ihre Fassung wiedergewann. »Ich weiß nicht, was ich sagen soll. Sind Sie sich auch ganz sicher? Es ist so … wahnsinnig viel.«

Christy-Lynn lächelte. Seit zwei Stunden war sie dabei, Rhetta ihren Vorschlag in allen Einzelheiten zu erklären. Jetzt schien sich die alte Frau endlich für die Idee zu erwärmen. »Ja, ich bin ganz sicher. Stephen hätte sich darum kümmern müssen, als Iris geboren wurde, aber er hat es nicht getan, und deshalb tue ich es an seiner Stelle.«

»Aber es ist Ihr Geld. Rechtlich gehört es Ihnen.«

»Sehen Sie mich an.« Christy-Lynn wartete, bis Rhetta ihren Blick vom Küchentisch hob. »Ich will es so. Oder besser gesagt: Ich habe das dringende Bedürfnis, es zu tun.«

»Warum?«

Christy-Lynn dachte zurück an ihre Unterhaltung mit Wayne, an seine Theorie über Reue und Wiedergutmachung, darüber, dass sie versuchte, die Vergangenheit ungeschehen zu machen. Aber wessen Vergangenheit? Ihre eigene? Stephens? Oder die ihrer Mutter, die ihre Tochter verlassen hatte so wie Honey die ihre? Vielleicht war Wayne der Wahrheit doch nähergekommen, als sie zugeben wollte.

»Meine Gründe sind unwichtig, Rhetta. Iris ist wichtig. Darüber sind wir uns doch einig, oder?«

Rhetta nickte stumm.

»Dann sagen Sie Ja? Ich darf das für Sie tun?«

Rhetta nickte wieder. Dann schluckte sie und verbarg das Gesicht in beiden Händen.

Iris kam sofort angelaufen und legte Rhetta ihr dünnes Ärmchen um den Hals. »Nonny, bitte nicht weinen.«

Rhetta schniefte. »Nonny geht es gut, Baby«, sagte sie dann mit einem aufgesetzten Lächeln. »Manchmal weinen Erwachsene, wenn sie sich freuen. Und das mache ich jetzt. Ich weine, weil ich glücklich bin.«

Iris sah verwirrt von Rhetta zu Christy-Lynn. Dann fasste Rhetta sie bei den Schultern und drehte sie mit dem Gesicht zu Christy-Lynn. »Du erinnerst dich doch an Christy-Lynn? Du hast ihr letztes Mal einen Fisch geschenkt. Und den hat sie an ihren Kühlschrank gehängt.«

Iris nickte verträumt.

»Und jetzt ist sie wiedergekommen, um etwas Schönes für dich zu machen. Wie ein Engel vom Himmel. Sagst du mal Danke?«

Christy-Lynn senkte den Blick. Ihr war das alles sehr unangenehm. Sie war kein Engel, sie versuchte nur, ein Unrecht wiedergutzumachen. Aber Iris hatte sich die Worte ihrer Nonny offensichtlich zu Herzen genommen. Sie löste sich zögerlich von

Rhetta und kam auf Christy-Lynn zu. Und dann legte sie ihr mit einem schüchternen Lächeln ihren Teddybär in den Schoß.

Im nächsten Augenblick fegte sie auf ihren Socken zur Tür hinaus. Christy-Lynn sah, dass Rhetta wieder Tränen in den Augen standen.

»Sie mag Sie«, sagte Rhetta gefühlvoll.

»Ich mag sie auch. Und sie hat ein gutes Leben verdient. Hoffentlich hilft dieser Treuhandfonds dabei.«

Rhetta wischte sich die Tränen mit dem Handrücken ab. »Ich weiß nicht, wie ich Ihnen für Ihre Großzügigkeit danken kann. Nach allem, was Honey Ihnen angetan hat, kann ich mir wirklich nicht vorstellen, warum Sie Iris helfen wollen. Aber ich bringe es auch nicht über mich, Nein zu sagen. Die Zeiten sind hart und jetzt …«

»Jetzt werden sie besser.«

Rhetta sah auf ihre nikotinverfärbten Nägel. »Ja«, sagte sie, als versuchte sie, sich selbst davon zu überzeugen. »Jetzt wird es besser.«

»Sie werden sich ein neues Haus leisten können. In dem Sie viel Platz und einen Garten haben, in dem Iris spielen kann. Es wäre gut, wenn Sie näher an der Stadt wohnen würden, oder? Und wenn es so weit ist, helfe ich Ihnen, nach einer guten Schule zu suchen.«

»Eine Schule«, sagte Rhetta langsam, als würde sie das erste Mal daran denken. »Ich möchte, dass sie auf eine richtig gute Schule geht, damit sie etwas aus sich macht.«

Christy-Lynn zögerte, das Thema anzusprechen, aber früher oder später würde Rhettas Gesundheit – oder ihre Krankheit – ein wesentlicher Faktor werden. »Ich möchte Ihnen auch gerne auf andere Art helfen, wenn Sie mich lassen. Indem ich einen guten Arzt für Sie suche, einen Lungenfacharzt, damit Sie wieder besser Luft bekommen. Damit Sie sich insgesamt besser fühlen.«

Rhetta hob den Blick von ihren Nägeln und sah Christy-Lynn in die Augen. »Das ist nicht notwendig. Mein Arzt ist zwar kein Spezialist, aber er kennt sich aus. Fünfzig Jahre Rauchen lassen sich nicht ungeschehen machen, ebenso wenig wie ich meine anderen Fehler ungeschehen machen kann. Aber Sie könnten etwas anderes für mich tun. Für uns.«

»Und das wäre?«

»Uns zum Friedhof zu fahren.«

Christy-Lynn sah sie alarmiert an. »Zum Friedhof?«

»Iris war nicht dabei, als ihre Mutter beerdigt wurde. Außer mir war überhaupt niemand da. Ray hat verhindert, dass seine Schwester auf dem Friedhof seiner Gemeinde bestattet wird. Er hat für die Überführung ihres Leichnams gezahlt, für den Sarg und einen Grabstein. Aber es gab keine Trauerfeier. Er hat mir aufgetragen, sie auf dem Friedhof am Rande der Stadt begraben zu lassen. Und das habe ich getan. Es geht eigentlich nie jemand dahin.«

»Und Sie wollen, dass ich Sie jetzt dahin fahre? Mit Iris?«

»Wegen ihrer Träume«, sagte Rhetta mit ihrer belegten Stimme. »Sie machen ihr so zu schaffen. Sie fingen gleich nach dem Unfall an. Honey ruft nach ihr.«

Ein kalter Schauder lief Christy-Lynn das Rückgrat hinunter. »Sie hört ihre Stimme?«

Rhetta nickte bekümmert. »Das erzählt sie mir dann immer. Das arme Ding wacht panisch auf, und dann sucht sie im ganzen Haus nach ihrer Mama. Ich habe ihr versucht zu erklären, dass ihre Mama bei den Engeln ist, aber das kann sie noch nicht verstehen. Auch nicht, dass Honey nicht mehr zurückkommt. Ich habe gedacht, wenn sie das Grab sieht …«

* * *

Christy-Lynns Abscheu vor Ray Rawlings wurde noch stärker, als sie das aus den Angeln gehobene Maschendrahttor passierte und das Schild »Green Meadows« erblickte. Grüne Wiesen waren das Gegenteil von dem Anblick, der sich ihnen bot. Vielleicht war hier einmal Gras gewachsen, vielleicht war die graubraune Fläche, über die der Wind altes Laub und Plastikmüll wehte, wirklich irgendwann einmal eine grüne Wiese gewesen. Aber das musste eine Ewigkeit her sein. Hier und da standen schiefe Grabsteine. Hier würde man noch nicht einmal seinen Hund begraben. Von seiner Schwester ganz zu schweigen.

Rhetta zeigte Richtung Nordosten. »Sie liegt ganz am anderen Ende, in der hintersten Ecke.«

Christy-Lynn fuhr vorsichtig um die Schlaglöcher herum, bis der asphaltierte Weg endete. Sie parkte den Rover und half Rhetta, ihren Gurt zu lösen und aus dem Auto zu steigen. Als Rhetta auf dem Asphalt stand, pfiff ihr Atem, ihre Lippen färbten sich langsam blau.

»Vielleicht ist das doch keine so gute Idee«, sagte Christy-Lynn mit einem beunruhigten Blick auf sie.

»Vielleicht nicht. Aber es ist notwendig.«

Iris saß auf dem Rücksitz, drückte ihren Teddy an sich und machte einen etwas verängstigten Eindruck. Rhetta half ihr beim Aussteigen. »Komm, Baby. Nonny muss dir etwas zeigen.«

Iris rutschte vom Sitz und nahm Rhetta bei der Hand. Christy-Lynn fühlte sich unwohl und wollte das Ganze lieber aus der Ferne betrachten. Aber Iris hatte eine andere Vorstellung. Sie streckte ihre winzige Hand nach ihr aus.

»Chistylynn mitkommen.«

Christy-Lynn schluckte ihren Protest hinunter. Wenn eine Dreijährige ihre Hand ausstreckte, ergriff man sie.

Sie liefen über trockenes Laub und sonnengebleichtes Unkraut zu einem kleinen Grabstein, der in der Ecke des Maschendrahtzauns stand. Die Inschrift auf der einfachen

Granitplatte fiel dadurch auf, dass sich kein liebevolles Wort darauf fand.

HONEY ROSE RAWLING

19.11.1991 – 19.11.2016

»Sie ist an ihrem Geburtstag gestorben«, bemerkte Christy-Lynn.

Rhetta nickte bedrückt. »Ja, an ihrem fünfundzwanzigsten.«

Sie stützte sich auf den Grabstein, ob aus Kummer oder weil sie nicht gut auf den Beinen war, ließ sich schwer sagen. »Sie war ein paar Tage vorher bei uns. Sie hat gesagt, Stephen hätte einen ganz besonderen Ausflug mit ihr vor. Dummes Mädchen.«

Der Schmerz war Rhetta deutlich anzumerken, aber ihre Augen waren trocken, als sie sich an Iris wandte. »Komm bitte mal her, Iris. Ich möchte mit dir über Mama sprechen.«

Christy-Lynn drehte sich um und ging ein paar Schritte vom Grab weg, um den beiden Raum zu lassen. Sie fühlte sich unglaublich fehl am Platz. Sie hatte nie darüber nachgedacht, wo Stephens Geliebte begraben lag oder wie ihre Beerdigung gewesen sein mochte. Oder dass sie eine Familie und Freunde gehabt haben mochte, die um sie trauerten.

Sie musste an Stephens Trauerfeier denken und an den Anruf des Bestatters, der wissen wollte, was er tun sollte, weil kaum jemand gekommen war. Auch sie nicht. So waren beide, Honey und Stephen, ohne Trauerfeier bestattet worden.

Aus dem Augenwinkel sah Christy-Lynn Rhetta auf sich zukommen. Ihr Gesicht war bleich und tränenüberströmt.

»Ich glaube, sie hat es jetzt verstanden«, keuchte Rhetta. »Sie weiß jetzt, dass ihre Mama nie mehr zurückkommt.«

Christy-Lynn nickte. Sie wusste nicht, wie sie darauf reagieren sollte. Iris stand vor Honeys Grab und hielt den blonden Kopf gesenkt. Der Anblick schnürte Christy-Lynn die Kehle zu. »Kann sie das verkraften?«

Rhetta seufzte, es war ein rasselndes Geräusch tief in der Lunge. »Ich hoffe es. Ich habe ihr gesagt, dass sie immer mit Honey sprechen kann, dass sie nur mit den Engeln sprechen muss. Und dass die es ihrer Mama weitersagen. Und das macht sie jetzt – sie spricht mit den Engeln. Können Sie vielleicht bei ihr bleiben? Ich habe ihr versprochen, dass sie so lange bleiben kann, wie sie möchte, aber ich bin erschöpft.«

»Schaffen Sie es alleine zurück zum Auto?«

»Ja, es geht schon. Wenn Sie nur … wenn Sie nur bei ihr bleiben.«

Christy-Lynn sah Rhetta nach, die durch das Unkraut zum Rover zurücklief und schon eine Packung Zigaretten aus der Tasche ihres Kleides zog. Sie hatte gar nicht bemerkt, dass Iris zu ihr gekommen war.

»Mama ist bei den Engeln«, lispelte sie. »Mama kommt nicht.«

»Nein«, brachte Christy-Lynn heraus. »Sie kommt nicht mehr zurück.«

Iris blinzelte schweigend in den Himmel. Und bevor Christy-Lynn sich versah, hatte Iris wieder ihre zarte Hand in ihre gelegt.

»Chistylynn auch Engel. Hat Nonny sagt. Von Mama schickt.«

Christy-Lynn blickte auf Stephens Tochter hinunter. So ein trauriges und schönes Kind. Sie wusste nicht, was sie dazu sagen sollte. Es war die längste Äußerung, die Christy-Lynn je von ihr gehört hatte, und sie spürte jedes Wort wie einen Messerschnitt. Sie war kein Engel. Weder Iris' Engel noch sonst irgendjemandes. Aber wie sollte sie das einem Kind erklären? *Diesem* Kind, dem man das gerade weisgemacht hatte?

Sie wandte den Blick ab und räusperte sich. »Ich bringe dich jetzt wieder nach Hause. Und dann muss ich auch wieder nach Hause fahren.«

Iris Kinn bebte. »Kommst du wieder?«

»Ja, in ein paar Wochen.«

»Vespochen?«

Christy-Lynn schluckte und sah hinab. Iris hielt ihre Hand fest umklammert. Christy-Lynn erinnerte sich an Rhettas Worte: *Sie weiß nie, wer zurückkommt und wer nicht.*

»Ja, Liebling. Ich verspreche es dir.«

Vierzig

Tolstoi kam schnurstracks auf Christy-Lynn zugelaufen, als sie die Haustür öffnete. Er miaute kläglich, wohl um sie unmissverständlich darauf hinzuweisen, dass sie ihn zwei Tage allein gelassen hatte. Sie ließ ihre Taschen fallen, nahm ihn auf den Arm und drückte ihre Wange in sein Fell. Es war schön, jemanden zu haben, wenn man nach Hause kam, selbst wenn dieser Jemand vier Beine hatte.

Er protestierte, als sie ihn wieder absetzte, und brachte sie auf dem Weg in die Küche zweimal fast zu Fall. Im Flur trat sie auf etwas Weiches, Schwammiges. Bei näherer Betrachtung stellte es sich als graue Filzmaus mit langem Schwanz heraus. Das musste ein Geschenk von Wayne sein. Eine zweite lag unter dem Küchentisch und eine dritte vorm Kühlschrank. Sie hob sie auf und legte sie Tolstoi vor die Füße.

»Du scheinst einen Bewunderer zu haben.«

Sie sah ihm dabei zu, wie er die Mäuse mit der Pfote hin und her schlug, dann nahm sie sich eine Flasche Wasser aus dem Kühlschrank. Neben Iris' Fisch klebte ein Zettel.

Wirf mal einen Blick in die Mikrowelle. Das ist deine zweite Chance. Die letzten hast du ja nicht runterbekommen. Willkommen zurück.

Neugierig öffnete sie die Mikrowelle. Sie musste lächeln, als sie eine Frischhaltedose darin vorfand. Beim Öffnen stieg ihr das köstliche Aroma von Tomatensoße mit italienischen Kräutern in die Nase. Der Mann steckte voller Überraschungen.

Sie suchte ihr Handy und wählte Waynes Nummer.

»Du bist wieder zu Hause«, sagte er statt einer Begrüßung, als nehme er den Faden ihrer letzten Unterhaltung einfach so auf. Sie empfand diese Vertraulichkeit als wohltuend.

»Ja, ich bin wieder da. Wohlbehalten und in einem Stück, wie versprochen.«

»Und wie war's?«

Christy-Lynn atmete tief durch. »Ziemlich emotional.«

»Aber du hast Rhetta überzeugt?«

»Nach zwei Stunden Armdrücken. Aber ich glaube, dass sie noch nicht richtig begriffen hat, wie sehr sich ihr Leben verändern wird.«

»Und du hast deine Meinung nicht geändert?«

»Was das Treuhandvermögen angeht? Nein. Über alles andere ...« Sie sprach nicht weiter, weil sie nicht sicher war, ob sie es mit Wayne diskutieren wollte. Schließlich hatte er sie gewarnt.

»Was ist alles andere?«

»Ach, nichts weiter. Ich merke nur, dass ich mich mehr engagieren muss, als ich gedacht habe. Jedenfalls am Anfang. Sie brauchen so vieles, und es gibt so vieles, um das sich jemand kümmern muss. Rhetta wird allein kaum dazu in der Lage sein. Sie hat nicht mal ein Auto. Deswegen hat sie mich auch gebeten, Iris und sie zu dem Friedhof zu fahren, auf dem Honey begraben ist.«

»Hast du's gemacht?«

Christy-Lynn hielt kurz den Atem an. Eigentlich hatte sie ihm das mit dem Friedhof gar nicht erzählen wollen, aber jetzt war es draußen. »Was hätte ich denn sonst machen sollen?«

Wayne war einen Moment still. Er schien zu überlegen, was er dazu sagen sollte. Christy-Lynn wappnete sich gegen ein

Ich hab's dir ja gleich gesagt. Doch er überraschte sie mit einem Themenwechsel. »Du klingst müde.«

»Es waren zwei harte Tage. Ich esse jetzt deine Spaghetti, dann lasse ich mir ein Bad ein und dann gehe ich ins Bett. Ach so, ja, vielen Dank. Das ist wirklich … fürsorglich von dir.«

»Ruh dich gut aus. Ich bringe den Schlüssel morgen vorbei.«

Nach dem Essen verwöhnte sie sich mit einem langen heißen Bad und legte sich mit dem letzten Roman von Barbara Claypole White ins Bett. Sie wollte in ein fremdes Leben abtauchen und sich nicht mehr mit den verworrenen Gefühlen auseinandersetzen, die sie seit West Virginia beschäftigten.

Sie hatte das druckfrische Buch schon in der Hand, als ihr Blick auf Waynes Manuskript fiel, das immer noch ungelesen auf ihrem Nachttisch lag und auf dem sich Staub anzusammeln begann. Sie nahm den Stapel, stützte ihn gegen die angewinkelten Knie und begann zu lesen. Nicht weil sie ein schlechtes Gewissen hatte, sondern weil sie neugierig auf den Mann war, der Spielzeugmäuse für ihren Kater kaufte und ihr selbst gekochtes Essen in die Mikrowelle stellte.

Um zwei Uhr morgens zwang sie sich schließlich, das Manuskript beiseitezulegen. Sie war so müde, dass sie sich absolut nicht mehr konzentrieren konnte. Sie war zur Hälfte durch und hatte sich mehrere Seiten Notizen gemacht. *Jenseits des Bekannten* hatte das Potenzial eines wunderbaren Entwicklungsromans. Die Struktur war solide und der Stil war umwerfend schön, opulent und trotzdem sparsam. Das Problem war die Hauptfigur namens Vance. Mitten im zweiten Teil war er plötzlich blutleer geworden, als hätte Wayne ganz vergessen, über wen er schrieb. Oder als wäre es ihm von Anfang an nicht richtig klar gewesen.

Es war nicht gravierend, solange Wayne bereit war, daran zu arbeiten. Doch als sie das Licht löschte, überlegte sie, wie dieser Bruch entstanden sein könnte. Vielleicht hatte er keinen Zugang mehr zu der Geschichte, die er vor zwanzig Jahren begonnen hatte.

In zwanzig Jahren konnte im Leben eines Menschen viel passieren, und nach dem, was er ihr erzählt hatte, war bei ihm viel passiert – eine berufliche Laufbahn war zu Ende, eine Beziehung war gescheitert. War es möglich, dass er unterwegs seine Kreativität eingebüßt hatte? Durchaus denkbar. In ihrer eigenen Vergangenheit gab es mehr als genug Dinge, die sie sich nur äußerst widerstrebend ansah.

Denn wenn man hinsah, war alles wieder da.

* * *

Als Christy-Lynn vom Lunch mit Missy und Dar zurückkam, stand Waynes Jeep vor der *Cafélese*. Er saß an seinem üblichen Tisch und tippte wie wild.

»Sieht nach einem Höhenflug aus.«

Wayne schrieb noch ein paar Worte, dann blickte er lächelnd auf. »Hey du. Ich wollte dir deinen Schlüssel vorbeibringen.«

Irgendwas an diesem Lächeln – die weißen Zähne, das Kinn mit dem Dreitagebart – überraschte sie jedes Mal. Sie kannte keinen anderen Mann, der aus dem Haus gehen konnte, ohne sich zu rasieren oder zu kämmen, und trotzdem aussah, als ginge er zum Fotoshooting.

»Ich war mit Missy und Dar beim Mittagessen.«

Wayne fischte den Schlüssel aus seiner Hosentasche und reichte ihn ihr. »Macht überhaupt nichts. Ich habe in der Wartezeit gut was geschafft.«

Christy-Lynn bemerkte, wie Tamara einen verstohlenen Blick hinter der Espressomaschine hervor riskierte. Mit Sicherheit würde sie ihre Schlüsse aus der Schlüsselübergabe ziehen. Christy-Lynn würde ihr den Kopf waschen und die Sache richtigstellen, sowie Wayne gegangen war.

»Tolstoi hat mir aufgetragen, mich bei dir für die Mäuse zu bedanken. Er ist verrückt nach ihnen. Die halbe Nacht ist er mit ihnen durchs Haus gejagt.«

»Das liegt auch an der Katzenminze. Erst sind sie komplett aus dem Häuschen und dann werden sie sanft.«

»Ach, deswegen …«

»Du siehst immer noch ziemlich müde aus. Hast du genug geschlafen?«

»Nicht wirklich. Ich war bis zwei wach und habe in deinem Manuskript gelesen.«

Wayne zuckte sichtbar zurück. »Und?«

»Ich habe mir viele Stichpunkte gemacht. Darüber können wir jederzeit sprechen, wenn du willst. Oder du wartest, bis ich es durchgelesen habe.«

Wayne strich sich mit einem gequälten Gesichtsausdruck über die Bartstoppeln. »Was du heute kannst besorgen, das verschiebe nicht auf morgen. Bist du schon zum Abendessen verabredet?«

»Hmm, Abendessen mit dem Dealer meines Katers. Ich bin mir nicht sicher, ob das so eine gute Idee ist.«

»Komm schon. Trau dich.«

Und da war das Lachen wieder. Er machte es ihr schwer, Nein zu sagen, und sie war sicher, dass er das absichtlich tat. »Lass mich raten. Du hast noch Spaghetti über, die unbedingt wegmüssen.«

»Ehrlich gesagt habe ich an den *Kupferkessel* gedacht. Um sieben?«

Aus irgendeinem Grund machte Christy-Lynn das nervös. Abendessen. Im Restaurant. Wahrscheinlich keine allzu gute Idee. Aber es war beruflich, oder etwa nicht? Ein Geschäftsessen. Mit einem Autor. An einem öffentlichen Ort. Wie gefährlich konnte das werden? »Okay. Dann fahre ich nach Ladenschluss noch schnell bei mir vorbei, um die Notizen abzuholen.«

* * *

Christy-Lynn winkte Wayne zu, als sie den *Kupferkessel* betrat. Er saß auf einer langen Holzbank und sah sehr gut aus in einer dunklen Hose und einem gebügelten Oxford-Hemd. Er plauderte mit Queenie Peterson, der Inhaberin, und war aufgestanden, sowie er sie gesehen hatte.

Queenie kam strahlend auf Christy-Lynn zu. »Hey, das ist ja was. Wayne hat mir gar nicht erzählt, dass er mit Ihnen verabredet ist. Wie wundervoll.«

»Wir haben was Geschäftliches miteinander zu besprechen«, versicherte ihr Christy-Lynn, weil ihr das Funkeln in Queenies Augen nicht gefiel. »Wayne hat mich gebeten, ihm ein Feedback zu seinem Roman zu geben.«

Queenie flüsterte ihr zu: »Sind Sie sicher? Er hat heute Abend so einen verträumten Blick.«

»Er ist einer meiner Autoren, Queenie. Wir wollen über sein Buch sprechen und fertig.«

»Alles klar.« Queenie zog seufzend zwei Speisekarten aus dem Halter am Eingang. »Aber Sie wären verrückt, wenn Sie sich die Chance entgehen lassen würden.«

Sie wies ihnen einen Tisch in einer schwach beleuchteten Ecke zu. Wayne zog den Stuhl für Christy-Lynn zurück, bevor er sich setzte. »Ich bin ein Kunde?«, fragte er mit hochgezogenen Augenbrauen.

»Na ja. Sie hat einen Hang, überzureagieren, wenn irgendwo ein gut aussehender Typ auftaucht.«

»Du findest, dass ich gut aussehe?«

Er hatte die Speisekarte aufgeklappt. Nur seine Augen guckten darüber hervor, aber Christy-Lynn erkannte an seinen winzigen Fältchen in den Augenwinkeln, dass er lächelte. Sie wollte sich nicht anstecken lassen, was gar nicht so leicht war. »Nach Komplimenten zu fischen, ist jedenfalls nicht attraktiv. Lass uns was auswählen, damit wir mit der Arbeit beginnen können.«

»Arbeit allein macht auch nicht glücklich«, grummelte Wayne.

»Aber dich zum besseren Autor«, konterte Christy-Lynn. »Lass uns die Krabben bestellen, die sind köstlich.«

Bis zum Dessert hatte sie die meisten Punkte auf ihrem Notizblock abgehakt. Wayne schob mit versteinerter Miene ein Stück Käsekuchen auf dem Teller hin und her. Sie wünschte, ihn besser zu kennen, denn er hatte eine Art, sich abzuschotten, die es unmöglich machte, seine Stimmung zu erahnen.

»Hör mal, niemand mag negatives Feedback, aber es gehört zum Schreiben dazu. Außerdem habe ich nicht gesagt, dass es nicht gut ist. Ganz im Gegenteil. Du hast eine wunderbare Erzählstimme, frisch, geradeheraus und bildhaft. Und die Geschichte kommt sehr gut in Gang. Das Problem ist deine Hauptfigur. Ich habe es noch nicht ganz durchgelesen, aber wenn ich eine normale Leserin wäre, würde ich es wahrscheinlich nach der Hälfte weglegen. Weil ich mich nicht mehr für Vance interessiert hätte.«

»Wow.« Wayne legte die Gabel hin und sah sie an. »Ich bin tatsächlich ein Kunde.«

Christy-Lynn konnte sich in ihn hineinversetzen. Auch sie war es nicht gewohnt, sich persönlich mit den Autoren auseinanderzusetzen. Ihre Kunden lebten überall von Nova Scotia bis nach Schottland, deswegen teilte sie ihnen ihre Vorschläge per E-Mail oder telefonisch mit. Es war etwas ganz anderes, wenn man jemandem in die Augen blicken musste, während man ein mit viel Herzblut geschriebenes Buch in der Luft zerriss.

»Nun komm schon«, sagte sie nach längerem Schweigen. »Du wolltest doch nicht, dass ich dir den Bauch pinsele. Du wolltest wissen, was nicht stimmt, und ich habe es dir gesagt. Jedenfalls meiner Meinung nach. Es ist nicht so gravierend. Du musst deine Charaktere nur besser kennenlernen. Etwas Psychoanalyse betreiben.«

Wayne warf ihr einen finsteren Blick über sein Weinglas hinweg zu. »Meine Charaktere oder mich selbst?«

»Manchmal ist es ein und dasselbe.«

»Glaubst du, dass ich Vance bin?«

»Ich habe keine Ahnung, auf wem Vance basiert. Ich weiß nur, dass er ein wütender Typ mit einer bewegten Vergangenheit ist. Über so einen Typen kann jeder schreiben. Zeig mir, wo er verwundbar ist. Er muss bluten. Denn wenn er nicht blutet, ist es den Lesern egal, ob er das Mädchen kriegt.«

Wayne zahlte die Rechnung und überließ es Christy-Lynn, sich zu fragen, was er sich denken mochte. Leckte er seine Wunden? Dachte er über das nach, was sie gesagt hatte, und überlegte sich, wie er ihre Vorschläge umsetzen konnte? Seiner grimmigen Miene nach konnte es alles sein – oder nichts davon.

Nach der stickigen Luft im Restaurant war die Kühle des Abends erfrischend. Sie überquerten den Parkplatz. Nur das Knirschen von Kies unter ihren Sohlen war zu hören.

»Du bist plötzlich so still«, sagte Christy-Lynn, als sie an ihrem Auto waren. »Ich weiß nicht, was du denkst, aber ich hoffe, du bist nicht verstimmt.«

»Nein«, sagte er und steckte die Hände in die Hosentaschen. »Ich bin nicht verstimmt. Ich überlege nur, ob sich der ganze Aufwand lohnt. Vielleicht hatte Simone ja recht, und das Ganze ist nichts als ein Hirngespinst.«

»Absolut nicht, Wayne. Das Buch hat echtes Potenzial. Wirklich, wenn du weiter daran arbeitest, kann es unglaublich gut werden.«

»Ich weiß nicht, ob du das als Freundin oder als Lektorin sagst.«

Sie lächelte. »Das eine schließt das andere nicht notwendigerweise aus. Ich habe jedes Wort ernst gemeint. Zeig deinen Lesern, dass an Vance mehr dran ist als seine Wut. Häute ihn wie eine Zwiebel, Schicht um Schicht. Knack seinen Panzer. Von mir aus kann er am Anfang vor Wut die Wände hochgehen, aber irgendwann muss er einen Weg finden, da rauszukommen.«

»Und wenn er keinen findet?«

Christy-Lynn kramte in der Handtasche nach den Autoschlüsseln. Er war plötzlich so ernst, dass sie aufblickte. »Es gibt immer einen Ausweg.«

»Du sagst das, als würdest du daran glauben.«

Sie sah ihn durch ihre Ponyfransen hindurch an. »Muss ich ja. Sonst gäbe es keine Bücher – und kein Leben.«

»Sagst du das zu mir oder zu dir?«

Sie zuckte die Achseln. »Wahrscheinlich zu uns beiden. Neulich hat Missy eine Bemerkung gemacht, die mich zum Nachdenken gebracht hat. Sie meinte, das Wort *Nie* stehe für alle Türen, die wir zuschlagen. Und wenn wir *Nie* sagen, dann verschließen wir uns vor der Hoffnung, dass es je anders werden könnte.«

Wayne legte den Kopf zur Seite und betrachtete sie so unverwandt, dass sie am liebsten weggesehen hätte. Aber sie konnte es nicht. Sie stand wie angewurzelt da. Irgendetwas lähmte sie. Schließlich hob er die Hand und strich ihr eine Strähne hinters Ohr.

»Wünschst du dir, dass etwas anders wird, Christy-Lynn?«

Seine Berührung war warm und vertraut. Eine von Missys Türen öffnete sich einen Spalt weit. Doch diese Tür führte zu Liebeskummer – das war so gut wie unausweichlich. Sie trat einen Schritt zurück, und wenn sie nicht mit dem Rücken zum Auto gestanden hätte, wäre sie noch weiter zurückgewichen. »Bitte … lass das. Versuch gar nicht erst, schlau aus mir zu werden. Es lohnt sich nicht.«

»Es war nur eine Frage.« Er war ihr so nah, dass sie die Vibration seiner Stimme zu spüren meinte. »Kannst du das für dich beantworten?«

Sie senkte seufzend den Kopf. »Manchmal ist es so, wie es ist. Manches können wir ändern, anderes nicht. Das Wichtige ist, den Unterschied zu kennen.«

»Moment mal. Hast du mich nicht gerade über das Wörtchen *Nie* belehrt? Vielleicht solltest du deinen eigenen Rat annehmen.«

»Es war Missys Rat. Ich habe nur laut gedacht.« Christy-Lynn sah sich um. Irgendwie musste sie doch aus der Situation rauskommen, ohne sich lächerlich zu machen. Je länger sie auf dem menschenleeren Parkplatz so dicht voreinanderstanden, desto lebhafter erinnerte sie sich an ihren Kuss. Die Erinnerung weckte Regungen, denen sie nicht traute. Sie räusperte sich und klimperte mit dem Schlüssel. »Also, ich muss los. Es wird spät und ich muss noch haufenweise E-Mails beantworten.«

Wayne trat schnell zurück. »Ich habe es wieder getan, stimmt's?«

»Was meinst du?«

»Ich bin dir wieder auf die Pelle gerückt. Ich habe dir Angst gemacht. Das wollte ich nicht.«

Sie rutschte niedergeschlagen hinter das Lenkrad. Wie sollte sie ihm erklären, was sie fühlte? Es war, als stünde sie auf einer Klippe und sehnte sich danach hinunterzuspringen, obwohl sie genau wusste, dass sie den Sturz nicht überleben würde. Sie war nicht dafür geschaffen, eine Hälfte eines Ganzen zu sein, auch wenn es noch so verlockend sein mochte. Und es war sehr verlockend.

»Du hast mir keine Angst gemacht«, sagte sie. »Ich mache mir selbst Angst.«

»Warte mal!« Wayne hielt die Autotür fest, bevor sie sie zuschlagen konnte. »Ich weiß nicht, was das zu bedeuten hat.«

»Musst du auch nicht«, sagte sie ernst. »Hauptsache, ich weiß es.«

Einundvierzig

Sweetwater, Virginia
9. August 2017

Christy-Lynn hielt den eben ausgelieferten FedEx-Umschlag in der Hand. Peter hatte sie gestern angerufen, um ihr mitzuteilen, dass er ihr die Treuhand-Papiere mit dem Übernacht-Kurier geschickt hatte, und sie zum hundertsten Mal gefragt, ob sie sich sicher war. Bis die Dokumente unterzeichnet waren, wäre nichts endgültig. Doch sie hatte das Für und Wider seit Wochen abgewogen und sah keinen Grund, ihre Entscheidung zu überdenken.

Sie musste auch nicht oft mit Rhetta sprechen. Peter hatte sie gedrängt, ihn als Ansprechpartner einzusetzen, weil er sich sorgte, dass sie sich bei eventuellen »Unregelmäßigkeiten« nicht objektiv verhalten könnte. Sie hatte sich darauf eingelassen, nicht, weil sie ihrer Objektivität misstraute, sondern weil es gut wäre, etwas Distanz zu wahren. Wenn sie Rhetta mit dem Haus und dem Kindergarten geholfen hatte, würden sich ihre Pflichten darauf beschränken, die monatlichen Kontoauszüge zu kontrollieren. Und das könnte sie dann mit ruhigem Gewissen tun.

Sie zog die Dokumente aus dem Umschlag und starrte auf die Worte oben auf der ersten Seite: *Widerrufliche lebenslängliche Treuhandverwaltung*. Sie überflog die Seiten, die mit grünen und gelben Klebezetteln an den Stellen versehen waren, an denen beide Parteien unterschreiben mussten. Jetzt musste sie Rhetta mitteilen, dass eine Ausfertigung der Dokumente zu ihr unterwegs war.

Wieder nahm Rhetta nach dem dritten Klingeln ab. Und wieder war sie atemlos und klang abgekämpft. »Hier ist Christy-Lynn. Wie geht es Ihnen, Rhetta?«

»Gut. Ich bin mit Iris auf der Veranda. Ist alles in Ordnung?«

Das war die Frage, die sie immer stellte, als ob sie stets mit Schwierigkeiten rechnete. »Ja, alles gut. Ich wollte Ihnen nur sagen, dass mein Anwalt Ihnen die Dokumente über die Treuhandverwaltung geschickt hat. Sie müssten morgen oder übermorgen bei Ihnen ankommen. Ich habe ihn gebeten, sie Ihnen im Voraus zu schicken, damit Sie alles in Ruhe durchlesen können.«

»Das war eigentlich nicht nötig. Es ist unwahrscheinlich, dass ich auch nur ein Wort verstehe.«

»Sie könnten Ray bitten. Oder ich sage meinem Anwalt, dass er Sie anrufen und die einzelnen Punkte mit Ihnen durchgehen soll. Ich möchte, dass Sie verstehen, woher das Geld kommt und wie es Ihnen ausgezahlt wird.«

»Ray wäre der Letzte, den ich darum bitten würde«, sagte sie entschieden. »Außerdem habe ich nicht den geringsten Grund, Ihnen zu misstrauen. Eine Frau, die so etwas für Iris tut, brauche ich nicht infrage zu stellen. Außerdem haben Sie mir schon alles erklärt. Aber ich muss nicht nach Virginia kommen, um zu unterschreiben, oder? Das schaffe ich einfach nicht.«

»Nein. Ich komme zu Ihnen. Ich habe dem Anwalt Ihre Situation geschildert. Wir müssen nur einen Termin bei einem Notar in Ihrer Nähe machen, die Papiere unterschreiben und sie zurückschicken. Und wenn er sie dann noch einmal geprüft hat, schickt er jeder von uns eine beglaubigte Kopie. Wäre es am Sonnabend okay? Oder brauchen Sie mehr Zeit? Ich will Sie nicht unter Druck setzen.«

»Ich fühle mich nicht unter Druck gesetzt. Und viel mehr Zeit wird mir ohnehin nicht gegeben sein. Sonnabend geht von mir aus in Ordnung.«

* * *

Christy-Lynn kippte den letzten Schluck Kaffee runter und zog den Reißverschluss ihrer Reisetasche zu. Tolstoi beobachtete sie missbilligend. Er hatte schon dreimal versucht, sich als blinder Passagier in die Tasche zu schmuggeln, und war entrüstet, dass er keine Chance mehr bekam. Christy-Lynn freute sich schon jetzt auf die Zeit, wenn die Papiere unterschrieben waren und sie alles aus sicherer Entfernung im Auge behalten konnte. Es war gar nicht so sehr die Fahrt, vor der ihr graute, sondern die emotionalen Nachwirkungen, die bisher immer auf ihre Besuche gefolgt waren und mehrere Tage angedauert hatten.

Sie wollte sich gerade den Riemen der Tasche über die Schulter werfen, als sie ein Auto vorfahren hörte. Sie war überrascht, als sie Wayne mit einem roten Kaffeebecher aus dem Jeep steigen sah.

»Morgen«, sagte er knapp, als sie ihn hereinließ.

»Was machst du denn hier? Es ist sieben Uhr …« Sie unterbrach sich. Ein dunkelgrüner Seesack stand auf der Einfahrt. »Was ist denn das?«

»Na ja, du hast letzte Woche gesagt, dass du heute fahren willst. Und ich habe beschlossen, dich zu begleiten.«

»Du willst dich einfach so selbst einladen?«

»Einfach so.«

»Warum?«

Er klappte den Kaffeebecher auf und trank einen Schluck. »Ich spiele deinen Bodyguard.«

Christy-Lynn warf ihm einen ungläubigen Blick zu. »Du glaubst doch nicht im Ernst, dass ich einen Bodyguard brauche, um mich mit einer Achtzigjährigen zu treffen.«

»Na gut, dann bin ich deine Anstandsdame. Dein Gefolgsmann. Teil deiner Clique.«

»Nur dass ich das alles nicht brauche.«

»Mir gefällt die Vorstellung nicht, dass du den ganzen Weg alleine fährst.«

»Aber das habe ich schon dreimal gemacht.«

»Und jedes Mal siehst du aus wie ein Zombie, wenn du zurückkommst. Ich kann dich beim Fahren ablösen, und in der Zeit kannst du schlafen. Oder den Rest meines Manuskripts lesen, falls du dazu aufgelegt bist.«

Christy-Lynn öffnete den Mund, um zu protestieren, aber Wayne war ihr schon einen Schritt voraus. »Ich verspreche, dich in Ruhe zu lassen. Getrennte Zimmer, getrennte Rechnungen. Alles sauber getrennt.«

Sie betrachtete ihn argwöhnisch, aber auch ein bisschen schuldbewusst, weil er ihre Gedanken gelesen hatte. »Darum geht es nicht. Wirklich nicht. Es ist einfach nicht notwendig. Wir müssen nur die Dokumente unterschreiben. Sowie wir damit fertig sind, checke ich im *Days Inn* ein, und am Sonntag fahre ich zurück. Ich brauche keinen … Gefolgsmann.«

»Ich weiß, dass das ein schrecklicher Schock für dich sein wird, Christy-Lynn, aber du bist nicht Wonder Woman. Vielleicht ist dir entgangen, wie sehr dich diese Fahrten strapazieren. Mir jedenfalls nicht. Du bist erschöpft und unkonzentriert, keine Verfassung, in der man Auto fahren sollte. Ich möchte dich unterstützen, wenn du mich lässt.«

»Ich packe das. Im Ernst.«

»Vertraust du mir etwa nicht?«

Christy-Lynn spürte, wie ihr die Röte ins Gesicht stieg. Sie dachte an ihren verkrampften Abschied nach dem Abendessen, wo sie sich wie ein verlegenes Schulmädchen verhalten hatte. »Sei doch nicht albern. Natürlich vertraue ich dir.«

»Dann sag Ja. Es wird wie in *Thelma und Louise* – nur ohne diese Sache mit dem Abgrund.«

Darüber musste sie dann doch lachen. Außerdem musste sie zugeben, dass ihr Gesellschaft auf der langen Fahrt nach Riddlesville nicht unwillkommen war. »Na gut. Aber ich suche die Musik aus, und du hast kein Vetorecht.«

* * *

Es war fast zwei, als sie Riddlesville erreichten. Wayne betrachtete düster die leeren Schaufenster und zugenagelten Fenster. Was danach kam, wurde auch nicht besser – die tiefen Schlaglöcher auf einer Hauptstraße, die mit windschiefen Häusern und von Unkraut überwucherten Vorgärten gesäumt war. Erst als Christy-Lynn vor Rhettas Haus parkte, fand er die Sprache wieder.

»Himmel.« Es war kaum mehr als ein Flüstern. Nun sah er mit eigenen Augen, worüber sie all die Wochen gesprochen hatte.

»Ja«, sagte sie leise.

»Was für ein Elend.«

Da siehst du's selbst, hätte sie gerne gesagt. Aber sie tat es nicht. Sie hatte auch keine Gelegenheit dazu, denn Rhetta winkte ihr von der Veranda zu, eine brennende Zigarette in der Hand. Christy-Lynn winkte zurück und stieg aus.

»Hey, Rhetta.«

Erst als Wayne die Beifahrertür öffnete, schien Rhetta zu bemerken, dass Christy-Lynn nicht alleine gekommen war. »Oh! Sie haben wen mitgebracht?«

»Das ist Wayne Pierce. Er hat mich beim Fahren abgelöst. Ein Freund von Stephen.«

Rhetta musterte ihn von Kopf bis Fuß. Ihr verschwommener Blick war plötzlich ganz klar. Als sie ihre Inspektion abgeschlossen hatte, drückte sie die Zigarette in einem Plastikaschenbecher auf der Brüstung aus und sah Christy-Lynn aufmerksam an. »Sie sind aber nicht krank, oder? Sie sehen angeschlagen aus.«

Christy-Lynn spürte, wie Wayne ihr einen ostentativen Blick zuwarf. »Mir geht es gut. Ich bin nur müde.«

»Na, dann kommen Sie rein. Ich habe eine Karaffe Eistee kalt gestellt. Haben Sie Hunger? Soll ich Ihnen was zu essen machen?«

»Nein, vielen Dank, wir haben unterwegs zum Mittagessen angehalten. Aber Tee wäre wunderbar.«

Sie folgten ihr ins Haus. Drinnen war die Luft abgestanden, es war heiß und roch nach Frühstücksspeck. Im Fernseher lief eine uralte Sitcom aus den Sechzigerjahren. Rhetta stellte ihn aus.

»Ich habe Iris gerade ins Bett gebracht.« Sie sammelte Socken, Haarbänder und Haarspangen ein und stopfte sie in die Taschen ihres gelb-weiß karierten Hauskleides. »Das arme Ding hat wieder eine schlechte Nacht gehabt. Vorsicht«, warnte sie Wayne und deutete auf eine Sammlung Buntstifte auf dem Boden. »Man kann sich leicht den Hals brechen, wenn man auf einem von denen ausrutscht. Das musste ich auf die harte Tour lernen.«

Rhetta sah sich im Wohnzimmer um, während Wayne einen Bogen um die Buntstifte machte. Sie hatte nicht mit ihm gerechnet, und Christy-Lynn merkte, dass sie auf der Hut vor ihm war. »Ich weiß nicht, wie lange Iris im Bett bleibt. Sie schläft so schlecht, sie wacht bestimmt bald wieder auf. Und dann können wir zum Notar fahren.«

Christy-Lynn nahm ein zerlesenes *Reader's Digest*-Heft vom Sofa und setzte sich. Wayne sank so tief auf dem durchgesessenen

Sofa neben ihr ein, dass ihm die Knie fast bis an die Ohren reichten. Er sah Christy-Lynn in die Augen, als Rhetta in die Küche schlurfte, sagte aber nichts.

Rhetta kam mit zwei Gläsern zurück und reichte Christy-Lynn eins. »Ich hoffe, Sie mögen ihn süß. Ich kann ihn nur so machen. Es tut mir leid …«, sie gab Wayne das zweite Glas, »… aber ich habe Ihren Namen vergessen.«

»Ich heiße Wayne. Und ich habe süßen Tee getrunken, seit ich abgestillt wurde … Vielen Dank.«

»Wayne«, wiederholte sie langsam, um es sich einzuprägen. »Sie waren Stephens Freund?«

»Das ist schon lange her. Wir haben uns auf der Uni ein Zimmer geteilt, aber dann … dann haben wir uns aus den Augen verloren.«

Rhetta nickte unbestimmt, als habe das nichts mit ihr zu tun, verschwand wieder in der Küche und kam mit ihrem Glas zurück. Sie setzte sich in den verschlissenen grünen Sessel und hielt das Glas in ihren knöchernen Fingern. Sie wirkte zerstreut und warf Wayne einen verstohlenen Blick zu.

Als das Schweigen zu lasten begann, zog Christy-Lynn den FedEx-Umschlag aus der Tasche. »Haben Sie schon reingeguckt?«

Rhetta nickte. »Ja, ich habe es überflogen. Wenn ich es richtig verstehe, bekommt Iris jeden Monat Geld überwiesen.«

»Ja, aber das Geld ist auch für Sie, Rhetta. Wir haben doch darüber gesprochen, dass Sie eine Haushaltshilfe brauchen und sich auch nach einem besseren Haus umsehen sollten, schon um näher bei Ihrem Arzt und dem Kindergarten zu sein. Ich helfe Ihnen dabei. Sie bekommen das Geld für alles, was Iris und Sie brauchen. Es ist eigentlich wie ein Taschengeld.«

Rhetta fischte ein Taschentuch aus der Tasche ihres Hauskittels, tupfte sich die Augen ab und putzte sich die Nase. »Das hat nichts zu bedeuten. Ich bin eine närrische alte Frau.«

Christy-Lynn wurde plötzlich bewusst, wie beängstigend das alles für Rhetta sein musste, die vielleicht in ihrem ganzen Leben nie einen Vertrag unterschrieben hatte. »Das Ganze ist wirklich schwer zu verstehen. Sind Sie sicher, dass Sie keine Fragen mehr haben?«

»Muss ich alle Rechnungen und Quittungen aufheben?«

»Nein, Sie müssen keine Rechenschaft darüber ablegen, was Sie mit dem Geld tun. Und für den Fall, dass Sie sich über irgendwas unsicher sind, lasse ich Ihnen die Adresse meines Anwalts hier. Er heißt Peter Hagan. Den können Sie jederzeit anrufen.«

»Kann ich nicht Sie anrufen, Christy-Lynn?«

Christy-Lynn und Wayne wechselten einen Blick. Sie hatten sich auf der Fahrt über diese Klausel im Vertrag unterhalten. Wayne fand sie sehr sinnvoll, aber Christy-Lynn war immer noch nicht überzeugt. Peter Hagan mochte ein hoch qualifizierter Anwalt sein, aber ihm fehlte jedes Einfühlungsvermögen. Er war oft unwirsch und wirkte dann sehr einschüchternd. Und wenn er es auch nicht offen gesagt hatte, so hatte er sich doch längst seine Meinung über die Rawlings gebildet.

»Natürlich bin ich immer da, um Ihnen zu helfen, aber Mr Hagan ist der Ansprechpartner für alle rechtlichen Fragen. Sie werden …«

Christy-Lynn unterbrach sich abrupt. Ein schriller Klagelaut drang aus einem Zimmer zu ihnen, der ihr durch Mark und Bein ging. Sie kannte die Tonlage nur zu gut. Es war die blinde Panik eines Kindes, das zwischen Schlaf und Wachen gefangen ist. Rhetta war überraschend schnell auf den Beinen und eilte aus dem Wohnzimmer. Es war eine Erleichterung, als sie die Tür hinter sich schloss und das Klagen gedämpft wurde.

Wayne war entsetzt. Er saß auf der äußeren Sofakante, bereit aufzuspringen. »Was ist das? Sollten wir ihr nicht helfen?«

»Iris hat einen Albtraum«, sagte Christy-Lynn bedrückt. »Es gibt nichts zu tun, wir können nur warten, bis sie wieder daraus auftaucht. Rhetta sagt, dass sie oft welche hat. Das einzig

Tröstliche ist, dass sie sich in ihrem Alter wahrscheinlich nicht an sie erinnern wird.«

»Du hörst dich wie eine Expertin an.«

»Ich hatte solche Albträume, bis ich siebzehn war.«

Wayne riss die Augen auf. Er sah sie an, als sähe er sie zum ersten Mal. »Aber jetzt nicht mehr?«

»Nein, jetzt nicht mehr.« Das war nicht gelogen. Die Träume, die sie seit Stephens Tod quälten, waren weit von solchen nächtlichen Schrecken entfernt, die normalerweise spätestens in der Pubertät aufhörten. »Bei den meisten Kindern gibt sich das schon mit sieben oder acht. Ich war ein ungewöhnlicher Fall.« Sie war still und lauschte. »Hört sich an, als würde sie langsam wach werden.«

Kurz darauf öffnete sich die Schlafzimmertür. Rhetta kam heraus, Iris im Schlepptau. »Das war ein kurzer Traum, Gott sei Dank.« Sie ließ sich in den Sessel sinken und nahm Iris auf den Schoß. »Manchmal dauern sie eine halbe Stunde. Iris, sagst du Miss Christy-Lynn guten Tag?«

Iris schien es nicht gehört zu haben. Ihr rot geflecktes kleines Gesicht war nass von Schweiß und Tränen. Aber es waren ihre Augen, die Christy-Lynn die Fassung raubten. Sie waren glasig und leer und erinnerten sie an die ihrer Mutter auf der Bahre in der Leichenhalle.

»Sie braucht eine Weile, bis sie ganz wieder bei sich ist«, sagte Rhetta und streichelte Iris tröstend den Rücken. »Aber manchmal kommt sie auch gar nicht zu sich, sondern schläft wieder ein, als wäre nichts passiert. Das kann man nie wissen.«

Wayne konnte sich nicht von Iris' Anblick lösen. »Wie oft hat sie diese Albträume?

»In manchen Zeiten jede Nacht. Und dann hat sie wieder wochenlang keine.«

»Waren Sie mal bei einem Arzt mit ihr? Vielleicht kann man irgendetwas dagegen tun.«

»Ja, als es anfing. In der Praxis haben sie mir etwas ausgedruckt und zum Lesen mitgegeben. Da stand, dass man eigentlich nichts tun könnte. Irgendwann, wenn sie größer wird, würden sie aufhören.«

Christy-Lynn fragte sich, ob Rhetta eine Vorstellung davon hatte, wie lange das dauern könnte, aber sie entschied sich, das Thema fallen zu lassen. »Wir müssen heute auch nicht zum Notar gehen. Wir können morgen wiederkommen, wenn es Iris besser geht. Wir bleiben ja sowieso über Nacht hier. Der Notar hat mir versprochen, wir könnten jederzeit am Wochenende kommen, wir müssten uns nur vorher telefonisch anmelden.«

Rhetta wollte gerade antworten, als schwere Fußtritte auf der Veranda zu hören waren. Ohne anzuklopfen, stürmte Ray Rawlings ins Wohnzimmer. Rhetta schloss fast unmerklich die Arme um Iris, deren Gesicht kalkweiß geworden war. »Was willst du hier, Ray? Ich habe Besuch.«

Ray beachtete seine Großmutter nicht, sondern sah Christy-Lynn an. »Schön, Sie wiederzusehen, Mrs Ludlow.«

Christy-Lynn kroch die Kälte in den Nacken. Sein Lächeln erinnerte sie an einen ausgehungerten Marder. »Herr Pastor.«

»Rhetta hat mir erzählt, dass Sie heute kommen wollten. Nett von Ihnen, so einen weiten Weg für unsere Iris auf sich zu nehmen.«

Christy-Lynn glaubte, ihren Ohren nicht zu trauen. *Unsere Iris*?

Wayne war aufgestanden. Er hatte sich zu seiner vollen Größe aufgerichtet und wirkte aufgebracht. »Wir sind uns noch nicht vorgestellt worden, Herr Pastor.«

Ray musterte Wayne, machte aber keine Anstalten, ihm die Hand zu geben. »Ich bin Iris' Onkel. Und Sie sind …?«

»Ein Freund von Ms Parker.«

Christy-Lynn warf ihm einen Blick zu. Seine Fäuste waren geballt und die verräterische Ader an seiner Schläfe pulsierte. Es war eindeutig, dass er auf den ehrenwerten Pastor instinktiv so reagierte wie Christy-Lynn.

Ray schien es vollkommen gleichgültig zu sein. Er warf Wayne einen abschätzigen Blick zu und wandte Iris seine Aufmerksamkeit zu. Er ließ sich auf ein Knie nieder und breitete mit einem schmierigen Lächeln seine Arme aus. »Komm zu Onkel Ray, Kleines.«

Iris presste sich noch enger an Rhetta und zog den Kopf wie eine Schildkröte ein, die sich in ihren Panzer zurückzieht. Er wiederholte seine Aufforderung. Dieses Mal wandte Iris den Kopf ab und verbarg ihr Gesicht an der Schulter ihrer Urgroßmutter.

Rhetta sah Ray flehentlich an. »Bitte lass sie in Ruhe, Ray, sie hat gerade wieder einen Albtraum gehabt. Sie …«

Ray brachte sie mit eisernem Blick zum Schweigen. »Iris«, fuhr er das Kind an, »ich spreche mit dir.«

Christy-Lynn sprang auf. Ray mochte Iris' Onkel sein, aber sie würde nicht zulassen, dass er das Kind in ihrer Gegenwart einschüchterte. Doch bevor sie den Mund aufmachen konnte, war Iris von Rhettas Schoß geklettert und versteckte sich hinter ihren Beinen.

Ray tat amüsiert, aber er war offensichtlich mit seiner Geduld am Ende. Er räusperte sich, sein schmeichlerisches Lächeln verschwand. »Komm, Iris, du bist doch sonst nicht so schüchtern. Du willst deinem Onkel Ray doch Guten Tag sagen?«

Christy-Lynn biss die Zähne zusammen. Glaubte er wirklich, sie würden ihm dieses Theater abnehmen? Rhetta sicherlich nicht. Sie saß wie erstarrt da. Iris ebenso wenig. Sie klammerte sich noch fester an Christy-Lynns Beine, als ihr Onkel auf sie zukam.

Ray sah sie drohend an. »Wenn dir jemand sagt, dass du kommen sollst, dann kommst du auch, junge Dame.«

Christy-Lynn beugte sich runter und nahm Iris auf den Arm. Doch jetzt hatte Wayne auch genug von dem Theater. »Das reicht, Pastor.«

Ray lief rot an. »Was glauben Sie eigentlich, wer Sie sind, dass Sie mir sagen, was ich in meinem eigenen Haus zu tun oder zu lassen habe?«

Wayne zuckte mit keiner Wimper. »Ich bin jedenfalls jemand, der merkt, wenn ein Kind schikaniert wird. Und soweit ich weiß, ist das hier Rhettas Haus und nicht Ihres.«

Rhetta sah ihren Enkel beschwörend an. »Bitte, Ray. Du jagst ihr Angst ein.«

Mit einem Mal legte Ray die drohende Haltung ab, als erinnerte er sich wieder an seine Rolle.

»Entschuldige bitte«, sagte er und faltete fromm die Hände. »Wir haben eine harte Zeit hinter uns. Doch ich bin gekommen, um Rhetta eine gute Nachricht zu überbringen, und es ist gut, dass Sie sie auch gleich hören. Nachdem wir lange gebetet und unser Gewissen erforscht haben, hat der Herr uns den Weg gewiesen. Meine Frau und ich haben beschlossen, das Kind meiner Schwester zu uns zu nehmen und es wie unser eigenes zu lieben.«

Christy-Lynn war fassungslos. Alles in ihr sträubte sich. »Der Herr hat Ihnen den Weg gewiesen?«

Ray senkte gottesfürchtig den Kopf und schwieg.

Das brachte Christy-Lynn zum Lachen, aber es war ein bitteres Lachen. »Ich muss schon sagen, dass ich Ihren plötzlichen Sinneswandel … mehr als überraschend finde. Von einem Mann, der seine Nichte noch vor zwei Wochen mit dem Wort Abschaum bedacht hat.«

»Die Wege des Herrn sind unergründbar, Mrs Ludlow. Als Mann Gottes bin ich dazu angehalten, meine christliche Pflicht zu erfüllen. Und ich erfülle sie mit freudigem Herzen.«

»Ihr freudiges Herz hat nicht zufällig etwas damit zu tun, dass Ihre Nichte ein Erbe erwartet?«

Ray ging auf Christy-Lynn zu. Bevor er ihr näher kommen konnte, trat Wayne zwischen sie. »Und was genau unterstellen Sie mir, Mrs Ludlow?«

»Genau das, was Sie denken, Herr Pastor. Ich kann mir nicht helfen, aber ich bezweifle, dass Sie immer noch bereit wären, Ihrer christlichen Pflicht nachzukommen, wenn ich es mir anders überlege und die Treuhandpapiere in der Luft zerreiße. Aus irgendeinem Grund kann ich es mir nicht vorstellen.«

Rays Fassade des frommen Gottesmannes bröckelte. »In dem Fall werden wir sehen, was die Gerichte dazu zu sagen haben. Ich habe mich an einen Anwalt gewandt, und er ist der Meinung, dass das Mädchen einen Anspruch auf das Erbe hat. Und das heißt, dass Sie das Geld Ihres Mannes nicht einfach verteilen können, wie es Ihnen beliebt. Richter mögen es gar nicht, wenn Fremde ihre Nase in anderer Leute Angelegenheiten stecken. In einer Familie ist man füreinander verantwortlich.«

»Nur dass Sie Ihre Verantwortung bisher weit von sich gewiesen haben!«, schoss Christy-Lynn zurück. »Und auf einmal sind Sie bereit, die Sünden Ihrer Schwester, wie Sie das nennen, auf sich zu nehmen. Verzeihen Sie mir, aber ich nehme Ihnen Ihr plötzliches Mitgefühl nicht ab.«

Ray grinste sie dreist an. »Der Herr hat mir meinen Fehler aufgezeigt. Wie Saulus auf dem Weg nach Damaskus.«

»Verschonen Sie mich mit Ihren Sonntagsreden. Sie können hundertprozentig sicher sein, dass ich jedes Wort ernst gemeint habe. Ich kümmere mich um Iris, und wenn ich für jedes Eis und jede Haarspange persönlich zahlen muss. Aber mein Anwalt wird Maßnahmen ergreifen, die sicherstellen, dass Sie keinen Cent von Iris' Geld in die Finger kriegen. Wenn Sie vor Gericht gehen und alles an die große Glocke hängen wollen, dann bitte sehr. Tun Sie sich keinen Zwang an.«

Rhetta sah sie mit aufgerissenen Augen an. Die Aussicht auf einen Prozess entsetzte sie. Doch Ray schien ihre Worte abzuwägen. Er räusperte sich und auf seiner Miene stand wieder diese kalte Gerissenheit, die sie an ihm kannte. »Vielleicht können wir zu einer Art … Übereinkunft kommen. Zu einem Kompromiss.«

»Zu einem Kompromiss?«, echote Christy-Lynn argwöhnisch. Sie hätte besser auf Wayne hören sollen, als er sie vor skrupellosen Verwandten gewarnt hatte. Sie hatte den Pastor falsch eingeschätzt, oder jedenfalls seine Motive. Er war nicht nur scheinheilig und frömmelnd, er war auch kalt und berechnend.

Sie war viel zu naiv gewesen. Sie hätte es kommen sehen müssen. Wie sollte sich alles in Iris' Leben durch eine Handvoll Papiere zum Guten wenden? Armut war schlimm für ein Kind, aber sie war nichts im Verhältnis dazu, unsichtbar zu sein und sich ungewollt und ungeliebt zu fühlen.

Ray sah sie mit zusammengekniffenen Augen an. »Ich wäre unter Umständen …«, begann er und sah sie kriecherisch an, »das heißt, meine Frau und ich wären unter Umständen bereit, eine Kompensation anzunehmen.«

»Sie meinen Geld«, bemerkte Christy-Lynn kalt.

»Ich spreche nur von einem Zeichen des guten Willens. Schließlich ist Iris das einzige Kind meiner verstorbenen Schwester. Sicherlich ist Ihnen das eine kleine Vergütung wert, eine bescheidene Summe, auf die sich beide Parteien einigen. Diskrete Zahlung natürlich. Schließlich dürfen wir unseren kleinen Liebling nicht zu uns nehmen.«

Christy-Lynn war sprachlos. Sie hielt das verängstigte Kind immer noch eng an sich gedrückt. Auch Rhetta hatte es die Sprache verschlagen, wenn sie auch nicht besonders überrascht wirkte. »Warum habe ich das Gefühl, dass es von Anfang an darauf hinauslaufen sollte? Sie wussten doch ganz genau, dass ich Ihnen nie und nimmer die Kontrolle über das Vermögen überlassen hätte, und deswegen haben Sie diese kleine Show aufgeführt. Weil Sie gehofft haben, dass ich Ihnen etwas zahle, nur damit Sie wieder gehen. So ist es doch, oder?«

Ray senkte den Kopf. Es war kein Eingeständnis, aber es kam dem sehr nahe. »Kommen Sie schon, Mrs Ludlow, es sind nicht die Wege, sondern es ist das Ziel, das den Ausschlag gibt. Auf die Art wären wir alle zufrieden. Rhetta behält das Mädchen und den Großteil des Geldes, und Sie zahlen mir ein paar Dollar als Entschädigung für das Opfer, das ich bringe.«

Christy-Lynn wurde fast übel, als sie merkte, dass sie sich den Vorschlag allen Ernstes durch den Kopf gehen ließ. »Und woher soll ich wissen, dass es damit getan ist? Dass Sie mich dann nicht mehr belästigen?«

Ray lächelte und entblößte dabei seine scharfen kleinen Zähne. »Ich bin ein Gottesmann, Mrs Ludlow.«

Das war zu viel für Wayne. Sein Geduldsfaden riss. Er packte den Pastor beim Arm. »So, Schluss jetzt. Wir haben draußen was zu klären.«

»Lassen Sie mich sofort los!«

Christy-Lynn versuchte, zwischen die beiden zu gehen. »Wayne! Bitte nicht!«

Aber Wayne schubste den Pastor mit kaum verhaltener Wut zur Tür hinaus. Wenn Christy-Lynn tatenlos zusah, war es nicht unwahrscheinlich, dass der Pastor in einem Krankenwagen und Wayne auf dem Rücksitz eines Polizeiwagens abtransportiert werden würden. Sie setzte Iris auf Rhettas Schoß. Mittlerweile zerrte Wayne Ray die Stufen hinunter.

Dessen Gesicht hatte die Farbe Roter Bete angenommen. Er fuchtelte wild mit den Armen, ohne Wayne einen einzigen Schlag zu verpassen. »Ich werde dafür sorgen, dass Sie im Gefängnis landen.«

Zu Christy-Lynns Überraschung kletterte plötzlich Mrs Rawlings aus dem Familienvan und umrundete ihn so schnell, wie es ihr Bauch zuließ. »Lassen Sie ihn los!«, kreischte sie. »Sie vergreifen sich an einem Mann Gottes!«

Niemand beachtete sie. Und was Ray hervorkeuchte, war auch nicht besonders gottesfürchtig. Er hatte Schaum vorm Mund wie ein tollwütiger Hund und schlug wild um sich, um sich aus Waynes Griff zu befreien. Soweit Christy-Lynn erkennen konnte, hatte Wayne bisher noch nicht zugeschlagen, und es sah auch nicht so aus, als hätte er es vor. Eher versuchte er, den Pastor auf Armeslänge zu bändigen. Er wollte ihn wohl einfach nur loswerden. Christy-Lynn war fast enttäuscht.

Gleich darauf ließ Wayne Rays Arm so abrupt los, dass der fast vornübergefallen wäre. »Sie sind ein großer Mann«, knurrte er zwischen zusammengebissenen Zähnen. »Groß im Drohen. Groß im Einschüchtern. Also, lassen Sie uns das Ganze ruhig vor Gericht ausfechten. Aber ich kann mir nicht vorstellen, dass Sie einen Sorgerechtsstreit anzetteln wollten. Das ist doch das Allerletzte, was Sie wollen! Ich habe nämlich meine Hausaufgaben gemacht. Es gibt da ein Gerücht – aber ich bin sicher, dass es mehr als ein Gerücht ist – über ein Mädchen von den Cheerleadern aus der Highschool hier in Riddlesville. Sie heißt Tina Gibson, und soweit ich weiß, singt sie im Jugendchor Ihrer Gemeinde. Na, klingelt da was?«

Ray ließ die Arme sinken und stand mit hängenden Schultern da.

Ellen kam näher, eine Hand auf ihrem Bauch. »Ray?«

Aber Ray sah sie nicht an. »Sie wissen überhaupt nicht, wovon Sie reden.«

»Dann lassen Sie mal sehen«, antwortete Wayne kühl. »Laut meiner Quelle musste Tina letztes Jahr für eine Weile verschwinden, nachdem eine gewisse Krankenschwester aus Wheeler sie bei ihrer ›Behandlung‹ fast umgebracht hätte. Es heißt auch, Sie hätten das Mädchen nach Wheeler gefahren und der Krankenschwester Geld gegeben. Das müsste ich noch verifizieren, aber das wäre kein Problem, wenn Sie darauf bestehen.«

Christy-Lynn verfolgte das Drama mit offenem Mund. Wie um alles auf der Welt hatte Wayne davon Wind bekommen? Rays Gesicht hatte mittlerweile eine aschgraue Farbe angenommen. Er musterte Wayne finster. Sein Hemd hing ihm halb aus der Hose.

»Das ist eine Lüge!«

»Tinas Freund sieht das anders. Doug Simpson heißt er, glaube ich. Er ist Kapitän des Wrestling-Teams. Und er ist stinksauer auf Sie. Er konnte es kaum abwarten, alles haarklein zu erzählen. Er brennt darauf, jedem die ganze Geschichte zu erzählen, der ihn fragt – auch einem Richter, wenn Sie es auf einen Prozess ankommen lassen wollen. Aber ich kann mir nicht vorstellen, dass Sie besonders scharf darauf sind. Ich bin kein Experte, aber es wird nicht allzu viele Richter geben, die geneigt sind, ein dreijähriges Mädchen einer Ratte wie Ihnen zuzusprechen. Ich kann mich natürlich täuschen. Es ist ganz an Ihnen.«

Ellen Rawlings stand die ganze Zeit wie angewurzelt daneben. Zwei rote Flecken waren auf ihren Wangen erschienen. Es war offensichtlich, dass sie vor Wut schäumte. »Du hast mir gesagt, dass das alles nicht stimmt. Du hast es mir geschworen!«

Ray drehte sich drohend und mit geballten Fäusten zu ihr um. »Du hältst den Mund, Ellen!«

Wayne hatte genug gefackelt. »Lange Rede, kurzer Sinn, Ray. Wenn Sie auch nur daran denken, dem Kind oder seinem Geld nahe zu kommen, wenn Sie Ihre Großmutter um einen einzigen Cent aus dem Vermögen anhauen, dann sorge ich persönlich dafür, dass auch der Allerletzte in dieser Stadt weiß, was für ein Mensch Sie sind. Es geht ja nicht nur um Tina. Da ist auch noch der Scheckbetrug und die Sache mit dem Grundstück. Und dann können Sie Ihre geschätzte Gemeinde vergessen – und die netten Einnahmen, die sie mit sich bringt.«

Ray malmte mit dem Kiefer. Dann drehte er sich abrupt um und stolzierte auf den Van zu. Seine hochschwangere Frau eilte hinter ihm her.

Christy-Lynn hielt den Atem an, bis der Van außer Sicht war, dann wandte sie sich an Wayne. »Was war denn das?«

»Nichts weiter. Außer dass wir den frommen Mann ein für alle Mal los sind.«

Christy-Lynn nickte erleichtert, wenn auch immer noch etwas ungläubig. »Ja, das habe ich auch mitgekriegt. Aber woher weißt du das mit dem Mädchen?«

»Wie ich Ray eben schon gesagt habe: Ich habe meine Hausaufgaben gemacht.«

»Du hast den Typen noch mal eingeschaltet, deinen alten Kollegen.«

»Ich habe einen Riecher für so was. Und siehe da: Der Mann ist alles andere als sauber. Man muss nur mit den richtigen Leuten sprechen. Er ist sogar ein paarmal verhaftet worden, und ich bezweifle, dass seine Gemeinde etwas davon weiß. Du hattest recht mit deiner Vermutung. Er hatte überhaupt nicht vor, es auf einen Prozess ankommen zu lassen. Nicht mit dieser Vergangenheit. Er hat sich nur darauf verlassen, dass du davon keinen Wind bekommen hast.«

»Deswegen wolltest du also mitkommen«, sagte sie. »Du wolltest dabei sein, für den Fall, dass er auftaucht und was für sich rauszuholen versucht. Aber woher wusstest du, dass er kommt?«

Wayne zuckte die Achseln. »Davon konnte ich natürlich nicht unbedingt ausgehen. Aber Typen wie er ändern sich nicht. Und ich wollte dir unbedingt eine böse Überraschung ersparen.«

Christy-Lynn hatte einen Kloß im Hals. Er hatte es für sie getan. Nicht für Iris, die er bis heute gar nicht gekannt hatte, sondern für sie. Weil er wusste, wie viel es ihr bedeutete. »Ich weiß wirklich nicht, was ich dazu sagen soll. Außer danke, natürlich. Ich will mir gar nicht vorstellen, was passiert wäre, wenn du nicht mitgekommen wärst. Vielleicht hätte ich ihm wirklich Geld gegeben. Der Gedanke daran, dass Iris bei ihm und seiner Familie …« Sie unterbrach sich. Sie wollte den Gedanken nicht zu Ende denken. »Lass uns reingehen und der armen Rhetta sagen, dass wir alle noch leben.«

Zweiundvierzig

Rhetta weinte, wiegte Iris in den Armen und summte eine tröstliche Melodie vor sich hin. Sie sah durch ihre Tränen zu ihnen auf. »Wo ist Ray?«

»Weg. Und er kommt so schnell auch nicht wieder«, antwortete Wayne ruhig. »Wir hatten eine kleine Unterhaltung. Und ich glaube, er hat verstanden, dass Iris bei Ihnen besser aufgehoben ist.«

Rhetta nickte verwundert. Sie schloss kurz die Augen und atmete pfeifend ein und aus. »Ich brauche eine Zigarette. Können Sie so lange bei Iris bleiben?«

Christy-Lynn wandte sich an Wayne. »Kannst du das machen? Ich möchte mich gerne mit Rhetta unterhalten.«

Rhetta drückte Iris einen Kuss auf den blonden Kopf. »Nonny geht für ein paar Minuten auf die Veranda. Willst du was mit dem netten Mann malen?«

Iris sah Wayne mit großen Augen an.

Wayne hockte sich vor das Mädchen. Sein Gesichtsausdruck wurde weich, als er Iris in die Augen blickte. »Christy-Lynn hat mir den Fisch gezeigt, den du ihr geschenkt hast. Er hängt an ihrem Kühlschrank, damit ihn alle ihre Freunde sehen können. Malst du für mich auch einen? Einen blauen vielleicht?«

Iris sah ihn skeptisch an, ließ sich aber von ihm an der Hand zu ihrer Malecke führen. Christy-Lynn glaubte, ihren Augen nicht zu trauen, als Wayne sich so selbstverständlich neben sie auf den Teppich setzte, als würde er jeden Tag mit einer Dreijährigen malen.

Rhetta erhob sich mühsam aus dem Sessel und zog schon im Haus die Zigaretten aus ihrer Kitteltasche. Sie bewegte sich wie eine gebrochene Frau, und ihre Hände zitterten so stark, dass es ihr erst beim dritten Versuch gelang, die Zigarette anzuzünden.

Sie rauchte eine Weile schweigend. »Es tut mir so leid. Mein Enkel ist … kein freundlicher Mensch.«

»Sie haben es geahnt, oder? Deswegen haben Sie ihm die Dokumente auch nicht gezeigt. Weil Sie Angst hatten, dass er so was in der Art vorhat.«

Rhetta nickte matt. »Ich wusste, dass er alles tun würde, um an das Geld zu kommen. Also habe ich ihm nichts davon gesagt. Doch vor ein paar Tagen stand er plötzlich in meiner Küche, und da lagen die Papiere gerade auf dem Tisch. Ihm ist das Mädchen schnuppe. Und Ellen auch. Sie sehen nur die Dollars, die sie ihnen einbringen könnte.«

»Warum haben Sie mir das nicht gesagt?«

»Weil er mich bedroht hat.« Sie schloss die Augen. Ihre Lider waren dünn wie Papier und von blauen Äderchen durchzogen. »Und er kann schreckliche Tobsuchtsanfälle kriegen.«

»Sie haben Angst vor ihm?« Christy-Lynn kannte die Antwort schon.

»Ja, aber wissen Sie, abgesehen von Iris sind Ellen und er meine einzigen Angehörigen – die einzige Unterstützung, die ich habe. Sie kaufen für mich ein, fahren mich zum Arzt und holen meine Medikamente ab. Ich weiß nicht, was ich ohne sie machen würde. Und das ist noch nicht mal das Wichtigste.« Sie drückte ihre Zigarette aus und zog die nächste aus der Packung. »Eines Tages werde ich nicht mehr da sein. Und was passiert dann? Trotz allem waren sie meine letzte Hoffnung für Iris. Irgendwie habe ich gedacht, mit dem Geld könnte sich etwas ändern. Aber so, wie er sich heute aufgeführt hat, muss ich unbedingt verhindern, dass er Iris auch nur nahe kommt. Iris hat ihn so verängstigt angesehen! Da ist sogar das Jugendamt besser. Dann hat sie vielleicht eine Chance.«

Die Worte trafen Christy-Lynn wie ein Schlag in die Magengrube. Missy hatte dasselbe gesagt. Aber sie hatten keine Ahnung, während sie es am eigenen Leib erfahren hatte. »Das ist nicht Ihr Ernst. Das können Sie nicht machen. Es muss doch eine Familie hier in der Gegend geben, die sie aufnimmt – eine gute Familie. Und mein Anwalt könnte bei einer Adoption helfen.«

»Solche Familien gibt es hier nicht. Niemand kommt für eine Adoption infrage.« Rhetta war kurz vorm Weinen. »Außer wenn …«

Christy-Lynn wartete gespannt.

»Außer wenn *Sie* Iris zu sich nehmen.« Sie sagte es schnell und leise. Für Christy-Lynn klang es wie das Zuschnappen einer Falle. »Sie können sie hier rausholen. Sie können ihr ein besseres Leben ermöglichen – ein Leben, das den Namen verdient hat.«

Christy-Lynn hörte das Blut in den Ohren rauschen. Eine ungeheure Beklemmung überkam sie. »Rhetta, das kann ich nicht.«

»Iris braucht Sie. Das denke ich schon eine ganze Weile, aber als ich Sie mit ihr an Honeys Grab gesehen habe, war ich mir ganz sicher. Und Sie brauchen Iris, Christy-Lynn.«

Christy-Lynn sprang auf und wich so weit zurück, wie es auf der schmalen Veranda nur ging. »Das ist unmöglich. Ich kann Ihnen nicht sagen, warum … Aber ich kann das nicht.«

»Wegen Honey?«

»Nein, meinetwegen. Es gibt eine Million Gründe dafür, aber keiner von ihnen hat etwas mit Honey zu tun – und mit

Iris schon gar nicht. Iris braucht eine Mutter, und ich wäre als Mutter eine Katastrophe. Deswegen habe ich auch keine Kinder.«

»Menschen ändern sich«, sagte Rhetta ruhig. »Sie entwickeln sich. Eines Tages passiert irgendwas, und danach ist alles anders.«

Christy-Lynn wandte sich ab. Sie konnte Rhettas flehenden Blick nicht ertragen.

»Das Mädchen braucht eine Mama, Christy-Lynn. Und Sie brauchen jemanden für Ihr großes Herz. Ihr braucht euch. Und das mit der Katastrophe als Mutter, das schlagen Sie sich mal aus dem Kopf.«

Christy-Lynn verschränkte die Arme, als könnte sie die entsetzliche Bitte so von sich fernhalten. Dabei war es von Anfang an unausweichlich gewesen. Und nun hatte Rhetta es schließlich angesprochen. Weil sie nicht wusste – weil sie nicht wissen konnte –, dass Iris vom Regen in die Traufe käme, wenn sie bei Christy-Lynn landete. Und das war das Letzte, was Iris brauchte. Noch eine Katastrophe.

»Ich weiß, wie verzweifelt Sie sind. Ich unterstütze Sie auf jede nur erdenkliche Art, aber das, worum Sie mich bitten, das kann ich nicht.« Ihre Stimme brach. Sie hatte Tränen in den Augen. »Es tut mir so leid.«

Die Tür öffnete sich und Wayne kam heraus. »Sie ist eingeschlafen«, flüsterte er. Dann bemerkte er Christy-Lynns gequälten Gesichtsausdruck. »Was ist los?«

»Nichts.« Christy-Lynn wischte die Tränen ab. »Aber ich muss … ich muss los. Bringst du mir meine Handtasche?« Sie war schon auf der Treppe und lief wie ferngesteuert auf den Rover zu. »Es tut mir so leid, Rhetta«, rief sie über die Schulter. »Ich rufe Sie an. Aber ich muss … ich muss jetzt wirklich los.«

* * *

Wayne sagte nichts. Er streckte nur stumm die Hand aus, damit Christy-Lynn ihm den Autoschlüssel gab. Er hatte nicht die geringste Ahnung, was vorgefallen war, aber es war klar, dass sie nichts hinter dem Steuer zu suchen hatte.

Sie stieg bedächtig mit ausdruckslosem Gesicht auf den Beifahrersitz, als hätte sie Angst, einen Schwächeanfall zu erleiden. Sie schwieg, als sie das Haus hinter sich ließen, schwieg, als sie durch das trostlose Zentrum von Riddlesville fuhren, schwieg, als sie sich in den Verkehr auf dem Highway einfädelten. Schließlich musste er sie fragen.

»Kannst du mir sagen, was da eben passiert ist?

»Ich möchte nicht darüber sprechen.« Sie drehte sich mit dem Oberkörper zum Fenster, und damit war die Diskussion beendet.

Wayne unterdrückte das Bedürfnis, auf eine Antwort zu drängen. Es gab immer noch so viel, was er nicht verstand, aber er wusste aus Erfahrung, dass es nichts brachte, ihr zuzusetzen.

Sie schlief eine Weile. Jedenfalls nahm er das an. Erst als sie die Grenze nach Virginia erreichten, wurde ihm bewusst, dass sie leise vor sich hin weinte. Er bog auf den nächsten Rastplatz und hielt vor einer Picknickbank.

Christy-Lynn setzte sich auf und rieb sich die Augen mit den Fäusten. »Was machen wir hier?«

»Ich habe gedacht, dass du dir vielleicht etwas Wasser ins Gesicht spritzen willst. Ich besorge eine Flasche Wasser aus der Maschine da.«

»Danke«, sagte sie heiser. »Aber mir geht's gut.«

Zum zweiten Mal seit ihrer Abfahrt aus Riddlesville unterdrückte er die erste Reaktion – ihr zu sagen, dass es ihr alles andere als gut ging. Stattdessen nahm er ihre Hand. »Was kann ich tun?«

Sie sah weg. »Nichts. Du kannst nichts tun.«

»Ich möchte dir helfen.«

Einen Moment schien die Anspannung ihres Körpers nachzulassen. Ihre Hand entkrampfte sich in seiner. Und dann klickte sie plötzlich den Gurt auf und sprang aus dem Auto. Als er ihr folgen wollte, verwickelte er sich in seiner Hast in seinem Gurt. Sie hatte einen Vorsprung, und sie rannte so schnell wie ein wildes Tier in panischer Flucht. Sie lief einen überwucherten Pfad hinunter und verschwand zwischen den Bäumen.

Er machte sich nicht die Mühe, hinter ihr herzurufen, sie hätte sowieso nicht angehalten. Er sparte sich den Atem, um sie einzuholen, und als er sie erreichte, packte er sie am Arm.

»Wohin willst du?«

Sie drehte sich um, ihr Gesicht war tränenüberströmt und fleckig. »Lass mich in Ruhe!«

»Ganz ausgeschlossen. Du bist außer dir, und du weißt doch überhaupt nicht, wohin du willst.« Er trat etwas zurück, um ihr Raum zu geben, blieb aber bereit, ihr jederzeit nachzusetzen. »Bitte, rede mit mir. Lass mich dir helfen.«

Er hatte mit einer scharfen Antwort gerechnet, doch plötzlich gab sie allen Widerstand auf. Sie wurde schlaff wie ein angestochener Luftballon und sackte schluchzend gegen ihn. Er hakte sie behutsam unter und führte sie zurück zu der Picknickbank auf dem Parkplatz. Eine Weile sagten sie beide nichts.

»Es tut mir leid«, sagte sie ein paar Minuten später mit belegter Stimme und fuhr sich mit dem Ärmel über die feuchten Augen. »Ich hätte die Fassung nicht verlieren dürfen.«

»Es muss dir nicht leidtun. Sag mir einfach, was passiert ist.«

Sie sah auf den Boden und hieb ein paarmal mit dem Absatz in die Erde. »Rhetta hat mich gebeten, Iris zu mir zu nehmen. Für immer.«

Wayne riss die Augen auf. »Du meinst, sie adoptieren?«

»Ja.«

Es war nur ein Flüstern, kaum hörbar. Als er ihr Gesicht genauer betrachtete, musste er an die Katastrophenopfer denken, die er über die Jahre immer wieder interviewt hatte. Sie war verstummt, als habe sie etwas Grauenhaftes überlebt und als würde ihr erst jetzt die ganze Tragweite der Zerstörung bewusst.

»Jemanden, den man kaum kennt, um so etwas zu bitten, finde ich irgendwie dreist.«

Christy-Lynn schüttelte den Kopf. »Mit Dreistigkeit hat das nichts zu tun. Aber mit Verzweiflung. Sie hat entsetzliche Angst davor, dass Iris nach ihrem Tod in eine Pflegefamilie kommt – oder zu Ray.«

»Du hast jetzt schon viel mehr getan, als irgendjemand von dir erwarten könnte.«

»Ich weiß.«

»Warum weinst du dann?«

»Ich weiß es nicht. Es ist nichts weiter.«

»Soll das ein Witz sein? Ich musste gerade in den Wald hinter dir herjagen.«

Sie sah in die Ferne. »Ich weiß, wie das ist. Niemanden zu haben, ganz allein auf sich gestellt zu sein. Ich weiß es genau.«

Wayne wollte ihre Hand nehmen, überlegte es sich aber anders. Er wollte sie nicht verschrecken. »Wie alt warst du, als du deine Mutter verloren hast?«

Sie blinzelte. Zwei einzelne Tränen rollten ihr die Wangen hinunter. »Ich habe sie nicht verloren.«

»Aber ich dachte …«

»Dass … sie tot ist. Ich wollte ja auch, dass du das denkst.«

Wayne wusste nicht, was er erwartet hatte, aber ganz bestimmt nicht so etwas. »Warum?«

»Weil ich mir gewünscht habe, dass sie tot ist«, sagte sie stockend. »Und weil sie für mich tot ist. Als ich sie das letzte Mal gesehen habe, war ich sechzehn. Da lag sie im Krankenhaus. Sie stand unter Arrest, weil sie ihrem Freund eine Flasche gegen den

Kopf geworfen hat. Nachdem der ihr mit einem Küchenmesser die Wange aufgeschlitzt hat. Und weil sie ein Junkie war und gestohlen hat. Sie musste ins Gefängnis, und ich kam in eine Pflegefamilie.«

Wayne traf dieses Bekenntnis wie ein Tritt in den Solarplexus. Jetzt passten all die Puzzlesteine zusammen. Mit diesem entscheidenden Teil ihrer Geschichte ergab alles andere einen Sinn: ihre besessene Sorge um Iris, ihre Entschlossenheit, das Versäumnis des Vaters zu beheben und Iris' Zukunft abzusichern. Nun ergab es alles ein Bild. Und das Bild war erschütternd.

»Ich weiß nicht, was ich sagen soll. Außer dass ich jetzt verstehen kann, warum du dich so mit all dem gequält hast. Wie lange warst du in der Pflegefamilie?«

»Nicht lange. Ich bin weggelaufen. Ich habe fast zwei Jahre auf der Straße gelebt.«

Wayne saß still neben ihr und versuchte, die volle Bedeutung ihrer Worte zu erfassen. Zwei Jahre auf der Straße. Und sie war fast noch ein Kind gewesen. Das Bedürfnis, sie in die Arme zu nehmen, war überwältigend groß.

Doch er gab ihm nicht nach. »War die Pflegefamilie so schlimm?«

»Ja. Und wenn ich mir vorstelle, dass Iris vielleicht etwas Ähnliches bevorsteht …« Sie verstummte. »Das ist mehr, als ich ertragen kann.«

Sie hatte begonnen, vor und zurück zu schaukeln und sich die Innenseite des Handgelenks zu reiben. Wayne versuchte sich zu erinnern. Irgendwas war da. Und dann fiel es ihm ein. In der Nacht auf der Veranda hatte er sie nach den drei kleinen Narben am Handgelenk gefragt, aber sie hatte vorgegeben, nicht mehr zu wissen, woher sie stammten. Jetzt war er sich dessen nicht mehr so sicher.

Er nahm ihre Hand und war fast überrascht, dass sie sie ihm nicht entzog. »Ich habe dich einmal nach diesen Narben gefragt«, sagte er sanft und strich ganz leicht mit dem Finger über die kreisrunden Wundmale. »Du hast geantwortet, du wüsstest nicht mehr, woher du sie hättest, aber ich glaube, du weißt es genau.«

Sie nickte. Die Tränen flossen ihr jetzt ungehindert die Wangen hinunter. Wayne wusste nicht, was er tun sollte, um ihren Schmerz zu lindern. Deswegen tat er nichts und sagte nichts, hielt nur ihre Hände und ließ sie einfach weinen. Sie hatte so viel Grund für ihren Kummer und so viel Grund, die Ereignisse der Hölle, durch die sie gegangen war, für sich zu behalten. Und sei es auch für immer. Er würde sie nicht drängen.

Und dann öffneten sich plötzlich die Schleusen.

Dreiundvierzig

Goose Creek, South Carolina
18. Juli 1998

Christy-Lynn öffnet die Badezimmertür vorsichtig einen Spaltbreit und kontrolliert, ob die Luft rein ist. Dann schlüpft sie, in ihr Duschhandtuch gewickelt, hinaus. Obwohl sie schon zwei Monate bei den Hawleys lebt, fühlt sie sich immer noch wie ein Eindringling. Die Neue, die heimlich von allen beobachtet wird. Sie hört die Dreiundzwanzig-Uhr-Nachrichten unten im Fernseher, die fast von Dennis Hawleys Schnarchen übertönt werden. Um diese Uhrzeit war er eigentlich fast immer eingeschlafen. Jeden Abend goss er ein Sechserpack Bier in sich hinein, wenn seine Frau Nachtschicht im Charleston-Memorial-Krankenhaus hatte.

Sie drückt die Klinke zu ihrer Zimmertür hinunter. Sie kann sich nicht daran erinnern, die Tür geschlossen zu haben, aber das wundert sie nicht. Sie lebt wie in einem Nebel, sie fühlt sich wie eine Schlafwandlerin. Im Zimmer ist es dunkel. Hatte sie die Nachttischlampe nicht angelassen? Und dann stellen sich ihr die Nackenhaare warnend hoch.

In der Luft hängt der Geruch von Rauch, saurem Schweiß und Bier. Doch in dem Augenblick, in dem sie registriert, dass sie nicht alleine ist, greift jemand in ihre feuchten Haare und reißt ihren

Kopf nach hinten. Bevor sie schreien kann, presst sich eine Hand auf Mund und Nase. Sie bekommt keine Luft mehr. Sie tritt wild um sich, aber ihre Tritte gehen in die Leere. Jemand schleift sie zum Bett. Das Handtuch löst sich und bleibt im Dunklen liegen.

Sie wird so brutal aufs Bett geworfen, dass ihr Kopf gegen die Wand schlägt. Hinter ihren Lidern explodieren blaue Funken. Und dann spürt sie weitere Hände, die sich auf ihren Mund legen, ihre Handgelenke runterdrücken, ihre Beine spreizen. Es sind zwei Typen, schießt es ihr durch den Kopf, zwei Paar Hände. Sie hat Mühe, die Realität dessen, was passieren wird – dessen, was gerade passiert –, zu begreifen. Sie kann sich nicht bewegen, nicht atmen, nicht schreien.

Und dann wälzt sich jemand auf sie, quetscht den letzten Rest Sauerstoff aus ihren Lungen. Eine verschwitzte Hand schiebt sich zwischen seinen und ihren Körper. Ein stechender Schmerz fährt mitten durch sie hindurch, zerreißt sie, zerfleischt sie. Ihr wird übel vor Schmerz, sie hat entsetzliche Angst davor, an ihrem eigenen Erbrochenen zu ersticken, denn die Hand versiegelt ihren Mund. Immer wieder rammt er ihr ins Fleisch, bis er sich nach einem widerlichen Keuchen und Buckeln schwer und klebrig auf sie fallen lässt.

Sie weiß nicht, wie lange sie dort so auf die Matratze gedrückt liegt, wie lange sie versucht, durch die Finger hindurch Luft zu bekommen. Doch irgendwann hebt sich das Gewicht von ihrer Brust. Ein kratzendes Geräusch, dann ein Aufflammen, die kleine Flamme eines Feuerzeugs, und jetzt erkennt sie das Gesicht von Terry Blevins. Sein schweißnasses Gesicht hängt drohend über ihr.

»Willst du ran, Bro?«, fragt er, noch immer rittlings auf Christy-Lynn. »Ich halte sie fest.«

»Lass uns verschwinden, bevor der Alte aufwacht«, krächzt Todd, der Jüngere von beiden, der ihr den Mund zuhält. Es klingt ängstlich, als habe er eben erst realisiert, was sie getan haben.

»Komm schon, Mann. Sie wartet nur darauf. Oder hast du etwa Angst?«

»Ich hab doch keine Angst«, grunzt Terry eingeschnappt. »Hab nur keinen Bock.«

Für den Bruchteil einer Sekunde löst sich der Druck der Hand auf ihrem Mund. Sie windet sich und öffnet den Mund zum Schreien. Doch bevor sie schreien kann, schlägt Terry ihr so hart ins Gesicht, dass sie Sternchen sieht und Blut schmeckt.

»Sorg dafür, dass sie still ist, Trottel«, knurrt Terry seinen Bruder an. Er zieht an seiner Zigarette und bläst Christy-Lynn den Rauch ins Gesicht. »Und du, du eingebildete Schlampe, du bist still und hörst mir zu. Verstanden?«

Er umfasst ihre Handgelenke so fest, dass sie ihre Finger nicht mehr spürt. Sie liegt wie betäubt da, aber aus den Augenwinkeln strömen Tränen.

»Du sagst keinem was.« Terrys Stimme ist drohend, sein Gesicht ist so dicht über ihrem, dass ihr von seiner Bierfahne übel wird. »Du tust, als ob nichts passiert ist. Wenn du auch nur dran denkst, hier irgendwelche Schwierigkeiten zu machen, kommen wir zurück.«

Er beugt sich noch weiter über sie und zieht so stark an der Zigarette, dass das Ende orangefarben in der Dunkelheit glüht und sie die Hitze an der Wange spürt. Sie schließt die Augen und versucht, sich dem eisernen Griff zu entwinden. Sie rechnet nicht mit dem stechenden Schmerz, als Terry die Innenseite ihres Handgelenks versengt. Sie bäumt sich auf, wirft sich hin und her. Noch ein harter Schlag ins Gesicht. Und noch einmal dieser unerträgliche Schmerz, als er mit der Zigarette ein zweites Brandloch in ihre Haut drückt. Neben ihr stöhnt Todd.

»Mann, Terry, lass sie jetzt in Ruhe. Du hast doch gekriegt, was du wolltest.«

»Halt die Schnauze, Kleiner«, fährt Terry ihn an. »Ich bin noch nicht fertig mit der Schlampe.« Und dann nimmt er ihr Handgelenk und drückt die Zigarette so lange hinein, bis ihr der Geruch ihres eigenen versengten Fleisches in die Nase steigt. »So.

Jetzt weißt du, was ich gemeint habe«, droht er ihr weiter. »Kein Wort. Sonst komme ich wieder. Beim nächsten Mal bin ich nicht mehr nett.«

Als Christy-Lynn irgendwann die Beine auf den Boden stellt, weiß sie nicht, ob eine Stunde oder vier vergangen sind. Sie hat geweint, bis keine Tränen mehr kamen. Aber sie weiß genau, was sie zu tun hat. Sie hat siebzehn Dollar, ihr Trinkgeld aus dem Donut-Laden. Nicht annähernd genug. Hier kann sie jedenfalls nicht bleiben.

Sie zieht sich im Dunkeln an und versucht, die Schmerzen an ihrem Handgelenk und zwischen ihren Beinen zu ignorieren. Sie leert den Rucksack aus – ihre Schulbücher braucht sie nicht mehr –, rollt eine Jeans, ein T-Shirt und eine Jacke zusammen und stopft sie hinein. Mehr passt nicht in den Rucksack, und ihr Seesack ist verdächtig.

Sie ist schon an der Tür, als ihr der Umschlag im Nachttisch einfällt. Wie dumm, dass ihr das in einem solchen Moment wichtig ist – es ist ja nur ein albernes Schmuckstück –, aber der Gedanke, es zurückzulassen, ist unerträglich. Sie geht hin und verstaut den Umschlag in der Gesäßtasche, dann wirft sie sich den Rucksack über die Schulter und schlüpft hinaus in den Flur.

Mit angehaltenem Atem schleicht sie die Treppe hinunter. Dennis Hawley schnarcht noch immer in seinem Lehnsessel. Auf seinem Gesicht flackert der blaue Widerschein des Fernsehbildschirms. Sie wirft einen Blick zur Haustür, aber das Risiko, ihn aufzuwecken, ist zu hoch. Stattdessen geht sie auf Fußspitzen zum Flur und ins Schlafzimmer der Hawleys.

Auf der Kommode liegen ein Portemonnaie, eine Handvoll Kleingeld und ein Autoschlüssel. Sie nimmt das Portemonnaie und die Münzen, tritt gegen das Fliegengitter vorm Fenster, steigt hindurch und lässt sich in die Hortensien darunter fallen.

Im Osten färbt sich der Himmel rosa, die Sterne verblassen langsam. Bald wird die Sonne aufgehen, und wenn sie im Zenit steht, wird sie weit von den Blevins-Brüdern entfernt sein.

Vierundvierzig

Christy-Lynn sah auf ihre Hände hinunter, die sie verkrampft in ihrem Schoß hielt und die vor Anspannung kalkweiß waren. »Ich habe das noch nie irgendjemandem erzählt. Auch Stephen nicht. Ich habe gedacht, ich wäre darüber hinweg. Dann habe ich Iris kennengelernt, und als Rhetta mir gesagt hat, sie müsste wahrscheinlich über kurz oder lang in eine Pflegefamilie, war es, als würde die Tür zu dieser weggeschlossenen Erinnerung eingetreten. Alles war wieder da, nur dass meine Geschichte jetzt mit ihrer verwoben ist, sodass ich die beiden nicht mehr auseinanderhalten kann. Mir kommt es vor, als wäre meine Vergangenheit ihre Zukunft.«

»Und du denkst, du müsstest das verhindern«, sagte Wayne behutsam.

»Ja, und ich habe mir eingeredet, dass das Geld sie vor dem schützen kann, was ich durchgemacht habe. Doch als Ray heute aufgetaucht ist, fiel es mir wie Schuppen von den Augen. Geld ändert überhaupt nichts daran. Klar, sie kann sich schöne Dinge leisten und eine gute Privatschule, wenn sie will, sogar eine richtig gute Uni. Aber mit allem Geld der Welt kann sie sich nicht das kaufen, was sie wirklich braucht.«

»Und das wäre?«

»Eine Mutter.« Ein unerträglicher Schmerz schnürte ihr die Kehle zu. »Ich war in Iris' Situation. Ich weiß, wie es ist, ein kleines Mädchen zu sein und dieses Loch im Leben zu spüren. Und deswegen habe ich komplett die Fassung verloren, als Rhetta mich gebeten hat, Iris zu mir zu nehmen. Ich kann ihre Mutter nicht ersetzen. Ich kann es einfach nicht.«

Wayne legte seine warmen Hände fest um ihre. »Keine Frau könnte das unter diesen Umständen.«

Christy-Lynns Kopf schoss hoch. »Darum geht es nicht. Honey und Stephen spielen keine Rolle.«

»Worum geht es dann?«

»Um ein Versprechen, das ich mir selbst vor langer Zeit gegeben habe. Wenn man bedenkt, was für ein schlechtes Rollenmodell eine Mutter wie meine abgibt, und wenn dann auch noch das genetische Roulette dazukommt … Wie auch immer, ich wollte das Risiko nicht eingehen.«

»Falls es dich tröstet: Ich glaube, du hast dir um nichts und wieder nichts Sorgen gemacht.«

»Vielleicht, aber die Statistik spricht gegen mich. Außerdem bin ich einfach nicht so wie andere Frauen gepolt. Wahrscheinlich ist bei meiner Produktion etwas schiefgegangen. Ich muss da eine Station auf dem Fließband übersprungen haben.«

Wayne starrte sie mit offenem Mund an. »Das ist jetzt nicht dein Ernst.«

»Doch. Warum nicht?«

»Weil ich in meinem ganzen Leben niemanden kennengelernt habe, dem Dinge mehr zu Herzen gehen würden als dir. Es ist unglaublich, dass du das nicht selbst weißt. Ich kaufe dir ab, dass du Angst vor starken Gefühlen hast, aber du kannst gar nicht anders. Du bist so fürsorglich und einfühlsam. Vielleicht bist du sogar zu warmherzig, falls es so etwas gibt.«

»In den letzten Wochen vielleicht«, sagte Christy-Lynn und mied seinen Blick. »Aber früher nicht. Jedenfalls nicht in meiner Beziehung zu meiner Mutter. Ich habe getan, was ich konnte. Ich habe mich darum gekümmert, dass wir etwas zu essen und saubere Sachen zum Anziehen hatten. Aber dann fing es an, dass sie nach kurzer Zeit aus ihren Jobs geflogen ist. Sie hat Geld aus den Ladenkassen gestohlen, irgendwo Männer aufgegabelt und sie mit nach Hause gebracht. Als sie verhaftet wurde, habe ich komplett zugemacht. Ich hatte einfach … genug. Aber sie ist meine Mutter, ich hätte es mit ihr durchstehen müssen. Jedenfalls hätte ich nach dem Gefängnis zu ihr zurückgehen müssen.«

Wieder sah Wayne sie ungläubig an. »Wie kannst du so etwas sagen? Du warst doch noch ein Kind! Und du bist durch die Hölle gegangen. Die meisten Menschen können sich so etwas nicht mal vorstellen.«

»Aber ich hätte sie davon abhalten müssen, sich selbst zu zerstören. Eine Weile ist mir das auch gelungen. Und wenn ich bei ihr geblieben wäre …« Sie schloss die Augen. »Der Richter hat gesagt, ich könnte wieder bei ihr leben, wenn sie keine Drogen mehr nehmen würde. Aber ich bin nie wieder aufgetaucht. Denn zu ihr zurückzugehen, kam mir schlimmer vor als alles, was mir auf der Straße passieren konnte. Also blieb ich verschwunden. Ich habe sie nie angerufen, ihr nie geschrieben. Vor ein paar Wochen habe ich sie übers Internet gesucht. Bis dahin wusste ich nicht, ob sie überhaupt noch lebt.«

Wayne atmete aus. »Langsam dämmert mir, warum du glaubst, für alles verantwortlich zu sein. Schon als Kind hast du die Last der Welt auf deinen Schultern getragen – und du tust es noch immer.«

Christy-Lynn wusste nicht, ob das stimmte. Aber wenn er recht hatte, dann hatte sie komplett versagt. Trotz all ihrer rechtlichen und finanziellen Vorsorge hatte sich an Iris'

Zukunftsaussichten nichts Wesentliches verändert. Und als wäre das nicht genug, war sie eben auch noch panisch aus Rhettas Haus geflohen.

Sie sah Wayne erschöpft an. »Was soll ich sagen? Ich bin ein Wrack. Und daran lässt sich nichts mehr ändern.«

»Du bist alles andere als ein Wrack. Du bist im Moment nur überstrapaziert, und dafür gibt es Gründe. Es war alles viel zu viel für einen Tag. Wir können uns hier in der Nähe ein Hotel suchen, oder ich fahre dich nach Hause. Sag du, was dir lieber ist.«

»Nach Hause«, sagte Christy-Lynn, ohne zu zögern. »Ich möchte nach Hause.«

* * *

Es war gegen Mitternacht, als Wayne den Rover in der Einfahrt parkte. Christy-Lynn war fast zu müde, um auszusteigen und ins Haus zu gehen. Sie hatte versucht, auf dem Rückweg zu schlafen, doch immer wenn sie die Augen schloss, schreckten Rhettas Worte sie auf.

Ihr braucht euch.

Das stimmte einfach nicht. Iris brauchte eine Mutter, die die Wunden einer schlimmen Kindheit heilen konnte. Und das konnte sie nicht. Es war ja gerade deutlich geworden, dass ihre eigenen Wunden noch nicht verheilt waren.

Wayne nahm ihre Reisetasche vom Rücksitz und öffnete ihr die Tür. Ihr Körper fühlte sich fremd an, als hätte sie einen Teil von sich in Riddlesville zurückgelassen.

»Du brauchst mich nicht an die Tür zu bringen«, protestierte sie, als Wayne sie unterhakte. »Mir geht's gut.«

»Psst.« Er schloss die Tür auf und stellte die Tasche ab. »Wie wäre es, wenn du ein Bad nimmst und ich uns in der Zeit eine Kleinigkeit zu essen mache?«

Christy-Lynn sah auf ihre Uhr. »Es ist fast Mitternacht, und du bist die ganze Strecke allein gefahren. Du musst fix und fertig sein.«

»Kann sein. Aber wenn ich mich recht erinnere, ist es mehr als zwölf Stunden her, seit wir etwas gegessen haben. Ich steige erst wieder in den Jeep, wenn du etwas im Magen hast. Bitte geh nach oben und lass mich hier meinen Job machen.«

»Deinen Job? Was für einen Job?«

Er lächelte. »Für dich zu sorgen.«

Das war die Wahrheit. Er hatte sich den ganzen Tag um sie gekümmert. Und schon lange davor, wenn sie ehrlich war. »Warum machst du das?«

»Weil du es nicht tust. Und weil irgendjemand dafür zuständig sein sollte.«

Seine Stimme war so weich und warm, dass es ihr fast die mühsam aufrechterhaltene Fassung raubte. Es wäre so leicht, sich an seine Schulter zu lehnen, ihn Teil ihres Lebens werden zu lassen. Und dann? Wie lange würde es dauern, bevor er mitbekam, dass sie ein emotionaler Trümmerhaufen war? Und alles auseinanderbrach? Denn genau das würde geschehen.

»Hör mal, ich weiß, dass du versuchst, mir zu helfen. Aber mir geht es gut. Ich brauche niemanden, der sich um mich kümmert.«

»Aber ich«, sagte er und ließ ihre Worte lächelnd an sich abprallen. »Ich bin am Verhungern, und ich durchforste jetzt deine Küche.«

Eine halbe Stunde später kam Christy-Lynn im Bademantel auf dicken Socken die Treppe hinunter. Wayne hatte zwei Tabletts auf den Couchtisch gestellt und brachte gerade zwei Teller mit Rührei und Toast aus der Küche herein. Er hatte sogar Tee gemacht. Ihre Kehle schnürte sich zusammen. Sie erinnerte sich nicht daran, dass ihr jemals irgendjemand Tee gemacht hätte.

»Du musst das nicht für mich tun«, sagte sie verlegen. »Ich weiß, dass du glaubst, ich wäre komplett durch den Wind, aber ehrlich gesagt kümmere ich mich schon sehr lange um mich selbst.«

»Ja, um genau zu sein, zu lange.« Wayne ließ sich aufs Sofa fallen und nahm die Gabel in die Hand. »Außerdem halte ich dich nicht für hilflos. Aber ab und an ist es vollkommen in Ordnung, wenn man sich helfen lässt. Und jetzt iss. Ich habe die Kanäle nach einem kitschigen Film abgesucht, aber um diese Uhrzeit laufen nur noch Talkshows oder Werbesendungen.«

»Danke, so ist es mir sowieso lieber.«

Sie aßen schweigend, während Tolstoi schnurrend zwischen ihnen auf der Couch lag. Nach der emotionalen Achterbahnfahrt des Tages fühlte es sich etwas irreal an, etwas so Alltägliches zu tun, wie Rühreier in ihrem Wohnzimmer zu essen. Sie sah Wayne verstohlen an und musste daran denken, wie er Ray gedroht hatte, all seine Machenschaften auffliegen zu lassen, wenn er auch nur mit dem Gedanken spielte, Iris nahe zu kommen. Sie hatte nie an einen Retter in der Not geglaubt, aber genau das war Wayne in der Situation gewesen. Morgen musste sie Rhetta anrufen und ihr erklären, warum sie Iris nicht zu sich nehmen konnte. Aber jetzt war es genug, einfach ihre Eier zu essen und nicht an morgen zu denken.

Als sie satt waren, brachte sie die Teller in die Küche und ging ein zweites Mal, um die Tabletts abzuholen. In der kurzen Zeitspanne war Wayne auf die Armlehne des Sofas gesackt. Sein Kopf lag schwer auf dem Rückenkissen. Sie stand ganz in seinen Anblick versunken da und nahm jedes Detail in sich auf, das langsame Heben und Senken seiner Brust, den Bartschatten um die Kinnlinie und wie die kleinen Fältchen um die Augen verschwanden, wenn sein Gesicht sich entspannte.

Als hätte er ihren Blick gespürt, öffnete er die bernsteinfarbenen Augen. Er sagte nichts, er erwiderte nur ihren Blick. Sie blieb wie angewurzelt stehen und überließ sich dem Ansturm von Gefühlen: Wärme, Dankbarkeit – und Vertrauen. Es ließ sich nicht leugnen, dass dieser Mann Teil ihres Lebens geworden war. Irgendwann, als sie nicht aufgepasst hatte, war er ihr sicherer Hafen geworden.

»Danke«, flüsterte sie und ließ sich neben ihn aufs Sofa sinken. »Ich weiß nicht, was ich heute ohne dich getan hätte. Eigentlich schon seit das alles angefangen hat. Ich war nie gut darin, Menschen an mich ranzulassen, aber jetzt bist du da und ich bin froh darüber.«

»Ich auch.«

Diesmal überließ sie Wayne ihr Handgelenk. Er strich mit dem Zeigefinger über das Dreiergestirn und drückte einen unendlich sanften Kuss darauf.

»Es tut mir leid, dass du so viel durchmachen musstest. Aber ich freue mich, dass du mir das alles erzählt hast. Und nur für den Fall, dass es dir noch niemand gesagt hat: Du bist wirklich eine außergewöhnliche Frau.«

Die Worte hatten eine starke Wirkung auf Christy-Lynn. Als wäre ein Schloss aufgesprungen. In diesem Moment waren all die Ängste vergessen, unter deren Einfluss sie seit ihrer Kindheit stand. Aber war es nicht von Anfang an auf diese Gewissheit zugelaufen, dass sie eines Tages nichts mehr trennen würde?

Sie suchte nach den passenden Worten, nach irgendwas, um diese leichtsinnigen Gedanken in eine andere Richtung zu lenken. Aber es gab keine, und so küsste sie ihn. Zögerlich zuerst, dann leidenschaftlicher, und dabei brachen die aufgestauten Gefühle des ganzen Tages hervor. Von Wayne ging Wärme und Sicherheit aus. Eine berauschende Mischung – und eine beängstigende. Und doch spürte sie, wie sich etwas in ihr löste und sie sich dem hingab, was sie so lange verbannt hatte.

Wayne befreite sich so abrupt aus der Umarmung, dass Christy-Lynn ihn verunsichert ansah. »Was …«

»Das ist keine gute Idee, Christy-Lynn«, sagte er ruhig und hielt sie auf Abstand.

»Warum nicht?«

»Weil du müde bist und emotional aufgewühlt. Ich fürchte, du verwechselst Dankbarkeit mit etwas anderem.«

»Ich glaube nicht.«

»Ich glaube schon. Vielleicht erinnerst du dich noch daran: Das letzte Mal, als wir an diesem Punkt waren, hast du mir unmissverständlich klargemacht, dass du dafür nicht bereit bist. Und ich habe klargemacht, dass ich kein Typ bin, der solche Situationen ausnutzt. Daran hat sich doch nichts geändert, oder täusche ich mich?«

»Ich weiß es nicht«, sagte sie leise. »Ich wüsste es gern. Aber heute Nacht will ich mit dir zusammen sein.«

»Christy-Lynn.«

»Bitte bleib.«

»Das ist doch …«

Sie beugte sich zu ihm hinab, ohne weiter auf seine halbherzige Abwehr einzugehen, und streifte seinen Mund mit ihren Lippen. »Bitte.«

Und mit diesem einfachen Wort lösten sich Waynes Vorbehalte in nichts auf. Er legte den Arm um sie und zog sie fest an sich. Er küsste sie tief und wie ausgehungert. Nach einer Weile ließ er sie noch einmal los. Er war kurzatmig, als er ihr forschend in die Augen sah. »Willst du das wirklich?«

»Ich weiß nicht, was ich will, außer dass ich dich … jetzt … will.«

Mit diesen Worten führte sie ihn in ihr Schlafzimmer. Sie löste den Gürtel ihres Bademantels und ließ ihn von den Schultern gleiten. Sie stand nackt und bebend im Mondlicht vor ihm und genoss seinen Blick, der lustvoll über ihren Körper wanderte.

Und doch meldete sich selbst jetzt eine winzige Stimme, ein Stachel der Unsicherheit blieb. Noch war es nicht zu spät, umzukehren. Bevor sie zu weit gegangen wären. Stellte sie sich auf die Probe? Oder Wayne? Oder sehnte sie sich nur nach Vergessen, nach einem Versteck für die Nacht, so wie sie sich früher hinter Stephen verborgen hatte? Sie kannte die Antworten nicht, aber mit einem Mal waren sie ihr auch vollkommen egal. Sie umschlang ihn, und er umschlang sie. Und damit war das Raten vorbei.

Sein warmer fester Körper an ihrem kam fast wie ein Schock. Wayne sog die Luft ein, und sie wusste, dass es ihm ebenso ging. Sie hatten die Grenze übertreten, der Sekundenbruchteil war vorüber, in dem sie noch zurückgekonnt hätten. Sie presste sich an ihn, den Kopf zurückgebeugt, und gab sich ganz dem schwindelerregenden Sturmangriff seiner Küsse hin. Sein Mund wanderte auf dem Kamm ihres Schlüsselbeins zur Mulde unterhalb ihrer Kehle.

Langsam, fast unerträglich langsam, näherte er seine Lippen ihrem Mund.

Christy-Lynn stellte sich auf die Zehenspitzen und überließ sich der ungestümen Lust, die sie durchflutete. Sie flüsterte seinen Namen, und er flüsterte ihren. Eine Bitte. Ein Versprechen. Und dann ließen sie sich rücklings auf die mondbeschienenen Laken fallen, ein Verschmelzen ausgehungerter Körper und entfesselter Begierde.

* * *

Danach lagen sie eng aneinandergeschmiegt da. Nass von Schweiß und befriedigt. Christy-Lynn hatte die Augen geschlossen und hörte das Blut in ihren Ohren rauschen. Wayne atmete tief. Die Hitze ihrer Leidenschaft strahlte noch von ihm ab, als er langsam in den Schlaf hinüberglitt. Er hatte sie berührt, wie sie noch nie berührt worden war. Sie schwelgte in jedem köstlichen Moment, durchlebte alles noch einmal. Er hielt den Schlüssel in Händen, und er hatte die geheimen Türen zu alldem geöffnet, was sie so lange verborgen hatte. Jetzt war sie vollkommen entblößt. Und sie wusste, dass sie einen schrecklichen Fehler gemacht hatte.

Es war nur eine Frage der Zeit, bis er es ebenfalls bemerkte. Sie hatte ihn begehrt, ohne bereit zu sein, sie hatte sich so sehr gewünscht, dass sich alles geändert hatte, dass sie sich geändert hatte. Aber das war nicht wahr. Die Ereignisse des Tages hatten ihre Vergangenheit wie Schlamm vom Boden eines Teichs ans Licht gebracht, eine schreiende Warnung, wie gefährlich Vertrauen war. Ihre Mutter. Die Hawleys. Stephen. Eine Spur des Verrates und gebrochener Versprechen. Und jetzt Wayne. Außer dass sie diesmal wahrscheinlich diejenige war, die sich mit ihrem Fluchtinstinkt als gefährlich herausstellen würde. Um nicht unter der Last ihres emotionalen Gepäcks zusammenzubrechen.

Ohne Vorwarnung erschien plötzlich Charlene Parkers Gesicht hinter Christy-Lynns geschlossenen Lidern wie ein Geist auf einer Leinwand. Und in der Dunkelheit waren da plötzlich Dars Worte. *Lass die Erinnerungen an dich heran.*

Vielleicht war es an der Zeit.

Sie wartete, bis sie sicher sein konnte, dass Wayne eingeschlafen war, bevor sie die Decke zurückschlug und die Nachttischschublade aufzog. Im Mondlicht strahlte der Umschlag in einem unheimlichen Weiß. Sie nahm ihn an sich und zögerte nur kurz, bevor sie ihre Anziehsachen zusammensuchte und sich aus dem Schlafzimmer stahl.

In der Küche schrieb sie ihm hastig eine Nachricht. Es gab keine freundliche Art, ihm zu erklären, warum sie mitten in der Nacht vor ihm geflohen war, aber irgendetwas musste sie schließlich schreiben.

Wayne,

Du hattest recht. Ich bin noch nicht bereit. Das alles tut mir schrecklich leid. Es gibt etwas, was ich jetzt tun muss. Bitte vergib mir.

Christy-Lynn

Es klang schroff, aber sie traute sich nicht, bis zum Morgen zu warten, um ihm zu erklären, wohin sie fahren musste. Vielleicht würde er versuchen, ihr das auszureden, dabei führte kein Weg dran vorbei. Selbst wenn nichts dabei herauskam, was nicht unwahrscheinlich war. Es war an der Zeit, das Versteckspiel aufzugeben und sich ihrer Vergangenheit zu stellen. Sie musste wenigstens den Versuch unternehmen, die dreißig Jahre alten Wunden aufzuschneiden und das Gift auszuleiten.

Sie nahm die Reisetasche, die noch gepackt im Flur stand, und schlüpfte hinaus in die Nacht. Sie versuchte, nicht an den Moment zu denken, in dem Wayne aufwachte und merkte, dass sie weg war.

* * *

Gegen neun Uhr stoppte sie in Raleigh für einen Kaffee und gab die letzte Adresse, unter der Charlene Parker gemeldet war, in ihr Handy ein. Sie stöhnte, als das GPS ihr den Weg anzeigte. Noch drei Stunden. Plötzlich kam ihr das ganze Vorhaben aussichtslos vor. Sie hatte seit sechs Jahren nicht mehr mit ihrer Mutter gesprochen und sie seit über zwanzig Jahren nicht mehr gesehen. Was glaubte sie, erreichen zu können, wenn sie ihre

Vergangenheit aufwühlte? Es wäre klug – es wäre vernünftig –, auf der Stelle umzukehren und das Chaos, in das sie Wayne und sich gestürzt hatte, zu bewältigen.

Wie herbeigerufen klingelte ihr Handy. Auf dem Display leuchtete Waynes Nummer auf. Sie überlegte kurz, den Anrufbeantworter anspringen zu lassen. Aber das war ihr dann doch zu feige.

»Hallo, Wayne.«

»Was ist los, Christy-Lynn? Wo bist du?«

»In Raleigh, auf dem Weg nach South Carolina.«

»Du hast mich mitten in der Nacht verlassen, um nach South Carolina zu fahren?«

»Es tut mir leid.«

»Das stand auf deinem Zettel.«

Christy-Lynn blinzelte die Tränen weg. »Wenn ich bloß wüsste, wie ich es dir sagen kann. Oder wenn ich es anders sagen könnte.«

»Um mir was zu sagen?«

»Dass wir einen Fehler gemacht haben. Dass ich einen Fehler gemacht habe. Du hattest recht. Ich war nicht bereit. Ich werde nie bereit sein.«

»Ist es nicht ein bisschen zu spät, um das zu merken?«

»Ich habe es auch nicht jetzt gemerkt. Ich weiß es schon lange. Und ich habe dich gewarnt, als du mich das erste Mal geküsst hast.«

»Ja, das stimmt«, sagte er kühl. »Ich hätte wohl besser zuhören sollen. Aber nur zur Erinnerung: Gestern hast du den ersten Schritt gemacht, nicht ich.«

Christy-Lynn unterdrückte ein Stöhnen. »Wayne, du bist ein guter Freund. Ein echter Freund. Ich weiß nicht, was ich sonst sagen soll, außer dass es nicht hätte passieren dürfen.«

»Ein Freund«, wiederholte er. »Na dann.«

Sein frostiger Ton verletzte sie mehr, als sie erwartet hätte. Dabei hatte sie es verdient. »Ich habe es nicht so gemeint. Ich wollte dich nicht … verletzen, Wayne.«

»Was hast du in South Carolina zu suchen?«

Der abrupte Themenwechsel hätte sie erleichtern sollen, aber er tat es nicht. »Antworten vielleicht. Oder nichts. Ich weiß es nicht.«

»Du willst nach deiner Mutter suchen, stimmt's?«

»Ja.«

»Nach zwanzig Jahren und ganz alleine.« Er machte eine lange Pause, als suchte er nach den richtigen Worten. »Ich hätte dich begleitet, weißt du? Du hättest mich nur darum bitten müssen.«

»Ich mache alles alleine. Darin bin ich gut. Was man auch gegen Stephen sagen mag, aber das hat selbst er gemerkt. Es geht auch nicht darum, etwas wiedergutzumachen. Dafür ist es zu spät. Es geht darum, ihr in die Augen zu sehen – allem ins Auge zu sehen –, damit ich endlich aufhören kann, es immer und immer wieder durchzumachen. Damit ich endlich aufhören kann, mir die Schuld zu geben. Ich weiß, dass das für dich keinen Sinn ergibt. Du glaubst nicht daran, dass es hilft, zurückzublicken. Ich habe es auch lange zu leugnen versucht. Aber es funktioniert nicht. Also muss ich etwas ändern. Wenn ich es nicht tue, wird sich nie etwas ändern.«

»Bist du sicher, dass du willst, dass sich etwas ändert?«

»Natürlich. Glaubst du, mir gefällt es, wie ich … wie ich jetzt bin? Meine dauernde Angst davor, einen Fehler zu machen? Jemanden zu verletzten? *Dich* zu verletzen?«

»Lassen wir mich mal außen vor, denn das ist bereits geschehen. Ich möchte, dass du darüber nachdenkst, was du vorhast – und warum du es vorhast. Es kommt mir wie ein spontaner Entschluss vor. Weißt du denn, was du machen willst, wenn du dort ankommst? Was du sagen willst, falls du sie tatsächlich findest?«

»Ich habe keine Ahnung.«

»Vielleicht bist du doch noch nicht so weit, wie du denkst.« Seine Stimme war nicht mehr schroff, sondern fast weich.

»Wenn ich es jetzt nicht tue, tue ich es nie.«

»Hör mal, ich weiß, dass du glaubst, da alleine durchzumüssen. Und vielleicht ist es ja auch wirklich so. Aber ich habe dir schon einmal gesagt, dass ich warten werde. Und daran hat sich nichts geändert.«

Christy-Lynn schloss die Augen und hasste sich für die Worte, die sie jetzt sagen musste. »Und ich habe dir gesagt, dass ich es nicht wert bin. Daran hat sich auch nichts geändert.«

»Christy-Lynn …«

»Ich kenne nur dieses *Nie*. Es gibt zu viele Türen, die sich nicht mehr öffnen lassen. Es ist zu spät dafür.«

»Und ich bin hinter einer dieser Türen?«

»Ja«, sagte sie leise. »Es tut mir leid.«

»Und sehen wir uns, wenn du wieder zurück bist?«

Christy-Lynn schluckte den faustgroßen Klumpen in ihrer Kehle hinunter. Sie versuchte, das Richtige zu tun, aber er machte es ihr nicht leicht. Er musste verstehen, dass er sich das mit ihnen aus dem Kopf schlagen musste. »Sweetwater ist eine kleine Stadt«, sagte sie schließlich. »Da läuft man sich zwangsläufig über den Weg.«

»Na dann.«

»Wayne …«

»Lass mal. Ich hab's verstanden. Viel Glück mit deiner Mutter.«

Sie fühlte sich schrecklich leer. Sie hatte eine Brücke abgebrochen, über die sie irgendwann vielleicht doch noch einmal gehen wollte. Sie versuchte, das Gefühl abzuschütteln, als sie den Gang einlegte und wieder auf den Highway bog. Sie versuchte sich einzureden, dass es das Beste war. In ihrem Herzen gab es einfach keinen Platz mehr für Schmerz.

Fünfundvierzig

Walterboro, South Carolina
27. August 2017

Die Dixie-Court-Siedlung war fast so deprimierend, wie Christy-Lynn sie sich vorgestellt hatte. Die baumlose Grünfläche sah so öde wie nach einem Bombeneinschlag aus. Die niedrigen quadratischen Häuser hatten etwas von einem Gefängnis. Es war Sonntag, und der Parkplatz stand voller rostiger Autos mit andersfarbig lackierten Kotflügeln. In der hinteren Ecke stanken überquellende, von Fliegenschwärmen umsummte Mülltonnen in der Augusthitze.

Sie ließ den Blick suchend über die Hausnummern gleiten, bis sie die Dreizehn entdeckte. Aus einem Fenster im ersten Stock drang laute Musik, Blake Sheltons »Kiss my Country Ass«. Sie musste all ihren Mut zusammennehmen, um nicht sofort wieder Gas zu geben.

Ein kleines barfüßiges Mädchen in einem schmutzigen Kleid glotzte Christy-Lynn an, als sie an die Wohnungstür klopfte. Die Fenster waren geöffnet, die Vorhänge in Knoten gebunden, um etwas Durchzug in der brütenden Hitze zu schaffen. Sie spähte hinein, konnte aber nichts erkennen. Der Fernseher lief auf voller Lautstärke, es hörte sich nach einem alten Matlock-Krimi an. Sie klopfte noch einmal lauter, weil sie nicht sicher war, ob man das Klopfen bei der Lautstärke hören konnte.

Sekunden später ging die Tür einen Spaltbreit auf, und Christy-Lynn wurde von misstrauischen Augen gemustert. »Was ist?«

Es dauerte nur kurz, bis die Erinnerungsbruchstücke mit dieser heiseren Raucherstimme und diesen argwöhnisch zusammengekniffenen Augen verschmolzen. So hatte Charlene die Tür geöffnet, wenn sie mit der Miete im Rückstand war oder einem ihrer Dealer Geld schuldete.

»Mama?«

Die Tür öffnete sich ein paar Zentimeter weiter. »Christy-Lynn?«

Die schlecht verheilte rosafarbene Narbe stach ihr in die Augen. Sie zog sich vom rechten Augenwinkel bis zum Mund und hob Charlenes Oberlippe halbseitig zu einem grotesken Dauerlächeln. Christy-Lynn musste sich zusammennehmen, um nicht zurückzuprallen.

»Ja, Mama, ich bin's.«

Charlene öffnete die Tür. Beißender Zigarettenrauch schlug Christy-Lynn aus der Wohnung entgegen. »Um Himmels willen, was …«

»Ich bin gekommen, um zu sehen, wie es dir geht.«

»Warum?«

Christy-Lynn starrte sie an, verblüfft von der kurzen Frage, die sie nicht beantworten konnte. »Ehrlich, ich weiß es nicht.«

»Du bist den ganzen Weg von Maine hergefahren, ohne zu wissen, warum?«

»Ich lebe jetzt in Virginia. Lässt du mich rein?«

Charlene schien ernsthaft darüber nachzudenken, aber dann trat sie zur Seite. Christy-Lynn brauchte einen Moment, bevor sich ihre Augen an das Dämmerlicht gewöhnt hatten, aber nach und nach erkannte sie ein kleines Wohnzimmer und dahinter eine winzige Küche mit einer Essnische. Die Möbel waren alt und zusammengewürfelt, das Sofa war mit einem ausgeblichenen orangefarbenen Laken drapiert. Ein Ventilator, der zwischen zwei Fensterflügel geklemmt war, verquirlte die stickige Luft in dem beengten Raum.

In einem angeschlagenen Aschenbecher qualmte eine Zigarette vor sich hin. Charlene beugte sich vor und drückte sie in dem überquellenden Aschenbecher aus. Sie räumte eine Bierdose vom Tisch, bevor sie den Fernseher ausschaltete und nervös den Blick über das Zimmer gleiten ließ, als sähe sie es durch die Augen ihrer Tochter. Christy-Lynn schoss die schreckliche Erinnerung an den Tag, an dem sie Linda Neely mit nach Hause gebracht hatte, durch den Kopf.

»Ich habe gerade Tee gemacht«, sagte Charlene beschämt. »Ich hole dir ein Glas.«

Christy-Lynn folgte ihr in die Küche, wo es nach altem Bier und noch älterem Essen stank. Aus alter Gewohnheit zählte sie die leeren Bierdosen im Spülbecken zwischen den benutzten Tellern. Es waren neun.

»Die sind nicht alle von mir«, sagte Charlene. »Ein paar sind von Roger. Wenn ich gewusst hätte, dass du kommst, hätte ich vorher aufgeräumt.«

»Tut mir leid«, sagte Christy-Lynn, deren Blick an dem übervollen Mülleimer hängen geblieben war. »Ich habe deine Telefonnummer nicht gefunden.«

»Du weißt doch, dass ich nichts von Telefonen halte.«

Weil dann Anrufe wegen unbezahlter Rechnungen kamen.

»Wer ist Roger?«

»Er ist mein … Er wohnt hier. Jetzt schon seit zwei Jahren. Arbeitet im Sägewerk drüben in Ravenel.« Sie reichte Christy-Lynn ein Glas Tee. »Er ist … mein fester Freund.«

Christy-Lynn hob die Augenbrauen. Zwei Jahre. Und er hatte einen Job. Zu ihrer Zeit war beides nicht vorgekommen. Klar, dass er nach den Maßstäben ihrer Mutter ein fester Freund war. Aber sie sagte nichts dazu.

Charlene fixierte sie. »Warum bist du hergekommen, Christy-Lynn? Nach all den Jahren?«

»Du bist meine Mutter«, antwortete Christy-Lynn kühl.

Charlene ging ins Wohnzimmer und kam mit der eben ausgedrückten Zigarette zurück. Dann fischte sie ein Feuerzeug aus ihrer Tasche und zündete sie an. »Ich bin immer deine Mutter gewesen«, sagte sie und blies den Rauch an die Zimmerdecke. »Das hat dich bisher nicht dazu gebracht, mich zu besuchen.«

Sie sagte das ohne Anklage, eher mit einer misstrauischen Neugier. Christy-Lynn sah ihre Mutter genauer an. Sie trug Schlappen und ein geblümtes Baumwollkleid, dessen obere Knöpfe fehlten und den Blick auf ihren mageren Hals und ihre hervorstehenden Schlüsselbeine freigaben. Ihr ehemals schwarzes Haar war glanzlos, brüchig und von grauen Strähnen durchzogen. Ihre Haut war faltig. Aber an ihren Augen ließ sich die ganze Geschichte ablesen. Früher waren sie leuchtend grün gewesen, jetzt waren sie grau – das Licht war erloschen. Christy-Lynn rechnete kurz nach. Ihre Mutter musste zweiundfünfzig sein. Viel zu jung, um so verlebt auszusehen. Sie war einmal eine Schönheit gewesen, nach der man sich auf der Straße umdrehte. Vor tausend Jahren.

»Ich weiß, dass es lange her ist, Mama.«

»Zwanzig Jahre.«

Christy-Lynn senkte den Blick.

»Und warum kommst du jetzt?«

»Ich habe versucht, dich zu vergessen.«

Die Worte waren ihr so rausgerutscht, und sie bereute sie im selben Moment. Sie trafen ins Schwarze. In den trüben grauen Augen ihrer Mutter flackerte ein kurzer Schmerz auf, dann wandte sie den Blick ab und ließ sich auf den schäbigen Velourssessel sinken.

»Wer dumme Fragen stellt, hat selbst Schuld.«

Christy-Lynn setzte sich mit ihrem Teeglas auf die Sofakante. »Ich habe es nicht so gemeint. Mein Mann ist gestorben, und ich musste mich mit allem Möglichen auseinandersetzen. Dabei sind viele Erinnerungen hochgekommen.«

Charlene machte Anstalten, nach ihrer Hand zu greifen, überlegte es sich dann aber anders. »Ich habe das mit deinem Mann im Fernsehen gesehen. Und in den Zeitungen.« Kopfschüttelnd starrte sie auf den fleckigen Flauschteppich zwischen ihren Schlappen. »Scheußliche Geschichte, das mit der Frau und allem. Hast du … habt ihr Kinder?«

Christy-Lynn rutschte auf dem Sofa hin und her. »Nein. Keine Kinder.«

»War das Absicht?«

»Ja.«

»Meinetwegen?«, fragte sie leise. »Weil ich … so geworden bin?«

»Weil ich Angst hatte. Angst, ich könnte …«

»Auch als Trinkerin enden?«

»Ja.« Christy-Lynn hielt dem Blick ihrer Mutter stand. »Oder noch schlimmer. Ich habe mir geschworen, ein Kind nicht diesem Risiko auszusetzen.«

Charlene sah als Erste weg. Sie seufzte und zog tief an ihrer Zigarette. »Du warst nie wie ich. Du warst immer gut … verantwortungsbewusst. Ich hätte alles dafür gegeben, dir eine bessere Mutter zu sein.«

»Nein, Mama. Hättest du nicht. Nicht alles.«

»Nein«, gab Charlene zu. »Nicht alles.«

Christy-Lynn setzte das Teeglas ab, nahm den Umschlag aus ihrer Handtasche und leerte den Inhalt auf den Schoß ihrer Mutter. Charlene sah sich das Foto an. »Erinnerst du dich daran?«, fragte Christy-Lynn. »Du hast mich auf den Jahrmarkt mitgenommen.«

»Ja, ich erinnere mich daran.«

»An dieses auch?« Christy-Lynn hob die Kette und ließ sie an ihren Fingern baumeln. »Kannst du dich daran auch erinnern? Auf dem Foto trägst du fast die gleiche Kette.«

»Die andere Hälfte«, flüsterte ihre Mutter. »Du hast sie all die Jahre aufbewahrt?«

Christy-Lynn ignorierte die Frage. »Weißt du noch, was du gesagt hast, als du sie mir umgelegt hast? Dass wir sie nie wieder ablegen würden. Aber du hast deine nicht mehr.«

»Ich habe nicht geahnt, dass es dir so viel bedeutet. Es war doch nur billiger Modeschmuck.«

»Es geht nicht um die Kette, Mama. Es geht um das Versprechen, das du mir mit der Kette gegeben hast. Das Versprechen, das du gebrochen hast, als du sie verpfändet hast.« Sie nahm das Foto und die Kette und steckte sie wieder in den Umschlag. »Da wusste ich, dass dir die Drogen wichtiger waren als ich. Und wie leicht es ist, Versprechungen zu machen, wenn man gar nicht beabsichtigt, sie zu halten.«

Charlene nickte ergeben. »Ach so. Der Tag des Jüngsten Gerichts ist gekommen. Dann mach mal weiter, ich kann es aushalten.«

»Ich bin nicht gekommen, um dich zu verurteilen. Sondern um reinen Tisch zu machen. Für mich selbst. Jahrelang ist es mir gelungen, die schrecklichen Erinnerungen wegzuschließen oder so zu tun, als hätte ein anderes Mädchen all das erlebt, ein Mädchen, das es nicht mehr gibt. Aber in der letzten Zeit ist viel passiert, und seitdem geht das nicht mehr. Eine Tür ist aufgestoßen worden, und der ganze Mist ist über mich hereingebrochen – wie du warst, wie wir gelebt haben. Die Drogen, die Zwangsräumungen, die Männer. Du im Krankenhaus mit dem zugenähten Gesicht. Du im Gefängnis – ich in der

Pflegefamilie.« Sie brach abrupt ab und griff nach ihrem Tee. Sie hatte keinen Durst, aber sie brauchte etwas in der Hand.

»Die Pflegefamilie.« Charlene zog das Wort in die Länge. »War sie … schlimm?«

Christy-Lynn trank einen Schluck Tee und starrte auf die zwanzig Jahre alten Verbrennungen auf ihrem Handgelenk. Sie war gekommen, um ihre Dämonen auszutreiben, um ihre Mutter zu zwingen, zu ihrer Vergangenheit zu stehen und den Schaden anzuerkennen, den sie angerichtet hatte. Doch auf einmal fehlten ihr die Worte. Wem wäre damit geholfen, das Gespenst von Terry Blevins jetzt ans Licht zu zerren? Sie würde nur ihrer Mutter ihre Dämonen aufhalsen. Und es war offensichtlich, dass Charlene Parker genug eigene hatte.

»Ich bin abgehauen«, sagte sie schließlich, ohne zu sagen, warum. »Ich habe zwei Jahre auf der Straße gelebt, bis ich achtzehn war.«

Charlenes Augen füllten sich mit Tränen. Der vernarbte Mundwinkel zog ihr Gesicht in eine schiefe Grimasse. »Ja, das haben sie mir damals gesagt, als sie zu mir gekommen sind, weil sie dich nicht finden konnten. Sie dachten, ich hätte vielleicht etwas von dir gehört. Wie hätten sie wissen sollen, dass ich die Letzte gewesen wäre, zu der du gekommen wärst?«

Christy-Lynn war nicht sicher, warum ihre Mutter weinte. Waren es Tränen der Reue oder des Selbstmitleids? Die Grenze zwischen den beiden war immer unscharf gewesen, und mit den Jahren war sie nicht klarer geworden.

»Ich bin nicht gekommen, um dich zum Weinen zu bringen. Oder damit du dich entschuldigst. Eigentlich geht es gar nicht um dich. Ich will dir in die Augen sehen und mich dem stellen, was damals passiert ist. Damit ich mich daran erinnere, was ich durchgemacht habe – und dass ich stark genug gewesen bin, um es zu überleben. Ich bin hier, weil ich damit abschließen will, weil ich damit abschließen muss. Damit ich endlich aufhören kann, mich selbst zu bestrafen.«

Charlene war dabei, sich eine Zigarette anzuzünden. Sie ließ das Feuerzeug fallen. »Um Himmels willen, warum solltest du dich bestrafen wollen?«

»Weil ich dich verlassen habe«, sagte Christy-Lynn betreten. »Weil ich damals weggelaufen bin und dich alleingelassen habe. Ich wusste bis vor Kurzem nicht einmal, ob du …« Sie sah weg und wischte sich die Tränen ab. Sie hatte sich geschworen, keine zu vergießen.

Charlene rückte näher. Die Zigarette war vergessen. »Nun hör mir mal gut zu, Baby. Es war richtig, dass du weggegangen bist. Und dass du weggeblieben bist. Sieh dich doch nur an, sieh, wo du gelandet bist, was du aus dir gemacht hast. Du bist stark, schön und respektiert. Glaubst du vielleicht, dass du so geworden wärst, wenn du weiter meinen Babysitter gespielt hättest?«

Christy-Lynn holte tief Luft. »So was kann man nie wissen.«

Charlenes graue Augen flackerten auf. »Doch, man kann es wissen. Und wir wissen es alle beide. Glaubst du etwa, dass ich nicht wusste, wie es für dich ist – dass du dich um mich kümmern musstest? Obwohl es umgekehrt hätte sein müssen? Glaubst du, es gibt auch nur einen einzigen Tag, an dem ich nicht daran denken muss, wie ich sturzbetrunken oder zugedröhnt nach Hause gekommen bin? Wie oft ich ohnmächtig geworden bin? Ich erinnere mich an alles. Es ist nicht schön, wie alles zurückkommt, wenn man clean wird. Dinge, die man sich so sehr zu vergessen wünscht. Verdammt, du warst alleine besser aufgehoben als bei einer Mutter wie mir – einer Säuferin und einem Junkie. Es ist nicht leicht, das auszusprechen, vor allem nicht vor der eigenen Tochter, aber jetzt habe ich es getan.«

Christy-Lynn sah auf die schmelzenden Eiswürfel in ihrem Tee und wartete darauf, dass sich ihre Gefühle beruhigten. »Bist du denn …«

»Ich nehme keine Drogen mehr. Gar keine.«

»Aber du trinkst noch.«

Charlene lächelte düster. »Alte Angewohnheiten lassen sich nicht so einfach ablegen. Ich musste mich für eins entscheiden, und ich habe mir gedacht, die Flasche ist weniger tödlich als die Nadel.«

Was für eine merkwürdige Unterhaltung. Sie hatten nie offen über Alkohol und Drogen gesprochen. Sie waren allgegenwärtig, Tatsachen, um die man einen Bogen machte, wenn es möglich war.

»Bist du nach dem Gefängnis clean geworden?«

»Nein. Da nicht. Nicht mal, um dich zurückzubekommen. Ich wollte es. Wirklich. Aber ich … habe es nicht geschafft. Ich bin erst seit vier Jahren clean. Siehst du, mit mir abzuhängen und darauf zu warten, dass ich die Mutter des Jahres werde, wäre nur Zeitvergeudung gewesen. Lange Zeit, jahrelang, habe ich mich gefragt, wie es dir geht, was aus dir geworden ist. Und eines Tages habe ich das Foto in einer dieser bunten Zeitschriften gesehen. Du hattest diesen Promi geheiratet, diesen Schriftsteller. Und da wusste ich, dass es dir gut geht. Mir hast du das als allerletztes zu verdanken, aber trotzdem war ich stolz und habe mich über dein Glück gefreut. Ich habe mich entsetzlich geschämt, als ich dich damals anrufen und um Geld bitten musste. Ich habe gesagt, es wäre für die Miete, aber das stimmte nicht.«

»Du wolltest es für Drogen?«

»Nein.« Charlene suchte nach dem runtergefallenen Feuerzeug. »Aber ich brauchte es, um meinen Dealer zu bezahlen. Was ja mehr oder weniger aufs Gleiche hinausläuft. Und da habe ich beschlossen, clean zu werden. Nicht weil ich Angst hatte, irgendwo tot in einer Gosse zu enden. Sondern weil ich den Gedanken nicht ertragen habe, je wieder deine Nummer wählen zu müssen.«

Ihre Augen waren feucht. Als sie blinzelte, rannen ihr Tränen die Wangen hinunter und hinterließen schimmernde Spuren in ihrem zerstörten Gesicht. Christy-Lynn saß schweigend da. Obwohl ihre Mutter so rücksichtslos gewesen war und sie so vernachlässigt hatte, war es schwer, sie in diesem Zustand zu sehen.

»Brauchst du Geld?«, fragte sie schließlich. »Oder sonst etwas?«

Charlene verzog das Gesicht zu einem gespenstischen Lächeln. »Nein, Baby, und selbst wenn ich etwas brauchen würde, könnte ich es von dir nicht annehmen. Wir sind immer knapp bei Kasse, und dies ist nicht gerade ein Palast, aber wir kommen über die Runden. Und du …« Sie griff nach den Zigaretten, aber die Packung war leer. »Ich weiß, dass der Unfall noch nicht lange her ist. Aber bist du … glücklich?«

»Ich habe eine Buchhandlung übernommen. Da gibt es immer was zu tun. Und nebenher arbeite ich als Lektorin.«

Charlene zog die Augenbrauen zusammen. »Viel zu tun zu haben und glücklich zu sein ist nicht dasselbe. Ich meinte, ob es jemanden in deinem Leben gibt, der dich glücklich macht?«

Charlenes plötzliche Sorge um ihr Glück ging Christy-Lynn auf die Nerven. »Du hast die Nachrichten ja gesehen«, sagte sie steif. »Ich bin nicht zum Glücklichsein gemacht. Es muss reichen, dass ich viel zu tun habe. Und ich bleibe am liebsten alleine. Weniger … Komplikationen.«

Charlenes heiler Mundwinkel fiel hinunter. »Du warst schon immer eine schrecklich schlechte Lügnerin.«

»Das ist keine Lüge. Und ich bin auch nicht hergekommen, um mich von dir über Glück belehren zu lassen.«

»Nein«, sagte Charlene tonlos. »Wohl kaum. Hast du gesagt, was du loswerden wolltest, oder gibt es noch mehr?«

Christy-Lynns Blick streifte die Narben am Handgelenk. Ja, da war noch mehr. Viel mehr. Aber es hatte keinen Sinn, das alles aufzuwühlen. Sie hatte getan, was getan werden musste, und gesehen, was sie hatte sehen müssen. »Nein«, sagte sie ebenso tonlos wie ihre Mutter. »Das war's.«

Charlene stand abrupt auf und ging zur Tür. »Dann ist es Zeit, dass du gehst.«

Christy-Lynn sah sie entgeistert an.

»Es ist das Beste für uns beide«, sagte Charlene mit ihrem gespenstischen Lächeln. »Roger kommt gleich nach Hause, er arbeitet sonntags nur halbtags. Ich möchte ihm nicht erklären müssen, wer du bist. Er weiß alles andere über mich, aber ich könnte es nicht ertragen, wenn er erfährt, was für eine Mutter ich war. Ich habe eine Menge getan in meinem Leben, wofür ich mich schäme, aber nichts ist so schlimm wie das, was ich dir angetan habe.«

Christy-Lynn stand langsam auf und kramte in ihrer Handtasche nach einer Visitenkarte und einem Stift. »Ich lasse dir meine Handynummer da. Nur für den Fall, dass du etwas brauchst.« Sie kritzelte die Nummer auf die Karte und reichte sie Charlene. Aber die schüttelte den Kopf.

»Danke, aber danke nein. Wir sind fertig miteinander, du und ich, und das schon seit langer Zeit. Du hast selbst gesagt, dass du gekommen bist, um mich zu vergessen. Das kannst du jetzt. Wenigstens hoffe ich das. Betrachte es als Geschenk. Gott weiß, dass ich dir wenig genug gegeben habe. Außer einem Versprechen, das ich nicht gehalten habe. Also geh – und vergiss das alles.«

Ein tonnenschweres Gewicht legte sich auf Christy-Lynns Brustkorb. Damit hatte sie nicht gerechnet. »Aber ich kann doch nicht einfach …«

»Doch«, drängte Charlene und machte die Tür auf. Die Nachmittagshitze war fast wie eine Druckwelle. »Geh jetzt, bitte. Du hast dein Leben, Christy-Lynn. Vielleicht ist es nicht perfekt, aber du kannst stolz darauf sein, und das ist mehr, als ich von meinem sagen kann. Ich kann von Glück reden, überhaupt noch am Leben zu sein. Ich verdiene es nicht, mein kleines Mädchen zurückzubekommen.«

»Lässt du mich wenigstens irgendetwas für dich tun?«

»Du warst immer klug. Sei es auch jetzt. Fahr wieder nach Virginia und blick nicht zurück. Das kannst du für mich tun.«

Christy-Lynn stand einen Moment unschlüssig da. Aber sie wusste nicht, was sie sagen sollte. Also legte sie die Visitenkarte auf den Tisch und schlich hinaus. Sie war gekommen, um mit diesem Teil ihres Lebens abzuschließen, doch als sie den Motor anließ und losfuhr, fühlte sie nichts als eine vage Betäubung und einen dumpfen Schmerz, der ihr die Luft abschnürte, als sie die Siedlung im Rückspiegel verschwinden sah.

Sechsundvierzig

Sweetwater, Virginia
29. August 2017

Missy bahnte sich einen Weg durch die Menge zu ihrem Tisch und winkte Marco im Vorübergehen zu. Dienstags war Taco-Nacht, und das Restaurant war brechend voll von Berufstätigen, die sich bei preiswerten Tacos und teuren Margaritas entspannten. Christy-Lynn ärgerte sich, dass sie das vergessen hatte, als sie Missy den Laden vorgeschlagen hatte. Ihr war nach allem anderen als nach Feiern zumute.

»Mein Gott«, bemerkte Missy, als sie sich auf den Stuhl fallen ließ. »Du siehst ja schrecklich aus.«

»Hey, danke.«

»Du weißt schon, wie ich das meine. Du siehst aus, als gehörtest du ins Bett.«

»Meine nächste Station. Versprochen. Danke, dass du gekommen bist. Ich wollte heute Abend nicht allein sein.«

»Zu einer Margarita sage ich nie Nein. Willst du was essen? Wir könnten uns eine Portion Nachos teilen.«

Christy-Lynn nickte.

Missy winkte Marco heran und bestellte. »Also, wie war's bei deiner Mutter?«

»Schrecklich.«

»Ach, das tut mir so leid für dich.«

»Sie sagt, sie nimmt keine Drogen mehr, und das glaube ich ihr auch. Aber das Spülbecken quoll über vor Bierdosen. Sie war früher so schön, dass die Männer stehen geblieben sind, um sie anzustarren. Jetzt sieht sie nur noch ausgemergelt aus. Wie eine gebrochene Frau.«

»Nach allem, was du mir erzählt hast, überrascht mich das nicht. Wenigstens ist sie weg von dem Zeug. Das ist doch schon mal was.«

»Das stimmt wahrscheinlich. Sie hat einen Freund, der Roger heißt. Sie sind seit zwei Jahren zusammen. Das ist alles, was ich über ihn weiß. Ach nein, er arbeitet in einem Sägewerk.«

»Und habt ihr über … alles geredet?«

»Die meiste Zeit habe ich geredet. Es war alles sehr zivilisiert. Kein Geschrei und nicht allzu viele Tränen.«

»Und habt ihr euch verabschiedet?«

»Sie hat mir gesagt, dass ich gehen und nicht mehr wiederkommen soll.«

Missy zog die Augenbrauen hoch. »Das verstehe ich nicht.«

»Ich glaube, dass sie sich geschämt hat. Ich hatte den Eindruck, dass sie mich nicht schnell genug loswerden konnte.«

»Tja, irgendwie verständlich. Es muss schlimm für sie gewesen sein, dich nach all den Jahren wiederzusehen und daran erinnert zu werden, wie sie damals mit dir umgegangen ist. Aber ehrlich, ich habe gedacht, sie haut dich um Geld an.«

»Ich habe sie gefragt, ob sie Geld braucht. Aber sie wollte nichts annehmen. Sie sagt, dass es einer der Tiefpunkte ihres Lebens gewesen sei, als sie mich vor ein paar Jahren um Geld bitten musste, und behauptet, sie sei deswegen schließlich clean geworden.«

»Hältst du dich daran, nicht mehr hinzufahren?«

Christy-Lynn drückte die Zitrone über dem Glas aus und rührte den Tee um. »Ich weiß es nicht. Auf jeden Fall ist klar, dass sie wirklich nicht will, dass ich wiederkomme. Ich habe ihr meine Telefonnummer dagelassen, aber noch nicht einmal die wollte sie.«

»Dann solltest du das vielleicht akzeptieren.«

»Vielleicht.«

Marco stellte eine Margarita vor Missy und versprach, gleich mit den Nachos wiederzukommen. Missy nahm den Strohhalm heraus, trank einen großen Schluck und leckte sich das Salz von den Lippen. »Hört sich an, als würde sie die Verantwortung für das, was sie getan hat, übernehmen. Das ist doch gut, oder?«

»Wahrscheinlich schon.«

»Und? Bist du froh, dass du hingefahren bist?«

»Ich weiß nicht, wie es mir mit dem allen geht. Und ob ich überhaupt etwas mit meinem Besuch erreicht habe. Es war, als würde ich mit einer Fremden sprechen. Die Frau, an die ich mich erinnere, war eigentlich nie eine richtige Mutter. Sie war immer zu betrunken oder zu high oder zu durchgeknallt, um sich um mich zu kümmern. Und plötzlich sitzt sie da, ganz großherzig und selbstlos, und fragt mich, ob ich glücklich bin.«

»Und was hast du ihr gesagt?«

»Dass ich einen Buchladen habe, in dem es viel zu tun gibt.«

»Ist das dasselbe?«

Christy-Lynn rollte mit den Augen. »Jetzt hörst du dich an wie sie.«

»Es ist ja auch eine berechtigte Frage. Ich weiß, dass du viel um die Ohren hast, aber irgendwann solltest du der Sache mit dem Glück mal auf den Grund gehen.«

Die Nachos kamen in dem Moment, in dem Christy-Lynn antworten wollte. Sie wartete, bis Marco gegangen war, und breitete die Serviette auf dem Schoß aus. »Wo wir schon von dem sprechen, was ich um die Ohren habe: Es gibt eine neue … Entwicklung. Oder eher mehrere.«

Gespannt setzte Missy ihr Glas ab. »Ich traue mich kaum zu fragen.«

»Rhetta hat mich gebeten, Iris zu adoptieren.«

»Sie zu adoptieren? Soll das ein Witz sein? Wo kommt das denn jetzt plötzlich her?«

»Es ist eine lange Geschichte. Um es kurz zu machen: Honeys Bruder spielt auf einmal den liebevollen Onkel – jetzt, wo seine Nichte die Einkünfte aus dem Treuhandvermögen hat. Er ist bei Rhetta aufgekreuzt und hat eine Riesenszene gemacht von wegen Sorgerechtsprozess und so. Rhetta war außer sich. Er jagt ihr Angst ein, und deswegen hat sie mich darum gebeten. Und weil es sonst niemanden gibt.«

»Was hast du gesagt?«

»Was glaubst du denn? Ich habe Nein gesagt. Ich gewöhne mich allmählich daran, einen Kater zu haben. Kannst du dir vorstellen, wie ich ein kleines Mädchen großziehe? *Das* kleine Mädchen?«

»Ja, kann ich. Und Rhetta offensichtlich auch.«

»Aber ich kann es nicht, Missy. Und du weißt auch, warum. Es geht nicht darum, dass sie von Stephen ist. Wenn ich meine Mutter sehe und daran erinnert werde, wie schlimm das alles gewesen ist … Ich kann es einfach nicht.«

»Ich glaube, nein, ich bin mir *sicher,* dass du dich täuschst. Das Kind beschäftigt dich, seit du es das erste Mal gesehen hast. Auch wenn ich verstehen kann, warum du Angst hast. Und was ist die andere Entwicklung, wenn ich fragen darf?«

»Ich habe mit Wayne geschlafen.«

Missy verschluckte sich fast an ihrer Margarita. »Warte mal! Wann? Wie ist es dazu gekommen?«

»Vor zwei Tagen, als wir von Rhetta zurückgekommen sind.«

»Er ist mit dir nach West Virginia gefahren?«

»Ja, noch eine lange Geschichte. Jedenfalls führte eins zum anderen und er ist über Nacht geblieben – weil ich ihn darum gebeten habe.«

Missy beugte sich vor und grinste wie ein Schulmädchen. »Ich wusste es! Ich wusste, dass du mich hinhältst. Also, raus damit. War's gut?«

Christy-Lynn musste sich bemühen, sachlich zu bleiben. Und sich daran zu erinnern, dass es richtig gewesen war, das mit Wayne zu beenden, bevor es noch weiter ging. »Ja, es war unglaublich, aber es gibt nichts zu erzählen. Ich habe ihm gesagt, dass ich einen Fehler gemacht habe.«

»Oh Mann! Das kann doch nicht wahr sein!«

»Es ging nicht anders. Er will mehr. Und ich vielleicht auch, aber ich weiß nicht, wie man das macht.«

»Was soll das heißen?«

»Wie man als Paar zusammenlebt. Wie man die Hälfte eines Ganzen wird.«

Missy seufzte. »Du warst acht Jahre verheiratet.«

»Das war anders. Stephen und ich, wir waren uns nicht nah. Es gab sogar Zeiten, in denen er fast zu vergessen schien, dass ich da war. Mir machte das nichts aus. Wirklich nicht. Eine Weile ging das gut und dann offensichtlich nicht mehr. Ich glaube nicht, dass ich das noch einmal durchmachen kann. Nicht mit Wayne.«

»Also willst du Wayne nah sein?«

»Nein. Vielleicht. Ich weiß es nicht.«

»Sprich mit mir, Christy-Lynn. Was geht in deinem Kopf vor?«

»Das weiß ich doch auch nicht. Er ist ein guter Mensch, ein guter Freund, ein guter Zuhörer. Er bringt Tolstoi Spielzeug mit und stellt mir Spaghetti in die Mikrowelle, wenn er den Eindruck hat, dass ich mich nicht selbst um mich kümmere.«

Missy stöhnte und kippte den Rest ihrer Margarita hinunter. »Kannst du mir erklären, was daran schlecht sein soll?«

»Ich mache mich langsam abhängig von ihm, mehr, als mir recht ist.«

»Du hast Angst.«

»Ja. Und ich bin realistisch.«

»Du hast die Tür zugeknallt«, sagte Missy und sah bedauernd auf ihr leeres Glas. »Das kapierst du doch, oder? Dass du die Tür zum Glück zugeschlagen hast.«

Christy-Lynn nickte deprimiert. »Ja, schon. Aber ich sehe das anders. Es gibt ungelöste Probleme, und die muss ich klären. Das ist meine Art, die Menschen zu schützen, an denen mir etwas liegt.«

* * *

Als Christy-Lynn die Haustür öffnete, kam Tolstoi angerannt und miaute kläglich, bis sie seine Schüssel mit Futter gefüllt hatte. Dann zerrte er eine Maus unter dem Kühlschrank hervor. Sie sah aus dem Augenwinkel, dass Wayne ihren Zettel zerknüllt auf dem Tisch liegen gelassen hatte. Sie warf ihn in den Müll, ohne ihn noch einmal zu lesen.

Du hast die Tür zugeknallt.

Vielleicht hatte Missy recht, aber trotzdem war es besser so. Wayne war schon einmal von einer Frau verletzt worden, die ihn nicht richtig geliebt hatte. Er brauchte nicht noch eine von der Sorte.

Und dann war da noch Rhetta. Morgen würde Christy-Lynn sie anrufen und ihr klarmachen, dass sie Iris nicht adoptieren konnte. Sie half ihr gerne dabei, eine gute Familie für sie zu finden, und unterstützte sie finanziell. Aber mehr auch nicht. Um ihrer beider willen.

Sie stellte sich kurz unter die Dusche, um den Geruch vom *Taco Loco* loszuwerden, und machte sich dann einen Tee aus der Baldrianwurzel von Dar. Sie brauchte dringend Schlaf, traumlosen Schlaf. Aber dann sah sie Waynes Manuskript auf dem Nachttisch. Noch ein Problem, das es zu lösen galt. Sie hatte ihm versprochen, es durchzulesen, und das schuldete sie ihm. Ob er sich die Mühe machen würde, ihre Kommentare zu lesen, war eine andere Geschichte. Aber wenigstens hätte sie ein reines Gewissen.

* * *

Ein paar Stunden später wurde sie vom Klingeln ihres Handys geweckt. Das Licht war an und auf der Bettdecke lagen verstreute Manuskriptseiten. Sie blinzelte aufs Ziffernblatt der Uhr. Es war nach Mitternacht.

»Hallo?«

»Christy-Lynn?«

Einen kurzen Moment glaubte sie, noch zu träumen. »Mama?«

»Entschuldige, dass ich so spät noch anrufe.«

»Ist was passiert?«

»Nein. Hör mal, ich hab gesagt, dass ich dich nicht mehr anrufen wollte, und das stimmt auch. Aber dann habe ich die Visitenkarte gesehen, die du auf den Couchtisch gelegt hast.« Sie machte eine Pause. Christy-Lynn hörte, wie sie an ihrer Zigarette zog. »Nachdem du weg warst, habe ich über … über unser Gespräch nachgedacht. Und da ist mir klar geworden, dass ich mich nicht richtig entschuldigt habe. Vielleicht habe ich die Worte gesagt, ich weiß es nicht mehr genau, aber wenn, dann meinte ich, dass mir das alles meinetwegen leidtat. Es ging mir nicht um dich – darum, wie ich dich verletzt habe. Das war falsch, und deswegen rufe ich an.«

Christy-Lynn setzte sich auf und fragte sich, woher dieser Anfall von Reue plötzlich kommen mochte. Und worauf er hinauslief. Vor ein paar Stunden hatte ihre Mutter sie mehr oder weniger rausgeworfen. Und jetzt das. Hatte sie sich das mit dem Geld anders überlegt?

»Es spielt keine Rolle mehr, Mama.«

»Doch. Und ich hätte noch mehr sagen sollen. Viel mehr. Ich habe mir immer geschworen, dass ich dir sagen wollte, wie sehr ich alles bereue, falls ich je die Gelegenheit dazu bekäme. Und dann warst du plötzlich da, standst mit dieser Kette in der Hand vor mir, und ich konnte nur daran denken, wie ich dich am schnellsten wieder loswurde. Weil ich mich so geschämt habe. Ich habe gesehen, was ich dir angetan habe – damals und heute.«

Christy-Lynn sagte nichts. Das Schweigen zog sich in die Länge.

»Christy-Lynn?«

»Ja, ich bin noch dran.«

»Ich hätte dir sagen müssen – und ich sage es dir jetzt –, dass ich hoffe, dass du glücklich wirst. Es tut mir leid, dass du bei mir nicht die Kindheit hattest, die du verdient hast. Und dass ich mein Versprechen gebrochen habe. Alles tut mir leid. Aber bitte, Baby, lass dich nicht davon abhalten, ein gutes Leben zu leben.«

»Mama …«

»Ich muss auflegen. Ich bin in einer Telefonzelle, und ich will nicht, dass Roger aufwacht und merkt, dass ich nicht da bin.« Eine Pause, dann sagte sie kurzatmig: »Ich habe mir auch geschworen, dich nie wieder um irgendetwas zu bitten, auch nicht um Verzeihung, aber ich muss das Versprechen jetzt brechen. Ich will dich um eine einzige Sache bitten. Erlaub dir selbst, glücklich zu sein, bitte, Christy-Lynn.«

Und dann war die Leitung tot.

Christy-Lynn starrte auf das Display und stellte sich vor, wie Charlene Parker in ihrem geblümten Baumwollkleid in der Telefonzelle stand. Nicht um sie um Geld zu bitten, wie Christy-Lynn ursprünglich angenommen hatte, sondern um ihr ein glückliches Leben zu wünschen.

Ich habe gesehen, was ich dir angetan habe – damals und heute.

Die Worte klangen in ihrem Kopf nach – und in ihrem Herzen. War sie so ein offenes Buch? So durchschaubar, dass ihre Mutter – eine Frau, die sie seit zwanzig Jahren nicht gesehen hatte – die Leere hinter ihrer sorgsam aufrechterhaltenen Fassade erkennen konnte? Ein beklemmender Gedanke, vor allem, weil andere das ähnlich sahen.

Es war an der Zeit, sich zu erlauben, glücklich zu sein, keine Türen mehr zuzuschlagen, ein unbeschwertes Leben zu leben.

Von außen sah es wahrscheinlich ganz leicht aus.

Tolstoi musterte sie vom Fußende des Bettes. Er lag ausgestreckt wie ein Pascha zwischen den verstreuten Seiten. Sie hatte den Roman ganz durchgelesen, bevor sie eingeschlafen war. Und als sie die Seiten jetzt einsammelte, wurde ihr plötzlich klar, dass sie wahrscheinlich nie erfahren würde, wie die Geschichte in der letzten Version ausging – außer wenn sie *Jenseits des Bekannten* eines Tages für ihren Buchladen bestellte. Sie hoffte, dass der Roman verlegt wurde. Er war definitiv gut genug – oder hatte jedenfalls das Potenzial dazu.

Sie schlappte mit ihrem leeren Becher durch den stillen Bungalow zur Küche. Die Stille folgte ihr wie ein Schatten. Auf dem Rückweg stand sie eine Weile vor der verschlossenen Tür zu dem ungenutzten Zimmer, die Hand über dem Türknauf.

Das, was wir uns nicht gönnen.

Dann öffnete sich die Tür wie von alleine. Oder eigentlich doch nicht. Zimmertüren öffneten sich nicht von alleine. Man musste sich dazu entschließen, sie zu öffnen, musste die

Schwelle bewusst übertreten, um einen Blick auf das werfen zu können, was dahinter liegen mochte. Sie schaltete das Deckenlicht an und seufzte beim Anblick des Durcheinanders aus halb gepackten Kartons und alten Möbeln, die sie schon vor Monaten hatte spenden wollen. Andererseits brauchte sie das Zimmer auch nicht wirklich. Vielleicht hatte sie die Sache auch deswegen verschleppt, weil ihr die Vorstellung nicht gefiel, dass es dann leer stünde – ein himmelschreiendes, ein klaffendes Loch in ihrem Leben.

Aus einem Impuls heraus kniete sie sich vor die erstbeste Kiste und kramte darin herum. Es waren fast alles Carols Sachen, die sie zurückgelassen hatte, als sie so eilig nach Florida aufgebrochen war: Lampen, Bettzeug, angeschlagenes Geschirr. Sie hatte das meiste davon aufbewahrt für den Fall, dass Carol doch noch etwas davon haben wollte. Wollte sie aber nicht. Sie musste die Sachen, an denen ihr gelegen war, alle mitgenommen haben.

Unter dem ausrangierten Zeug fand sich auch nichts Persönliches, keine Fotos oder Notizbücher, keine Erinnerungsstücke. Nichts, hinter dem sich Carol Boyers echtes Leben verbarg. Die Sachen hatte sie alle sorgfältig verpackt und mitgenommen.

Als ihr jetzt die Nacht in Clear Harbor in den Sinn kam, wurde ihr auf einmal klar, dass die einzigen beiden Gegenstände, die sie mitgenommen hatte, ein altes Foto und eine angelaufene Kette waren. Sie hatte sie ausgewählt, weil sie sich an ihnen festhalten wollte – Andenken an Schmerz und Verlust. Weil es keine glücklichen Momente gegeben hatte, an die sie liebevoll zurückdenken konnte. Sie hatte sich nicht um solche glücklichen Momente bemüht. Stattdessen hatte sie sich in einem Leben eingerichtet, in dem es nichts gab, auf das sie gerne zurückblickte. Und noch weniger, auf das sie sich freuen konnte.

Und dann flossen die Tränen wie eine Sturzflut nach einem Dammbruch. Waynes Worte, Missys Worte, selbst die Worte ihrer Mutter überfluteten sie. Eine schreckliche Klarheit überkam sie, eine Klarheit wie in einem Theaterstück zu Beginn des dritten Akts, wenn es noch Hoffnung für die Heldin gibt. Traurigerweise war für sie der Vorhang schon gefallen. Das klaffende Loch ließ sich nicht mehr leugnen.

Doch wenn sie ehrlich mit sich war – und dazu war es allerhöchste Zeit –, musste sie sich eingestehen, dass sie es selbst geschaffen hatte. Weder ihre Mutter noch Stephen. Sie allein. Sie hatte in einer Blase gelebt, war auf Nummer sicher gegangen, während das Leben an ihr vorüberging. Doch das funktionierte nicht mehr. Sie wollte mehr vom Leben. War es nach all den verlorenen Jahren zu spät, um sich zu ändern? Zu spät für einen Rettungsversuch? Sie wusste es nicht. Sie wusste nur, dass sie es versuchen wollte – und sie wusste auch genau, welche Tür sie zuerst öffnen würde.

Siebenundvierzig

Sweetwater, Virginia
10. September 2017

Christy-Lynn machte es sich auf ihrem Terrassenstuhl bequem und checkte ihre Nachrichten, während sie ihren Kaffee trank. In den letzten zwei Wochen war so viel passiert, es gab so viel, was sie Wayne erzählen wollte, obwohl es an der Front nicht gerade vielversprechend aussah. Sie hatten seit Wochen nicht mehr miteinander gesprochen, genau gesagt seit dem Morgen, an dem sie ihn in ihrem Bett zurückgelassen hatte, um nach Walterboro zu fahren. Seitdem hatte er sich in ihrem Café nicht mehr blicken lassen.

Nicht, dass sie sich darüber wunderte – sie hatte ihm sehr überzeugend erklärt, dass sie einen Fehler gemacht hatten. Sie hatte sich fast selbst überzeugt. Aber sie vermisste ihn, sein Lächeln und auch seine etwas forschen Ratschläge, die aber immer gut gemeint waren. Sie vermisste ihn in ihrer Küche – und in ihrem Leben.

Sie hatte ein paarmal versucht, ihn anzurufen, war aber immer sofort zum Anrufbeantworter weitergeleitet worden. Entweder er hatte sein Telefon abgestellt oder er vermied ihre Anrufe absichtlich. Schließlich hatte sie ihm eine Nachricht geschrieben. Bin durch mit dem Manuskript. Wie wollen wir das mit meinen Anmerkungen machen?

Er hatte sich zwei Tage Zeit mit der Antwort genommen. Der Ton war selbst für eine SMS distanziert. Bin unterwegs. Weiß nicht, wie lange. Gebe dir Bescheid.

Sie hatte sofort zurückgeschrieben. Ich habe ein paar Entscheidungen getroffen. Können wir uns unterhalten?

Er hatte sich nicht die Mühe gemacht zu antworten.

Als sie jetzt auf den kleinen Bach am Ende ihres Grundstücks blickte, der munter zwischen den Ufern dahinplätscherte, kam ihr in den Sinn, dass es vielleicht so sein sollte. Vielleicht waren Menschen manchmal einfach nur dazu da, sich kurz zu berühren und dann weiterzuziehen. Vielleicht hatten sich Waynes und ihre Wege deswegen noch einmal gekreuzt. Er hatte ihr ermöglicht, sich durch seine Augen zu sehen und die Richtung ihres Lebens zu ändern. Und jetzt, wo sie den Versuch unternahm, war er weitergezogen.

Sie stand auf, kehrte dem Sweetwater Creek den Rücken zu und trug ihren Becher zum Spülbecken. Sie hatte noch viel zu tun. Sie wollte die letzte Fuhre mit Sachen im Sozialkaufhaus abliefern, Hank die geliehene Leiter zurückbringen und eine Lampe von der Reparatur abholen.

* * *

Zwei Stunden später war sie damit durch. Sie war auf dem Heimweg und freute sich darauf, ihr Heimwerkerprojekt heute abzuschließen. Ihr Herz machte einen Satz, als sie Waynes Jeep in der Einfahrt sah. Er hatte den Motor abgestellt, war aber nicht ausgestiegen, sondern machte sich Notizen in sein ledergebundenes Notizbuch, das er immer mit sich führte. Als er sie kommen hörte, legte er es zur Seite, sagte aber nichts. Sein Gesichtsausdruck war nicht zu deuten.

»Hi.«

Er nickte kurz. »Hallo.«

»Ich habe dich nicht erwartet. Ich wusste nicht, wo du warst.«

»Ich habe meine Mutter zum Geburtstag besucht und bin eine Weile dageblieben. Ich musste meinen Kopf freikriegen.«

Christy-Lynn wollte lieber nicht wissen, was das zu bedeuten hatte. »Ich habe mir Notizen zur zweiten Hälfte deines Manuskripts gemacht.«

»Ja, ich habe deine Nachricht bekommen.«

»Ich war mir nicht sicher, weil ich nach meiner letzten SMS nichts mehr von dir gehört habe.«

»Stimmt.«

»Warum nicht?«

»Ich hielt es für das Beste. Ich war mir nicht sicher, ob ich zurückkommen würde. Und ich wollte nichts durcheinanderbringen.«

Dass er sich überlegt hatte, vielleicht nicht mehr nach Sweetwater zurückzukommen, beunruhigte Christy-Lynn. »Aber du bist zurückgekommen. Du bist hier.«

Er sah sie kühl an und trommelte auf das Lenkrad. »Irgendwann muss man aufhören, davonzulaufen. Außerdem hast du noch mein Manuskript.«

»Ja, richtig. Willst du reinkommen?«

»Ich warte hier draußen.«

Die schroffe Abfuhr traf sie wie ein Schlag in die Magengrube. »Okay. Ich bin gleich wieder da.«

Erschrocken schloss Christy-Lynn die Tür auf. Sie hatte auf eine Unterhaltung gehofft, auf eine Chance, sich zu entschuldigen oder ihm alles zu erklären, aber er hatte mehr als deutlich gemacht, dass er kein Interesse an ihren Entschuldigungen oder Erklärungen hatte.

Sie lief ins Schlafzimmer, um das Manuskript und ihre Notizen zu holen. Sie wollte, dass er ging, bevor sie sich völlig lächerlich machte. Doch sie hatte nicht erwartet, dass er im Wohnzimmer stand und Tolstoi kraulte.

»Du hast die Tür offen stehen lassen«, erläuterte er und setzte den Kater auf dem Sofa ab. »Ein lange geplanter Gefängnisausbruch.«

»Danke.« Sie gab ihm den Stapel Papier und trat ein paar Schritte zurück. Sie traute sich nicht, in seiner Nähe stehen zu bleiben. »Hoffentlich kannst du das gebrauchen. Du kannst es alles ignorieren, wenn du anderer Meinung bist. Der Roman muss ganz deiner sein, sonst wird nichts daraus.«

Er warf einen flüchtigen Blick auf ihre Anmerkungen und klemmte sich den Stapel unter den Arm. »Danke. Ich möchte dich gerne bezahlen.«

Das kam einer Ohrfeige gleich. »Ich habe es nicht für Geld getan. Sondern für dich.«

Wayne trat von einem Bein aufs andere. »Ich muss los.«

»Warte mal. Ich möchte dir etwas zeigen. Es dauert nur eine Minute.« Es war offensichtlich, dass er am liebsten abgelehnt hätte. »Bitte!«

Er nickte und folgte ihr in den Flur. Der Geruch frischer Farbe schlug ihnen entgegen, als Christy-Lynn die Tür zu dem unbenutzten Zimmer öffnete. Wayne trat hinein und drehte eine kleine Pirouette.

»Es ist … rosa.«

»Ja.«

Sie stand lächelnd da, als er ihre Arbeit betrachtete, die rosa gestrichenen Wände, das weiße Himmelbett, die feinen Rosenknospen, die sie mit einer Schablone an den Ecken aufgemalt hatte. Sie hatte fast zwei Wochen dafür gebraucht, viel länger, als es bei Hank gedauert hätte. Aber ihr war es wichtig gewesen, Iris' Zimmer alleine zu renovieren.

Er sah sie fassungslos an. »Du hast Ja gesagt?«

»Ja.«

»Dann hat sich in den letzten zwei Wochen aber viel getan. Hat dieser Sinneswandel etwas mit deinem Besuch bei deiner Mutter zu tun?«

Christy-Lynn kratzte einen rosafarbenen Fleck von einem Nagel. »Es hat mit vielem zu tun, aber es hat sich schon eine ganze Weile angebahnt. Mir ist bewusst geworden, wie leer mein Leben ist – und wie viel ich zu verlieren habe, wenn ich weiter auf Nummer sicher gehe.«

»Das ist ein großer Schritt.«

»Ja«, sagte sie ernst. »Das stimmt. Aber es gibt Schlimmeres, als Angst zu haben. Menschen zu verletzen, an denen einem liegt. Alleine zu sein.«

Sie stand da und wartete darauf, dass Wayne ihr zu erkennen gab, dass er sie verstanden hatte. Doch er wandte sich ab und täuschte Interesse an den Rosenknospen in der Ecke vor. »Und? Wann ist der große Tag?«

»Das Datum steht noch nicht fest. Ich musste erst einen Anwalt finden, der auf Adoption spezialisiert ist. Es ist komplizierter, als einen Treuhandfonds einzurichten. Aber bald sollte es geschafft sein. Ich musste mich ordentlich ins Zeug legen, um Rhetta zu überzeugen, in ein Heim für Betreutes Wohnen in Sweetwater zu ziehen, das mir Missy empfohlen hat. Ich habe ihr einfach gesagt, dass ich Iris nur zu mir nehme, wenn sie auch herzieht. So eine Erpressung ist nicht schön, aber ich wollte unbedingt, dass sie rauskommt aus Riddlesville. Sie kommt langsam an einen Punkt, an dem sie nicht mehr alleine klarkommt, und in Pine Brook wird sie betreut und kann Iris trotzdem so oft sehen, wie sie will.«

»Gab es Probleme mit Ray?«

»Absolut keine. Wie's aussieht, hat der gute Pastor das Interesse an seiner Nichte verloren.«

Wayne lächelte trocken. »Was für eine Überraschung!«

»Dafür bin ich dir sehr dankbar«, sagte sie leise. »Du wusstest, wozu der Mann in der Lage war.«

»Reporterinstinkt«, sagte er und strich über das frisch gestrichene Bücherregal am Fenster. »Das ist wirklich schön. Hast du das selbst gemacht?«

Christy-Lynn nickte, ohne ihren Stolz ganz verbergen zu können. »Ich habe vorher noch nie ein Möbelstück aufgearbeitet. Natürlich hat es mir auch riesig viel Spaß gemacht, die Bücher auszusuchen. Schon als Kind habe ich Bücher geliebt. Ich hoffe, dass es bei Iris auch so ist.«

Wayne nahm ein Buch vom Regal, *Grünes Ei mit Speck* von Dr. Seuss, und setzte ein gezwungenes Lächeln auf. »Tja, es sieht ja wirklich so aus, als ob das alles hinhaut. Ich freue mich für dich. Und für Iris.«

Sie merkte entsetzt, dass er gehen wollte. Er war immer noch schrecklich wütend, und er hatte jedes Recht dazu, aber sie konnte ihn nicht einfach so gehen lassen. »Ich frage mich, ob …« Die Worte steckten ihr in der Kehle fest. »Ich habe gehofft, du kommst mit, wenn ich Iris abhole.«

Er drehte sich um und sah sie finster an. »Hast du nicht gerade gesagt, dass Ray kein Interesse mehr an Iris hat?«

»Es geht nicht um Ray. Es geht …« Sie legte die Hand auf seinen Arm, und obwohl er erstarrte, ließ sie sie dort, bis er ihren Blick erwiderte. »Ich will nicht alleine hinfahren. Ich weiß, was ich gesagt habe. Dass es mir besser geht, wenn ich alleine bin. Aber ich habe mich getäuscht. Ich will, dass du Teil meines Lebens wirst.«

Waynes Miene blieb kühl. »Aber ich habe kein Interesse mehr daran, deinen Gefolgsmann zu spielen, Christy-Lynn. Ich hab's versucht, und es ist nicht gut ausgegangen.«

Sie ließ seinen Arm los, ging zum Fenster und sah durch die frischen Vorhänge hinaus, die sie am Vorabend aufgehängt hatte.

Sie hatte diesen Moment seit Wochen im Geist durchgespielt, obwohl sie nicht sicher gewesen war, dass sie eine Gelegenheit bekäme, ihm ihr Herz auszuschütten. Jetzt, wo der Moment gekommen war, brachte sie keinen Ton heraus. Sie war kurz davor, den Mann zu verlieren, der all ihren Erwartungen zum Trotz einen Weg in ihr Herz gefunden hatte. Warum konnte sie es nicht einfach sagen? Ich will dich … ich liebe dich …

Wayne stand in der Tür und wartete auf irgendeine Reaktion von ihr. Doch sein Blick war kalt. Er würde nicht viel länger warten. Sie musste etwas sagen, irgendetwas, denn wenn sie es jetzt nicht tat, würde sie nie wieder eine Chance bekommen.

»Erinnerst du dich noch daran, wie wir über das gesprochen haben, was Missy gesagt hat? Dass jedes Nie eine Tür ist, die wir geschlossen halten?«

Wayne zuckte die Achseln und ließ sie auflaufen. Er ließ sie schwitzen, und das war nach ihrem Verhalten mehr als verständlich.

»Ich habe viel darüber nachgedacht – und ich finde, dass sie recht hat. Ich, eine Mutter? Nie! Weil ich mich zu sehr davor fürchtete. Aber das ist nicht meine einzige geschlossene Tür. Es gibt noch eine andere: zu lieben und zuzulassen, geliebt zu werden. Und dann kamst du, und vor lauter Angst habe ich tatsächlich alles falsch gemacht. Damit ist jetzt Schluss. Ich will rausfinden, wie ich es richtig machen kann – mit dir.«

Er hatte die Arme verschränkt und sah sie mit ausdruckslosem Gesicht an. »Einfach so? So mir nichts, dir nichts bist du bereit, ein neues Kapitel aufzuschlagen?«

Christy-Lynn ging einen Schritt auf ihn zu, besann sich aber. »Nicht einfach so. Ich denke schon eine Weile darüber nach. Du hast mich dazu gebracht. Und ich weiß jetzt, dass es das ist, was ich will. Dass ich dich will.« Sein Gesicht verschwamm hinter einem Tränenschleier. Sie blinzelte die Tränen weg. »Ich will dich … nicht verlieren.«

In Waynes frostiger Fassade erschien ein kleiner Riss. »Vergib mir, dass ich skeptisch bin.«

Sie wischte sich über die Augen. »Bitte. Ich weiß, dass ich dich verletzt habe. Natürlich bist du skeptisch. Aber ich habe es nicht absichtlich getan.«

»Ja, das weiß ich. Aber ich weiß auch, dass du es das nächste Mal auch nicht absichtlich tun wirst. Und es wird ein nächstes Mal geben, wenn ich mich wieder auf dich einlasse.«

»Nein, du täuschst dich.« Christy-Lynn ging zu ihm. »Ja, ich bin weggelaufen. Weil ich das immer gemacht habe. Weil du versucht hast, mir Dinge zu zeigen, die ich nicht sehen wollte.« Sie sah zu Boden. Ihre Kehle schnürte sich zu, als die Tränen kamen. »Ich habe sie erst gesehen, als es schon zu spät war.«

Überrascht spürte sie, wie er ihren Kopf unter dem Kinn anhob, bis sie ihm in die Augen sehen musste. »Wenn du es diesmal wirklich ernst meinst, ist es noch nicht zu spät, Christy-Lynn. Ich habe dir gesagt, dass ich warten würde, aber ich muss mir sicher sein. Willst du das wirklich? Willst du … uns?«

»Ja«, flüsterte sie. »Aber ich habe dich gewarnt. Es kann sein, dass ich das Warten nicht wert bin.«

»Und ich habe dir gesagt, dass ich das Risiko eingehe.«

»Auch wenn ich immer noch Angst habe?«

Er zog sie an sich und küsste sie unendlich sanft auf die Stirn. »Vor allem, wenn du Angst hast.« Seine Worte waren wie Honig, langsam und warm und unerträglich süß. »Ich bin mutig genug für uns beide, bis du aufgeholt hast.«

»Woher willst du wissen, dass das irgendwann passiert?«

»Weil du dich endlich dazu entschlossen hast. Und weil die Frau, die ich kenne, viel zu stark dafür ist, sich lange vor etwas so Läppischem zu fürchten wie geliebt zu werden. Du wirst gut darin werden, Christy-Lynn, das verspreche ich dir. Irgendwie weiß ich, dass du sogar sehr gut darin wirst.«

Und dann küsste er sie. So langsam und so innig, dass sie ganz in dem Kuss aufgingen. Ihre Körper verschmolzen miteinander wie zwei Hälften eines vollkommenen Ganzen. Sie war bereit. Nach all den Jahren auf der Flucht, in denen sie sich versteckt und selbst gestraft hatte, war sie bereit, sich zu erlauben, glücklich zu sein.

Aber es gab eine Sache, über die sie noch nicht gesprochen hatte. Sie löste sich von ihm und sah durch feuchte Wimpern zu ihm auf. »Ich will mit offenen Karten spielen. Ich muss dich offiziell darüber informieren, dass ich im Zweierpack komme – mit einem kleinen Mädchen.«

Wayne strahlte über das ganze Gesicht und zog sie wieder an sich. »Und mit einem Kater«, murmelte er. »Vergiss Tolstoi nicht.«

Achtundvierzig

Riddlesville, West Virginia
15. Oktober 2017

Christy-Lynn blickte zu Wayne hinüber, als er vor Rhettas Haus parkte und den Motor des Rover abstellte.

Er nahm ihre Hand. »Bist du bereit?«

Sie atmete tief ein, wie ein Kind, bevor es ins tiefe Ende des Schwimmbeckens springt. »Ich denke schon.«

Wayne drückte ihre Hand. »Du bist bereit. Ich weiß es genau.«

Rhetta öffnete die Tür, noch bevor sie die Treppe hochgegangen waren. Sie sah gebrechlicher aus als beim letzten Mal, unter ihren Augen lagen tiefe Schatten und sie wirkte sehr erschöpft. Gleich hinter der Tür standen zwei abgewetzte grüne Koffer, auf denen eine rosa Fleecejacke und Iris' geliebter Teddy lagen – die Sachen eines Kinderlebens, verpackt in zwei avocadogrüne Koffer. Der Anblick versetzte Christy-Lynn einen Stich. Erinnerungen an Umzugstage, fremde Betten und neue Schulen kamen in ihr hoch. Noch einmal – schon wieder – neu anfangen zu müssen.

Sie muss schreckliche Angst haben.

Wayne spürte, was ihr durch den Kopf ging. »Es ist in Ordnung«, sagte er leise. »Es ist gut. Es ist richtig.«

Christy-Lynn nickte. Dann fielen ihr drei halb gepackte Kartons in der Mitte des Wohnzimmers auf. Rhetta hatte also schon angefangen, die Sachen auszusuchen und zu packen, die sie mit ins Pine Brook nehmen wollte. Christy-Lynn war erleichtert, denn sie hatte befürchtet, Rhetta könnte sich die Sache mit dem Heim in letzter Minute noch anders überlegen.

»Sie sind fleißig gewesen«, sagte sie zu Rhetta mit einem Blick auf die Kartons.

Rhetta sah sich mit ihren verwaschenen blauen Augen im Raum um. Sie schien sich zu fragen, woher all der Krimskrams kam. »Ich lasse mehr als die Hälfte hier. Ich brauche noch nicht einmal Geschirr mitzunehmen. Wenn Sie das nächste Mal kommen, um mich abzuholen, bin ich fertig.« Sie machte eine Pause und sah sich wieder um. »Ich kann nicht glauben, dass ich wirklich ausziehe. Ich habe immer geglaubt, man müsste mich aus diesem Haus mit den Füßen voran hinaustragen.«

»Werden Sie Ihr Haus vermissen?«

Rhetta ließ sich die Frage durch den Kopf gehen. »Es fällt mir schwer, Honey hier ganz allein auf dem Friedhof zurückzulassen«, sagte sie schließlich. »Sie hat diese Stadt immer gehasst, und jetzt kommt sie hier nie mehr raus. Aber Iris schafft das, und darüber bin ich sehr froh. Sie verdient etwas Besseres als das Wenige, das ich ihr geben kann.«

»Wo ist sie überhaupt?«, fragte Christy-Lynn. Vielleicht versteckte sie sich irgendwo und weinte.

»In ihrem Zimmer. Ich habe ihr aufgetragen, noch einmal in ihrem Schrank nachzusehen, ob sie nichts vergessen hat. Ich wollte ihr was zu tun geben. Nur eins noch, bevor ich sie rufe. Christy-Lynn, ich finde, nach all dem, was wir miteinander durchgemacht haben, und bei all dem, was noch kommen wird, sollten wir uns duzen. Was meinen … was meinst du?«

»Unbedingt! Ich habe schon darauf gewartet. Das war überfällig, Rhetta.«

Nach kurzem Zögern rief Rhetta mit zittriger Stimme: »Iris, mein Schatz, Zeit zu gehen.«

Christy-Lynn zuckte zusammen. Wie musste das für eine Dreijährige klingen, die aus der Umgebung gerissen wurde, die ihr vertraut war?

»Wie geht es ihr? Nimmt es sie sehr mit?«

»Zuerst hat sie geweint. Aber als sie verstanden hat, dass sie bei dir leben wird, hat sie sich beruhigt. Sie nennt dich Engelsmama.«

Rhetta liebte diesen Kosenamen ebenso wie Iris, aber Christy-Lynn machte er eher nervös. Es würde nicht leicht sein, ihm zu entsprechen, vor allem nicht für jemanden wie sie, die keine Erfahrung als Mutter hatte.

Rhetta nahm Christy-Lynns Hand und lächelte trotz ihrer Tränen. »Mach dir keine Sorgen. Sie ist jung, und junge Herzen heilen schnell. In einem Jahr wird sie sich kaum mehr an dieses Haus erinnern, und du bist dann ihre wirkliche Mama.«

Christy-Lynn hatte plötzlich Schmetterlinge im Bauch. »Aber sie weiß doch, dass du in der Nähe wohnst, oder? Und dass sie dich besuchen kann, wann immer sie will?«

»Ja, das weiß sie. Aber es ist besser, wenn sie am Anfang nicht so oft kommt. Das würde sie nur durcheinanderbringen. Deswegen komme ich auch erst etwas später nach. Sie soll sich einleben und verstehen, dass sie jetzt zu dir gehört.«

Bevor Christy-Lynn protestieren konnte, erschien Iris. Sie trug die funkelnden rosafarbenen Turnschuhe, die Christy-Lynn ihr beim letzten Mal mitgebracht hatte. Als sie Christy-Lynn und Wayne entdeckte, machte sie große Augen.

»Mein Liebling«, sagte Rhetta liebevoll, »sagst du Guten Tag?«

Iris formte die Worte tonlos, den Blick unverwandt auf Christy-Lynn gerichtet.

Rhetta beugte sich hinunter und strich ihr über die Haare, das Gesicht, die Schultern, als wollte sie sich einprägen, wie sich ihre Urenkelin anfühlte. »Willst du jetzt mit Christy-Lynn und Wayne diese schöne lange Autofahrt machen, von der ich dir erzählt habe? Bis nach Virginia?«

Es dauerte einen Moment, aber dann nickte Iris.

Rhetta nahm sie bei der Hand und führte sie zu Christy-Lynn. »Und du bist jetzt ein großes Mädchen? Nur für Nonny?«, fragte sie mit stockender Stimme. »Du bist ganz tapfer und weinst nicht?«

Christy-Lynn musste sich zwingen, um sich nicht abzuwenden. Aber auch sie musste tapfer sein. Für Rhetta und für Iris. Außerdem war die Trennung ja nur vorübergehend. In drei Wochen würde Rhetta auch nach Sweetwater kommen und nur ein paar Kilometer von ihnen entfernt leben – ein willkommenes Mitglied ihrer schnell wachsenden Familie. In der Zwischenzeit würde sie sich schon irgendwie durchwurschteln. Schließlich gab es keine Gebrauchsanweisung fürs Dasein als Mutter. Wenn es nach Missy ging, lernte man, eine Mutter zu sein, indem man eine war – vom aufgeschlagenen Knie bis hin zum umgekippten Saftglas. Christy-Lynn hoffte, dass das stimmte.

Rhetta zog den Reißverschluss an Iris' Jacke hoch. »So, jetzt hast du es schön warm. Und nun ist es Zeit, ins Auto zu steigen, mein kleiner Liebling.«

»Ich bringe schon mal das Gepäck hinaus«, sagte Wayne.

Christy-Lynn sah ihm hinterher. Er wollte ihr ein paar Minuten mit Rhetta allein geben, damit sie sagen konnten, was gesagt werden musste. Aber was gab es in diesem bittersüßen Moment zu sagen? In den letzten Wochen und Monaten hatten sie alles schon so oft durchgesprochen.

»Iris«, sagte Rhetta und beugte sich mit ausgestreckten Armen hinunter. »Komm und sag Nonny Auf Wiedersehen.«

Iris lief in die offenen Arme ihrer Urgroßmutter und schmiegte sich eng an sie. Aus ihren violetten Augen kullerten ein paar Tränen, als Rhetta ihr einen letzten Kuss auf die Wange drückte. Dann legte sie die Hand des Mädchens in Christy-Lynns. »Passt gut aufeinander auf«, flüsterte sie niedergeschlagen.

Christy-Lynn nahm Iris auf den Arm. Sie war warm und leicht und klammerte sich an sie. »Es wäre für uns beide so viel leichter, wenn du schon jetzt mitkommen würdest, Rhetta. Für Iris und für mich auch.«

Rhetta bemühte sich zu lächeln. »Leichter ist nicht immer besser.«

»Was ist, wenn ich etwas wissen muss? Wie sie ihren Haferbrei am liebsten hat oder ob ich irgendwelche Vitamine kaufen soll?«

»Wir haben das alles durchgesprochen, Christy-Lynn. Und falls wirklich mal etwas sein sollte, gibt es ja immer noch das Telefon. Abgesehen von ihren Albträumen ist sie unkompliziert. Die schlimmen Träume gehen bestimmt bald vorbei. Sie muss sich einfach nur richtig sicher fühlen, und sie wird sich schnell bei dir sicher fühlen. Du wirst schon sehen. Und nun macht euch auf den Weg. Ihr habt eine lange Fahrt vor euch.«

»Du kommst nicht mit raus?«

Rhetta schloss die Augen und schluckte mehrfach. »Ich kann nicht. Ich weiß ja, dass ich sie in drei Wochen wiedersehe, aber wir waren noch nie voneinander getrennt. Und das ist … hart. Auch wenn ich dir unendlich dankbar bin. An dem Tag, an dem du an meine Tür geklopft hast, hat sich alles geändert.«

Christy-Lynn musste selbst mit den Tränen kämpfen, als sie Rhetta einen Kuss auf die Wange drückte. »Ich müsste *dir* danken. Wir sind jetzt eine Familie – und das ist etwas, was ich nie hatte.«

»Hör auf, so zu reden, sonst fange ich wirklich an zu flennen. Nun geht schon. Ich muss packen und du musst ein kleines Mädchen nach Hause bringen.«

Christy-Lynn setzte sich Iris auf eine Hüfte. Das Mädchen umklammerte ihren Hals, als sie in die helle Nachmittagssonne hinaustraten. Wayne wartete neben der offenen Hintertür des Wagens, um Iris auf dem Kindersitz anzuschnallen. Christy-Lynn sah ihm in die Augen und war ihm dankbar für seine unausgesprochene Ermutigung. Sie würde es schaffen. Nein, sie würden es alle schaffen. Und in dem Moment wusste sie, vielleicht zum ersten Mal, dass es wahr war.

Als Wayne wendete, warf Christy-Lynn einen letzten Blick auf das Haus und dachte an Rhettas dankbare Worte. *An dem Tag, an dem du an meine Tür geklopft hast, hat sich alles geändert.* Wieder sammelten sich Tränen hinter ihren geschlossenen Lidern.

Für sie hatte sich seit dem Tag auch alles geändert.

Epilog

Iris saß mit großen Augen auf der Kante des rosa Prinzessinnenbetts. Ihre funkelnden Turnschuhe wippten rhythmisch auf und ab. Christy-Lynn setzte sich mit einer kleinen Samtschatulle neben sie.

Das arme Kind. Sie wirkte immer noch verstört, als hätte sie Angst, ihre neue Welt würde sich in nichts auflösen. Es wäre auch ein Wunder, wenn sie keine Angst gehabt hätte. Schließlich war sie gerade erst aus ihrer gewohnten Umgebung gerissen worden. Wenn irgendjemand wusste, wie sich das anfühlte, dann war das Christy-Lynn. Aber sie wusste auch, dass sie das ändern konnte. Und das würde sie tun.

Wayne lehnte mit einer Schulter am Türrahmen. Als Christy-Lynn ihn ansah, lächelte er und zwinkerte ihr zu, und Christy-Lynn wurde von einer Welle von Wärme und Dankbarkeit überschwemmt. Sie hatte nicht geglaubt, dass sie so nervös sein würde, aber andererseits hatte sie auch nie geglaubt, dass sie einmal in ihrem Haus in einem rosa Zimmer neben einer Dreijährigen sitzen würde.

»Guck mal, Iris«, sagte sie mit sanfter Stimme, »ich habe ein Geschenk für dich.«

Iris sah sie unsicher mit ihren violetten Augen an.

»Soll ich es für dich auspacken?«

Iris nickte schüchtern.

Mit zitternden Händen zog Christy-Lynn die Schleife auf und öffnete den Deckel.

Iris riss die Augen auf. Darinnen lagen zwei silberne Ketten, die sich zu einem schimmernden silbernen Herzen zusammenfügten. Doch plötzlich zog sie die Augenbrauen zusammen und sah Christy-Lynn fragend an.

»Kaputt.«

»O nein, mein Schatz – sieh mal.« Christy-Lynn legte die Kette in ihre Handfläche. »Sie gehören zusammen – es sind zwei Teile eines Herzens. Eine ist für dich und die andere für mich. Halt mal deine Haare hoch, dann mach ich sie dir um.«

Iris starrte verwundert auf die Ketten, dann hob sie ihre Haare aus dem Nacken und hielt ganz still, als Christy-Lynn den silbernen Verschluss schloss.

»Das hast du gut gemacht. Jetzt meine.«

Wayne nahm Christy-Lynn die Kette ab. Nach ein paar vergeblichen Versuchen gelang es ihm, die Kette zu schließen. Christy-Lynn strahlte Iris an, dann deutete sie auf den Spiegel über der Kommode.

»Siehst du? Wir gehören zusammen.«

Iris starrte mit riesigen Augen auf ihr Spiegelbild und strich wie hypnotisiert über den Anhänger. Einen Moment später drehte sie sich zu Christy-Lynn. »Zusammen.«

»Ja. Du trägst die eine Hälfte und ich die andere. Denn du bist ein Teil meines Herzens, und ich hoffe, dass ich eines Tages auch ein Teil von deinem sein werde.«

Iris schien über die Bedeutung nachzudenken. Dann legte sie den Kopf zur Seite und blickte Christy-Lynn fragend an. »Du jetzt meine Mama? Meine *richtige* Mama?«

Christy-Lynn wusste nicht, was sie dazu sagen sollte. Oder ob ihre Stimme ihr gehorchen würde. Dann sah sie Iris liebevoll an und fragte: »Möchtest du das?«

Iris nickte, aber in ihrem kleinen Gesicht stand immer noch eine Frage. »Du auch mein Engel? Nonny hat sagt, liebe Gott hat Chisty-Lynn schickt. Zu Iris.«

Christy-Lynn musste an die Albträume denken, die sie Nacht für Nacht geplagt hatten – und die sie nicht mehr heimsuchten, seit sie sich dazu durchgerungen hatte, Iris zu sich zu nehmen. Sie fragte sich, ob Rhetta sich nicht täuschte.

»Ich glaube, es ist andersrum. Du bist mir geschickt worden – mein kleiner Engel. Wie in einem Traum.«

Ohne jede Warnung, ohne dass Christy-Lynn sich vor dem Ansturm wappnen konnte, warf Iris sich in Christy-Lynns Arme und klammerte sich so fest an sie, dass sie wie die Hälften der Kette miteinander verschmolzen. Und auf einmal war es das Natürlichste auf der Welt – als wäre dieses Kind immer ein Teil ihres Lebens gewesen.

Über Iris' Kopf hinweg sah sie Wayne an. Als ihre Blicke sich trafen, ging Christy-Lynn das Herz über. Sie hatte so lange *Nie* gesagt und ihr Glück von sich ferngehalten. Aber jetzt war Iris da. Und Wayne.

Und *Nie* war nur ein Wort.

Danksagung

Kein Buch entsteht in einem Vakuum. Mein Dank gilt vielen Menschen. Von den Verlagsprofis, deren Job es ist, die Bücher in die Regale oder auf Ihr Kindle zu bringen, über die hilfreichen Kontakte zu Menschen, die uns bei der Recherche helfen, bis zu denen, die wir lieben. Die sich darum kümmern, dass wir etwas essen und saubere Kleidung zum Anziehen haben und uns auf jede nur erdenkliche Art während des Schreibens unterstützen. Hier ist meine Liste – und ich hoffe wie jedes Mal inständig, dass ich niemanden vergessen habe.

Bei all meinen Schreibprojekten gibt es eine Person, ohne die sie nie zu einem Buch würden. Ihr Name ist Nalini Akolekar von der Spencerhill Literary Agency, und sie ist zweifellos eine der besten Agentinnen in der Branche. Danke für alles: für die Bücher, den gemeinsam zurückgelegten Weg, den scharfen Blick und für die Unterstützung!

Mein Dank geht auch an meine erstaunlichen Lektorinnen, Jodi Warshaw und Charlotte Herscher, dafür, dass sie an dieses Buch geglaubt und mich von der ersten bis zur letzten Version unterstützt haben. Was soll ich über all die anderen vom Team bei Lake Union Publishing sagen, außer dass alles Gute, was ich je gehört habe, wahr ist? Ihr Engagement für Autoren macht die

Arbeit mit ihnen zu einem Vergnügen. Es begeistert mich nach wie vor, ein Teil dieses erstaunlichen Teams zu sein.

Meinen Brüdern und Schwestern im Geiste, den Schriftstellerinnen und Schriftstellern im ganzen Land, gilt mein tief empfundener Dank: Barbara Claypole Weiß, Diane Chamberlain, Laura Spinella, Kim Boykin, Karen White, Terry-Lynn Thomas, Normandie Ward Fisher, Heather Netz, Anita Hughes, Bernie Brown, Matt King, Doug Simpson, Lisa Cameron Rosen, Mitch Richmond, Michelle Hicks, Sheryl Cornett und vielen anderen, die nie zu beschäftigt waren, um mein Manuskript zu lesen, Kritik einzubringen, Händchen zu halten, mir beim Klappentext zu helfen und alles für eine Schriftstellerin in Not zu tun. Ihr ahnt nicht, was mir eure Freundschaft und Unterstützung bedeuten.

Der echten Melissa (Missy) Beck, Queenie Peterson, Dar Setters, Carol Boyer und Doug Simpson, deren Namen ich mir für Charaktere in diesem Buch »geliehen« habe, vielen Dank für den besonderen Platz, den jeder von euch in meinem Herzen einnimmt.

Pat Crawford, meine außergewöhnliche Mutter und die größte Cheerleaderin der Welt: vielen Dank für deinen Glauben an mich, für dein wunderbares Beispiel und für jedes Wort der Ermutigung, das du mir auf diese Reise mitgegeben hast. Ich liebe dich. Ich liebe dich. Ich liebe dich tausendfach!

An Tom Kelly, meinen Ritter in glänzender Rüstung: Es war schon immer so und wird immer so sein … Du und ich gegen die ganze Welt. Danke, dass du mich gefragt hast, ob ich deine Frau werden will, dass du gewartet und dann im entscheidenden Augenblick gesagt hast: Ja, ich will. Ich liebe dich mehr, als Worte sagen können. (Und ich kenne viele Worte!)

Es wäre unverzeihlich, wenn ich Topher Lee und Carmen Tanner Slaughter nicht besonders danken würde, die zum richtigen Zeitpunkt zur Stelle waren und mir geholfen haben, den Namen Honey Rawlings zu finden.

Und natürlich, last but not least, eine große Umarmung für alle meine wunderbaren Leserinnen und Leser. Danke, dass ihr lest, was ich schreibe. Für eure Reviews, fürs Teilen und Ermutigen. Aber vor allem danke, dass ihr Teil meiner Großfamilie seid. Jedes Wort ist für euch!

Printed in Poland
by Amazon Fulfillment
Poland Sp. z o.o., Wrocław

83468578R00244